U0731813

契诃夫中短篇小说精选

[俄] 契诃夫 著　　姚锦镕 译

巴蜀书社

北京长江新世纪文化传媒有限公司

www.cjxinshiji.com

出品

名家导读

今天，在最好的评论家心目中，没有谁的小说比契诃夫的占有更高的位置。事实上，他已经把所有的小说家都挤到一边去了。赞赏他，是你有鉴赏力的证明；不喜欢他，就等于承认自己是外行，是庸人俗子。他的小说自然而然成了青年作家的典范。

——毛姆《毛姆随想录》

他对于心灵极感兴趣；他是人与人关系的最精巧微妙的分析者。灵魂得病了；灵魂被治愈了；灵魂没有被治愈。这些就是他的短篇小说的着重点。

的确，灵魂就是俄国小说中的主要角色。在契诃夫的作品中，灵魂是细腻微妙的，容易被无穷无尽的幽默和愠怒所左右。

——弗吉尼亚·伍尔夫《论小说与小说家》

典型的、契诃夫式的主人公是一种模糊而美丽的人类真理的担负者，不幸的是，他对于这个重负既卸不下又担不动。

在俄国人中间，常把自己的熟人按其是否喜爱契诃夫而分成两类，这几乎已成为一种有趣的游戏了。那些不喜爱契诃夫的人们绝不属于公正的一类。

我诚心诚意地建议诸位尽可能经常地拿出契诃夫的书来读读，并按照作者的意图陷入遐想。凄清的景色，排列在荒凉、泥泞的土路旁的枯萎的柳树，在阴沉的天空中鼓动着翅膀的黑乌鸦，在一个平常的角落里突然翕动起某种令人惊异的回忆——这一切勾人心魂的朦胧，这一切美丽动人的柔弱，这整个契诃夫式的鸽灰色的世界，都是值得珍爱的。

——纳博科夫《论契诃夫》

出于一个医生的职业眼光，契诃夫面对社会时，极容易将其看成是一个"病者"。他一生的文学创作，可以说，几乎都是揭露性与批判性的。他的手指似乎时刻扣在扳机上。

医生的职业，无形之中帮他完成了对"作家"这一概念最本质之含义的理解：作家，从根本上来说，就是批判性的。社会在文学中总是一个病者。

从某种意义上讲，医学与文学的职能是一致的。鲁迅当年弃医从文，但在实质性的一点上，二者却有着相同的本意：疗治。

契诃夫还看出了这个社会具有反讽意味的一点：病者将非病者看成病者。他在他的《六号病房》中向我们揭示了这一点。当一个社会已分不清谁是真正的病者时，那么，这个社会也就确实病得不轻了。

——曹文轩《樱桃园的凋零——读契诃夫》

译 序

安东·巴甫洛维奇·契诃夫，19世纪末俄国伟大的作家，著名戏剧作家。他的作品以幽默和深刻见长，与莫泊桑、欧·亨利并称为世界三大短篇小说家。

契诃夫1860年生于罗斯托夫省塔甘罗格市一个小商人家庭，祖父是赎身农奴，父亲曾开设杂货铺。1876年杂货铺倒闭，全家迁居莫斯科。只有契诃夫只身留在塔甘罗格，靠担任家庭教师以维持生计和继续求学。

1879年契诃夫进莫斯科大学医学系。毕业后在兹韦尼哥罗德等地行医，广泛接触平民和了解生活，为他日后的文学创作提供了生动而丰富的素材。1880年起开始文学创作。他早期的作品以"契洪特"的笔名发表，大都是供消遣的滑稽故事。但他很快就摆脱了这种风格，认真思考起了重大的社会问题，目光转向了广大民众所遭受的不公、贫穷愚昧的生活。他的小说短小精悍，简练朴素，结构紧凑，情节生动，笔调幽默，语言明快，寓意深刻。他善于从日常生活中发现具有典型意义的人和事，通过幽默可笑的情节进行艺术概括，塑造出完整的典型形象，以小见大，以此来反映当时的俄国社会。

契诃夫一生创作了七八百篇短篇小说，早期作品大多数是短篇小说，如《小官吏之死》《胖子和瘦子》《苦恼》《万卡》等，再现了"小人物"的不幸和软弱、劳动人民的悲惨生活和小市民的庸俗猥琐。而在《变色龙》及《普里希别耶夫中士》等作品中，作者鞭挞了忠实维护专制暴政的奴才及其专横跋扈的丑恶嘴脸，揭示出黑暗时代的反动精神特征。《假面人》与上述作品有异曲同工之妙，作者所嘲笑的是一班知识分子，所谓社会上的精英。他们面对假面人前倨后恭，丑态百出，是旧俄社会一幅人生百态图。1890 年，契诃夫不顾身虚力弱，到政治犯流放地萨哈林岛进行考察，目睹种种野蛮、不幸的事实后，提高了自己的思想境界，深化了创作意境，创作出表现重大社会课题的作品，如《在流放地》《六号病房》这种猛烈抨击沙皇专制暴政的作品；《带阁楼的房子》揭露了沙俄社会对人的青春、才能、幸福的毁灭，讽刺了自由派地方自治会改良主义活动的于事无补；《庄稼人》极其真实地描述了俄国农民在 19 世纪 80、90 年代极度贫困的生活现状，表现了他对农民悲惨命运的关心同情；《未婚妻》是契诃夫一生中所创作的最后一篇小说，在作品中他相信旧制度一定灭亡，新生活早晚会来！正如女主人公所想象的："一种崭新、广阔、自由的生活展现在她的面前，这种生活，尽管朦胧，充满了神秘，却吸引着她，呼唤她的参与。"

《套中人》是契诃夫短篇小说的代表作。作品创作于 1898 年，其时沙皇俄国正处于专制统治时期，人们失去了思想与言论上的自由，别利科夫就是这种环境造就的一个可恶而可悲之人。他性格上的顽固保守、躲避现实、害怕变革和人格上的卑劣，是他可恶之处，而可悲之处表现在整天六神无主、谨小慎微，因多疑而诚惶诚恐，为了维护专制制度而丧失了自我。在《醋栗》和《姚内奇》里，他刻画自私自利、蜷伏于个人幸福小天地的庸人的心灵空虚和堕落，并指出："人所需要的不是三俄尺之地，不是庄园，而是整个地球，整个大自然，在这个广阔天地里人才能展现出他自由精神的全部品质和特性。"

契诃夫后期转向戏剧创作，主要作品有《伊凡诺夫》（1887）、《海鸥》（1896）、《万尼亚舅舅》（1896）、《三姊妹》（1901）、《樱桃园》（1903），都曲折反映了俄国 1905 年大革命前夕一部分小资产阶级知识分子的苦闷和追求。

契诃夫的小说有着独特的艺术风格，这就是朴实、简练，艺术描写的客观性，同时富于幽默感。他的小说没有多余的东西，很少有抽象的议论。他善于用不多的文字表现深刻的主题。契诃夫的短篇小说大多是截取日常生活中的片段，善于从日常生活中发掘具有典型意义的人和事，在平淡无奇的故事中透视生活的真理，在平凡琐事的描绘中揭示出某些重大的社会问题，使其作品朴素得跟现实生活一样真实而自然。如《苦恼》中写一位马夫姚纳，在儿子夭折的一星期里，几次想跟别人诉说内心的痛苦，都遭到各怀心事的乘客的冷遇，万般无奈之下，他只有向老马倾诉自己的不幸与悲哀。作者借助这一平淡无奇的故事，揭示出黑暗社会中的世态炎凉、人情冷漠和小人物孤苦无告的悲惨遭遇，具有震撼人心的艺术力量。

契诃夫从不轻易在小说中直接表达自己的感情倾向和主观议论，而把这种主观倾向寓含于客观冷静的艺术描写之中，让生活本身来说话，做到含而不露、耐人寻味。如《渴睡》中写十三岁的小女孩瓦里卡白天不停地为主人干活儿，晚上还得整夜给主人的小孩摇摇篮。她困极了，可小孩总是哭哭啼啼，使她根本无法入睡。最后她捏死了摇篮中的小孩，倒在地上酣然睡着了。作者在冷峻的描绘中，蕴含着深刻的社会意义：瓦里卡的命运究竟将会如何？作者留给了读者自己去思考。

契诃夫主张"简洁是才能的姊妹"、"写作的艺术就是提炼的艺术"，其小说大多是速写式的，既没有冗长的景物描写和背景交代，也很少大起大落、曲折离奇的情节和急剧变化的紧张场面；而是情节简单、发展迅速、人物不多、主次分明，语言精练明快，善于运用白描式的个性化语言刻画人物性格、塑造典型。比如《变色龙》中仅仅写了狗咬人一件事，警察断案一个场面，四个人物，故事情节发展极其简单，作者仅仅抓住了警官奥楚美洛夫在审案过程中的五次"变色"，便收到极其强烈的讽刺效果。

1904 年 6 月，契诃夫因肺炎病情恶化，前往德国的温泉疗养地黑森林的巴登维勒治疗，7 月 15 日逝世。

我国最早介绍契诃夫作品的是 1907 年商务印书馆出版的《黑衣

教士》，是吴梼根据日文用文言文译出来的。两年之后的 1909 年，周作人和周树人合译的《域外小说集》出版，其中收有契诃夫的两个短篇小说（《在庄园里》和《在流放中》），此后各杂志陆续发表了周作人的又一译作《可爱的人》（现通译《宝贝儿》）、鲁迅翻译的《坏孩子》（现译作《熊孩子》）等八个短篇。最早开始大规模翻译契诃夫小说的是赵景深。1930 年上海开明书店出版了他从英文转译的八卷本的《契诃夫短篇杰作集》，共收契诃夫小说 162 篇。但向中国读者介绍契诃夫作品的最大功臣当属汝龙。从 1950 年到 1958 年，上海平明出版社和新文艺出版社先后出版了共收二百多篇小说的《契诃夫小说选集》，后来上海译文出版社出版了他翻译的契诃夫全集。

契诃夫众多小说中，《变色龙》《万卡》《套中人》等先后入选我国各地出版的中小学教科书。

译者在翻译过程中参考过国内外不同版本的《契诃夫小说选》，特别是许多注解及资料是从这些书籍和网上文章中选取的，特向有关译作者表示感谢。

姚锦镕

2015 年于浙江杭州

目录

译序 / 001

小官吏之死 / 001

熊孩子 / 004

查问 / 007

胖子与瘦子 / 010

勋章 / 013

文官考试 / 017

变色龙 / 021

假面人 / 025

上尉的军服 / 031

普里希别耶夫中士 / 038

瞌睡蒙眬 / 042

伤心 / 046

苦恼 / 052

噩梦 / 058

相识的男人 / 071

歌女 / 075

万卡 / 081

黑暗 / 086

渴睡 / 091

跳来跳去的女人 / 097

在流放地 / 125

六号病房 / 134

脖子上的安娜 / 190

带阁楼的房子 / 203

庄稼人 / 222

套中人 / 255

醋栗 / 269

姚内奇 / 280

宝贝儿 / 301

遛小狗的女人 / 313

未婚妻 / 331

小官吏之死

　　一个美好的夜晚，一位同样美好的庶务官，大名叫伊凡·德米特里奇·切尔维亚科夫，正坐在剧院第二排的座椅上，眼对望远镜，观看轻歌剧《科尔涅维利的钟声》①。看着看着，只觉得身子飘飘然起来。但是，突然间——说来小说里出现"突然间"的字样是常有的事，小说的作者没错，不是吗，生活中不乏意外事件——突然间他的脸皮皱了起来，眼皮向上一翻，喘不过气来……他放下望远镜，头一低……一声"阿欠！"瞧见没有，他只是打了个喷嚏。打喷嚏嘛，不问什么场合谁也不犯禁的。庄稼汉会打，警长会打，有时甚至连二三品的高官也会打。谁也免不了打个喷嚏。切尔维亚科夫自然丝毫不会为此而感到不自在。他只是拿出手绢擦擦脸，像个知书达礼的人那样，打量一下四周，看看自己这一个喷嚏有没有打扰到别人。这一看不要紧，只害得他顿时心慌意乱起来。只见坐在自己前面第一排座椅上的一位老者拿着手套擦自己的秃脑门和脖子，嘴里还嘟嘟哝哝着什么。切尔维亚科夫认出这老者居然是在交通部门任职的三品文官布里扎洛夫将军。

　　"我的唾沫星子准溅上他了！"切尔维亚科夫暗想，"虽说他不是我的顶头上司，是别的部门长官，可到底不妥，得跟他赔个不是。"

　　切尔维亚科夫清了清嗓子，身子前探，凑着将军的耳根低声说道："对不起，大人，我的唾沫星子溅上您了……我是无意的……"

　　"没事，没事……"

① 《科尔涅维利的钟声》：法国作曲家普朗盖特（1847—1903）所作的轻歌剧。

"看在上帝的分上，敬请原谅……我可是无意的!"

"嘿，您请坐下吧! 听戏!"

切尔维亚科夫挺不自在，尴尬一笑，看起了戏。看着看着，再也没有方才那种飘飘欲仙的感觉了，只觉得浑身不自在。幕间休息的时候，他来到布里扎洛夫跟前，在他四周来来去去走了几圈，终于鼓起勇气，大着胆嗫嚅道:

"方才我的唾沫溅上您了，大人……敬请原谅……我可是无心的……"

"嗨，别说了……我早已不放在心上了，您干吗老提起?" 将军说罢，撇了撇嘴唇。

"说是不放在心上，可瞧他那眼神多凶狠。" 切尔维亚科夫疑疑惑惑地望着将军，心想，"连话也不想多说。得跟他解释解释，我那是完全无心造成的……打喷嚏到底是自然规律，别认为我想啐他。他即使现在不这么想，过后准这么认为! ……"

切尔维亚科夫回家后，把自己的失礼行为告诉了妻子。在他看来，妻子对这一事件的反应态度不免失之轻率。开始时她吓了一跳，后来听说对方是"别的部门的长官"，便放宽了心。

"不过你还是过去给人家赔个不是，" 她说，"要不他还以为你在公共场合不懂礼貌!"

"正是! 我是道过歉了，可他怪怪的……一句中用的话也没说。再说当时也没时间多谈。"

第二天切尔维亚科夫穿上新制服，刮了脸，向布里扎洛夫将军解释去了……他一进将军的接待室，就看到里面有不少访客，将军本人就在这些求见的人中间接待来客。将军细细询问过几个人后，便抬头看了看切尔维亚科夫。

"大人，您还记得吧，昨天在阿尔卡吉亚剧场，" 庶务官报告说，"我打了个喷嚏……不小心唾沫星子溅上了您……对不……"

"多大的事……天知道! 您到底要干吗?" 将军转身招呼起下一个来访者。

"他连话也不想跟我说！"切尔维亚科夫见此情景，顿时脸色变得刷白，"可见他生气了……不行，不能就此罢休……我得给他解释解释……"

将军接待完最后一名来访者，正要回内室，切尔维亚科夫拔腿追了上去，嘟嘟哝哝道：

"大人！请原谅我斗胆向您说几句，我这是出自一片悔恨之心！我完全是无意的，请海涵，大人！"

将军听罢摆起了哭丧脸，手一挥。

"天哪，您开哪门子玩笑！"他说着，进了门，不见了他的人影儿。

"开哪门子玩笑？"切尔维亚科夫心想，"哪门子玩笑也没开！身为将军，居然还不理解！早知道这样，我死活也不会向这爱摆架子的人赔不是了。见他的鬼！我这就给他写封信，再也不去找他了！真的，再也不去找他了！"

切尔维亚科夫回家的路上就这么捉摸着，但结果他还是没有给将军写信。他想呀想，绞尽了脑汁还是想不好如何下笔，第二天只得再去向将军当面解释。

"昨天我打扰了您大人，"他一见将军向他投过疑惑的目光，忙嗫嚅道，"我来并非与您大人开什么玩笑，我是因为打了喷嚏，唾沫星子溅了您大人，我是来赔不是的。我没想过开什么玩笑。我哪有那么大的胆子敢开玩笑？要是你我彼此会开什么玩笑，那还谈得上上下之尊吗？"

"滚！"将军听得火冒三丈，脸色铁青，浑身哆嗦，大喝道。

"什么？"切尔维亚科夫吓得顿时丧魂失魄，低声问道。

"滚！"将军跺了跺脚，又喝了一声。

这时的切尔维亚科夫已五脏六腑俱裂，什么也看不见听不到，艰难地退到了门外，来到街上，拖着沉重的步伐迷迷糊糊向家里走去。回到家，制服也不脱，翻身倒在沙发上……一命呜呼。

（1883 年）

熊 孩 子

　　两个人，一位是外表讨人喜欢的年轻小伙子伊凡·伊凡内奇·拉普金，另一位是翘鼻子的年轻姑娘安娜·谢苗诺夫娜·扎姆布里茨卡娅，两个人双双下了陡峭的河岸，在一张长椅上坐了下来。长椅就摆在水边，藏在稠密的柳丛里。好一处奇妙的所在！在这样的地方坐着，恍如置身世外——见到你的只有水中的游鱼和水面上闪电般奔来跑去的水蜘蛛。年轻人拿来渔竿、抄网和装着蚯蚓的小罐等渔具。他们一坐下来就钓起了鱼。

　　"好高兴，你我终于能单独相处了，"拉普金东张西望，先开了口，"我心中有千言万语要对你诉说，安娜·谢苗诺夫娜……千言万语……我第一次见到你时……鱼儿在咬你的钩了……当时我就一清二楚：我这辈子该为什么活着，知道自己崇拜的偶像在哪儿，自己勤劳而真诚的生命该奉献给谁……咬钩的该是条大鱼……一见到你，我破天荒第一次爱上了，爱得死去活来！别忙着拉竿，最好让它多咬一会儿……告诉我，亲爱的，求你了，我能不能指望得到——不，不是你情我愿——我配不上，我不痴心妄想，能不能指望得到……拉竿！"

　　安娜·谢苗诺夫娜一手用力高高拉起了鱼竿，一声尖叫，只见半空中闪动着一条银绿色的小鱼儿。

　　"老天爷，是条鲈鱼！啊，啊……快拉！鱼儿脱钩了！"

　　鲈鱼脱了钩，掉到草地上，蹦蹦跳跳向亲爱的老家逃去，咚的一声，钻入了水中！

　　拉普金忙去抓鱼，鱼没抓到，无意中抓着安娜·谢苗诺夫娜的一只手，无意中把她的手往嘴唇上送……对方想抽回手，但慢了一步，两双嘴唇无意中凑在一起，吻了起来。这场景完全是无意中发生的。吻了一遍，又来一遍，接着便是山盟海誓，海枯石烂……多幸福的时刻！不过世间的生活中是没有绝对幸福可言的。幸福本身通常含有毒素，要么就是往往会受到外来毒素的影响。这一次也不例外。就在这一对男女热吻的时候，突然传来了一阵笑声。两个人一齐往河上看去，不禁惊呆了。一个光着身子的小男孩就站在齐腰深的水里，他便是中学生科利亚，安娜·谢苗诺夫娜的弟弟。他待在水中，看着这一对年轻人，脸上挂着恶笑。

"啊哈，你俩倒是在亲嘴?"他说，"好哇！我这就告诉妈妈去。"

"我希望您是个正直的人，"拉普金涨红着脸，喃喃道，"偷看是种卑鄙的行为，告状更是恶劣、下流，可恶……希望您做个正直高尚的人……"

"拿一卢布过来，我就不说!"高尚的人说，"要不我就去告状。"

拉普金从口袋里掏出一卢布，给了科利亚。对方的一只湿淋淋的手紧紧攥住了钱，一声唿哨，翻身游走了。接下去这一对年轻人再也没心亲嘴了。

第二天拉普金从城里给科利亚送来颜料和一只皮球，他姐姐送给他自己所有的丸药盒，后来还把几颗刻着狗脸的纽扣也给了他。这熊孩子显然非常喜欢这些玩意儿。为了得到更多的礼物，便监视起了这一对儿的行踪。拉普金跟安娜·谢苗诺夫娜去哪里，他便跟到哪里，时刻不让他俩单独待在一起。

"坏家伙!"拉普金恨得咬牙切齿，"小小的人儿，坏到家了！将来不知会变成什么样的货色!"

整个六月，科利亚搅得这对恋人不得安生。他时时威胁说要去告状，紧跟他俩的行踪，要他俩送礼物。他贪心不足，最后还想要一只怀表哩。有什么法子？只好答应送他表了。

有一次吃午饭的时候，刚端上方格片糕，他突然哈哈大笑起来，挤着一只眼睛，问拉普金:

"要说出来吗？啊？"

拉普金顿时脸孔通红，不吃片糕，反而啃起餐巾来了。安娜·谢苗诺夫娜霍地跳了起来，直往另一个房间奔。

这种尴尬的局面一直维持到了八月底，就在拉普金向安娜·谢苗诺夫娜求婚的这一天才告终。啊，这是何等幸福的一天！拉普金与未婚妻的父母交谈过后，得到两老的允许，首先跑到花园里找科利亚。找到他后，高兴得几乎要号啕大哭了，他一把揪住熊孩子的一只耳朵，安娜·谢苗诺夫娜也跑了过来，见到科利亚，一把揪住他另一只耳朵。请各位好生看看科利亚被揪得哭哭啼啼、求饶的场景，是何等的赏心悦目：

"两位亲爱的，我的好人儿，宝贝儿，我再也不了！哎哟哟，请原谅我吧！"

后来这一对有情人坦白承认，在两个人相恋期间，从未体验过揪熊孩子耳朵时那种遍及通体的痛快，那种无可比拟的幸福感。

（1883 年）

查 问

中午时分。地主沃尔迪列夫是位高个子，身体结实，头发剪得短短的，眼珠子突出。他脱掉大衣，用丝绸手绢擦了擦脑门，战战兢兢进了衙门。只听得满屋子用笔写字的沙沙声……

"请问哪里能查问件事儿?"他问正端着摆着杯子的托盘、从办公室深处出来的门房，"我想问件事儿，要一份会议记录簿上的决议的副本。"

"就在这儿，老爷! 找坐在窗口的那一位。"门房用托盘指着尽头的窗子说。

沃尔迪列夫一声咳嗽，向所指的窗子走去。那里有张绿色桌子，桌面上斑斑点点，像是患过斑疹伤寒似的。桌子后坐着一个年轻人，脑袋上戳起四撮硬发，长鼻子上满是粉刺，身上穿着褐色的制服。他埋着头，大鼻子戳到了纸上，写着。他的右边鼻孔有只苍蝇在悠闲漫步，他时不时努起下嘴唇，向鼻孔吹起气来，害得他的脸上现出忧心忡忡的神情。

"我，这个……能不能问一声，"沃尔迪列夫问他，"问一声我的案子，我姓沃尔迪列夫……顺便要一份三月会议记录簿上决议的副本。"

那当官的把笔插进墨水瓶蘸墨水，然后看了看有没有蘸饱，一见墨水恰到好处，不会滴下来，又沙沙地写了起来。他努起了嘴唇，这次用不着吹气了，因为苍蝇已飞到耳朵上去了。

"我能不能在这儿查问一下?"过了一会，沃尔迪列夫再次问，"我姓沃尔迪列夫，是位地主……"

"伊凡·阿列克赛依奇!"当官的冲着空气喊了一声,像是完全没注意到沃尔迪列夫的存在,"商人亚里科夫一来,就跟他说一声,要他在递交给警察局的呈文副本上签上自己的名字!我都跟他说过上千次了!"

"我想查问有关我同古林娜公爵夫人的继承人的案子。"沃尔迪列夫嘟哝道,"这是件人人皆知的案子,我恳请您费神过问一下。"

当官的还是没有理会沃尔迪列夫,径自伸手捉住了嘴唇上的一只苍蝇,细细地打量了一番后,丢了。地主咳了一声,对着方格子手绢大声擤起了鼻子。这也无济于事,人家还是不理睬他。默默地过了两分钟之久,沃尔迪列夫从口袋里掏出一张一卢布票子,放到那官吏面前一本摊开的簿子上。官吏皱了皱眉头,带着满腹心事似的神情拉过簿子,合了起来。

"我问的是件小事儿……我只想问问,古林娜公爵夫人的继承人是根据什么理由……我能不能打搅您一下?"

那官吏只顾想自己的心事,站了起来,搔着胳膊肘,不知怎么的径向一个柜子走去。片刻后,回到桌前,又摆弄起那簿子来:原来簿子上又放了一张一卢布的票子。

"我要打搅您一分钟……我只想查问一下……"

官吏没有理会,动手抄写起什么来。

沃尔迪列夫皱起了眉头,无可奈何地打量起沙沙响下出现的那些人名来。

"抄吧!"他叹着气,暗自想道,"抄吧,让这些人全都见鬼去!"

他离开桌子,站到了房间中央,绝望地垂下双手。那门房又端着杯子从面前经过,想必是注意到了沃尔迪列夫那一脸的尴尬相,到了他紧跟前时,轻声问:

"怎么样?问了?"

"问了,可人家没理睬。"

"您得给三卢布……"门房低声说。

"我已给了两卢布。"

"您再添点儿。"

沃尔迪列夫回到桌子前，在那本摊开的簿子上放了一张绿票子。

官吏再次把簿子拉过来，翻了起来，翻着翻着，像是无意中抬起了眼皮，看了看沃尔迪列夫。他的鼻子开始闪闪发亮，变红，现出了笑意，脸皮随之皱了起来。

"哦……您有什么事？"他问。

"我想询问有关我的案子……我姓沃尔迪列夫。"

"很高兴，先生！是古古林的案子吗？好极了，先生！说实在的，您到底要问什么呢？"

沃尔迪列夫细细地说出了自己的要求。

那官吏像是被一阵旋风吹过似的，一下子来了精神。他查了档案，命人抄写副本，给查询人端来椅子——这些事都是在片刻间完成的。他甚至还与对方说到天气，谈起收成来。沃尔迪列夫离开的时候，他还送他下楼，恭恭敬敬，客客气气，喜笑颜开，那模样儿像是随时愿为查询人叩头下跪。沃尔迪列夫不知为什么觉得十分过意不去，冲动之下，从口袋里掏出一卢布，递给那官吏。对方连连鞠躬，笑逐颜开，像个魔术师，接过票子，只在空中一闪，便不见了踪影……

"唉，这班人……"地主暗自寻思，来到街上，站定，用手绢抹了抹脑门。

（1883 年）

胖子与瘦子

两位朋友在从莫斯科通往彼得堡的尼古拉铁路的一个站点上邂逅。两个人中一位是胖子，一位是瘦子。那胖子刚在站点的餐厅用过午餐，嘴唇油光锃亮，活像两颗熟透了的樱桃。他身上散发出一股烈性葡萄酒和橙花的气息。瘦子呢，刚从车厢里出来，费劲地拖着提箱、大包小包和几只纸板盒子。他的身上则有一股火腿肠和咖啡渣的气息。他的身后，有个尖下巴的瘦女人在东张西望，那是他的妻子，此外还有他的儿子，一位高个子的中学生，眯着一只眼睛。

"波尔菲里！"胖子一见瘦子，大声招呼起来，"是你吗？亲爱的！多少年没见了！"

"老天爷！"瘦子惊呼起来，"米沙！我少年时的朋友！哪阵风把你吹到这儿来的？"

于是两个老朋友亲吻了起来，吻了一次又一次，连吻了三次，眼望着对方的泪眼。两人无不为这次意外相遇而惊喜交集。

"亲爱的！"亲吻之后，瘦子先开了口，"真没有想到！太意外了！我说，你好好瞧瞧我！啊，你还是那么帅！那么倜傥风流，那么讲究打扮！啊，老天爷！你时来运转了？发财了？结婚了吗？你瞧，我成家了……她是我妻子路易莎，娘家姓万岑巴赫……新教徒……他是我儿子，纳法奈尔，中学三年级学生。纳法尼亚①，这位是我小时候的朋友！中学同班同学！"

纳法奈尔想了想，摘下帽子。

---

① 纳法尼亚：纳法奈尔的爱称。

"中学时的同学！"瘦子接着说，"你还记得，大家怎么拿你开心的事吗？大家管你叫赫洛斯特拉特①，因为你用香烟把公家的一本书烧了一个窟窿。我的外号叫厄菲阿尔特②，因为我喜欢告状。哈，哈……那时我俩还是少不更事的孩子呢。别害怕，纳法尼亚！走近点……这位是我的妻子，娘家姓万岑巴赫……新教徒。"

纳法尼亚犹豫片刻，躲到父亲的背后去了。

"你好吗，朋友？"胖子得意扬扬地看着朋友，问，"在哪里高就？做到几品官了？"

"是在供职，亲爱的！是八品文官，两年了。得过一枚圣斯坦尼斯拉夫勋章。薪水不算高……嗨，凑合着过呗。妻子教音乐。我呢，私底下用木料做些烟盒，挺不错的烟盒！一只卖一卢布。要是一下子买十只或更多的，可以让些价。凑合着过呗。知道吗，原本是个科员，如今上调到本部门任科长……往后就在那儿任职了。我说，你呢？怕已是五品文官了吧？啊？"

"不，亲爱的，还要高哩。"胖子说，"我已经是三品文官了……还得过两枚星章。"

瘦子一听脸色发白，目瞪口呆，但很快脸色舒展开来，现出喜气洋洋的笑容来，脸上、眼睛里似乎火星四射。他整个人像是蜷缩起来，弯腰弓背，矮了大半截……他的手提箱、大包小包和纸板盒全都蜷缩起来，现出条条皱纹来……他妻子的尖嘴巴越发尖了。纳法奈尔挺直了身子，扣上制服上所有的扣子……

"我，大人……可说是非常高兴！您可说是我少年时的朋友，一下子青云直上，做了这么大的官！嘻，嘻，大人！"

"得了吧！"胖子皱起了眉头，说，"干吗用这样的腔调！你我是少年时的朋友，何必用官场上的那套奉承？"

---

① 赫洛斯特拉特：古希腊人，他为了扬名于世，在公元前 356 年焚烧了世界七大奇观之一的阿泰密斯神庙。

② 厄菲阿尔特：古希腊人，曾引波斯军队入境，出卖同胞。

"哪能呢……您说哪里去了……"瘦子的身子蜷缩得越发厉害了，笑嘻嘻地说，"承蒙您大人的好意……鄙人如沾再生甘露……大人，他是犬子纳法奈尔……这是贱妻路易莎，新教徒，某种意义上……"

胖子刚想说句客气话，可只见瘦子脸上一副诚惶诚恐、低三下四的寒酸相，直要呕出来。他扭过脸，伸出手来告别。

瘦子只握住对方三只指头，深深鞠了一躬，嘴里发出中国人那样的"嘻嘻"笑声。他妻子也莞尔一笑，纳法奈尔双脚咔嚓一声，挺身敬礼，把制帽也掉落到了地上。一家三口又喜又惊。

（1883 年）

勋　章

初级军事中学教师，十四品文官列夫·普斯佳科夫跟他的朋友列坚佐夫中尉是邻居。元旦一早他就迈步向朋友家踱去。

"你瞧，是这么回事，格里沙，"像通常一样，祝贺过新年好之后，他说，"要不是万不得已，我是不会来打搅你的。今儿你能不能借我你的斯坦尼斯拉夫勋章一用？是这么回事，今儿我要去商人斯皮奇金处吃饭。你是知道的，这个斯皮奇金不是个好人，他特别喜欢勋章，把脖子上或扣眼上没挂勋章的人都看成了坏蛋。再说，他有两位千金……一位叫娜斯佳，一位叫季娜……你是我的老朋友，我才对你说这话……亲爱的，你是理解我的。劳驾，勋章借我一用吧。"

普斯佳科夫结结巴巴说罢，红着脸，羞羞怯怯地望了望门外，中尉骂了他一声，还是把勋章借给了他。

下午两点，普斯佳科夫坐车去斯皮奇金家，皮袄稍稍敞开了点，眼望着自己的前胸，只见列坚佐夫的勋章金光闪闪，珐琅质光芒夺目。

"人家见了不知该有多尊敬哩！"中学老师清了清嗓子，心想，"小小的玩意儿，只值五卢布，效果大着哩！"

车到斯皮奇金家门口，他敞开了皮袄，慢腾腾地付了车钱，他只觉得那车夫见了他身上的肩章、纽扣和斯坦尼斯拉夫勋章，惊呆了。普斯佳科夫扬扬得意地咳嗽了一声，进了屋。他在前厅脱了皮袄，朝大厅打量了一眼。只见厅内的餐桌后已坐着十五个人，正在用餐。人声鼎沸，杯盘叮当。

"按铃的是哪个？"听着主人问，"哦，是列夫·尼古拉依奇，请，请。您可是来迟了。不过不碍事……我们刚吃。"

普斯佳科夫挺起了胸，抬起了头，搓起了手，进入厅内，一看吓了一跳。原来跟季娜坐在一起的是他的同事，法语老师塔拉姆布良。一旦被这法语老师看见自己的勋章那就出丑了，一辈子都见不得人，丢尽了脸面……普斯佳科夫首先想到的是快摘下勋章，要不掉头走掉。可勋章缝得牢牢的，转身也不可能。他便赶紧用右手捂住了勋章，弓起了背，给在座的人都鞠起了躬，却不伸出手去，一屁股坐到了一张空座位上，正好就坐在同事法语老师的正对面。

"看来他是喝醉了。"斯皮奇金一见他那一副尴尬相，心想。

普斯佳科夫面前摆着一盘汤，他用左手拿起了汤勺，但想到用左手喝汤不合规矩，便说，他已吃过东西，不想再吃了。

"我已吃过些东西……谢谢了……"他说，"我刚从我叔叔大司祭叶列耶夫家来，他硬要我那个……吃饭。"

普斯佳科夫心里怨气冲天，懊恼异常。原来汤的香气扑鼻，清蒸鱼诱人的热气阵阵袭来，叫人难以抵挡。教书先生想拿左手代右手掩住勋章，可甚是不便。

"那会被发现的……再说胸前横着一只手像打算唱歌似的。老天爷，这顿饭快点儿结束吧！我好到小饭铺里吃去！"

上了第三道菜后，他胆战心惊斜眼偷看了法语老师一眼，塔拉姆布良不知为什么显出异常难堪的神情，眼望着他，也是不动刀叉。两人对视了一阵之后，越发显得不自在，低下了头，眼睛看着空盘子。

"坏小子，被他发现了！"普斯佳科夫想，"看他那嘴脸，准被他发现了！他这流氓，本是个爱播弄是非的家伙。明天准到校长那里去说我的坏话！"

主人和来客吃完了第四道菜，吩咐上第五道。

有位先生站了起来。他高高的个子，鹰钩鼻子，鼻孔大大的，尽是毛，天生一对眯缝的细眼睛。他理了理头发，说开了：

"嗯，嗯，嗯，这个，我提议为在座的花容玉貌的女士干一杯！"

闹哄哄的吃客纷纷站起来，拿起杯子。各房间顿时响起了震耳的"干杯"声。女士们个个笑脸盈盈举杯碰盏。普斯佳科夫站起来，左手拿酒杯。

"列夫·尼古拉依奇，劳驾把这杯酒递给娜斯塔西娅·季莫费耶夫娜！"有个男的递来一杯酒，对他说，"您得让她喝下去！"

这下普斯佳科夫在劫难逃了，非得动用他的右手不可了。斯坦尼斯拉夫勋章和那根已被弄得皱巴巴的红丝带终于露出了真容，光彩夺目。教师脸色发白，垂下了脑袋侧身偷望法语教师，对方万分惊讶地疑疑惑惑也看着他。他的嘴角出现了狡猾的笑意，窘态也慢慢地消失了……

"尤里·奥古斯托维奇！"主人对法语教师说，"请把酒瓶放回原处！"

塔拉姆布良迟疑地伸出右手去拿瓶子……哦，多走运！普斯佳科夫也看见他的前胸有枚勋章。那可不是斯坦尼斯拉夫勋章，而是一枚货真价实的安娜勋章①。可见法语老师也在搞瞒天过海的把戏。普斯佳科夫得意地笑开了，高高兴兴、舒舒坦坦地坐了下来……现在再也不用为斯坦尼斯拉夫勋章藏藏掖掖了！要说作假，两人都是半斤八两，用不着担心谁会去告发谁了。

"嗯嘿嘿……"斯皮奇金一见老师胸前的勋章，哼了一声。

"可不是！"普斯佳科夫说，"怪事儿，尤里·奥古斯托维奇！节前我们学校申请授勋的寥寥数个，屈指可数，可得奖的只你我两人！真是怪事一桩！"

塔拉姆布良快活地点了点头，露出左边翻领后的三级安娜勋章。

饭后普斯佳科夫走遍了各房间，把勋章让女士们欣赏个够。他心情舒畅，自在得意，只是胃里空空如也。

---

① 斯坦尼斯拉夫勋章比安娜勋章低一等。

"早知道如此，"他醋意浓浓地看着塔拉姆布良与斯皮奇金在聊勋章的事，心想，"早知如此我干脆佩戴一枚更高级的弗拉基米尔勋章。唉，还真没想到！"

唯有这一点令他感到遗憾，要说其他方面，他无不心满意足。

（1884 年）

文官考试

"地理教师原来就对我怀恨在心，请相信，今天我的考试准过不了关。"某邮政局收信员叶菲姆·扎哈雷奇·凡德利科夫紧张地搓着手，冷汗涔涔地说。这是位白发苍苍，秃了顶，大胡子，大腹便便的男子。"过不了关……像神圣的上帝一样，千真万确……就是为了点鸡毛蒜皮，他恨死了我。一天他拿了封挂号信找我，知道吗，那么多人等着，硬是要我先收他的信。不合适……虽说他知书达理，可也得按先来后到守秩序吧。我挺有礼貌地指出：'请等会儿，尊敬的先生，得按秩序。'他火了，像个扫罗①，老跟我过不去。老给我的儿子叶果鲁什卡的分数只一分，满城给我起种种外号，一次我从库赫金饭馆经过，他身子探出窗口，手拿台球杆，醉醺醺地朝广场喊：'各位先生，过来一张用过的旧邮票！'"

语文老师皮沃多美夫在县立学校的前厅与凡德利科夫一起吸着烟，耸耸肩，息事宁人地说：

"别激动，你们的同事从来没有过不了关的先例。说是考试，无非是官样文章罢了！"

凡德利科夫听了一时安了心，但为时不久。前厅过来加尔金。他年纪轻轻，稀稀拉拉的胡子像是被人拔了似的，下身是条帆布裤，上身是件蓝色的新礼服。他严厉地打量了凡德利科夫一眼，走了过去。

后来有消息说督学来了。凡德利科夫心里冷了半截，胆战心惊，

---

① 扫罗：古以色列国王，是个专横的统治者，事见《圣经·撒姆耳记上》。

这种心情凡是做过被告，或第一次参加过考试的人都有过类似的体验。县立学校的校长哈莫夫跑过前厅到了街上，跟着他跑过去的是宗教课教师兹米耶查洛夫，头上戴着高筒帽，胸前挂着小十字架，也是去接督学的。其他教师也匆匆赶去。国民学校督学阿哈霍夫大声跟大家打招呼，对满天的灰尘表示了不满，然后进了学校。五分钟后考试开始了。

最先应考的是两名来考乡村教师的神甫儿子，一人被录取，一人没考上。那没考上的用红手帕擤了擤鼻子，立了片刻，转身走掉了。接着去考的是两名三等志愿入伍者，此后便是凡德利科夫了。

"您在哪里供职？"督学问。

"邮政局的收信员，大人，"他挺直身子，答道，尽量掩饰好那不断哆嗦着的双手，"我已服务了二十一年了，大人，如今上司保荐我做十四品文官，这次我冒昧参加末等文官考试……"

"好……您且先考听写吧。"

皮沃美多夫站起身子，清了清嗓子，用低沉、刺耳的男低音念出句子，拣些听来混淆的字句来为难应考者，譬如说："口可（渴）了，喝令（冷）水最书父（舒服）。"

不管皮沃美多夫怎么使坏，听写考试还是通过了，不过未来的十四品文官因为太留意字写得端正漂亮，而忽略了语法规则，免不了犯一些错误。某字多了一横，某字少了一撇，"新领域"一词写成了"新领子"，引起督学脸上一丝微笑，但这些都算不得严重错误。

"听写方面还算不错。"督学说。

"恕我冒昧禀告大人，"凡德利科夫有了底气，便斜眼看了看冤家加尔金，说，"冒昧禀告大人，几何学我学的是达维多夫编的课本，此外还向我的外甥瓦尔诺菲伊多少请教过一些。他在特罗伊采-谢尔吉耶夫斯科依宗教学校就学，即维方斯科依宗教学校学习，假期回来的。我学过平面几何学，也学过立体几何学……全都学过……"

"考试科目里并不包括立体几何学。"

"不包括？可我就苦学了一个月……太可惜了！"凡德利科夫叹

息道。

"先不谈几何学。请问，您身为邮政局的官员，大概非常喜欢科学吧，那就谈这话题。地理学——那可是邮务人员该掌握的学科。"

所有的老师一听不禁彬彬有礼地微微一笑。凡德利科夫并不赞同把地理学看成邮政人员必学的学科（无论是邮政规章，还是本地区的训令上都没记着这一条），但出于礼貌，他还是说："您说得对。"他紧张得咳嗽了一声，胆战心惊地等着发问。他的冤家加尔金身子往椅背上一靠，眼睛不看着他，拖长声音问：

"这个……请问，土耳其现今是个什么样的政权？"

"众所周知是什么样的……土耳其政权呗……"

"哼，土耳其政权……这说法概念模糊。应该说是个立宪政权。请说说，恒河有哪几条支流？"

"我学的是斯米尔诺夫编的地理课本，对不起，我学得不够精……恒河，那是流经印度的一条大河……该河流入大洋。"

"我不问您这个。恒河有哪些支流？不知道？那阿拉斯①都流过什么地方？这个也不知道？怪事……日托米尔②属哪一省？"

"驿路十八，地区一百二十一③。"

凡德利科夫顿时脑门上冒出了颗颗冷汗来。他眨巴着眼睛，做出了吞咽的动作，仿佛要把自己的舌头一口吞下去。

"我敢当着真诚的上帝面发誓，大人，"他说，"连大司祭都能做证……我已服务了二十一个年头了，现在这个……我会永生永世祈祷上帝……"

"好了，不谈地理学了。您的算术准备得怎么样？"

"算术我也不那么精通……这事连大司祭也能做证……我会永生永世祈祷上帝……打从圣母节起，我就学呀，学呀……可就是学不

---

① 阿拉斯：流经土耳其，进入当时的俄国阿塞拜疆。

② 日托米尔：乌克兰城市名，是日托米尔省的中心城市。

③ 这些是邮政专用语。

好。岁数大了，动脑子的事不好办了。请您大发慈悲，大人，好让我永生永世祈祷上帝。"

凡德利科夫的睫毛上挂着泪珠儿。

"我诚诚恳恳工作，没出过差错……每年的斋期守斋……连大司祭也能做证……请高抬贵手，大人。"

"您丝毫没做好准备？"

"我全都准备了，可就是想不起来，大人……我这学生都快六十了，大人，哪还能研究什么学问？请高抬贵手吧！"

"他连文官的制帽都定做好了……"大司祭兹米耶查洛夫笑着说。

"很好，您去吧！……"督学说。

半个小时后，凡德利科夫和一班老师一起到库赫金饭馆喝茶，他得意扬扬。他显得容光焕发，眉飞色舞，但时不时去搔后脑勺，说明他还有烦恼。

"多冤枉！"他说，"想不到，我这人脑子就是不灵！"

"怎么回事？"皮沃美多夫问。

"明知道几何学不在考试科目之内，我干吗还去学呢？知道吗，我为这门该死的科目学了足足一个月的时间。真叫冤枉！"

（1884 年）

变 色 龙

警官奥楚美洛夫身穿崭新的军大衣，手里拿着个小包，走过集市广场。他身后跟着一名警察。此人长着一头红棕色的头发，端着一只粗箩筐，里面满装没收来的醋栗。四下里一片寂静……广场上不见一个人影儿……店铺和酒馆的门洞开着，活像一张张饥饿的嘴巴，对着这大千尘世。附近见不到叫花子的踪影。

"该死的，你竟敢咬人？"奥楚美洛夫突然听到有人说话，"伙计们，别放它走！今儿可不许咬人！抓住它！啊……啊！"

传来了狗吠声。奥楚美洛夫侧身一看，只见商人彼楚京的柴房里窜出一条狗，用三条腿跑路，不住回头张望。后面追着一个人，穿着浆硬的花布衬衫和敞开怀的坎肩。他追着追着，身子往前一探，扑倒在地，抓住那条狗的后腿。紧跟着又传来狗叫声和人喊声："别放走它！"紧跟着，小铺子里探出一张张瞌睡蒙眬的脸，很快柴房附近聚起了一群人，像是从地底下钻出来的。

"长官，可不能闹出乱子来！"那警察说。

奥楚美洛夫往左微微转过身子，向人群走过去。就在柴房门口附近，他看见上述那个人站着，敞开坎肩，举起右手，伸出一根血淋淋的手指头给众人看。他那喝得半醉的脸上似乎写着："看我不揭你的皮，混账东西！"而他那根手指分明就是一面凯旋的旗帜。奥楚美洛夫一眼就认出此人便是首饰匠赫留金。人群中心，地上就躺着这场乱子的罪魁祸首——一条白毛小猎狗，尖尖的脸，背上有一块黄斑，前腿劈开，浑身哆嗦。它那泪汪汪的眼睛里流露出痛苦和恐惧的神色。

"到底是怎么回事？"奥楚美洛夫挤进人群，问，"待在这儿干什么？干吗拿手指给人看？刚才哪个在闹闹嚷嚷的？"

"这不，长官，我走着走着，没碍着谁……"赫留金凑着空拳头一声咳嗽，说，"我正跟米特利·米特利奇谈柴火的事，忽然间，这个坏东西无缘无故过来咬了我手指一口……请别见怪，我是个干活儿的人……我干的活儿可精细哩。这下我的手指一星期都不能动弹了，得让狗主人赔我的损失。长官，法律上可没这样的条款，说是被畜生咬了得忍着，活该自己晦气。要是人人都得遭狗咬，活在世上还有什么意思？"

"哼！说得好……"奥楚美洛夫清了清嗓子，扬了扬眉毛，严厉地说，"说得好……谁家的狗？这事我决不会置之不理。我会让你们看看我是如何处置那些放狗出来闯祸的人的。现在该管管那些不愿遵纪守法的先生了。这个浑蛋，得罚他的款，让他好长个记性，放任狗或别的畜生出来祸害人有什么好果子吃！瞧我的厉害吧！叶尔德林！"警官转而对警察说，"查查去，看是谁家的狗，打个报告上来！这狗得处死。刻不容缓！可能是条疯狗……我说，这是谁家的狗？"

"像是席加洛夫将军家的！"人群中有人说。

"席加洛夫将军家的？哼！叶尔德林，帮我把身上的大衣脱下来……这鬼天气，热极了！看来快要下雨了……有件事我就是不明白，它怎么会咬了你呢？"奥楚美洛夫转身问赫留金，"它怎么能够得上你的手指呢？狗这么矮小，可你长得又高又大。你的手指多半是被钉子扎坏的，后来脑瓜子生出个坏主意，说是被狗咬的。你这人，谁都知道是怎么个家伙！我可看透你们这班鬼东西！"

"他，长官，为了寻开心，把雪茄烟戳到狗脸上，狗才不傻哩，才咬了他一口……他这人就爱胡闹，长官！"

"你胡说，独眼龙！你瞎了眼，干吗还胡说八道？咱们的长官个个都心明眼亮的，知道哪个在胡说八道，哪个面对上帝凭良心说话……要是我胡说，让调解法官审判我得了。法律上写得明明白白……现如今讲人人平等……我的一个兄弟就在宪兵队办事，要是想知道……"

"少来这一套！"

"不，这狗不是将军家的。"那警察经过深思后，说，"将军家没有这样的狗。他家的狗大多是大猎犬……"

"你有把握吗？"

"有把握，长官……"

"我自己也知道是这么回事。将军家的狗都很名贵，都是优良品种。可这狗——鬼知道是什么玩意儿！论毛色没毛色，论模样没模样，纯粹是下贱货。他家能养这样的狗吗？你们有脑子没有？要让这样的狗跑到彼得格勒或莫斯科去，会得到什么下场，你们知道吗？他们才不管什么法律，转眼就要了它的小命！我说赫留金，你遭了殃，我决不袖手旁观……得给他们颜色看！是时候了……"

"可说不定是将军家的……"警察捉摸后大声说道，"它脸上可没写明是哪家的……前不久我在他家院子里就见过这样一条狗。"

"错不了，准是将军家的。"人群中有人说。

"哼！叶尔德林老弟，把大衣再给我穿上。有风哩……吹得我好冷……你且带上这狗去将军家问问。就说是我找到派人给他送去的。告诉他，以后别再把狗放出来跑到大街上来了……这狗可名贵哩，要是让哪个蠢猪往它鼻子上戳烟卷儿，用不多久不就毁了它吗？狗可都是娇嫩的畜生……我说你这乱嚼舌头的家伙，把手放下来！用不着戳着自己的脏手指啦！都是你自己不好！"

"将军家的厨子过来了，问问他去……喂，普罗霍尔！过来，亲爱的！瞧瞧这狗……是你们家的吗？"

"亏你想的！我们家从来没有这样的货色。"

"不用多问了。"奥楚美洛夫说，"是条流浪狗！不必多说了……既然是流浪狗，必定是流浪狗无疑……打死完事。"

"这不是我们家的狗，"普罗霍尔接着说，"可它是将军兄弟家的狗，是不久前一起带过来的。我们家老爷不喜欢这样的狗，可他兄弟喜欢……"

"莫非他的兄弟弗拉基米尔·伊凡内奇来了?"奥楚美洛夫问,整个脸上洋溢着可爱的笑容,"天哪!我还不知道哩!他要来住一阵子吧?"

"要待一阵子。"

"老天爷!想念自己的兄弟哩……可我竟不知情!如此说来是他的狗了?太高兴了……拿走吧……小狗儿好好的……挺机灵……咬了这家伙一根手指!哈,哈,哈……瞧你干吗哆嗦?呜,呜……你这小坏蛋,生气了是不是……真是条好狗儿。"

普罗霍尔招呼小狗跟着自己离开了柴房……在场的人把赫留金狠狠取笑了一顿。

"看我不好好收拾你!"奥楚美洛夫边披上大衣,边对赫留金威胁说,然后沿着市场广场径自走了。

(1884 年)

假 面 人

某社交俱乐部，举办了一场为慈善事业募捐的假面舞会，按当地女士们的说法，便是化装舞会。

午夜十二点。几个没有跳舞、不戴假面的知识分子（他们是五个人），坐在阅览室一张大桌后，拿着报纸，掩面遮住了鼻子和胡子，有的在埋头看报，有的在打盹。据京城报纸驻本地记者，一位有自由主义思想的先生的说法，他们这是在"思考"。

大厅里传来卡德里尔舞曲"纺车"的乐声。门外不时有仆役跑过，响亮的脚步声和杯盘的叮当声不绝于耳。阅览室里却非常安静。

"看来这里会更舒服些！"突然响起一个低沉而喑哑的声音，这声音像是从炉子里发出来的，"上这儿来吧！上这儿来，朋友们！"

门打开，进来了一位肩宽背阔的敦实男人，身穿马车夫的号衣，头戴插着几根孔雀毛的宽边帽子，脸上戴着假面具。身后跟着两个戴假面具的女人和一名端托盘的仆役。托盘上摆着一只盛满烈性甜酒的大肚玻璃瓶、三瓶红葡萄酒和几只杯子。

"上这儿来！这里更凉快，"男人说，"把托盘放到桌上……都坐下，小姐们！热－武－阿－拉－特里蒙特朗①。先生们，你们出去……这里没你们的事！"

那男子的身子晃了晃，一挥手，把桌上的几本杂志抹到地上。

"托盘摆到这儿来！你们呢，看报的先生们，让开。现在不是看报和谈政治的时候……把报纸都扔了！"

---

① 俄语音译的法语，大致意思是"我要把你们招待得像女王一样"。

"我请您安静点，"有个知识分子透过眼镜，瞧了瞧那戴假面的人，说，"这里是阅览室，不是小吃部……这里不是喝酒的地方。"

"为什么不是？莫非怕桌子摇晃起来，天花板会塌下来？怪事！不过……我没工夫跟你们闲扯！你们把报纸扔了……报纸你们也看了些，该知足了。你们已经够聪明的了，再说看报伤眼睛。最主要的是，我不想让你们碍眼，就这么回事！"

仆役把托盘摆到桌上，把餐巾搭在胳膊肘上，站到了门旁。两个女人立即拿起了红葡萄酒。

"天底下竟有这样的聪明人，以为报纸比美酒更好哩。"插孔雀毛的男人给自己倒了一杯烈性甜酒，开口说，"照我看来，你们这些尊敬的先生之所以喜欢看报，是因为你们没钱买酒喝。我说对了吧？哈哈！……看报哩！喂，那上面写什么啦？我这是问戴眼镜的先生！您倒是读到了什么事？哈哈！得了吧，别看了！你别再装模作样，不如来喝一杯！"

插孔雀毛的男人稍稍挺起身子，一把夺过眼镜先生手里的报纸。对方的脸一阵白，一阵红，吃惊地看看其余的知识分子，对方也吃惊地看着他。

"您昏了头了，先生！"眼镜先生发怒了，"您把阅览室当成了小酒馆，竟敢这等放肆，夺了我手里的报纸！我岂能容忍！您不知道您在跟谁说话，亲爱的先生！我是银行经理热斯佳科夫！……"

"什么热斯佳科夫，我才不管哩！你的报纸，看我叫它有什么下场……"

男人举起报纸，把它撕成碎片。

"诸位先生，这是怎么回事？"热斯佳科夫喃喃地说，他惊呆了，"真是莫明其妙，这……简直岂有此理！"

"他老人家动怒了。"男人笑起来，"哎呀呀，可吓死我了！吓得我两条腿直哆嗦。是这么回事，可敬的先生们！说正经的，我都懒得跟你们说废话……因为我想同这两位姐儿单独待在这里，想在这儿找点乐子，所以请不要碍手碍脚，都给我出去……有请啦！先生们！别列布欣先生，滚出去！你皱什么眉头？我叫你出去，你就得乖乖地出去！给我快点儿！保不住我不揍你一顿。"

"这算什么话？"孤儿院会计别列布欣红着脸、耸耸肩膀说，"我简直不明白……哪来个无赖闯到这里……突然说出这种混账话来！"

"啥无赖？"插孔雀毛的男人大喝一声，怒不可遏，一拳头捶在桌子上，震得托盘上的杯子都跳了起来，"你这是跟谁说话？你以为我戴上假面，你就可以胡说八道吗？好一个刁钻刻薄的家伙！我叫你出去，你就得出去，什么银行经理，乖乖地给我出去！全都滚出去，哪个浑蛋也不许留在这里。快点儿，给我统统滚蛋！"

"你就等着瞧吧！"热斯佳科夫说，他激动得连镜片都蒙上水汽了，"等着我给你厉害瞧瞧！喂，快去把领班叫进来！"

不一会儿，一个身材矮小、头发棕红的领班走了进来，他的上衣翻领上，别着蓝色小布条，刚才在跳舞，这时还气喘吁吁的。

"请您出去！"他发话道，"这儿不是喝酒的地方！请到小吃部去！"

"你这是从哪儿冒出来的？"戴假面的男人说，"敢情是我叫你来的？"

"请别'你你你'的，请出去！"

"你听我说，可爱的人：我给你一分钟时间……因为你是领班警长，也算是有脸面的人了，所以请你拉着这些戏子的胳膊，把他们弄出去。我的姐儿们不喜欢这里有外人在……她们害臊，而我既然花了钱，就希望看到她们的真性情。"

"显然，这个畜生不明白，他不是在猪圈里！"热斯佳科夫大声叫道，"把叶夫斯特拉特·斯皮里多内奇叫来！"

"叶夫斯特拉特·斯皮里多内奇！"俱乐部里响起呼喊声，"叶夫斯特拉特·斯皮里多内奇在哪儿？"

叶夫斯特拉特·斯皮里多内奇，一个身着警服的老头，立刻来到。

"请您离开这里！"他瞪大可怕的眼睛，颤动着抹过油膏的八字胡，声音嘶哑地说。

"哎呀，吓死人了！"男人快活得哈哈大笑，"真的，吓死人了！居然有这么个可怕的人，你那小胡子活像猫的触须，眼睛都鼓了出来……嘿嘿嘿……"

"你少说废话！"叶夫斯特拉特·斯皮里多内奇气得浑身发抖，声嘶力竭地喊道，"滚出去！不然我叫人来把你拖走！"

阅览室里一片混乱和喧闹。叶夫斯特拉特·斯皮里多内奇，脸红得像煮熟的虾儿，不住地喊叫、跺脚。热斯佳科夫在嚷嚷，别列布欣也在嚷嚷，所有的知识分子都嚷嚷。不过，他们的声音都被那假面人低沉暗哑的声音压下去了。舞会因一片混乱而告中断，人群从大厅里拥向阅览室。

叶夫斯特拉特·斯皮里多内奇为了显示自己的威风，把俱乐部里所有的警察都叫了来。他坐下开始写笔录。

"写吧，写吧，"假面人用手指戳着笔尖说，"哎呀，现在叫我这可怜的人如何是好？我这个可怜虫呀！你们为什么要毁了我这个无依无靠的人呀！哈哈！记录好了？全记下了？那我就让你们瞧瞧！一……二……三！"

男人站起来，挺胸凸肚，猛地摘下自己的假面。他露出自己的醉醺醺的脸，瞧着大家，欣赏着大家的反应，然后屁股倒在圈椅里，快活得开怀大笑起来。他引起的反响的确非同小可。所有的知识分子都张皇失措，面面相觑，吓白了脸，有的直挠后脑勺。叶夫斯特拉特·斯皮里多内奇不安地清着嗓子，像个无意中做了蠢事的人。

大家认出这个捣乱分子原来是当地的百万富翁、工厂主、世袭的荣誉公民皮亚季戈洛夫，这人向来以喜欢胡闹、热心公益事业而名扬乡里，另外，正如当地通报里不止一次所载的那样，他还"热爱教育事业"。

"怎么样，你们走还是不走？"皮亚季戈洛夫沉默片刻后问道。

知识分子们都一声不吭，踮起脚尖默默地走出阅览室。等他们走后，皮亚季戈洛夫立即反锁上门。

"你一定早知道他是皮亚季戈洛夫!" 过了一会儿,叶夫斯特拉特·斯皮里多内奇摇着那个端酒进阅览室的仆役的肩膀,声音嘶哑地小声说,"你为什么成了哑巴?"

"老爷不许说,长官!"

"不许说……等我把你这个该死的畜生关起来,蹲上一个月班房,到时候你就知道'不许说'的厉害了! 滚! 而你们倒好,诸位先生," 他转身又对那些知识分子说,"居然造反了! 你们就不能离开阅览室十分钟? 好了,现在你们去收拾这烂摊子吧。唉,先生们,先生们……我可不喜欢这样,真的!"

知识分子们在俱乐部里走来走去,一个个都垂头丧气,丧魂失魄,满脸愧色,交头接耳,似乎预感到大难即将临头……他们的妻子和女儿们听说皮亚季戈洛夫 "受了委屈",动了怒,吓得都不敢出声,早早各自回家了。舞会就此中止。

夜里两点钟,皮亚季戈洛夫才从阅览室里出来。他喝得烂醉,走起路来踉踉跄跄。他来到大厅,在乐队旁坐下,打起瞌睡,后来愁眉苦脸地垂下头,立即打起了呼噜。

"别奏乐!" 领班们对乐师们直摇手,"嘘! ……叶戈尔·尼雷奇睡着了……"

"请问,要不要送您回府,叶戈尔·尼雷奇?" 别列布欣俯身凑着百万富翁的耳朵问。

皮亚季戈洛夫动动嘴唇,那样子好像要吹掉脸上的苍蝇似的。

"请问,要不要送您回府?" 别列布欣又问一遍,"要不吩咐备好马车?"

"啊? 谁? 你……你有什么事?"

"愿把您送回府上,先生……现在是睡觉的时候了……"

"我要回……回家……你送我……回去!"

别列布欣高兴得眉飞色舞,赶紧扶起皮亚季戈洛夫。其余的知识分子立即跑过来帮忙,他们愉快地微笑着,七手八脚把这位世袭荣誉公民抬起来,小心翼翼地送进马车。

"只有演员，只有天才，才能愚弄了这么一大群人，"热斯佳科夫扶他坐下时快活地说，"我确实感到震惊，叶戈尔·尼雷奇！直到现在我还想笑……哈哈……可是我们呢，还大动肝火，瞎折腾！哈哈！你们信不信，就是看戏我也没有这样开怀大笑过……滑稽透了！这一辈子我都忘不了这个难忘的夜晚！"

送走了皮亚季戈洛夫之后，那几个知识分子便面露喜色，开始安下心来。

"临走时他还向我伸出手来哩，"热斯佳科夫得意扬扬地说，"这么看来，没事了，他不生气了……"

"愿上帝保佑！"叶夫斯特拉特·斯皮里多内奇松了口气说，"恶棍，无赖，可是要知道，又是慈善家！……设法说得清！……"

（1884 年）

上尉的军服

太阳升起来，愁眉苦脸地悬在小城的上空，公鸡伸着懒腰，但在雷尔金大叔的酒馆里已有三名顾客了。他们是：裁缝师傅美尔库洛夫、警察日拉特瓦和地方金库送信员斯美胡诺夫。三个人已喝了不少酒了。

"别说了，别说了！"美尔库洛夫揪住警察的一颗纽扣，发起了议论，"在文职官员中，哪怕是官品稍高点的，在我们裁缝师傅的眼中，那神气决不比将军小。就拿宫中侍从来说吧……他们算哪门子官？有多高的官品？可看那架势！……衣服是四俄尺普留恩杰尔父子工厂上等的呢料做的，钉上纽扣，领子是金丝绒绣的，白裤子的骑缝滚着金丝镶条，前胸满是金丝绦，衣领、袖口、口袋盖，哪处不金光闪闪？要是给皇室侍从官老爷、御马官老爷、司礼官老爷和别的官老爷做起衣服来……你猜怎么着？我还记得当年给皇室侍从长安德烈·谢敏内奇·丰里亚列夫斯基伯爵做礼服的事儿。那架势吓得人不敢走上前去瞧瞧！要是伸手去拿，准保你血管里的血咚咚直跳！那些货真价实的大官，要是给他们做起衣服来，千万别惊动他们。量好了尺寸，自个儿做去，别想让他们来试穿、定式样什么的。没门儿！既然是位高明的师傅，那就按尺寸做去……哪怕是从钟楼上跳下，双脚正好踩到摆在地上的靴子里，就得有这份能耐！我记得，老弟，我们店铺附近有个宪兵队……我们的老板奥西普·亚克里奇就从宪兵当中挑些身材跟顾客差不多的人来试穿衣服。这不，这回也一样……老弟，我们也选了一个合适的宪兵替伯爵试衣。我们找了他来……'穿吧，丑八怪，让你尝尝当官的滋味儿！'……

真叫好笑！他穿了上去，瞧瞧自个的胸口，可把他吓傻了！浑身哆哆嗦嗦，居然昏了过去……"

"你们给县警察局长做过衣服吗？"斯美胡诺夫问。

"哼，他算哪门子鸟！在彼得堡，县警察局长就像满街跑的野狗，多的是……这儿，见了他们，得脱帽致敬，可在那儿，人家准对他们吆喝：'闪开，挡什么道！'我们给军官老爷，尤其是前四品军爷做过衣服。都是大官，各不相同……譬如说是五品的，那就没什么了不起的。过个把星期来取吧，到时候就做好了，因为除了领口和套袖，别的没多少费工的活儿……要是遇上四品、三品的，特别是二品官，老板便给我们几个伙计添工钱，他自个儿还得跑宪兵队。老弟，有一次我们给波斯领事做衣服。我们在衣服前胸和后背绣上金丝线麻花形绦带，花去了一千五百卢布。我们还以为他不愿付这笔钱了，可他付了……在彼得堡，连鞑靼人也有贵族哩。"

美尔库洛夫说了很久很久。到了快九点钟的时候，想起来那么多的往事，他竟哭了起来，伤心得直怨自己命苦，流落到这么个小地方来，除了商人和小市民，见不到像样的大官。其间那警察因要送两名居民去警察局走了，那送信员也离开过两次，一次是去邮局，另一次是去地方金库，不过这时候两个人都已回来，美尔库洛夫还在不停地怨天咒地。到了中午，他立在教堂诵经士跟前，拳头捶胸，愤愤不平地说：

"我可不愿给这些个乡巴佬做衣服！不心甘情愿！在彼得堡我亲手给希普采尔男爵和军官老爷做过衣服！你给我走开，专吃长下摆蜜粥的家伙①，这辈子别让我见到你！走开去！"

"您的眼界太高了，特里丰·潘捷烈伊奇，"诵经士对裁缝师傅

---

① 指诵经士，因为诵经士常穿长下摆的法衣，而且在为死者诵经后吃丧家的蜜粥。

说，"就算您是个本行里的高手，也不该忘了上帝和宗教。阿利①跟您一样自大，结果不得好死，您也一样!"

"死了又怎么样？那比给你们这些乡巴佬做衣服强!"

"我们家那该死的在这儿吗？"门外响起了一个女人的声音，随着进来美尔库洛夫的婆娘阿克辛尼娅。她已届中年，卷起衣袖，鼓起的肚子勒得紧紧的，"他倒是在哪儿，坏蛋？"她恼怒的目光把顾客扫视了一番，说，"回家去，你这该死的。家里来了位军爷，说是找你!"

"什么军官老爷？"

"鬼知道！说是来定做衣服的。"

美尔库洛夫伸出五个手指搔了搔大鼻子，每逢他大惊失色的时候，都要做出这样的动作。接着他嘟哝道：

"这个婆娘准是疯了……十五年来，我从没见过一个有脸面的人，今儿是斋戒日，倒来了位军官定做衣服！嗨……我得看看去……"

美尔库洛夫出了酒馆，跌跌撞撞，慢吞吞地回家去……妻子没有骗他，自己的小木屋门前果然站着本地军事长官的副官乌尔恰耶夫上尉。

"你这是逛到哪儿去了？"上尉见了他问，"我等了你整整一个小时……能不能给我做件军服？"

"老爷您……主啊!"美尔库洛夫嘟哝着，喘着粗气，摘下帽子，急忙中揪下了几根头发，"老爷！您以为我是第一次接这样的活儿吗？主啊！我可是给希普采尔男爵做过衣服的……也给艾杜阿尔德·卡尔雷奇……泽姆布拉托夫少尉现如今还欠我十个卢布没有付。喂，老婆子，你给这位爷端张凳子，我真该死……请问，是给您量量尺寸，还是凭我的眼力估摸一下？"

"好吧……就用你的呢料子，过一个星期给我做好……多少钱？"

---

① 阿利：公元4世纪非洲亚历山大城的一名基督教教士，他的宗教学说违背传统教义，被革除教籍，判处流刑。

"上帝饶恕我吧，老爷……瞧您说的，"美尔库洛夫满脸堆笑，说，"我可不是做生意的，咱俩都是老熟人，知道如何跟有身份的先生打交道，当年给波斯领事做衣服时，就没提钱的事……"

美尔库洛夫给上尉量好了尺寸，送走他后，在木屋中央立了整整一个小时，呆呆地瞪着妻子看。他怎么也没有想到会有这样的好事……

"天哪，真没想到会撞上这等事！"他终于开了腔，"可我哪来的钱买呢料子？阿克辛尼娅，老婆子，你把卖母牛的钱借我使使吧！"

阿克辛尼娅伸出手做了个侮辱人的手势，啐了口吐沫。过会儿，她抄起拨火棍，用瓦盆砸丈夫的脑袋，揪他的胡子，还跑到大街上吵吵嚷嚷道："信神的人哪，替我揍他一顿吧！他要我的命啦！……"可谁也没理睬她这般哭天咒地。第二天一早，她躺在床上，盖着东西，不让帮工见到自己身上的青伤。美尔库洛夫跑遍大小店铺，少不了一番你争我吵，讨价还价，买回来应用的料子。

从此这位裁缝师傅开始了一个新纪元。清早，睁开昏花老眼，打量着自己的一方小天地，再不像从前那样动辄啐起了吐沫……最叫人吃惊的是，他不再去酒馆，而是待在家里干活儿了。他轻声祈祷一番之后，戴上那副钢框的大眼镜，皱起眉头，煞有介事、一本正经地在桌子上铺开了呢料。

一星期后，军服做好了。美尔库洛夫熨好了衣服，来到街上，把军服挂在了篱笆上，刷了起来。他随手从衣服上摘掉一根细绒毛，远离衣服一俄丈①，眯起眼睛，细细打量了很久，又摘掉一根绒毛，如此这般，消磨了两个小时之久。

"这些个老爷，真叫难对付！"他对来往行人说，"我被折磨得没辙了！都是班有文化的人，知情达理，可要让他们满意——没门儿！"

第二天，美尔库洛夫打理一番衣服后，在自己的脑袋上抹上了

---

① 1 俄丈约合 2.134 米。

油，梳好了头发，用簇新的细棉布包好军服，便向上尉家去。

"跟你这样的蠢材我可没工夫闲聊！"一路上，每遇到人他就说，"没看见吗，我可是忙着给上尉送军服？"

过了半小时，他从上尉家回来。

"恭喜了，特里丰·潘捷烈伊奇！"妻子阿克辛尼娅咧着嘴笑嘻嘻、不好意思地迎接他，说。

"瞧你这傻婆子！"丈夫答道，"你以为这些个老爷当真就出手付钱了？他可不是什么商人，立马就会付钱的！傻婆子……"

一连两天，美尔库洛夫躺在炕上，不吃也不喝，乐陶陶地自得其乐，活像那个完成了诸多丰功伟业的赫拉克勒斯①。到了第三天，他便去拿钱。

"老爷起来了没有？"他悄悄地进了前室，轻声问勤务兵。

得到了否定的回答，他便在门旁一动不动立着等候。

"轰走他！叫他星期六来！"等了好久，他听到了上尉沙哑的说话声。

到了星期六他听到了同样的答复，又一个星期六，再一个星期六，次次如此……整整一个月，他去了上尉家，在前室无不等待了好几个小时，没拿到钱，听到的是一顿痛骂，叫他见鬼去，下个星期六再去。他并不灰心丧气，也毫无怨言，恰恰相反，他反而心宽体胖了起来。他乐意久久待在前室里，"轰走他"三字在他听来有如乐声悦耳。

"现在你知道有身份的都是些什么人了吧！"每次从上尉处回来，他总是兴高采烈地说，"在我们彼得堡，老爷都是一个样……"

要不是阿克辛尼娅逼着他还那笔卖母牛的钱，美尔库洛夫情愿一辈子次次跑上尉家，在前室等着。

"钱拿来了吗？"每次妻子都这样问，"没有？你这恶狗，你叫我

---

① 赫拉克勒斯：希腊神话中的大力士，曾多次建立丰功伟业。

如何是好？啊？……米切卡，拨火棍搁在哪儿？"

一天傍晚，美尔库洛夫从市场回来，扛回一袋子煤，身后急匆匆跟着阿克辛尼娅。

"回到家看我不好好收拾你！你等着！"她一想到那笔卖母牛的钱就气不打一处来。

突然，美尔库洛夫停住了脚步，一动不动，开心地大叫一声。夫妻俩正经过"欢乐酒家"，冷不防从酒家里窜出一个上等人，头戴高筒帽，脸色通红，醉眼迷离。他身后紧跟着乌尔恰耶夫上尉。他手拿台球杆，没戴帽子，头发蓬乱，那身新军服沾满了粉笔灰，一枚肩章已歪到了一边。

"非跟我玩不可，你这骗子！"上尉边挥舞着台球杆，抹着脑门上的汗珠，边嚷嚷，"好叫你知道，你这滑头，如何跟正派人玩球！"

"看好了，傻婆子！"美尔库洛夫捅了捅妻子的胳膊肘，嘻嘻笑着，轻声说，"你这就看到上等人了。要是商人，给他那土里土气的身子缝一件衣服，老穿它不破，穿十年也行。可你看这主儿，这身军服没穿几天就烂了，得再做一身了！"

"跟他要钱去，"阿克辛尼娅说，"要钱去！"

"瞧你说的，傻婆子！在大街上要？不行，不行……"

虽然美尔库洛夫死活不愿意，可妻子逼得紧，万般无奈，只好走到正在气头上的上尉跟前，要起了钱。

"滚开！"上尉说，"讨厌！"

"我知道，老爷……我自己不在意……老爷，可我老婆……她是个没脑子的畜生……您是知道的，妇道人家的脑子就这个样……"

"跟你说了，你烦死人了！"上尉瞪大蒙眬的醉眼，怒斥道，"给我滚！"

"我明白，老爷！事关一个娘儿，要知道，我花了卖母牛的钱……牛卖给了犹太神甫……"

"啊，啊，你怎么还要唠叨，你这毛毛虫！"

只见上尉抡起了胳膊，啪的一声给了他一记耳光，美尔库洛夫背上的煤块撒落一地，眼冒金星，双手捧着的帽子掉了下来……阿克辛尼娅一见这情景傻了。她一动不动地呆了一会儿，活像那个变成盐柱子的罗得妻子①。接着她走上前去，怯生生地看了看丈夫的脸……令她吃惊的是，美尔库洛夫的脸上挂着幸福的笑容，喜气洋洋的眼睛里含着泪珠子……

"这下该看到真正的老爷了吧，"美尔库洛夫嘟哝道，"多有文化，多知情达理……当年，我给希普采尔男爵、艾杜阿尔德·卡尔雷奇送皮大衣的时候，就在这个地方，他俩抡起胳膊，啪的一声，我也挨了一记耳光，错不了……泽姆布拉托夫少尉老爷也揍过我……我去找他，他蹿了起来，用足力气……唉，老婆，我的好日子早已到头了！你不明白！我的好日子到头了！"

美尔库洛夫挥挥手，捡起了煤，慢吞吞地回家了。

（1885 年）

---

① 罗得夫妇一同逃出所多玛城，妻子因回头看了一眼而变成了盐柱子。事见《圣经·创世记》。

普里希别耶夫中士

"普里希别耶夫中士！你被指控于今年九月三日言语冒犯并殴打本县警察日金、村长阿利亚波夫、乡村警察叶菲莫夫。现有见证人伊凡诺夫和加夫里洛夫，以及另外六个农民。尤其是前三人是在执行公务时受到侮辱的。你认罪吗？"

退伍中士普里希别耶夫，满脸皱纹和肉刺，手贴裤缝立得笔直，嗓子沙哑而低沉，回答时一字一句说得清清楚楚，活像在发布命令：

"长官，调解法官先生！按法律条款，法院当然有理由要求双方陈述当时种种情况。有罪的不是我，而是另外那些人。整个事件是由一具死尸引起的——愿他的灵魂升天！三号那天，我同老婆安菲莎安安分分、规规矩矩走着。走着走着，看见河岸上聚了一大堆各式各样的人。我请问：老百姓有什么权利在这地方集会？为的哪般？莫非律书上写着，老百姓可以成群结伙走动？我喊了一声：散开！然后推开众人，要他们回家去，还下令乡村警察揪住他们的领子，把他们轰走……"

"对不起，我问你：你既不是本县警察，也不是村长，你有权驱散人群吗？"

"无权，无权！"审讯室各个角落里的人齐声喊道，"他搅得人不得安生，大人！我们受了他十五年的罪了！自从他退伍回来，从此害得人心惶惶，在村里待不下去了。他可把大家害惨了！"

"说得没错，大人！"村长做证说，"村子里民怨沸腾。没法儿跟他一起过活了！凡是捧着圣像去教堂，婚礼，要不，比如说吧，出了什么事，他都要横插一杠，叫叫嚷嚷，吵吵闹闹，非由他来维持秩序不可。他揪小伙子的耳朵，跟踪监视婆娘们，生怕她们出事，简直成了她们的老公公了……前几天，他挨家挨户下令不许唱歌，不许点灯。他说，没见法律规定可以唱歌的。"

"且慢，待会儿您再提供证词，"调解法官不让村长继续说下去，"现在，让普里希别耶夫继续陈述。说吧，普里希别耶夫！"

"遵命，先生。"中士嘶哑着嗓子，说，"您，长官，刚才说到，驱散人群不关我的事……那好，先生……可要是民众闹事呢？难道能允许乡民胡作非为吗？哪一部法典里写着，可以放纵百姓，听其胡来的？我绝不许可，先生。要不是我来驱散人群，给他们点手段瞧瞧，谁又能挺身而出？谁也不懂现行的规章制度，可以这么说，长官，全村只有我一人知道怎样对付平民百姓。而且，长官，我什么都能弄懂。我不是庄稼汉，我是中士军官，退役的军输给养员，在华沙当过差，还在司令部呢，先生。后来，请注意，我堂堂正正退了伍，当了消防队员，先生。再后来，由于病后体弱离开了消防队，在古典男子初级中学当了两年门卫……所有的规章制度我全知道，先生。可是庄稼汉都是粗人，啥也不懂，就应该听我的，因为——那也是为他们好。就拿眼前这件事来说吧……我是驱赶了人群，可是岸边沙地上躺着一具捞起来的死尸。我请问：有什么根据，尸体可以躺在这个地方？难道这正常吗？县警察管什么的？我说了：为什么你这个县里的警察不把此事报告上级？兴许这个淹死的人是投水自尽，但兴许这案子有点儿要流放到西伯利亚的性质，说不定是一桩刑事凶杀案……可是本县警察日金满不在乎，只顾抽他的烟。他还说：'这人是谁，怎么跑来指手画脚的？他是你们这儿的什么人？好像我们离了他就不知道如何是好了。'我回答说：'既然你只知道干站着，不管不问，可见你这个傻瓜就不知道该怎么办。'可他说：'我昨天就把这事报告了县警察局长。'我请问：为什么报告县警察局长？根据哪部法典的哪条哪款？碰到这类案子，比如有人淹死，有人抹脖子，或者诸如此类的事，难道归县警察局长管吗？我说，这是刑事案件，民事诉讼……我说，眼下得派专人呈报侦查员先生和法官们。我还说，第一步你得写份报告，送交调解法官先生。可是他，这个县警察，只是张着嘴傻笑。那些庄稼汉也一个样。大家都笑，长官。我可以对天起誓，我说的没错。喏，这人笑了，那人笑了，日金也笑了。我说，你们都呲牙咧嘴干什么？可是县警察开口了：'这类案子调解法官管不着。'我一听就火冒三丈。县警察，你是这么说的吗？"中士转身问县警察。

"是这么说的。"

"大家都听见他有关所有普通百姓的话是怎么说的：'这类案子调解法官管不着。'大伙儿都听见他说什么来着……这话可把我给惹火了，也吓着我了，长官。我说，你再说一遍，把自己说过的话再说一遍！他又把原话说了一遍……我便冲着他说，你怎么能这样说调解法官先生？你身为县警察，能说反官府的话吗？啊？我说，你知道吗，要是调解法官先生愿意，就可以凭你这话，判你行为不端把你送交宪兵队？你知不知道，调解法官凭你这句政治性的言论，就可以把你驱逐出村，发配到别的地方去？可村长说：'超出自己权限的事调解法官一件也办不了。他只能审判些鸡毛蒜皮的小事。'他就是这么说的，大伙儿都听到了……我说了：你怎么不把官府放在眼里？我说，你别跟我闹着玩，到头来准没你好果子吃。当年在华沙，在男子中学我当门卫时，只要听到有不当的言论，我就朝大街张望，看有没有宪兵在，要是有，我就说：'过来，老总。'把事儿一五一十全向他报告。如今在村子里你能向哪个报告？……闹得我气炸了肺。如今的人肆无忌惮，目无法纪，气得我挥起了拳头……当然啰，我揍得并不费劲，只是给人家轻轻几拳，好让他对您长官再不敢说这样的话。这时县警察出来替村长说话了，所以我把县警察也给揍了……事情就这样闹了下去……我那是在气头上，长官，不揍事儿对付不了。见了蠢家伙不动拳头，心里过意不去。特别是遇到大事儿……见到有人闹事……"

"得了！即使有人闹事，自然有管事的人。有县警察、村长、村警。"

"县警察管不了那么多的事，再说他也没有我更了解情况。"

"不归你管的事，用不着你了解！"

"啥？不归我管？怪哩……有人闹事，居然不归我管！难道还要我夸他们做得对吗？他们不是向您告状吗，说我禁止他们唱歌……唱歌有什么好的？放着正事儿不干，倒要唱歌……他们还时兴晚上点着灯闲坐一起。该去睡了，他们倒好，又是笑又是闹的。我都记下了！"

"记下什么？"

"点灯闲坐的家伙。"

普里希别耶夫从口袋里掏出一张油腻腻的纸条，戴上眼镜，念了起来：

"点灯闲坐者如下：伊凡·普罗霍罗夫，萨瓦·米基福罗夫，彼得罗夫。大兵的寡妇舒斯特罗娃同谢苗诺夫·基斯洛夫私姘。伊格纳特·斯韦尔乔克大搞妖术，他的老婆玛芙拉是巫婆，每天夜里跑出去挤人家的牛奶。"

"别念了！"法官制止了他，转而询问证人。

普里希别耶夫中士把眼镜往脑门上一推，惊讶地打量法官，看得出，对方并不站在他一方。他的眼睛闪闪发亮，鼻子通红。他看了看法官，又看看证人，怎么也不明白，法官干吗那么激动，审讯室的角角落落里干吗会响起叽叽喳喳的不满声和忍着没大声发出的嘻嘻笑声。他怎么也想不通对他竟是这样的判决：监禁一个月。

"为什么？"他疑疑惑惑地摊开双手，问，"凭哪部法律的哪条哪款？"

不过有一点他终于明白了：世道已经变了，他再也没法儿活下去了。他心情沉重，心灰意冷。他出了审讯室，只见一大群庄稼汉聚在一起，交头接耳。他出于习惯，禁不住挺直身子，双手紧贴裤缝，用那沙哑的嗓子，怒气冲冲地高声嚷道：

"老百姓，都给我散开！不得聚众！各自回家！"

（1885 年）

瞌睡蒙眬

地方法院正在审案。被告坐在椅子上。他是位有身份的中年人，面容憔悴，被控告挪用公款和伪造文书两罪。削瘦窄胸的文书在慢声慢气地宣读起诉书。他既不管句号，也不问逗号，一口气念下去，那单调乏味的朗读声有如蜜蜂的嗡嗡声，也像溪水的汩汩声。在这一长串声响下，好不催人幻想、回忆和入眠……法官、陪审员和旁听者无不憋闷得无精打采……鸦雀无声。只有偶尔从过道里传来什么人蹑手蹑脚的脚步声，或陪审员打哈欠时凑着拳头小心翼翼的咳嗽声。

辩护人双手抱拳支着长着一头鬈发的脑袋沉醉在温柔乡中，在文书那嗡嗡声的作用下，他的思想正天马行空，失去了条理。

"这法警的鼻子怎么这般长？"他竭力张开沉重的眼皮子，心想，"造化可真白糟蹋了这张聪明的脸了！要是人人的鼻子都有两三俄丈长，那房子就得造好大好大，才容得下自己的鼻子……"

辩护人像被苍蝇叮咬了，连连晃动脑袋，接着想下去：

"这会儿我家里会怎么样呢？这会儿我妻子、岳母和柯尔卡与齐娜这几个孩子，他们全都在家，大概都在我的书房里……柯尔卡就站在圈椅上，胸口靠在桌沿，在我的文件上画着。他已画了一匹尖嘴的马，画上两个黑点，当成了眼睛，还画了一个长长胳膊的人和一座歪歪扭扭的房子。齐娜便立在桌子旁，伸出脖子，看清哥哥到底画什么……

"'你还是画爸爸吧！'她说。

"柯尔卡便画起我来了。他已经画好了一个人，只要再添上胡子，爸爸的像就成了。随后柯尔卡就在《法典》上找画儿，桌子就让齐娜占了。她看见了呼唤仆人的铃。铃响了。她见到墨水瓶，非把手指伸进去蘸一下不可。要是办公桌的抽屉没上锁，那就得打开来翻一阵子才过瘾。最后两个小家伙灵机一动，把自己当成了印地安人，钻到桌子底下，安全地躲过了敌人。两个人在桌下爬来爬去，大呼小叫，非闹得桌上的台灯和花瓶翻落在地才肯罢休……嘿！这时候妈妈想必是手抱自己的第三个‘产品’神情庄重地在客厅里来回转悠……那老三又哭又闹，哇哇声不绝于耳！"

"现在且看活期存款，"书记官念念有词，"柯佩洛夫、阿切卡索夫、齐玛科夫斯基、齐金娜诸人的息金一概未付，共计为 1425 卢布 41 戈比，均已列入 1883 年的尾数……"

"这时候，我们家想必在吃午饭了！"辩护人又飘飘忽忽想开了，"吃饭的有岳母、妻子娜佳、内弟瓦夏和几个孩子……岳母照例一脸阴沉而忧心忡忡，显得煞是威严。娜佳消瘦，脸色憔悴，可脸上的皮肤光洁白净。她吃饭的时候那神情，活像是硬被人拉来坐在那儿似的。她什么也没吃，一副病态。她也像岳母，忧心忡忡。可不是！孩子要她管，厨房的事她也要操心，丈夫的衣服、来往客人、皮大衣上的蛀虫、钢琴的弹奏——她哪样不费神！说来责任还真多，可干的活儿有多少？娜佳跟她妈妈几乎什么活儿也不干。要是这母女俩闲得慌，去给花儿浇下水，要么把厨娘痛骂一顿，事后准有两三天抱怨叫苦，说什么这苦役般的日子没法儿过了……内弟瓦夏板着脸，吃自己的饭菜，一声不吭，因为他今天拉丁语课只得了个一分。这孩子小小年纪向来挺文静，乐于助人，知恩图报，可就是不爱惜东西，穿破的靴子、裤子，用坏的书本，不计其数……两个孩子自然是爱调皮捣蛋，喜欢吃醋和胡椒，相互揭短告状，有时还把汤勺掉到地上。想起这些事，就叫人头昏脑涨！妻子和岳母穷讲究规矩……胳膊肘可不能搁在饭桌上，握着拳头拿刀叉不成体统，仆人端菜时得从右边而不是左边端上来。所有的菜，哪怕是火腿煎碗豆，都得有香粉和水果糖的味儿。什么菜不是太油腻，就是量太少，没一样是可口的……我做单身汉时吃过的菜汤和粥，如今连影子也见不到了。妻子和岳母说起话来一概用的是法语，但说到我的事，岳母就用起俄语来了，因为温柔的法语不配用在我这样没感情、没心肝、没廉耻和粗野的人身上……

"'可怜的米谢尔想必挨饿了，'妻子说，'早晨只喝了一杯茶，面包也没吃，赶着上法庭……'

"'你就别操心了，宝贝儿，'岳母说，'他这样的人饿不了！兴许小卖部都跑了五次了。法院办了个小卖部，过不了五分钟，他们都要求休庭一次。'

"吃过午饭，妻子和岳母就议论起简缩开支的事，算来算去，一条条一项项全记下来，结果发现开销大得惊人。于是把厨娘请来，跟她一起细算起来，怪她种种不是，为五戈比吵得面红耳赤……眼泪鼻涕，咒天骂地，骂个不休……接着是打扫房间，重摆家具——全是无事找事。"

"据八品文官切列普科夫供称，"书记官嗡嗡声起，"811号收据已送达予他，但他说应得的46卢布2戈比尚未收到，此事现已记录在案……"

"只需对此情况稍加思考，略加判断，"辩护人继续想道，"就叫人灰心丧气，全让它见鬼了事……成天缠在这些烦恼、庸俗的小事之中，怎不叫人头昏脑涨，筋疲力尽，哪怕有片刻的喘息时间也是求之不得。不得不让人去找娜塔莎，有钱的话，找个茨冈姑娘，好把这些个鬼事儿抛到脑后去……说老实话，全都抛到脑后拉倒！远远地跑到城外去，找那鬼也找不到的地方，待在单独的房间里，往沙发上一躺，让那些亚洲人尽情地唱啊，跳啊，嚷啊，只觉得那迷人的、疯狂的可怕的茨冈姑娘格拉莎把自己的灵魂全翻来倒去……格拉莎，啊，格拉莎，可爱、迷人、销魂的格拉莎！那皓齿，那眸子……那背脊！"

书记官的嗡嗡声连绵不绝……辩护人的眼睛里万物全都混在一起，跳跃摇晃。法官和陪审员化作一团，旁听者变作了斑斑点点。

天花板时而落下来，时而升上去……他的思想跳跃腾挪，最后中断了……娜佳，岳母，法警的长鼻子，被告，格拉莎——全都在跳跃着，旋转着，慢慢向远处离去，离去，离去……

"好哇……"辩护人嘟哝着渐渐进入了梦乡，"好哇……躺在沙发上，四周舒适……温暖……格拉莎唱着……"

"辩护人先生！"尖锐的声音响起。

"好哇……多暖和……没有岳母，没有奶妈……没有散发香粉味儿的菜汤……格拉莎，心地善良，标致……"

"辩护人先生！"那尖锐的声音再次响起。

辩护人打了个哆嗦，睁开眼睛。茨冈姑娘格拉莎那乌黑的眼睛直勾勾地盯着他，湿润的嘴唇笑意盈盈，黝黑的俏脸容光焕发。他呆呆地，瞌睡蒙眬，以为还在梦境中，见到的是幻觉。他慢吞吞地站起来，张开嘴巴，眼望着茨冈姑娘。

"辩护人先生，有什么要问女证人吗？"审判长问。

"啊……是了！是证人……不，不想问，没什么要问。"

辩护人晃了晃脑袋，这下完全醒过来了。现在他明白了，面前站着的正是那茨冈姑娘格拉莎，她是被传来做证的。

"不过，对不起，我是有话要问她，"他大声道，"证人，"他转身问格拉莎，"您在库兹米巧夫的歌舞团里干活儿，请告诉我，被告常到你们的饭店里寻欢作乐吗？这个……您记不记得，每次他是不是都是自己付的账，还是有时是人家代他付的？谢谢……没有要问的了。"

他连喝了两杯水，睡意全消……

（1885 年）

伤　心

　　车工格里戈里·彼得罗夫，正赶着雪橇把生病的老伴送到地方自治局医院去。想当年他是加尔钦乡里远近闻名的出色工匠，可又是名最没出息的庄稼汉。这一趟外出他得赶三十俄里的远路，加上道路糟透了，连官方的邮差也望而生畏，更何况车工格里戈里这样的懒汉呢。刺骨的冷风扑面而来。举眼望去，处处漫天的大雪飞舞，叫人分不清雪团是由天上落下，还是从地上扬起的。雪团迷离，见不到田野、电线杆和森林。每当格里戈里遇上迎面而来的强风，甚至连车辕也迷失其踪迹。瘦弱的老马艰难地一步挨着一步往前走去，四腿深深地陷在雪堆里，费了浑身的气力才能拔将出来，累得晃起了脑袋。这车工焦急赶路，从座位上跳起，不时挥鞭抽打马背。

　　"玛特廖娜，你就别哭了……"他小声嘟哝道，"忍着点，天保佑，眨眼间你就到医院了。巴维尔·伊凡内奇会给你药水喝，要么给你放血，要么他发慈悲，用酒精给你擦身，错不了，腰痛病说没事就没事了。巴维尔·伊凡内奇会尽心尽力的……别看他嘴里嚷嚷，使劲跺脚，可是会尽心尽力的……多好的老爷，待人和和气气，愿上帝保佑他身体健康……等我们一到，他会巴结着从诊室里奔出来，这个那个问个没完：'怎么回事？'他会嚷嚷，'为什么现在才到？为什么不早些来？难道我是一条狗，得成天围着你们这些鬼东西转？为什么不在上午来？回去，别让我见到你。明天再来！'我就对他说：'医生老爷！巴维尔·伊凡内奇！好老爷'哎，你倒是迈腿呀，该死，恶鬼！驾！"

　　车工给了马一鞭，不再理会老太婆，径自低声说了下去：

"'好老爷！说句老实话，面对上帝，敢对十字架起誓：天刚亮我就动身了。可哪能按时赶到？老天爷……圣母娘娘……发怒了，送来了这么一场暴风雪。您老人家也知道，再好的马也赶不来，要说我那马，老爷您也看到了：哪是什么马，丢人现眼的货色！'可是巴维尔·伊凡内奇一听准会皱起眉头，大声嚷嚷：'我知道你们这些人，总能找出理由来！特别是你，格里什卡①！我早就把你看透了！这一路过来怕是又进了五六家酒馆吧！'我就回答他：'敢情我是恶棍，是异教徒？老太婆快要归天了，只剩下一口气了，我还一趟趟跑酒馆？瞧您说的，饶恕我吧！叫那些酒馆见鬼去吧！'巴维尔·伊凡内奇便吩咐人把你抬进医院去。我就给他下跪……对他说：'巴维尔·伊凡内奇！老爷！我们对您千恩万谢啦！您要原谅我们这些傻瓜、浑蛋，不要生我们庄稼人的气！是该把我们轰出去，可您老人家为我们操够了心，瞧您的脚都沾上雪了！'巴维尔·伊凡内奇会瞪我一眼，像要揍我，说：'你癫癫地给人下跪，傻瓜，还不如平时少灌几杯马尿，可怜可怜自己的老太婆。真该揍你一顿才是！''说得对，真该揍，巴维尔·伊凡内奇，您就揍我一顿吧！既然您是我们的大恩人，亲爹，我们怎能不下跪呢？老爷，我说的是老实话……就像当着上帝的面……要是我撒谎，您就啐我的眼睛。只要我的玛特廖娜，也就是这个老太婆，病治好了，又能操持家务了，那么只要您老人家吩咐我做的事，我件件都办到！小烟盒，您想要的话，我可以用卡累利阿桦木做……还有槌球，还有九柱戏的木柱，我都能车得同洋货一个样……这些玩意儿我都替您做！一个子儿也不收您的！在莫斯科，这种小烟盒能卖四个卢布，可我不要您一个子儿。'医生会笑着说：'行啊，行啊……我心领了！只可惜你是个酒鬼……'我，老伴儿，知道怎么跟那些老爷们打交道，没有哪个老爷我不能跟他搭上几句的。只求上帝保佑，别迷路才好。瞧这暴风

---

① 格里什卡：格里戈里的小称。

雪！迷得我的眼睛都睁不开了。"

车工唠唠叨叨个没完没了。他这下就像开了闸门的水，说起来收不住嘴，好减轻些痛苦的心事。他说的话不少，可脑袋里的想法和问题更多。一桩桩伤心事猛地向这车工袭来，令他措手不及，害得他此刻不知所措，定不下心来认真想一想。在此之前，他一直过着无忧无虑的生活，处于醉酒后那种迷迷糊糊的状态，既不知道伤心，也不知道欢乐，可是现在却突然感到心情十分痛苦。这个无忧无虑的懒汉和酒鬼不知不觉中变成了另一个人，急得团团转，心事重重，急着赶路，甚至敢于跟暴风雪对着干了。

这车工记得，灾祸是从昨天傍晚开始的。昨晚他回到家里，照例又喝得烂醉如泥，照例又骂骂咧咧，挥拳打人。老太婆瞧了一眼自己的老冤家，那眼神是前所未见的。往日，她那双老眼里布满了痛苦和顺从，就像那些经常挨打、吃不饱肚子的狗，可现在她的眼神严厉而呆滞，像圣像上的圣徒或者快要入土的人。哀伤就是从这双奇怪的、不祥的眼睛开始的。车工惊呆了，赶紧向邻居借了一匹老马，立即把老太婆往医院送，一心指望巴维尔·伊凡内奇能用些药粉或者油膏让老太婆的眼神变回去。

"你呀，玛特廖娜，那个……"他低声嘟哝道，"要是巴维尔·伊凡内奇问起我揍不揍你，你就说：'从来不揍！'往后我再也不揍你了。我凭十字架向上帝起誓！再说，难道我是生性狠毒才揍你？揍了没丁点儿好处。我心疼着你哩。换了别人就不会这么伤心，可我现在急着送你去看病……我尽力了。这风雪，这风雪！上帝啊，你爱怎么干都可以！只求你别让我们迷路……怎么，腰痛？玛特廖娜，你怎么老不吭声？我问你呢：腰痛吗？"

他感到奇怪，老太婆脸上的雪怎么老也不化。奇怪，那张脸不知怎么显得特别干瘪，灰白里透着蜡黄，因而显得神情严厉而呆滞。

"唉，蠢婆娘！"车工嘟哝道，"我是凭良心对你，上帝做证……可是你，那个……咳，真是蠢婆娘！再这样，我索性不把你送医院让巴维尔·伊凡内奇来治了！"

车工放下缰绳，犹豫起来。他不敢回头看一眼老太婆：他害怕！问她什么，她不答应，同样叫人害怕。最后，为了探个明白，他没有回头，只是去摸她的手。手冰冷，拉起后又像鞭子一样落了下去。

"这么说她死了。糟了！"

车工哭了。他不只可怜老太婆，更感到沮丧。他心想：世上的事变得真快！他的伤心事刚开始，怎么就到头了？他还没来得及跟老太婆好好过日子，对她表表心意，疼她，怎么她就死了？他跟她一起生活了四十年，这四十年就像在烟里雾里糊里糊涂一晃就过去了。酗酒、打架、受穷，没过上一天好日子。而且，像故意恼他似的，就在他醒悟到要疼爱老太婆、离了她就没法儿生活、他实在对不起她的时候，她却死了。

"是啊，她还去要过饭！"他回想往事，"是我亲自打发她去要饭的，多糟糕的事儿！她，蠢婆娘，再活上十来年就好了，要不，她还真的以为我是那种人哩。圣母娘娘，我这是往什么鬼地方赶呀？现在不用去看病了，该去下葬了。往回走！"

车工掉转马头，使劲抽马。道路变得越来越难走了。现在，连车辕都看不见了。雪橇有时撞到小云杉上，黑乎乎的东西擦伤他的手，又从眼前闪过。举目望去又变得白茫茫一片，风吹雪舞。

"再从头活一次就好了……"车工心想。

他回想起，四十年前玛特廖娜是个年轻、漂亮、快活的姑娘，出身富贵人家。父母把女儿嫁给他，贪图他有好手艺。凭着那份嫁妆原本完全可以过上好日子，糟就糟在，婚礼后他喝得烂醉如泥，一头倒在暖炕上，从此就迷迷糊糊，好像直到这一刻都还没有清醒过来。婚礼他倒记得，可是婚礼之后出了什么事，哪怕要他的命，他也记不起来了，只知道成天不是酗酒，倒头睡觉，便是打架。四十年就这样过去了。

云团般的白雪渐渐变得灰暗起来。暮色渐浓。

"我这是往哪儿赶呀？"车工猛地醒悟过来，"该把她埋了，可我得去趟医院……我都变傻了！"

车工再次掉转雪橇，又抽起了马。老马鼓足全身的劲，喷着鼻子，开始小跑起来。车工接二连三抽它的背……身后响起撞击声，他哪怕不回头，也知道是死去的老太婆的脑袋撞着雪橇。天色变得越来越暗，风越刮越冷，越来越刺骨……

"再从头活一次就好了……"车工心想，"我要添置一套新工具，接下活儿……挣来的钱全交给老太婆……该这么办！"

后来他居然把缰绳弄丢了。他寻找起来，想把缰绳捡起来，却怎么也不行。他的手活动不了了……

"算了……"他心想，"让马自个儿走吧，它反正认得路。这会儿得睡会儿……葬礼前，安魂祭前，得躺会儿。"

车工闭上眼睛，打起盹来。不久他听到马站住不走了。他睁眼一看，自己面前有一团黑乎乎的东西，像是小木屋，又像大草垛……

他真想从雪橇上爬下来，看看是怎么回事，可是全身软绵绵的，即使冻死，也懒得动弹了……于是他安静地睡着了。

他醒过来，发现躺在一间四壁油漆过的大房间里。窗外射进明亮的阳光。车工看到床前有许多人，首先他想做的事就是要让人看到自己是个明事理的规矩人。

"请来参加老太婆的安魂祭，乡亲们！"他说，"还要告诉东家一声……"

"唉，得了，得了！你躺着！"有人打断他。

"天哪！巴维尔·伊凡内奇！"车工看到身边的医生吃惊地说，"老爷！恩人！"

他想跳下床，扑通一声给医生跪下，但感到手脚都不听使唤。

"老爷！我的腿在哪儿？胳膊呢？"

"你跟胳膊和腿说声再见吧……都冻坏了！唉，唉，你哭什么，你已经活了一辈子，谢天谢地吧！恐怕活了六十年了吧——你也活够了！"

"伤心哪，老爷，我好伤心哪！请您开恩原谅我！要再活上五六年就谢天谢地了……"

"为什么?"

"马是借来的,得还人家……要给老太婆下葬……这世上的事怎么变得那么快!老爷!巴维尔·伊凡内奇!我给您做个顶顶好的卡累利阿桦木烟盒,再车个槌球……"

医生挥挥手,走出病房。车工算是活到头了。

(1885 年)

苦　恼

我们的苦恼该向谁诉说……

　　暮色苍茫。大片大片湿雪在刚点亮的街灯四周懒洋洋地飘舞，落在房顶、马背、人的肩膀和帽子上，积成软软、薄薄的一层。车夫姚纳·波达波夫浑身雪白，活像个幽灵。他在车座上坐着，一动不动，身子前倾，伛到了活人的身子不能再伛的地步。哪怕往他身上倒上一大堆雪，他也会觉得没必要把身上的雪抖掉……他那匹小马也是一身素白，也是一动不动。它那呆滞的身子、那瘦骨嶙峋的身架、那棍子般僵直的腿，活像是花一个戈比就能买到的马形蜜糖饼干。这时它也许在想心思。不论是谁，只要硬要它离开犁头，离开熟悉的灰色田野，硬被抛到这地方来，抛到这个亮得光怪陆离、喧嚣声不绝于耳、行人熙熙攘攘的旋涡中来，怎么不叫它心事重重……姚纳和他的瘦马停在那儿一动不动已经很久了。他俩还在午饭以前就从大车店里出来，至今还没拉到一趟生意。可是现在全城已经暮色很浓了，街灯黯淡的光已经变得明亮活跃，街上也变得热闹起来了。

　　"赶车的，维堡区。走！"姚纳听见有人喊道，"赶车的！"

　　姚纳身子一阵哆嗦，透过粘着雪花的睫毛望出去，看见一个穿着带风帽的军大衣的军爷。

　　"维堡区！"那军爷又喊了一声，"你睡着了还是怎么的？维堡区！"

　　姚纳抖动一下缰绳表示听到了，随之马背上和他肩膀上便有大片大片的雪掉落了下来……那个军爷坐上了雪橇。车夫咂吧着嘴唇，接着天鹅似的伸长了脖子，微微欠起身子，挥了挥鞭子，他的这一动作倒不是出于必要，而是习惯使然。那匹瘦马也伸长脖子，弯起它那棍子般的腿，迟疑地迈开了步子……

"你这是往哪儿瞎闯，鬼东西！"姚纳立刻听见前后来去的黑影当中有人喊道，"你这鬼东西，倒是往哪里瞎闯？靠右走！"

"你就不会赶车吗！靠右走！"军爷凶巴巴地说。

一个赶轿式马车的车夫破口大骂。一个行人恶狠狠地瞪他一眼，抖掉自己衣袖上的雪。他刚跑过马路，肩膀撞在那匹瘦马的脸上。姚纳在车座上如坐针毡，显得局促不安，胳膊肘往外撑开，转动眼珠子，恶鬼附身似的，仿佛不知道自己到底待在什么地方，为什么待在那儿似的。

"他们全是混账家伙！"那个军人打趣地说，"是故意来撞你，或者故意要扑到马蹄底下去。他们都是互相串通好的。"

姚纳回过头去打量了一眼乘客，努了努嘴唇……他分明想要说话，可喉咙里吐不出一个字来，只发出嗫嗫的声音。

"什么？"军爷问。

姚纳撇着嘴苦笑一下，费劲动了动嗓子眼，这才发出沙哑的声响："老爷，那个，我的儿子……这个星期死了。"

"是吗！……他是患什么病死的？"

姚纳转过整个身子，对乘客说：

"谁知道呢，多半是得了热病吧……在医院里躺了三天就死了……上帝的旨意。"

"拐弯啊，魔鬼！"黑暗中有人喊道，"你瞎了眼还是怎么的，老狗！用眼睛瞧着！"

"走吧，走吧……"乘客说，"照这样下去，明天也到不了。快走！"

车夫就又伸长脖子，欠了欠身子，重重而漂亮地挥动鞭子。后来他有好几次回过头去看乘客，可是对方却闭着眼睛，分明不愿意再听了。到了维堡区，他把雪橇停在一家饭馆门前，自己坐在座位上弯下腰，又一动不动了……湿雪又把他和他的瘦马落得满身是白。一个钟头过去，又一个钟头过去……

人行道上有三个年轻人路过，把套靴踩得很响，互相咒骂，其中两个人又高又瘦，第三个矮小，驼着背。

"赶车的，上警察桥！"那个驼子用破锣般的声音说，"三个人……给二十戈比！"

姚纳抖动缰绳，吧嗒了嘴唇。二十戈比，这价钱不公道，可他顾不上讲价了……一个卢布也罢，五戈比也罢，如今他都不在乎，只要有人坐车就行……那几个青年人推推搡搡，骂声不绝，来到雪橇跟前，三个人一齐抢着要坐上座位。问题来了：只有两个座位，哪一个得站着呢？经过长时间的咒骂、争执、指责以后，问题总算解决：站着的应该是驼子，因为他最矮。

"好，走吧！"驼子答应下来，用破锣般的嗓音说，对着姚纳的后脑壳直喷热气。

"快跑！嘿，老兄，瞧瞧你的这顶破帽子！全彼得堡也找不出比这更糟的了……"

"嘻嘻……嘻嘻……"姚纳笑着说，"凑合着戴吧……"

"喂，你少废话，赶车！莫非你这一路就这样磨蹭下去？是吗？想吃我的脖儿拐吗？……"

"我的脑袋痛得要开炸了……"其中一个高个子说，"昨天在杜克玛索夫家里，我跟瓦斯卡一块儿喝了四瓶白兰地。"

"我不明白，你干吗撒谎？"另一个高个子生气地说，"他就像畜生，开口就撒谎。"

"要是我说了假话，就叫上帝惩罚我！我说的全是实情……"

"要说实情，虱子能咳嗽也是实情了。"

"嘻嘻！"姚纳笑道，"这些老爷真叫快活！"

"呸，见鬼！……"驼子愤然道，"你到底赶不赶车，老不死？就这样赶车？你抽它一鞭子！唷，魔鬼！唷！使劲抽它！"

姚纳感到背后的驼子在扭动身子和发出颤抖的声音。他听见骂他的话，看到这几个人，孤单的感觉就逐渐从他的胸中消解些了。驼子不住地骂骂咧咧，骂尽了天底下一些稀奇古怪的脏话，直骂得透不过气来，咳嗽不已才罢休。那两个高个子讲起一个叫娜杰日达·彼得罗芙娜的女人。姚纳禁不住回过头去看了看他们。正好他们的谈话短暂地停顿一下，他再次回过头去，嘟嘟哝哝说："我的……那个……我的儿子这星期死了！"

　　"大家都要死……"驼子咳了一声，擦擦嘴唇，叹了口气，说，"得了，你赶车吧，你赶车吧！诸位先生，照这样的走法我再也受不了啦！他什么时候才会把我们拉到呢？"

　　"那你就给他使点儿劲……赏他一个脖儿拐！"

　　"老不死，你听见没有？我可要赏你脖儿拐了！……跟你们这班人讲客气，那还不如索性走路的好！……你听见没有，老龙？我们的话你压根儿就没听进去？"

　　姚纳倒不是感觉到，而只是听到自己的后脑勺上响起"啪"的一声。

　　"嘻嘻……"他笑了起来，"这些个快活的老爷……愿上帝保佑你们！"

　　"赶车的，你有老婆吗？"高个子问。

　　"我吗？嘻嘻……这些快活的老爷！我的老婆现在成了一堆烂泥了……哈哈哈！……待在坟墓里！……现在我的儿子也死了，可我还活着……你说怪不怪，死神认错门了……它该来找我，却找了我的儿子……"

　　姚纳回转身，想讲一讲他儿子是怎样死的，不料驼子轻轻地呼出一口气，说，谢天谢地，他们终于到了。姚纳收下二十戈比车钱，久久地看着那几个游荡的人的背影，只见他们走进一个黑暗的大门，不见了。他又落到了孤身一人的境地，他再次被寂静笼罩……刚忘却的苦恼，如今重又出现，更有力地撕扯他的胸膛。姚纳的眼睛不安而痛苦地打量街道两旁川流不息的人群：在这成千上万的人当中有没有一个人愿意听他倾诉？然而人群来去匆匆，谁都没有注意到他，对他的苦恼更是不闻不问……苦恼无边无涯。如果姚纳的胸膛裂开，那种苦恼滚滚地涌出来，那它就会淹没全天下，与此同时却是无影无踪的。这种苦恼就藏在一个狭小的躯壳里，即使白天打着火把也见不到……

姚纳瞧见一个扫院子的仆人拿着一个小蒲包，就决定跟他攀谈一下。

"老哥，现在几点钟了？"他问。

"九点多……你停在这儿干什么？把你的雪橇拉走！"

姚纳把雪橇赶到几步开外的地方，弯下腰，听凭苦恼来折磨他……他觉得现在向别人诉说苦恼已无济于事了……可是过不了五分钟，他就挺直身子，晃着脑袋，仿佛感到一阵剧烈的疼痛似的。他拉了拉缰绳……他实在难以忍受下去了。

"回大车店，"他想，"回大车店！"

那匹瘦马仿佛领会了他的想法，小跑了起来。大约过了一个半钟头，姚纳已经坐在一个肮脏的大火炉旁。炉台上、地板上、长凳上，处处响起人们的呼噜声。空气又臭又闷……姚纳瞧着那些睡熟的人，搔了搔自己的身子，后悔不该这么早就收工……

"连买燕麦的钱都没挣到，"他想，"这就是我的苦恼所在。一个人要是管好自己的事……让自己吃得饱饱的，马也喂得饱饱的，那他就永远没什么可操心的了……"

角落里有一个年轻的车夫站起来，睡意蒙眬中清了清嗓子，往水桶那边走去。

"你是想喝水吧？"姚纳问。

"可不是，想喝水！"

"那就喝个痛快吧……我呢，老弟，我的儿子死了……你听到我说的话吗？这个星期在医院里死掉的……竟有这样的事！"

姚纳看一下人家听了他的话有什么反应，可是没丁点儿反应。那个青年人连头带脑蒙上被子，睡了。老人连连叹气，搔着身子……就像那个青年人渴了要喝水，他渴望说说话儿。他的儿子去世快满一个星期了，可他还没好好跟人谈过这事……得找人详详细细把事儿前后经过好好说说才是……应当讲一讲他的儿子怎样生病，受些什么痛苦，临终说过什么话，怎样死掉……应当描摹一下怎样下葬，后来他怎样到医院里去取死人的衣服。他乡下还有个女儿阿尼霞……关于她也得讲一讲……是啊，他现在有一肚皮话要说。人家听了该连连惊叫、叹息、掉泪……要是能跟娘儿们谈一谈，那就更好。她们虽然都很傻，可是听不上两句就会号啕大哭起来的。

"去看一看马吧，"姚纳想，"睡觉的时间有的是……不用担心，总能睡够的。"

他穿上衣服，来到马厩，他的马就在那儿。他想起燕麦、草料、天气……关于他的儿子，他独自一人的时候是不能想的……跟别人谈一谈倒还可以，至于想他，为自己描摹他的模样，那太可怕……

"你在吃草吗？"姚纳看见了马的眼睛闪闪发亮，便问，"好，吃吧，吃吧……虽然没挣到买燕麦的钱，草料还是有的……是呀……我老了，不能赶车了……该由我的儿子来赶车才对，我不行了……他可是个地道的车把式……只要他活着就好了……"

姚纳沉默了一会儿后，接着说：

"就是这样嘛，伙计，我的小母马……库兹玛·姚内奇不在了……过世了……无缘无故死了……比方说，你现在有个小驹子，你就是这个小驹子的亲娘……忽然，比方说，这个小驹子过世了……你不是要伤心吗？"

那匹瘦马嚼着草料，听着，向它主人的手上呵气。

姚纳讲得入了迷，就把他心里的话统统对它讲了……

（1886 年）

噩 梦

农业机关常务委员库宁是位三十来岁的年轻人，从彼得堡回到自己的庄园波利索沃后，做的第一件事就是打发人骑马去请辛科沃村的当地教士雅科夫·斯米尔诺夫。

过了约莫五小时，雅科夫来了。

"幸会，幸会！"库宁在前厅迎候他，说，"我在这儿已生活并服务了一年了，现在你我该认识认识了。见了您不胜荣幸！可……想不到您竟这般年轻!"库宁惊叹道，"请问贵庚？"

"二十八，先生……"雅科夫教士说，轻轻握住对方伸过来的手，脸无端红了起来。

库宁领着来客进了书房，打量起他来。

"好一副粗俗的脸，活像是村妇的脸。"他暗自思忖道。

千真万确，雅科夫那张脸带有不少"女人气"。翘鼻子、通红的脸颊、蓝灰色的大眼睛，外加稀稀拉拉几乎看不见的眉毛。红棕色的干枯长发梳得顺直，像根根棍子，散落在双肩上。唇髭刚长不久，凑合着蓄成真正男子汉的唇髭。他那胡子在宗教学校的学生口中不知为什么叫"搔痒棍"：稀稀拉拉，皮肉尽露，用手去理、用梳子去梳也是多此一举。莫非还是拔了爽快？……这几根少得可怜的玩意儿，不平不整，便成了一小团乱麻，有如这是雅科夫一心要乔装成教士，硬把胡子粘上去，半道上被人扯去了一截。他身上穿的法衣，是那种掺了菊苣色的淡咖啡色，两个胳膊肘还有大块补丁。

"怪人一个……"库宁眼望着他那溅满泥浆的衣襟，心想，"头一次来做客，居然想不到穿得体面些……"

"请坐，神甫，"他说得有些不客气，显得有几分怠慢，说着把圈椅推到了桌前，"坐吧，您请！"

雅科夫教士手抱拳，对着双拳咳嗽了一声，不自在地挨着椅沿坐了下去，双手放到了膝盖上。这位身材矮小、窄胸瘦削、脸上热汗淋漓、面色通红的人儿一开始就给库宁留下了极不好的印象。此前库宁绝没有想到在俄罗斯竟存在面貌这等猥琐而可怜的教士，而从雅科夫的举止、手掌放在膝盖上的姿势，以及端坐在椅沿上的动作看来，他更显得缺乏尊严，甚至透出奴颜婢膝的气息。

"我呢，神甫，请您来有事相商，"库宁身子往椅背上一靠，说了起来，"有幸负有一件令人愉快的责任，帮助您完成一项有益的事业……那就是，我从彼得堡回来后，在桌子上看到了一封首席贵族写来的信，叶果尔·德米特里耶维奇说到你们辛科沃村要办一所教区学校，他建议我担当起照管该学校的重任。神甫，我很高兴，愿全身心投入……竭尽全力。对这一建议我欣喜异常。"

库宁说罢，在书房里踱起步来。

"您与叶果尔·德米特里耶维奇当然都知道，我并没有那么多钱。我的庄园已抵押出去了，我的生活来源全靠做常务委员的那点儿薪金。所以您不能对我寄予太大的希望，不过我还是会尽力而为的……神甫，您认为学校什么时候开学？"

"等到有了钱……"雅科夫教士答道。

"现在您有多少钱了？"

"几乎没一分钱。村会上已做出了决定，每个男丁每年交三十戈比，可他们只是口头上说说，单第一批设备至少得两百卢布……"

"哦，不错……遗憾的是我手头没这笔钱……"库宁叹了口气，"我这一趟外出钱全花光了……甚至还举了债。我们一起想想别的法子吧。"

库宁嘴里念念有词，动起了脑子。他说出了自己的设想，眼盯着雅科夫教士的脸，看他是不是赞同自己的想法。可对方的脸上一片空白，除一脸的腼腆和不安外，毫无别的反应。一看叫人不由以为，库宁说的是神乎其神的事儿，雅科夫教士听了不得要领，他听，只是出于礼貌，同时又担心对方会看穿他什么也听不进去似的。

"显然，这小个子不是个脑子灵的人……"库宁心想，"胆子出奇的小，呆笨得可以。"

只有到了仆人端进来托盘，上面放着两杯茶和一盘小甜面包，雅科夫教士才显出几分生气，脸上现出些许笑意。他拿过给自己的那杯茶，立即喝了起来。

"我们要不要给主教大人写封信？"库宁大声说出了自己的想法，"说实话，提出开办教区学校的主意不是地方自治局，也不是你我，而是教会当局。他们应该切实地指出资金来源才是。我记得，在哪里见到过已为这笔开支拨出过一笔经费了。你是不是有所闻？"

雅科夫教士专心喝着茶，没有立即做出回答。他只是抬起头，一双蓝灰色的眼睛打量库宁，想了想，像是突然想起了对方的问话，摇了摇头，以示不知道。他那张难看的脸上从一只耳朵到另一只耳朵满脸现出的是心满意足的表情，一种低俗、贪吃的神情。他喝着茶，口口都喝得有滋有味，喝得点滴不剩，最后把杯子放到桌子上，又拿了起来，朝杯底看了看，又放回去，脸上的满足感便随之消失……接着库宁看到客人从盘子上拿过一只甜面包，吃了一口，把剩下的拿在手里翻来覆去转了转后，迅速塞进了自己的口袋里。

"嘿，作为一名教士，这也太不合体统！"库宁心想，轻蔑地耸耸肩，"这算什么呢，是教士的贪心，还是孩子气的表现？"

库宁又让客人喝了一杯茶，然后送他去了前厅，自己躺倒在沙发上，对雅科夫的来访感到十分不快。

"多古怪、多不礼貌的一个家伙！"库宁想，"肮脏、邋遢、粗鲁、愚蠢，也许还是个醉鬼……我的天，竟是这么一个神职人员，这么一个精神之父！这么一个百姓的导师！可以想象，每次祈祷前，助祭冲着他喊'祝福吧，人间的主宰！'时，他的声音里含有几多讽刺的意味。好一个人间的主宰！这样的主宰，无一丝一毫尊严，没半点教养，像个小学生，竟把面包塞进自己的口袋……呸！天哪，主教在选取这样的人担任教职时，他的眼睛哪里去了？他们把这样的人派来做教师，他们把百姓看成什么人了？这里需要的竟是这样的人……"

于是库宁又想到了，俄国的教士该是什么样的人……

"譬如说，让我来当神甫……凡是有教养、热爱自己事业的人必大有作为……要是我，早就开办起学校了。布道词呢？如果是名真诚的神甫，心怀对事业的爱心，他就会宣讲出鼓舞人心、美妙而动听的布道词！"

于是库宁闭上眼睛，默默地编起了布道词。不多久，他就在桌前坐了下来，动笔疾书起来。

"送给这红发的家伙，让他在教堂里宣读……"他心想。

很快就是星期天，一早，库宁坐车去了辛科沃村商谈办学校的事，顺道看了看那里的教堂。他便是该教区的教民。尽管道路泥泞不堪，倒是天高气爽，阳光明媚，照得这一带皑皑白雪亮晶晶的。白雪在与大地作别时，像颗颗钻石，发出耀眼的光芒。白雪旁冬小麦的幼苗茁壮成长，绿油油的，白嘴鸦在上空庄严翱翔。一只白嘴鸦落到了地上，蹦跳了几下，才站稳了脚跟。

库宁到了木造的教堂前，只见灰色的教堂已经破败，教堂的门廊原涂过白漆，现已全都剥落，看上去像是两根难看的车杠，门口上方的圣像，现在成了模糊不清的黑点。这一贫困的景象深深触动了库宁的心，不禁生出怜惜之情。他低垂下眼睛，进了教堂，在门口停下了脚步。祈祷刚刚开始，老态龙钟的诵经士弓着背，用一种低沉而含糊的男高音诵读祷词。雅科夫教士，没有助祭协助，独自一人主持祈祷，手摇提炉，在教堂里来回巡视。要不是库宁走进这贫穷潦倒的教堂时怀着谦卑的心情，一见雅科夫教士他会对他微微一笑的，他面前站着的矮小雅科夫穿着的是件皱巴巴、特别长的旧黄布法衣，下摆拖到了地。库宁一见这些教民起初吃惊不小：眼见到的一色老人和小孩……有劳力的大人哪里去了？青年和壮年哪里去了？但站了一会儿，细看那些老年人的脸后，原来他把一些年轻人也当成老人了。不过他并没有把自己这看错人的小小失误放在心上。

教堂内也和外面一样，一片灰色，一副破败相。圣幛和深棕色的墙上没有一处不是因年深日久被烟火熏得黑乎乎的，处处斑斑驳驳。窗子倒有不少，可全是灰蒙蒙的，所以教堂里笼罩着一片昏暗。

"这儿倒是灵魂纯洁之人祈祷的好地方……"库宁心想，"如果说罗马的圣彼得教堂以其雄伟宏大而令人赞叹，那此处则以其谦卑和简朴使人倾倒。"

但是雅科夫教士一步上圣坛开始祈祷，他那虔诚的心情便一扫而光了。雅科夫教士年纪轻轻，宗教学校一出来就直接到这里来做司祭，没有形成做礼拜的一套固定模式。他读经文的时候，仿佛还在选择什么样的嗓音合适：是响亮的男高音，还是低沉的男低音？他跪拜的姿势不正规，走起路来急匆匆的，开关圣幛的中门用力过猛……一看就知道，诵经士年老多病，又是个聋子，司祭对他说什么也听不清，因而老发生些小误会。没等雅科夫把该念的祷词念完，他就张嘴唱了起来，要不雅科夫教士早已祈祷毕，老诵经士还是竖起耳朵对着圣坛，听着，就是不张嘴。待别人扯了扯他的衣襟，他才唱起来。老诵经士的嗓音苍老沙哑、病态，上气不接下气，颤颤巍巍，模糊不清……他的声音原已没腔没调，偏叫一个脑袋刚到唱诗席的小男孩给他帮腔，那孩子扯起喉咙发出刺耳的高亢童音，有意与他作对似的两个声音极不协调。库宁立了片刻，听了听，便到外面抽烟去了。他大失所望，厌恶地打量着这灰色的教堂。

"人们都说民众的宗教感情失落了……"他叹了口气，"这也不足为奇！这样的神职人员但愿他们派更多的来这里才好！"

此后库宁两三次进出教堂，每次进去心头憋得慌，急着跑出来透透气。终于等到了祈祷结束，他径直去了雅科夫教士家。神甫的房子内部与普通的农舍大同小异，不同的是屋顶铺的干草整齐些，窗上挂着白窗帘。雅科夫教士领着库宁进了一个明亮的小房间，是泥地没铺地板，四壁糊着廉价的壁纸。虽说房主人也追求尽量把房间布置得漂亮些，譬如说，墙上挂些装在框子里的照片、一只时钟，一把剪刀当成了这钟的钟摆，但整个陈设毕竟显得过于简陋。一看家具，人家还以为这些都是雅科夫教士挨家挨户搜罗来的：有人给了他一张缺了一条腿的圆桌，另一家人送他一条板凳，那张椅背向后弯曲得很厉害的椅子则是第三家人给的，第四家人送的椅子椅背虽是直的，可坐的地方已凹下去了，第五家人大方地给了他一张类似沙发的玩意儿，背是平的，坐的地方满是窟窿，活像只筛子。这宝贝疙瘩被漆成了深红色，油漆味儿刺鼻。库宁原想坐到椅子上，转念一想还是坐到板凳上牢靠。

"您这是第一次来我们教堂吧？"雅科夫教士说着，把自己的帽子挂到了歪歪扭扭的钉子上。

"是初次登门。是这么一回事，神甫……谈正事前，能不能赏我一杯茶，要不我整个灵魂都渴干了。"

雅科夫教士眨巴起了眼睛，咳了一声，去了隔板后面，接着响起了窃窃细语声。

"大概是跟妻子说话……"库宁想，"我倒想看看这个红棕色头发的神甫有个什么样的太太……"

不一会儿，雅科夫教士从隔板后出来，红着脸，大汗淋漓，勉强挤出点儿笑容，在库宁对面挨着沙发沿坐了下来。

"这就生上茶炊。"他说着，眼不望客人。

"老天爷，他们到现在还没生茶炊！"库宁大吃一惊，暗自思忖，"没奈何，只好等着了！"

"我给您带来一篇信稿，"他说，"是我写给主教的。喝了茶后我来念念……也许您可以做些补充……"

"好的，先生。"

一阵沉默。雅科夫教士不时战战兢兢偷眼看看隔板，理理头发，擤擤鼻子。

"这天气还真不错，先生。"他说。

"是不错。不过我感兴趣的是昨天我读到的一则消息……沃尔斯克地方自治局通过一项决议，要把自己所管辖的所有学校都交教会管理。这挺有特色。"

库宁说罢站起身，在泥地上踱起了步，说了自己的一些设想。

"这倒没什么，"他说，"只要教会的人能认清自己所负的高尚使命，清楚理解自己的责任就好办了。令我遗憾的是，我知道有些神职人员，其知识水平和道德品质连在军队里当个文书也不配，遑谈做教士了。我想您会同意的：一个不称职的教师给学校带来的损害远不及不称职的教士大。"

库宁打量了一眼雅科夫教士，只见他弓着背，在苦思冥想，显然没听客人说话。

"雅沙！你过来！"只听隔板后面传来女人的声音。

雅科夫教士身子哆嗦了一下，到隔板后面去了。接着又响起了窃窃私语声。

库宁急着要喝茶，难受极了。

"不行，这茶是没指望喝到了！"他看了看钟，心想，"看来，我成了不受欢迎的人了。主人金口难开，一言不发，只是呆坐着眨巴眼睛。"

库宁拿来帽子，等雅科夫教士一来，就告辞了。

"这一个上午算是白白糟蹋了，"回去的路上库宁懊恼地想道，"他是根木头！一个树桩！他对学校毫无兴趣，无异于我对去年的雪一样已索然无味。不行，我不能跟着他胡混了！跟他一起将一事无成！一旦被首席贵族知道，这儿的教士是这等货色，他就不会再为学校的事操心了。先得物色个好教士，然后再张罗学校的事！"

现在库宁简直恨死了雅科夫教士了。这个人，他那可怜而可笑的身材，皱巴巴的法衣，女人的脸孔，做祷告的模样，他过的那生活，官场上那种畏首畏尾、毕恭毕敬的态度，无异亵渎了库宁胸中仅存的那点儿宗教感情，这种感情是从他吃奶时听到的童话起悄悄遗存至今的。他对他人事业的一片热心和真诚，却遇到这般冷淡和漠视的对待，是他的自尊心所万万不能容忍的。

当天晚上，库宁在房间里来回踱步，苦苦思索，最后毅然决然在桌前坐了下来，给主教写了封信。他请求拨款，祈求祝福，同时真诚地，像儿子那样，恳切地陈述了自己对辛科沃村教士的看法。"他年轻，"他写道，"缺乏足够的教养，看来还贪杯，这样的人不符合俄罗斯民众世世代代对教士所提出的要求。"写完信，库宁深深松了口气，满以为自己做了件好事，心满意足地睡了。

星期一早晨，库宁还躺在床上，通报说雅科夫教士来访。他很不愿起床，便吩咐回说，他不在家。星期二他出席调解法官会审法庭，星期六才回来。后来从下人处听说，那些天雅科夫教士天天都来找他。

"他可真的喜欢上我的那些小甜面包了！"库宁心想。

星期天，快到傍晚时分，雅科夫教士又来了。这次不但是他的衣襟，连帽子也沾上了污泥。像上次一样，他也是脸孔通红，满身是汗，同样挨着椅沿坐下去。库宁决心不提学校的事，不再对牛弹琴。

"巴威尔·米哈伊洛维奇，我给您带来了一份教科书的单子……"雅科夫教士先开了口。

"谢谢。"

从种种迹象看来，雅科夫教士不是为这单子而来的。他的整个神情显得很不安。但与此同时，脸上又显出果断的神色，像一个人，灵机一动，突然想出了一个什么主意来。他急着要说出一件重大的、极其必要的事件，眼下正鼓起勇气，克服胆怯。

"他干吗一言不发？"库宁恼了，"瞧他若无其事地坐着，我可没时间跟他耗下去。"

神甫费劲地想打破这相对无言的尴尬局面，掩盖内心的挣扎，勉强挤出了点儿笑容，这一笑害得他涨红了脸、直冒汗，与他那蓝灰色的眼睛和呆滞的目光形成了鲜明的对照。库宁实在看不下去，便转过了身子，感到可恶之极。

"很抱歉，神甫，我得外出了……"他说。

雅科夫教士一听身子哆嗦了一下，像个梦中人挨了人家一棍子，可他还继续微笑着，慌慌张张动手掩好自己的衣襟。库宁见了只觉得这人既可恶，又可怜，想变变自己生硬的态度。

"神甫，请下次再来吧……"他说，"不过分别前我要对您提出一个请求……是这么回事，我心血来潮，写了两份布道词……这就让您看看……合适的话，请读读。"

"好的，先生……"雅科夫教士说着，伸出手，手心盖住了桌子上库宁写的布道词，"我收下，先生……"

他立了片刻，犹豫了一阵，把衣襟裹得更紧，忽然收起了脸上硬挤出来的笑容，果断地抬起了头。

"巴威尔·米哈伊洛维奇……"他说，看得出来，他竭力想要把话说得响些，清楚些。

"请问什么事?"

"我听说，您打算……辞退自己的文书……现在正要物色新的……"

"是的……那么您是不是要向我推荐什么人?"

"我，知道吗，我，这个，您能不能把这个职位提供给……我?"

"莫非您要辞掉神职吗?"库宁惊讶之余，问道。

"不，不。"雅科夫教士立即答道，不知为什么，他的脸色发白，浑身哆嗦了起来，"求上帝保佑! 如果您怀疑我有这想法，那就不必了，不必了。我这只是想抽出点儿时间……好增加点儿收入……不必了，不麻烦您了!"

"哼……收入……可我每月给文书的钱只有区区二十卢布!"

"天哪，只要十卢布我就求之不得了!"教士喃喃道，还回头看了一眼，"十卢布我就心满意足了! 您……觉得挺奇怪吧，谁听了都觉得奇怪。会说一个多贪心的教士，多爱财的教士。他的钱都用在哪里了? 我自己也觉得是贪心……责备起了自己，怪罪起了自己……愧对众人……我对您，巴威尔·米哈伊洛维奇，说句良心话，请正直的上帝为我做证……"

雅科夫教士喘了口气，接着说了下去。

"在来这里的路上，我已想好了一大段要向您表明心迹的话，可……现在全忘了，不知该说些什么了。我每年都有一百五十卢布的收入。大家都奇怪，这些钱我都花在哪里了……我凭良心向您解释……每年我都要为我弟弟彼得交给宗教学校四十卢布。他在学校里一切都是免费的，可笔墨纸张得由我……"

"哦，我信，我信！可您为什么要说这些呢？"库宁听了客人说了这些坦露心迹的话，只觉得心情沉重，不敢正视对方那饱含泪水的目光，只是挥挥手，说。

"还有，先生，我要为自己这个教职向正教管区监督局交一笔款项，至今还没还清。按规定，我得为该职位交纳两百卢布，即每月交十卢布……请细想，我还剩下多少？此外我每月还得向阿夫拉阿米神甫至少付十卢布！"

"哪个阿夫拉阿米神甫？"

"就是辛科沃村我的前任阿夫拉阿米神甫。他之所以失去该职位是因为……体弱多病。可他现在还住在辛科沃村！你叫他怎么办？谁来养活他？他年纪大了，那还得有地方住，有吃、穿、用吧！我容不下眼看着他沿街乞讨！那样我的罪孽可就大了！我的罪孽可就大了！他……已债台高筑，我没替他还清债务，也是我的罪过。"

雅科夫教士猛地站了起来，呆呆地眼望着地面，在房里来回快步走了起来。

"天哪，天哪！"他时而举起手，时而放下，喃喃道，"救救我们，发发慈悲吧！如果你无能为力，信仰不坚定，何必来担任这一教职？我绝望之极！圣母，救救我吧！"

"别激动，神甫！"库宁说。

"饥饿难当呀，巴威尔·米哈伊洛维奇，"雅科夫教士接着说道，"请多多包涵，我已到了山穷水尽了……我知道，只要我求人，愿叩头哈腰，人人都会帮助我的，可我……做不到！我怕丢脸！我怎么能向庄稼人求助呢？您在此地供职，您是看见的……谁会伸手向乞丐求助？向有钱人告助吗？我做不到向地主告助！我有自尊心！有廉耻！"

雅科夫教士挥挥手，双手焦急不安地搔搔头。

"廉耻！天哪，我有廉耻！我自尊，不愿让别人看到我潦倒。您来我家做客时，我们没一片茶叶，巴威尔·米哈伊洛维奇，丝毫没有！可自尊心逼得我不愿对您说出实情！我为自己的一身衣服，为这些补丁而害臊……为自己的法衣、为挨饿而害臊……那么教士的自尊心正当吗？"

雅科夫教士到了书房中央，停了下来，像是库宁不在身边似的，径自说了下去。

"就算我忍受得了饥饿和羞辱，天哪，殊不知，我还有妻子！知道吗，她可是好人家出身的！她有一双白净的手，那么温柔，习惯于喝茶，吃白面包，睡床单……她在娘家弹钢琴……年纪轻轻，还不到二十岁……也许她喜欢梳妆打扮，爱撒娇，坐着车串门拜客……可到了我这里，还不如厨娘，没脸上街见人。我的天哪，我的天哪！她唯一的乐趣就是每当我去做客，带回去一只苹果或小甜面包之类的东西……"

雅科夫教士又搔起了头。

"结果我与她之间已没有了爱，剩下的只有同情……我一见她就生出怜悯之心！天哪，这什么世道？这些事，即使登在报上，人们还不相信呢……这世道什么时候才到头？"

"别说了，神甫！"库宁被他说话的口气惊呆了，几乎是喊了起来，"您为什么把生活看得这等阴暗？"

"请多包涵，巴威尔·米哈伊洛维奇，"雅科夫教士像是喝醉了，嘟哝道，"请多包涵……这些无非是空话，请不要在意……我只是在自责，我还要自责……还要自责！"

雅科夫教士回头看了一眼，低声说了起来：

"有天一大早，我从辛科沃到卢契科沃村去。我一眼就看见河岸上立着一个女人，不知在干什么……我走近一看，惊得简直不相信自己的眼睛了。太可怕了！伊凡·谢尔盖伊奇大夫的妻子坐在那儿洗衣服……大夫的妻子，可是贵族女子中学毕业的！为了免得被人看见，早早起来，跑到离村一俄里外的地方洗衣服……是自尊心在作怪！她一见我来到她身边，见到她那穷酸相，脸孔通红通红起来……我心慌意乱，害怕极了，赶紧跑到她跟前，想帮帮她，可她把要洗的衣服藏了起来，生怕我见到她那些破破烂烂的衬衣……"

"听来简直叫人不可置信……"库宁说罢坐了下去，几乎是恐惧地打量着雅科夫教士的脸。

"确实难以置信！巴威尔·米哈伊洛维奇，从来没有哪位大夫的妻子会到河边去洗衣服的！哪个国家也没有这样的事！我，作为这个教区的教民，又是教士，这样的事怎能容忍得下？可又能怎么办呢？怎么办呢？我自己都是让她丈夫看病而不付钱的呀！您说得对，这种事难以置信！连自己的眼睛都不相信了！知道吗，祈祷的时候，往圣坛外一看，就会看到自己的教众，饿着肚子的阿夫拉阿米和教士的妻子，我又想起了大夫的妻子，她那双被冷水冻得发紫的手，您相信吗，我就会忘了一切，发起了呆，像个傻瓜，茫然若失，直到教堂执事提醒我才回过神来……多可怕！"

雅科夫教士又走了起来。

"耶稣，我的主！"他挥起了双手，"神圣的圣徒们！我连祈祷也做不下去了……您跟我谈学校的事，我像个木偶，什么也听不进去，心里只想着吃的……甚至在圣堂上也是这样……您说，我这是怎么了？"雅科夫教士回过了神，说，"您得出门了。非常对不起，我只是随口说说……请原谅。"

库宁默默地握了握雅科夫教士的手，送他到了前厅，自己回到了书房，站到了窗口。他看见雅科夫教士出了房子，把头上那顶褪了色的宽边帽子低低地压到了眼睛上，垂下头，像是因为自己方才向人说了心里话而感到害臊，悄悄地沿着大路离去。

"没看见他的马车在哪儿。"库宁想。

库宁一想到这几天教士都是徒步来找他的，很是过意不去，辛科沃村离他家有七八俄里之遥，路上泥泞不堪。接着库宁看到车夫安德烈和一个小男孩巴拉蒙蹦蹦跳跳地过了几个水洼，溅得雅科夫教士一身是泥，两个人跑到他跟前，接受祝福。雅科夫教士取下帽子，慢声慢气地祝福了安德烈，又给那小男孩祝福，摩挲那孩子的脑袋。

库宁用手擦了擦眼睛，离开窗子，模糊的眼睛把房间看了个遍，房间里似乎还回响着那战战兢兢、气喘吁吁的声音……他看了看桌子……幸好雅科夫教士匆忙间忘了拿走他写的布道词……库宁快步走过去，拿起布道词，撕了个粉碎，厌恶地丢到了桌子底下。

"我居然一无所知！"他翻身倒在沙发上，呻吟道，"我在这一带当了差不多一年的常务委员、荣誉调解员、学校理事会会员！简直成了瞎了眼的木偶，大少爷！尽快帮他一把！尽快！"

他的身子痛苦地翻来覆去，手压两鬓，紧张地思索起来。

"二十日我能领到两百卢布薪金……找个合理的借口送给他和大夫的妻子一笔钱……这样无损他俩的自尊心。也帮帮阿夫拉阿米神甫……"

他扳起指头算起了钱，算着算着，不由得担起心来，原来他两百卢布仅够支付管家、仆役和送肉来的汉子……他不禁想起了还不算遥远的过去，那时他还只有二十岁，糊里糊涂挥霍掉了父亲的产业。给妓女送昂贵的扇子，一天就给了车夫库兹明十卢布，虚荣心作怪给女演员送礼。啊，这些白白丢掉的钱要是用在现在那能派得了多少用场，一卢布，三卢布，十卢布，这些钞票张张都作用不凡！

"阿夫拉阿米神甫一月只要有三卢布就能过活了，"库宁想道，"给一卢布，教士的妻子就可做件衬衣，大夫的妻子就可雇洗衣妇了。反正我要帮帮他们！一定要帮！"

库宁突然想到自己给主教写的告密信，浑身抽搐起来，仿佛冷不防被一股凉气吹到似的。一想起这件事他只感到不论在自己面前，还是面对那无形的真理，羞愧难当，无地自容。

但凡心存善意、酒足饭饱而遇事不假思索之人，想做有益的事往往这样开始，也往往这样结束的。

（1886 年）

相识的男人

迷人的万达，也可以按身份证上的记载：荣誉公民娜斯塔西娅·卡纳夫金娜，刚出医院就陷入前所未有的困境：既无安身之处，又身无分文。如何是好？

她头一件事就是跑到典当行，把唯一值钱的一枚绿松石戒指典当了。她收下了一个卢布，可是……一个卢布能买什么？这点儿钱买不了时髦的外套，买不了漂亮的高帽，买不了古铜色的鞋子，而缺了这些东西她总觉得自己就像光着身子一样。她感到不只是行人，就连那些马和狗也盯着她看，嘲笑她这身寒酸的衣装。她一心只想着穿戴，要说吃饭住宿问题，她丝毫不放在心上。

"只要遇到一个相识的男人……"她心想，"我就可以弄到钱了……谁也不会拒绝我，因为……"

可是相识的男人一个也没遇到。晚上在"文艺复兴"俱乐部倒有不少相识的男人，不过现在她穿着这身普普通通的衣服，也不戴帽子，人家是不放她进去的。怎么办？她走累了，坐腻了，想烦了，经过长时间的苦恼后，万达决定一不做二不休，干脆找上门去，跟某个相识的男人要点儿钱。

"找谁呢？"她左思右想起来，"米沙不行，他是有家室的人……红毛老头子正在上班……"

万达想起了牙科医生芬克尔，一个改信东正教的犹太人。这人三个月前送过她一只手镯，有一次在德国俱乐部晚餐上她往他头上倒过一杯啤酒。想起了这个芬克尔，她高兴极了。

"只要他在家，肯定会给钱的。"她一路上想道，"要是不给，我就把他家的灯全砸了。"

她来到牙医家门口，已经想好了主意：她咯咯笑着跑上楼梯，飞也似的奔进他的诊室，向他讨二十五卢布……可是，她正要动手拉门铃，这主意不知怎么从脑子里跑掉了。万达顿时胆怯心慌起来，这在从前是不曾有过的。其实她只在一群醉汉中才敢作敢为，可眼下穿一身家常便服，充其量只是个寻常的乞讨者，这种人是完全会被拒之门外的。想到这里，她便心虚了几分，人矮了数寸。

"也许人家已经忘了我……"她想，就是不敢去拉铃，"穿得这么寒酸叫我如何去见他？简直像个叫花子或是小市民……"

她犹豫不决地拉了一下门铃。

门后传来脚步声，来的是看门人。

"大夫在家吗？"她问。

这时如果看门人说声"不在"，她反而会更高兴些，可是对方没有回答就让她进了门厅，帮她脱去大衣。这里的楼梯她觉得好富丽，好气派，不过在全部富丽堂皇的陈设中，她首先注意到的是一面大镜子，映出了一个破衣烂衫的人，没有漂亮的帽子，没有时髦的外套和古铜色的鞋子。万达甚至感到奇怪，怎么她现在穿得这么寒酸，倒像是女裁缝或洗衣妇。她心里只有羞耻，早没有那份放肆大胆的劲头，心里她并不认为镜中人是万达，而是从前那个娜斯佳·卡纳夫金娜①……

"请！"女仆说着把她领进诊室，"医生马上就来……您请坐。"

万达坐进了软椅里。

"我就对他说：请借我几个钱！"她心想，"这样反而合适，我与他到底是熟人。只是这个女仆最好别在场。当着女仆的面多有不便……她干吗老站着不走？"

约莫过了五分钟，房门开了，芬克尔走了进来。这是个肤色暗

① 娜斯佳：娜斯塔西娅的小名。

黑、身材高大的犹太人，腮帮子鼓鼓的，眼珠突出，那脸蛋、眼睛、肚子、粗壮的大腿——他身上的一切都显得臃肿而令人生厌。在"文艺复兴"俱乐部和德国俱乐部，他通常喝得酩酊大醉，肯在女人身上大把花钱，心甘情愿受她们嘲弄（比如，那次万达往他头上倒了一杯啤酒，他只是微微一笑，伸出一个手指吓唬她一下）。眼前的他却是脸色阴沉，睡眼惺忪，看上去一本正经，神情冷淡，像个官僚。他嘴里还嚼着什么东西。

"您有何吩咐？"他正眼不看万达，问。

万达看看女仆那严肃的面孔，再看看芬克尔大腹便便的身子，显然他认不出她来了，她的脸不禁红了起来……

"您有何吩咐？"牙医再问时已经沉不住气了。

"牙……牙疼……"万达嗫嚅着说。

"啊哈……哪个牙？在哪儿？"

万达想起自己有一颗蛀牙。

"右边，下面……"她说。

"哼，张嘴！"

芬克尔皱起眉头，屏住呼吸，开始检查病牙。

"疼吗？"他问，拿个铁家伙在牙齿里抠。

"疼……"万达瞎说了一句，"提醒他一下，"她想，"他大概认得出……可是……女仆在！她干吗老站着不走？"

芬克尔忽然对着她的嘴呼哧呼哧地直喘气，像火车头似的。他说：

"这牙我劝您别补了……您这牙没用了，补了也白搭。"

他又在牙齿里捣鼓一阵，烟熏的手指弄脏了万达的嘴唇和牙床。他又屏住呼吸，把一个冰冷的东西往她嘴里塞……万达猛地感到一阵剧痛，她尖叫一声，抓住了芬克尔的手。

"没事，没事……"他嘟哝说，"您别害怕……您这牙反正没有用处。勇敢一点儿。"

烟熏的手指沾着血，捏着一颗拔出来的牙齿送到她的眼前。女仆走过来，把杯子放到她嘴边。

"回家后用冷水漱漱口……"芬克尔说，"血就止住了……"

他站在她面前，一副盼着来人快点儿走掉、不再来打搅他的架势。

"再见……"她说，转身朝门口走去。

"哎！谁给我付诊费?"芬克尔用戏谑的语气问。

"噢，对了……"万达想起来，一下子脸红耳赤，忙把用绿松石戒指当来的卢布给了芬克尔。

来到街上，她感到比原先更加羞辱。不过现在她已经不觉得贫穷可耻。她已经不在乎她没戴漂亮的帽子，没穿时髦的外套。她走在街上，不断吐着鲜血，每一口鲜血都告诉她：她的生活很糟糕，很艰难，而且蒙受着种种屈辱，不但今天，而且明天，一周后，一年后——一辈子将过着这样的日子，直到死……

"啊，太可怕了!"她喃喃自语，"天哪，太可怕了!"

不过第二天她又回到了"文艺复兴"俱乐部，又在那里跳舞了。她头上戴着新的大红帽，身上穿着崭新的时髦外套，脚上的鞋子是古铜色的。一位从喀山来的年轻商人正请她吃晚饭呢。

（1886 年）

歌 女

当年，她更年轻、更漂亮、嗓音更清脆时，尼古拉·彼得罗维奇·科尔巴科夫就是她家别墅的座上宾，拜倒在她的石榴裙下。一天他又坐在她的楼座里。这天天气闷热异常。科尔巴科夫刚吃完午饭，喝了一大瓶劣质葡萄酒，感到心情不好，浑身不舒服。两人都觉得闷得慌，只盼着暑气消退，好出去散步。

前厅里突然响起了门铃声。科尔巴科夫没穿外衣，穿着拖鞋，一跃而起，疑疑惑惑地打量帕莎。

"来的可能是邮差，要不就是朋友。"帕莎说道。

科尔巴科夫从来不回避帕莎的女友和邮差，但为了以防万一，他还是抱起一堆自己的衣服，走到隔壁房间里去了。帕莎跑去开门。让她大吃一惊，门口站着的既不是邮差，也不是女友，而是一位陌生的女士。那人年轻漂亮，衣着考究，从外表看，是一位高贵的太太。

陌生女人脸色苍白，喘着粗气，像刚刚爬完一道高高的楼梯。

"请问有何贵干？"帕莎问。

太太没有立即回答。她朝前迈了一步，慢慢地打量着房间，然后坐了下来，仿佛已累得不行，又像有病的样子，再也不能站立了。她一直使劲动着苍白的嘴唇，想说点什么。

"我的丈夫在您这儿吗？"她终于问道，抬起一双哭红了的大眼睛瞧着帕莎。

"什么丈夫？"帕莎小声说，立即吓得手脚冰凉了，"什么丈夫？"她又说一遍，身子随之哆嗦起来。

"我的丈夫，尼古拉·彼得罗维奇·科尔巴科夫。"

"没……没有……太太……我……我不认识您丈夫。"

默默地过去了一分钟。陌生女人数次用手帕擦苍白的嘴唇，不时屏住呼吸以克制内心的战栗，帕莎则呆呆地站在她面前，困惑地、恐惧地望着她。

"你是说，他不在这儿？"太太问，她的声音已经平静下来，还古怪地微微笑了笑。

"我……我不知道您问的是谁。"

"你卑鄙，下流，可恶……"陌生女人一口气说下来，带着仇恨和厌恶的神气打量帕莎，"不错，不错……你卑鄙。我高兴的是，总算把这些话当着您的面说出来了！"

帕莎感到，自己一定给这位一身黑衣、怒气冲冲、手指又白又细的太太留下某种下流而丑陋的印象，她不由得为自己胖胖的红脸蛋、鼻上的雀斑和额上一绺怎么也梳不上去的刘海而感到害臊。她觉得，如果她长得瘦一些，不涂脂抹粉，不留刘海，那么她还可以隐瞒她那并不高贵的身份，她站在这个陌生而神秘的女人面前也就不那么慌张和羞愧了。

"我丈夫在哪儿？"太太接着说，"不过，他在不在这里我也无所谓，可是我必须告诉你，他盗用公款的事已经败露，到处都在寻找尼古拉·彼得罗维奇……他们要逮捕他。出了这事全怪您！"

太太站起来，异常激动地在房间里走来走去。帕莎望着她，吓得六神无主。

"今天就要找到他，逮捕他，"太太说到这里抽泣起来，在这抽泣声中可以听出她的屈辱和沮丧，"我知道，是谁害得他落到这可怕的境地！卑鄙，下贱的东西！可憎的出卖皮肉的女人（太太厌恶得皱起鼻子，撇着嘴唇）。我软弱无能……你听着，下贱的女人！……我软弱无能，你比我强，但是有人会出来保护我和我的孩子们！什么也逃不过上帝的眼睛！他是公正的！上帝会为我的每一滴眼泪，为我所有的不眠之夜惩罚你！总有一天你会记起我的。"

又是一阵沉默。太太继续在房间里走来走去，绞着手，而帕莎依旧呆呆地困惑地望着她，不明她的来意，等着她做出可怕的事来。

"我，太太，什么也不知道！"她说完突然哭了起来。

"你撒谎！"太太高声训斥，恶狠狠地瞪了她一眼，"什么都瞒不过我！我早知道你了！我还知道，这个月他天天待在你这里！"

"是的。怎么了？那又怎么样？我这里经常有许多客人，不过我从来不强迫任何人。大家来去随意。"

"告诉你：他盗用公款的事已经败露！他利用职务之便侵吞了别人的钱！为了你这种……为了你，他不惜去犯罪。听着，"太太在帕莎面前站住，用坚定的语气说，"你们这种人不可能有什么原则，你们活着就是为了作恶，这就是你们的目的。但也不能认为，你已经不可救药，不能认为你身上就没有留下一丝一毫人性！他有妻子、孩子……他一旦判了罪，被流放，那我和我的孩子们就要活活饿死……你要明白这一点！不过眼前还有办法救他，救我和孩子们免得受穷和丢脸。如果我今天能交出九百卢布，他就平安无事了。只九百卢布！"

"什么九百卢布？"帕莎小声问道，"我，我不明白……我可没拿过……"

"我不是跟你讨九百卢布……你没有钱，再说我也不会要你的钱。我要的是别的……像你这种人，男人通常会送你们各种贵重的物品。你把我丈夫送的东西还我就是了！"

"太太，他们什么东西也没有送过我！"帕莎突然叫起来，开始明白她的来意了。

"那么钱哪儿去了？他挥霍了自己的钱，我的钱，别人的钱……所有这些钱都哪儿去了？听着，我求你了。刚才我很气愤，对你说了许多逆耳的话，我可以向你道歉。我知道，你一定恨我，可是如果你还有一点点同情心，那就请你设身处地为我想一想！我恳求你把东西还我！"

"哼……"帕莎说着，耸耸肩膀，"我倒乐意这样做，可是，我要是没说实话，让上帝惩罚我好了，他真的什么也没有给我。请相信我说的是真心话。不过，你是对的，"歌女显得挺窘，"有一次，老爷他是给我带来两样小玩意儿。好吧，您想要的话，我给……"

帕莎拉开梳妆台的一个小抽屉，从里面取出一个空心的金镯子和一只成色不足的宝石小戒指。

"拿着吧!"她说着，把这两样东西递给来客。

太太的脸唰地红了起来，面部肌肉跟着抽搐起来。她感到受了侮辱。

"你给我的算什么东西!"她说，"我不是来求施舍的，我是来讨回原本不属于你的东西……你利用你的地位，榨干了我的丈夫，榨干了这个软弱而不幸的人。星期四，我看到你和我丈夫在码头上，那天你戴着贵重的胸针和手镯。所以，你用不着在我面前装成无罪的羔羊! 我最后一次问您：东西给不给?"

"说真的，您这人，太奇怪了……"帕莎说着，开始生气了，"我向您保证，除了这镯子和戒指，我从您的尼古拉·彼得罗维奇那里没有见到任何东西。老爷他通常只给我带点儿甜馅饼。"

"甜馅饼……"陌生女人冷笑说，"家里的几个孩子饿肚子，您这里有的是甜馅饼! 如此说来你是决心不想把东西退还了?"

不等回答，太太坐了下来，眼睛死死盯着一个地方，想着心事。

"现在该如何是好?"她说道，"要是我凑不到九百卢布，那他就死定了，我和孩子们也完了。我该杀了这个坏女人，还是给她下跪呢?"

太太用手帕捂着脸，号啕大哭起来。

"我求您了!"她哭着说，"是您害得我丈夫倾家荡产，毁了他，您救救他吧……您对他尽可以没有一点同情心，可是孩子们，孩子们……孩子们有什么过错?"

帕莎一想到几个小孩子站在大街上，饿得哇哇叫，她自己也大声痛哭起来。

"太太，我能做些什么呢?"她说，"您说我是坏女人，害得尼古拉·彼得罗维奇倾家荡产，可是我对您，就像面对上帝一样请相信……我没有得到老爷他的一点好处……在我们这班歌女中，只有莫蒂一个人受财主的供养，其他人都靠面包加克瓦斯勉强糊口。尼古拉·彼得罗维奇是一位有教养、懂规矩的先生，所以我才接待他。我们不能不接待呀。"

"我要的是东西！把东西还给我！我哭……低三下四……好吧，我给你下跪！这样行了吧？"

帕莎吓得尖叫一声，挥舞着双手。她感到，这个苍白而漂亮的太太，像在舞台上演戏似的表演得十分出色，她出于骄傲，出于高贵的气度，当真会给她下跪，以便抬高自己而贬低歌女。

"好，我给！"帕莎擦着眼睛，忙乱起来，"好吧。不过东西不是尼古拉·彼得罗维奇的……是别的客人送我的东西。就按你的意思办，太太……"

帕莎拉出五斗柜上面的一个抽屉，取出一枚钻石胸针，一串珊瑚，几枚戒指，一只镯子，把这些东西全给了那位太太。

"愿要，您都拿去吧，只是我没得着您丈夫的任何好处。拿走吧，您发财去吧！"帕莎继续说道，陌生女人威胁要给她下跪，这使她感到莫大的侮辱，"既然您出身高贵……又是他的合法妻子，那就该让他时时刻刻守着您。该这样！我可没有招引他来，是他自己来的……"

太太眼含泪水，瞧着给她的东西，说道：

"这不是全部……这些东西值不了五百卢布！"

冲动之下帕莎从五斗柜里又扔给她一块金表，一个烟盒，几颗金纽扣，摊开双手说：

"这下我什么也不剩了……您来搜吧！"

来客叹了一口气，用颤抖的手把东西包在手绢里，什么话也没说，甚至没点一下头，扬长而去。

隔壁的房门打开，科尔巴科夫走了进来。他脸色苍白，神经质地晃着脑袋，像是刚刚喝了一杯苦药。他的眼睛里闪着泪光。

"您到底给过我什么东西？"帕莎冲着他责问，"请问，什么时候给的?"

"东西……算得了什么?"科尔巴科夫说着又晃一下脑袋,"上帝!她在你面前痛哭流涕,低三下四……"

"我来问您:您到底给过我什么东西?"帕莎嚷道。

"上帝,她高贵,骄傲,纯洁……还想下跪……求你这种娼妇!唉,是我把她逼到了这一步,都是我的罪过!"

他抱住头,呻吟着说:

"不!我永远不能原谅自己!永远不能原谅!滚……贱货!"他厌恶地大声呵斥着,急忙从帕莎身旁往后退,用颤抖的手推开她。"她竟想下跪……求谁?求你!啊,上帝!"

他很快穿好衣服,厌恶地躲着帕莎,向大门跑去,走了。

帕莎躺下后开始放声大哭。这时她已经心疼自己一时冲动交出去的东西,同时感到一肚子的委屈。她回忆起三年前有个商人无缘无故就把自己打了一顿,想到这里,哭得更伤心了。

(1886 年)

万　卡

　　万卡·茹科夫是个九岁的男孩子，三个月前被送到鞋匠阿利亚欣家当学徒。圣诞节前夜，他没有躺下睡觉。他等到老板夫妇和师傅们外出做晨祷后，从老板的立柜里取出一小瓶墨水和一支安着锈笔尖的钢笔，在自己面前把一张皱巴巴的白纸铺平，写了起来。他在写下第一个字以前，好几次胆战心惊地回头去看了看门口和窗子，斜起眼睛偷看一眼黑乎乎的圣像和圣像两旁摆满鞋楦的架子，时不时叹口气。那张纸就铺在长凳上，他跪在长凳前。

　　"亲爱的爷爷康司坦丁·玛卡雷奇！"他写道，"我在给你写信。祝您圣诞节快乐，求上帝保佑你事事如愿。我没爹没娘，单剩下你一个亲人了。"

　　万卡的目光转到了黑乎乎的窗子，窗上映着蜡烛的影子。他脑海中出现爷爷康司坦丁·玛卡雷奇栩栩如生的形象。爷爷是地主席瓦烈夫家的守夜人。他是个矮小精瘦、手脚异常灵便、爱动的小老头，年纪约莫六十五岁，脸上老挂着笑容，眯着醉眼。白天他在仆人的厨房里睡觉，要么就跟厨娘们唠嗑，夜里穿上肥大的羊皮袄，在庄园四周巡视，不住地敲打梆子。他身后跟着两条狗，耷拉着脑袋，一条是老母狗卡希坦卡，一条是"泥鳅"。之所以叫它"泥鳅"，是因为它浑身长着黑油油的毛，身子细长，像只黄鼠狼。这条"泥鳅"非常听话，对人十分亲热，不论见着自家人还是外人，无不摇尾乞怜，温顺地瞧着人家。然而它是靠不住的。在它的恭顺温和的背后，隐藏着极其狡猾而险恶的用心。任凭哪条狗也不如它那么善于抓住时机，悄悄溜过来，在人的腿肚子上咬一口，或者钻进冷藏室，或者偷农民的鸡吃。它的后腿已经不止一次被人打断，有两次人家索性把它吊起来。每个星期它都会被人打得半死，不过每次都死里逃生，活了下来。

这时候，他爷爷兴许就站在大门口，眯起眼睛打量乡村教堂的鲜红窗子，跺着穿高筒毡靴的脚，跟仆人们说说笑笑。梆子就挂在他腰带上。他冻得不时拍拍手，缩起脖子，一会儿在女仆身上捏一把，一会儿在厨娘身上拧一下，发出苍老的嘻嘻笑声。

"咱们一起吸点儿鼻烟，怎么样？"他说着，把他的鼻烟盒送到那些婆娘跟前。

女人们闻了点儿鼻烟，喷嚏连连。爷爷乐得什么似的，发出一连串快活的笑声，嚷道：

"快擦掉，要不鼻子冻上了！"

他还给狗闻鼻烟。卡希坦卡打喷嚏，皱了皱鼻子，好不委屈，跑到一旁去了。"泥鳅"为了表示恭顺没打喷嚏，光是摇尾巴。天气好极了。空气纹丝不动，清澈而新鲜。夜色黑漆漆的，整个村子以及村里的白房顶、烟囱里冒出来的一缕缕炊烟、披着重霜而变成银白色的树木、雪堆，都清晰可见。天空繁星点点，快活地在眨巴眼睛。银河那么清楚地显相露形，仿佛过节以前用雪把它擦洗过……

万卡叹口气，用钢笔蘸一下墨水，继续写道：

> 昨天我挨了一顿打。东家揪住我的头发，把我拉到院子里，拿师傅干活儿用的皮条狠狠抽我，怪我摇睡在摇篮里他们家的小娃娃时，不小心睡着了。上星期女东家叫我收拾青鱼，我从尾巴上动手收拾，她就捞起那条青鱼，鱼头直戳我的脸。师傅们总是拿我寻开心，老打发我到小酒铺里打酒，指使我偷老板的黄瓜。东家随手捞到什么就用什么打我。吃的东西就别提了。

早晨吃面包，午饭喝稀粥，晚上又是面包。说到茶呀，菜汤呀，那只有东家两夫妻喝的份儿。他们叫我睡在过道里，他们的小娃娃一哭，我就别想睡了，得一个劲儿摇摇篮。亲爱的爷爷，发发上帝那样的慈悲，带着我离开这儿，回家去，回到村子里去吧，我没法儿活了……我给你叩头，我会永远为你祷告上帝，带我离开这儿吧，要不我死定了……

万卡嘴角撇下来，握起污黑的拳头揉一揉眼睛，抽抽搭搭地哭了起来。

我会给你搓烟叶，为你祷告上帝。要是我做了错事，只管抽我，像抽西多尔的山羊那样。要是你认为我没活儿干，那我就去求管家看在基督分上让我给他擦皮靴，要不替菲德卡放牛羊。亲爱的爷爷，我没法儿活了，剩下的只有死路一条。我本想跑回村子，可又没有皮靴，我怕冷。等我长大了，我就会为你这一片好心养活你，不许人家欺侮你。等你死了，我就祷告，求上帝让你的灵魂安息，就跟为我娘佩拉盖娅祷告一样。

莫斯科是个好大的城市。房子全是老爷们的。马很多，就是没有羊，狗也不凶。这儿的孩子不举着星星走来走去①，唱诗班也不准人随便参加。有一回我在一家铺子的橱窗里看见些钓钩摆着卖，都安好了钓丝，能钓各式各样的鱼，都很贵。有一个钓钩甚至经得起一普特②重的大鲇鱼呢。我还看见几家铺子卖各式各样的枪，跟老爷的枪差不多，每支枪恐怕要卖一百卢布……肉铺里有野乌鸡，有松鸡，有兔子，可是这些东西是在哪儿打来的，铺子里的伙计不肯说。

亲爱的爷爷，等到老爷家里摆着圣诞树，上面挂着礼物，

① 指基督教的习俗：圣诞节前夜小孩子们举着用薄纸糊的星星四处走动。

② 1 普特约合 16.38 千克。

你就给我摘下一个用金纸包着的核桃，放进那口小绿箱子里。你问奥尔迦·伊格纳捷耶芙娜小姐要吧，就说是给万卡留的。

万卡叹了口气，声音哆嗦，又仔细瞧着窗子。他回想爷爷总到树林里去给老爷家砍圣诞树，带着孙子一起去。那时候真叫快活！爷爷不停咳嗽，发出咯咯声，严寒把树木冻得也咔嚓咔嚓地响，万卡就学样也咯咯地叫起来。砍树前，爷爷往往先吸完一袋烟，久久闻着鼻烟，把冻僵的万卡狠狠取笑一顿……那些做圣诞树用的小云杉披着白霜，立在那儿一动不动，等着看它们中谁先没命。冷不防，不知从哪儿跑过来一只野兔，在雪堆上箭一般窜过去。祖父忍不住嚷道：

"抓住它，抓住它……抓住它！嘿，短尾巴鬼！"

爷爷把砍倒的云杉拖回老爷的家里，大家就动手装点起来……忙得最起劲的是万卡喜爱的奥尔迦·伊格纳捷耶芙娜小姐。当初万卡的母亲佩拉盖娅还活着，在老爷家里做女仆，那时候奥尔迦·伊格纳捷耶芙娜常给万卡糖果吃，闲着没事便教他念书、写字、从一数到一百，甚至教他跳卡德里尔舞。可是等到佩拉盖娅一死，孤儿万卡就给送到仆人的厨房去跟爷爷待在一起，后来又从厨房给送到莫斯科的靴匠阿利亚欣的铺子里来了……

"你来吧，亲爱的爷爷。"万卡接着写道，"我求你看在基督和上帝分上带我离开这儿吧。你可怜我这个不幸的孤儿吧，这儿人人都揍我，我饿得要命，孤单得没法儿说，老是哭。前几天东家用鞋楦头打我，把我打得昏倒在地，好不容易才醒过来。我的日子苦透了，比狗都不如……替我问候阿辽娜、独眼的叶果尔卡、马车夫，我的手风琴不要送人。孙伊凡·茹科夫草上。亲爱的爷爷，你来吧。"

万卡把这张写好的纸叠成四折，放进昨晚花一个戈比买来的信封里……他想了想，用钢笔蘸一下墨水，写下地址：

乡下爷爷收

　　然后他搔了搔头皮，想了想，添上几个字：康司坦丁·玛卡雷奇收。好在他写完信也没人来打扰，他很高兴，便戴上帽子，顾不上披皮袄，只穿着衬衫跑到街上去了……

　　昨天晚上他问过肉铺的伙计，伙计告诉他说，信件丢进邮筒以后，就由醉醺醺的车夫驾着邮车，把信从邮筒里收走，响起铃铛，分送到各地去。万卡跑到就近的一个邮筒，把那封宝贵的信塞进了筒口……

　　他怀着美好的愿望放下了一件心事，过了一个钟头，安心地睡熟了……在梦中他看见一个炉灶：爷爷坐在炉台上，耷拉着一双光脚，给厨娘们念信……"泥鳅"在炉灶旁边来来去去，摇着尾巴……

（1886 年）

黑　暗

　　年轻的小伙子，头发淡黄，颧骨突出，身穿破皮袄，脚上是一双黑色的大毡靴，等着地方自治局医院的医生看完病，离开医院回家，便怯生生地走到他跟前。

　　"打搅您了。"他说。

　　"什么事？"

　　小伙子拿手心把鼻子从下而上抹了抹，看了看，说：

　　"打搅您了……我哥哥瓦斯卡，瓦尔瓦利诺村的铁匠，就在您老爷的囚犯病房里……"

　　"是的，怎么回事？"

　　"我，就是瓦斯卡的弟弟……我爹就我们两个儿子，一个是瓦斯卡，另一个便是我，基里拉。他还有三个女儿。瓦斯卡已成家，有了一个孩子……家里吃饭的人多，能干活儿的没一个……知道吗，我们家的铁铺的炉子差不多已有两年没生火了。我在布厂里干活儿，不会打铁，我爹呢，还能干什么活儿？给吃的也吃不下，汤勺都送不到嘴边。"

　　"你找我什么事？"

　　"请发发慈悲，放瓦斯卡出来吧！"

　　医生吃惊地望着基里拉，一言不发，走了开去，小伙子见状跑了前去，扑通一声跪在他跟前。

　　"大夫，好心的老爷！"他眨巴着眼睛，抹着鼻子，求了起来，"发发善心，放了瓦斯卡回家吧！我们永生永世都要为你祈祷的！老爷，放他出去！要不我们全家都要饿死了！我娘成天哭哭啼啼，瓦斯卡的婆娘也哭天抹地的……只有死路一条！我可走投无路了！发发善心，放了他吧，好心的老爷！"

"你是傻还是疯了？"医生气恼地望着他，问，"我哪能放他呢？他可是囚犯呀。"

基里拉哭了起来。

"好你个怪物！我哪来这权力？我又不是管监狱的。人家送他来医院治病，我的权力就是给他治病。要说放人，就像送你蹲大牢，我哪有这样的大权？瞧你有多傻！"

"知道吗，他可是无缘无故蹲大牢的。开审前，他已坐了一年的牢，请问，现在干吗还要关他？要是他杀了人、偷了马什么的，还说得过去，可他平白无故，硬是被关着。"

"这关我什么事？"

"关了人，可就是说不出干吗要关人。老爷，他只是喝多了，脑子糊涂，连我爹也挨了他耳光，自己醉得脑瓜子直往树上撞，把嘴脸都撞伤了。我们村两个小家伙，想要土耳其烟草，来找他，说是夜里溜到亚美尼亚人的店里捞点儿烟草。他这个傻瓜，喝醉了，答应同去。几个人扭断了锁，闯进去，撒起了酒疯。见什么拿什么，敲碎了玻璃，还把面粉撒了一地。一句话，全是酒惹的祸！这不，把乡警察招来了……结果给送到城里的法院去了。几个人在大牢里蹲了整整一年。一星期前，星期三，三个人在城里受了审，士兵拿着枪押着……人们宣了誓。三个人数瓦斯卡罪最轻，可那些个老爷硬说他领的头。那两个小子判了坐牢，反而判瓦斯卡服三年的苦役。请问为什么呢？得讲个理是不是！"

"这也关我什么事？你去找那当官的。"

"我去找过！我去了法庭，想呈张申诉的状子，可他们不收。我找过区警察局长，找过侦讯官，他们全都说，他们管不了！那这事到底谁管？这医院数你的官最大了，老爷，你说话算数，想怎么办就能怎么办。"

"你呀，太傻了，"医生叹了一口气，"既然陪审员判了，别说是省长，连朝里的部长也没辙，区警察局长更不用说了。你算是白费劲了！"

"倒是哪个判他的？"

"陪审员先生呗……"

"他们算哪门子先生？还不都是一班庄稼汉！其中有安德烈·古列夫，还有阿辽什卡·胡克。"

"嗨，我没兴趣跟你说了……"

医生挥了挥手，快速向自家门走去，基里拉想跟过去，一见门砰的一声关上，便停住了脚步。他在医院的院子里一动不动站了十来分钟，帽子也不戴上，眼望着医生的家，后来，重重地叹了口气，慢慢地搔着脑袋，向医院大门走去。

"该找谁呢？"他来到街上，嘟哝道，"这个说，不关我的事，那个说，也不关我的事。那关哪个的事？对了，看来不塞点好处，事儿准办不成。你看那医生，嘴巴说着，眼睛老盯着我的手，看我会不会塞给他点儿蓝票子。这不，哪怕是省长我也能见到。"

他一步挨一步往前去，时不时无缘无故回过头张望一眼，懒洋洋地走着，显然，他这是在盘算着往哪里去好……天不是很冷，脚下的积雪发出咔哧咔哧声，前面，不到半俄里的地方，有一座小山冈，那里是一座小城镇，不久前，哥哥就在那里受的审。右边隐隐约约是监狱，红色的屋顶，四角立着岗亭。左边是城郊的大林子，覆盖着白霜。四周静悄悄的，只有前方有个老爷子，穿着女人的短大衣，头戴大便帽，边咳嗽，边把一头奶牛往城里赶。

"您好，大爷！"基里拉跑上前，与老爷子平排走着，说。

"您好……"

"赶着牛去卖？"

"不是……"老爷子懒懒地答。

"您是城里人吧？"

搭上了腔后，基里拉说起了自己为什么去医院，跟医生说了些什么。

"医生自然管不了这档子事。"两个人到了城内，老爷子说，"虽说他也是老爷，可只懂用药治病，要说给你出个管用的主意，写张状子什么的，这就叫他为难了。这种事有专门的官员管。你都去找了调解法官和区警察局长，他们不是也管不了吗？"

"那该找谁去？"

"你们庄稼人的事儿，还得找乡公所常务委员，派他到这儿来专管庄稼人的事。你去找西涅奥科夫老爷。"

"待在左洛托沃村的那个老爷？"

"正是左洛托沃村的那位。他是你们的头儿。关系到你们的事，就连县警察局长也无权驳他。"

"老爷子，那里远着哩！……十五俄里，兴许还不止呢。"

"要办事，哪怕一百俄里也得去。"

"可不是，得去……是不是得递张状子？"

"到了那里就知道了。状子人家会给你写好的。常务委员手下有位文书会办的。"

送别了老爷子，基里拉立在广场中央想了想，就出了小城镇往回走。他决定去一趟左洛托沃村。

五天后，那医生看完病回家的时候，又在院子里见到基里拉，这一次不单基里拉一个人，跟他一起的还有一个瘦骨伶仃、脸色苍白的小老头。老头的脑袋像钟摆，不停地摇来摆去，嘴唇也动个不止。

"老爷，我又来求你发善心了！"基里拉说，"我是跟我爹一起来的，您行行好吧，放了瓦斯卡！我没跟常务委员说上话。他只有一个字：'滚！'"

"大老爷，"老头子嘶哑着声音，哆哆嗦嗦地抬起眼皮，说，"行行好！我们是穷苦人家，报答不了您的大恩大德，要是您不嫌弃，让基里什卡和瓦斯卡给您干活儿，报答您。"

"我们一定给你好好干活儿的！"基里拉举起一只手，像是要起誓，"放了他，要不我们全家活不成了！他们全都哭天喊地了，老爷！"

　　小伙子很快对爹使了使眼色，拉住他的衣袖，两个人像是听到了命令，齐唰唰地跪到了医生面前。医生挥了挥手，头也不回，迅速朝家门走去。

（1887 年）

渴　睡

深夜。十三岁的小保姆瓦里卡摇着摇篮里睡着的小娃娃。她哼着歌，声音低得难以听见：

　　睡吧，好好儿睡，
　　听我给你唱支歌……

神像前点着盏绿色的长明灯。房间里从一个角落到另一个角落挂着一根绳子，绳子上晾着尿布和一条黑色的大人裤子。长明灯的灯光在天花板上投下一大块绿色的斑点，尿布和裤子长长的影子落在了炉子上、摇篮上和瓦里卡的身上。长明灯的灯光一旦摇曳起来，那绿色的斑点和影子就活起来，像是被风吹动了。房间里很气闷，散发着菜汤和皮靴皮革的气息。

小娃娃在哭。他已哭得声音嘶哑，精疲力竭了，可还一个劲儿哭着哭着，不知道什么时候才停下来。可瓦里卡瞌睡极了，眼皮黏在一起，脑袋耷拉下来，脖子酸痛。她连眼皮、嘴唇都不能动一下，看起来她的脸蛋像是干瘪了，麻木了，脑袋成了针尖那么小小的一点大了。

"睡吧……睡吧，"她口齿不清地哼着，"我这就给你煮粥去……"

炉子上蟋蟀在叫。门外，隔壁房间里传来东家和帮工阿法纳西的呼噜声……摇篮发出叽叽嘎嘎悲凉的声音，此外还有瓦里卡自己的嘟哝声——所有这一切汇成了一首夜间的催眠曲，躺在床上的人听来该有多甜美。可这乐曲让瓦里卡越听越心烦，越听越心焦，声声都在催她入眠，可她就是不能睡。要是瓦里卡不小心睡过去，天知道，东家就要揍她一顿了。

长明灯光摇曳起来。绿色的斑点和影子跟着晃动，在瓦里卡半开半闭、凝然不动的眼睛上摇晃，在她那半睡不醒的脑袋里化成了一堆朦胧的幻影。她看见天空上乌云在追逐奔跑，像孩子那样，吆喝着。这不，起风了，云团消散。瓦里卡眼前出现了一条布满稀泥的宽阔公路。路上大车一辆接一辆驶过去，行人背着背囊，前前后后拖着长长的阴影，透过路两旁寒冷而阴沉的迷雾，森林隐约可见。突然，背着行囊的行人和影子纷纷倒进路上的稀泥之中。"怎么回事?"瓦里卡问，"该睡了，该睡了!"有人回答她说。于是他们都纷纷睡过去，睡得好不香甜。公路的电线上停着乌鸦和喜鹊，就像娃娃，叽叽喳喳，嚷个不停，生着法子要吵醒她。

"睡吧，好好儿睡，我给你唱支歌……"瓦里卡嘟哝着，发觉自己已身在黑洞洞、闷热的小木屋里。

她那已不在人世的爹叶菲姆·斯捷潘诺夫躺在地板上打滚。她见不到他这个人，却听到他躺在地板上痛得翻来滚去，声声呻吟。据他说，他这是"疝气发作"，痛得话也说不出来，只有吸气的份儿，牙齿打战，发出打鼓似的声响：

"卜……卜……卜……卜……"

母亲佩拉盖娅跑到庄院去向老爷报告说叶菲姆快要死了。她离家很久了，该回来了。瓦里卡躺在炉炕上没有睡，听着爹发出的"卜卜"声。终于听到有人向木屋走来，是老爷打发年轻的大夫来看到底是怎么回事。这大夫刚从城里来老爷家做客。大夫进了房子，黑暗中见不到他的人影，但听得见他在清嗓子，咔嗒一声推开了门。

"把灯点上。"他说。

"卜，卜……"叶菲姆就这样回答他。

佩拉盖娅直奔炉炕，摸索起放火柴的罐子。片刻间一片沉寂。大夫在口袋里摸索了一阵，划上了火柴。

"我去去就回，去去就回，老爷。"佩拉盖娅说罢跑出木屋，很快拿着蜡烛头回来了。

叶菲姆的脸颊通红，眼睛闪闪发亮，目光异常锐利，像是一眼就看透木屋和大夫似的。

"我说，你倒是怎么了？想干什么？"大夫向叶菲姆弯下身，问，"嘿，这模样多久了？"

"啥？没命了，是时候了。再也不能活在世上了……"

"别胡说八道……我们会治好你的！"

"随您的便，先生，多谢您了。我心里明白……死神来了，还能怎么办？"

大夫给叶菲姆治了一刻钟后，起身说：

"我束手无策……得送你上医院，做手术。马上得送……立马走！快来不及了，医院的人都睡了。不过不要紧，我给你写个条子。听到了？"

"老天爷？他怎么个送呢？"佩拉盖娅说，"我家没马。"

"没事，我跟老爷说一声，他们会给马的。"

大夫走了，蜡烛即刻灭了。又响起"卜，卜"声……过了半小时，有人赶着马来了。是老爷派人送车来了。叶菲姆动身上医院。

大清早天气晴朗。佩拉盖娅不在家，她到医院去打听叶菲姆的病情。什么地方有个孩子在哭哭啼啼，瓦里卡听到有人用她的声音在唱：

睡吧，我给你唱支歌……

佩拉盖娅回来了，画着十字，低声说：

"给他治了一整夜，早上灵魂交还给了上帝……愿他上天国，永远安息……他们说送得太迟了……该早些……"

瓦里卡跑到林子里，哭了一阵，突然有人敲了一下她的后脑勺，敲得很重，敲得她一头撞到桦树干上。她抬头一看，面前站着那鞋匠东家。

"你这是干吗，贱货？"他说，"孩子在哭，你倒在睡大觉？"

东家狠狠揪她的耳朵，她甩了甩脑袋，摇起了摇篮，嘟嘟哝哝哼起了歌……绿色斑点和尿布及裤子的影子晃动起来，直对她眨眼睛，很快又占据了她的脑子。她再次看到了沾满稀泥的公路。背负背囊的行人和影子纷纷倒下去，睡了过去，睡得很熟。怪的是，瓦里卡一见到他们，就非常想睡。要是能美美睡上一觉多好呀，可是娘佩拉盖娅就走在她身边，催着她快走。两个人正匆匆往城里去找活儿干。

"看在基督的分上，行行好吧，"娘向迎面来的行人要起了钱，"好心的先生，发发慈悲吧！"

"把孩子抱到这儿来！"她听到一个熟悉的声音，说，"把孩子抱过来，"那声音又说了一遍，说得怒气冲冲，怪刺耳的，"你在睡，贱货？"

瓦里卡跳了起来，回头一看，知道是怎么回事。公路、娘、迎面过来的行人都不见了，房间中央站着的只有女东家一人，她是来给孩子喂奶的。宽肩肥胖的女东家给孩子喂奶、哄孩子的时候，瓦里卡站着，眼望着她，等着她喂完奶。窗外的天空在渐渐变蓝，天花板上的绿斑点和影子明显地淡下去了。天很快就要亮了。

"抱着，"女东家扣好胸前的纽扣，说，"他哭个不停，准是遭人毒眼了。"

瓦里卡接过孩子，放进摇篮，又摇了起来。绿色斑点和尿布及裤子的影子渐渐不见了，她的脑子里再也容不得什么人进来，害得她昏昏沉沉的了。但还是十分想睡，瞌睡极了！瓦里卡把脑袋搁在摇篮的边上，凭着整个身子摇晃摇篮，免得睡过去，但眼皮子硬是黏在一起，脑袋沉甸甸的。

"瓦里卡，生炉子！"门外东家在喊。

原来该是起床开始干活儿的时候了。瓦里卡丢下摇篮，跑到柴房里去取柴火。她挺愿意干活儿，跑着走着就不会像坐着不动那么想睡觉了。她搬来了柴火，生好了炉子，只觉得那麻木的脸舒展开来，脑子也清醒起来了。

"瓦里卡，烧茶炊！"女东家喊道。

瓦里卡劈好一段小劈柴，刚点上火，塞进茶炊，又听到新的命令：

"瓦里卡，给东家刷雨鞋！"

她坐到地板上刷起了雨鞋，心想：要是把脑袋塞进这双又大又深的鞋子里，打个盹儿，那该多美……不料鞋子忽然变高了，膨胀起来，塞满了整个房间。瓦里卡丢下刷子，但很快便晃了晃脑袋，瞪大眼珠子，竭力想看看，房内的东西是不是也变大了，是不是也在眼前动起来。

"瓦里卡，把外面的台阶洗刷洗刷，这样才对得起顾客！"

瓦里卡洗台阶，收拾房间，然后烧好另一只炉子，跑小铺子买东西，活儿不少，没一分空闲的时间。

但是没什么比站在厨房的桌子前削土豆更累的活儿。头弯下桌子，土豆在眼前跳动，搞得人眼花缭乱，刀从手里滑下，肥胖的女东家卷起袖子，怒气冲冲在身边来回走动，大声说话，震得耳朵嗡嗡响。她得伺候他们吃午饭，饭后还得洗洗刷刷，缝缝补补，这也挺累人的。有时候她真想万事不管，在地板上那么一躺，睡它一觉。

白天过去了。瓦里卡眼看着窗外天色慢慢变暗，她按住麻木的太阳穴，不觉笑了起来。她不知道自己为什么会笑。夜色抚慰她那总也睁不开的眼睛，预示着她很快就能美美地睡上一觉了。晚上总有客人来拜访东家。

"瓦里卡，烧茶炊！"女东家下令道。

东家的茶炊很小，得烧五次左右茶炊才能满足需要。瓦里卡得一动不动站着伺候客人，睁大眼睛等着种种吩咐。

"瓦里卡，快去买三瓶啤酒！"

她转身拔腿就跑，尽量跑得快些，好赶走睡意。

"瓦里卡，买白酒去！瓦里卡，开瓶塞的钻子在哪儿？瓦里卡，去把青鱼收拾好！"

客人终于走了。灯都灭了，东家夫妇都睡了。

"瓦里卡，去摇摇孩子！"传来了最后一道命令。

炉炕上响起蟋蟀的鸣叫声。天花板上的绿色斑点和地上尿布与裤子的影子又进了瓦里卡那半闭半开的眼睛，不停地朝她眨巴眼睛，害得她又头脑昏昏沉沉起来。

"睡吧，好好睡吧，"瓦里卡嘟嘟哝哝道，"我给你唱支歌儿……"

可小娃娃哭哭啼啼，哭得声嘶力竭。瓦里卡又看见那条满是稀泥的公路、背着行囊的行人、佩拉盖娅和爹叶菲姆。她只觉得纳闷，这些人她全都认识，但瞌睡蒙眬中，究竟是什么力量把她的手脚捆起来，压得她喘不过气来，不让她活下去。她回头寻找这力量，自己好摆脱出来，但就是找不到。最后，她在极度痛苦中，费了最大的劲睁大眼睛，抬头打量天花板上那在不停眨巴眼睛的绿斑点，听着娃娃的哭声，终于找到了让她不得安生的敌人。

这敌人就是娃娃。

她笑了。她觉得好生奇怪，这点小事，之前怎么就没注意到呢？绿斑点、尿布和裤子的影子，还有蟋蟀，看来也都在笑，都显出纳闷的神情来。

瓦里卡被这虚假的想象所控制。她从矮凳上站了起来，开怀一笑，眼睛也不眨巴，便在房间里走来走去。一想到即刻就要摆脱这捆绑她手脚的娃娃，顿时心花怒放起来，心头痒痒的……弄死这娃娃，然后睡觉，睡觉，睡觉……

瓦里卡面带笑容，眨巴着眼睛，伸出手指对绿斑点和影子做出了吓唬的手势，然后来到摇篮前，对娃娃弯下身子。掐死娃娃后，她很快往地板上一躺，开心得笑了起来，现在好睡了。片刻后她已睡得死死的……

（1888 年）

跳来跳去的女人

一

亲朋好友全来参加奥莉加·伊凡诺夫娜的婚礼。

"瞧，他身上是不是有独特之处？"她朝丈夫那边点了点头，对朋友们说，像是要解释一下，她为什么嫁给了这么一个普普通通、极寻常、毫无出众之处的人。

她的丈夫奥西普·斯捷潘内奇·戴莫夫是一名医生，九品文官。他在两家医院里从医：在一家医院里任编外主治医师，在另一家医院当解剖师。每天从上午九点到中午，他给门诊病人看病、查房，午后乘公共马车赶到另一家医院，解剖病人尸体。他也私人行医，不过收入菲薄，一年只有五百来卢布。就这点儿钱。此外，他还有什么好说的呢？而奥莉加·伊凡诺夫娜和她的亲朋好友个个都不同凡响。他们各有过人之处，出类拔萃。有的已名闻遐迩，称得上是专家名流；有的虽说尚未成名，但前程灿烂。有一位剧院演员，早已是公认的伟大天才，他优雅、聪明、谦逊，还是一名出色的朗诵家，他教奥莉加·伊凡诺夫娜朗诵。有一位歌剧院的歌唱家，一个好心肠的胖子，经常叹着气要奥莉加·伊凡诺夫娜相信：她是在自毁前程，她要是不懒散，能管束自己，那她肯定能成为一名出色的歌唱家。此外还有好几名画家，为首的是擅长风俗画、动物画和风景画的里亚博夫斯基，一个风流倜傥的金发青年，年方二十五左右，几次画展都大获成功，最近的一幅画就卖了五百卢布。他为奥莉加·伊凡诺夫娜修改画稿，说她前程不可估量。还有一位大提琴手，他的琴声如泣如诉，动人心弦。他毫不掩饰地说，在他认识的所有女人中间，配得上为自己伴奏的非奥莉加·伊凡诺夫娜莫属。另外还有一位作家，年纪轻轻，却已名声在外，他写过不少中篇小说、剧本和短篇小说。此外还有谁呢？是了，还有瓦西里·瓦西里伊奇，贵族，地主，业余的插画家，刊头卷尾的小花饰设计者，酷爱古老的俄罗斯风格、壮士歌和民谣，在纸张上、瓷器上和熏黑的盘子上，他能创造出真正的奇迹。这伙逍遥自在的演艺人员，命运的宠儿，虽说一个个彬彬有礼，态度谦和，也只有在生病的时候才会想起医生的存在。戴莫夫这个姓氏在他们听来跟西多罗夫和塔拉索夫毫无区别。在这伙人中间，戴莫夫显得格格不入、多余、矮小，尽管他身材高大，宽肩阔背。看上去他身上的礼服像是别人的，还留着店伙计的胡子。不过话说回来，如果他是作家或艺术家，那么别人就会说，他那胡子令人想到了左拉①。

那位演员对奥莉加·伊凡诺夫娜说，她穿上这身漂亮的婚纱，再配上亚麻色的头发，真像一棵春天里婀娜多姿的樱桃树，满树满枝娇嫩的白花绽放。

"不，您听我说，"奥莉加·伊凡诺夫娜挽住他的胳膊，对他言道，"这件事是如何意外发生的？您听我说，听我说……我得告诉您：我爸爸同戴莫夫在一家医院里共事。有一回可怜的爸爸病了，戴莫夫日日夜夜守在他的病床前。多么了不起的自我牺牲精神啊！您听我说，里亚博夫斯基……还有您，作家，你们都听着，这很有意思，你们且靠近一点儿。多么了不起的自我牺牲精神，多么真诚的关怀！我也一连几夜没有睡觉，守着爸爸。突然间，了不得，姑娘征服了善良小伙子的心！我的戴莫夫神魂颠倒地堕入情网。真

① 左拉（1840—1902）：法国著名作家，自然主义文学的主要倡导者，主要作品有《萌芽》《金钱》《小酒馆》等。

的，命运往往这么离奇！爸爸死后，他常来看我，有时两人在街上相遇，有那么一天晚上，突然间冷不防他向我求婚了……简直像雪山压顶……我哭了一个通宵，我自己也没命地爱上他了。现在，你们瞧，我成了他的妻子。他身上是不是有不寻常之处：强壮，有力，像熊一样？此刻，他的脸有四分之三对着我们，光线不好。等他转过身来，你们瞧他的前额。里亚博夫斯基，您得说说这前额怎么样？戴莫夫，我们正说你呢!"她大声招呼大夫，"你过来，把你诚实的手伸给里亚博夫斯基……这就对了。你们做个朋友吧。"

戴莫夫善良而纯真地微笑着，向里亚博夫斯基伸出手去，说：

"幸会幸会。当年我有个同班毕业的同学也姓里亚博夫斯基。他不会是您的亲戚吧?"

二

奥莉加·伊凡诺夫娜二十二岁，戴莫夫三十一岁。婚后，他们的日子美满。奥莉加·伊凡诺夫娜在客厅的四面墙上挂满了自己的和别人的画稿，有的配了画框，有的没有。她在钢琴和家具附近辟出了狭小而漂亮的一角，里面点缀着种种中国小花伞、画架、五颜六色的小布条、匕首、半身雕像和照片等玩意儿……她用民间木版画把餐室的墙壁裱糊起来，挂上树皮鞋和镰刀，屋角放一把长柄大镰刀和搂草的耙子，结果，餐室里洋溢着一片俄罗斯的乡野情调。在卧室，她在天花板和四面墙上钉上黑绒布，显得更像山间岩穴。在两张床的上方挂一盏威尼斯灯笼，门旁还立着一个手执戟的假人。大家认为，这对年轻夫妇营造了一个温馨的小窝。

每天早上，奥莉加·伊凡诺夫娜要到十一点才起床，之后她弹钢琴，要是有太阳，就画油画。随后，到十二点多钟，她就坐车去找女裁缝。她和戴莫夫手头的钱不多，只够日常开销，为了经常有新衣服可穿，以此引人注目，她和女裁缝只好挖空心思，花样翻新。她们经常把旧衣服染一染，加上一些不值钱的零头透花纱、花边、长毛绒和丝绸，如此一来就能创造出种种奇迹。做出来的东西着实迷人，简直不能叫衣服，而是梦幻。从女裁缝家里出来，奥莉加·伊凡诺夫娜就乘车去拜访某位熟悉的女演员，打听一些戏剧界新闻，顺便弄几张新剧首场演出或义演的戏票。从女演员家出来，她还得坐车去某位画家的画室，或者参观某个画展，然后再去拜访某位名流——邀请她去做客，要么是回访，或者只是聊聊天。她所到之处无不受到热诚而友好的欢迎，大家都夸她漂亮、可爱，是位罕见的女性……那些她称之为名流和伟人的人也都把她视作知己，当作他们的志同道合者。这些人众口一词地向她预言：凭她的天赋、情趣和聪明，只要她不分散精力，将来一定大有作为。她唱歌，弹钢琴，画画，雕塑，参加业余演出，所有这些都不是应付之举，而是她横溢才华的流露。不论扎个彩灯，还是梳妆打扮，哪怕只给人系条领带，她都做得特别富有艺术情趣，显得别致优雅，可爱迷人。不过，有一方面她的才能表现得最为突出，那就是，她善于快速结识名流，很快跟他们混熟。遇到有人崭露头角，引起人们的注意，她就立即与他结识，当天即跟他交上朋友，并请他来家里做客。每结交一个新的名人对她来说不啻一场真正的节日喜庆。她崇拜名人，为他们骄傲，夜夜梦见他们。她渴慕名人，而且这种渴望永远得不到满足。旧的名人离去，被遗忘，又有新的名人取而代之。不过，对这些新名人她很快便觉得习以为常，或者失望之余，又开始急切地寻找新的名人、新的伟人，找到后又找新的。为什么呢？

下午四点多钟她和丈夫一块儿在家吃午饭。丈夫为人朴实，他健全的思想和善良的心地让她喜出望外，让她欣喜若狂。她时不时跳起来，冲动地抱住他的头，狂吻不止。

"你呀，戴莫夫，是个聪明而又高尚的人，"她说，"只是你有一个很大的缺点。你对艺术丝毫不感兴趣，你否定音乐和绘画。"

"我不了解它们，"他心平气和地说，"我一辈子搞的是自然科学和医学，所以我没有时间再对种种艺术感兴趣。"

"这太可怕了，戴莫夫！"

"为什么？你的那些朋友不懂自然科学和医学，可是你并没有因此而责难他们。每个人都有自己的专长。我不懂风景画和歌剧，但我这样想：既然有一批聪明人为它们献出了毕生精力，而另一些聪明人愿意为它们花费大笔的钱，可见人们需要它们。我不懂，并不说明我否定它们。"

"来，让我握握你那真诚的手！"

午饭后，奥莉加·伊凡诺夫娜又出门访友，然后上剧院看戏，或者去听音乐会，半夜才回家。天天如此。

每逢星期三，她家总有晚会。晚会上，女主人和客人们不玩牌，不跳舞，他们以各种艺术活动为乐。话剧演员朗诵，歌剧演员唱歌，画家们在纪念册上绘画（这种纪念册奥莉加·伊凡诺夫娜多的是），大提琴手演奏，女主人本人也绘画，也雕塑，也唱歌，也伴奏。在朗诵、演奏和唱歌间歇期间，他们谈论文学、戏剧和绘画，而且常常争论不休。晚会上没有女宾，因为奥莉加·伊凡诺夫娜认为，除了女演员和她的女裁缝，其余的女人一概无聊而庸俗。每次晚会都免不了这种场面：门铃声一响，女主人便猛地一惊，随即脸上露出得意的神色，说："他来了！"这个"他"指的是一位应邀来访的新的名人。戴莫夫不到客厅露面，而且谁也想不起他的存在。但是一到十一点半，通往餐室的门打开，戴莫夫带着他善良敦厚的微笑出现在门口，搓着手说：

"请吧，诸位先生，请吃点东西。"

大家进了餐室，每一回看见餐桌上摆的老是那几样东西：一盘牡蛎，一块火腿或者小牛肉，沙丁鱼罐头，奶酪，鱼子酱，蘑菇，伏特加和两瓶葡萄酒。

"我亲爱的管家①，"奥莉加·伊凡诺夫娜高兴得轻轻拍起掌来，说，"你真迷人！先生们，注意看他的额头！戴莫夫，你侧过脸来。先生们，瞧他的脸相多像孟加拉虎，可表情却像鹿一样善良可爱。啊，多可爱！"

客人们吃着，看着戴莫夫，心想："确实，挺不错的一个矮小的好人。"但很快他们就把他丢到了脑后，继续谈他们的戏剧、音乐和绘画。

这对年轻夫妇十分幸福，他们的生活过得顺顺当当。不过在他们蜜月的第三个星期却过得不很美满，甚至有点儿凄凉。原来戴莫夫在医院里感染上了丹毒，在床上躺了六天，而且不得不把他一头漂亮的黑发剃得精光。奥莉加·伊凡诺夫娜坐在他身旁，伤心得泪水涟涟。不过等他的病情刚有好转，她就用一块白头巾把他的光头缠起来，把他当成贝多因人②画下来。两人又快活如前。病愈后他去医院上班，可是三天后他又出了麻烦。

"我真不走运，亲爱的！"吃午饭时他说，"今天我做了四次解剖，一下子划破了两个手指头。回家后我才发现。"

奥莉加·伊凡诺夫娜大吃一惊。他却笑着说，小事一桩，他做解剖的时候经常划破手。

"我太投入，亲爱的，就变得大意了。"

奥莉加·伊凡诺夫娜焦急不安地预料他会受尸体感染，天天夜里为他祷告，结果平安无事。于是他们重又无忧无虑，过起安定幸福的生活。眼前的生活是美好的，紧跟着春天即将来临，春天已经在远处笑意浓浓，预示着不尽的赏心乐事。幸福原本是没有穷尽的！四月，五月，六月，可以住到城外的别墅去，散步，写生，钓鱼，听夜莺唱歌。然后从七月到深秋，画家们将沿伏尔加河旅游，她作

---

① 原文为俄语音译的法文。

② 贝多因人：以游牧为生的阿拉伯人。

为团体①的一名必不可少的成员，参加这一活动义不容辞。她已经用细麻布缝了两套旅行装，买了路上用的颜料、画笔、画布和新的调色板。里亚博夫斯基几乎每天都来她家，看看她的绘画有什么长进。每当她把画拿给他看，他总是把手深深地往衣袋里一插，咬着嘴唇，哼了哼鼻子，说：

"噢，是这样……您的这片云在叫喊：不像被晚霞照亮的云。前景像被咬得七零八落，有些地方，您明白吗，不大对劲……您的那座小木屋被什么东西压得喘不过气来，哇哇叫苦……这个屋角应当再暗一些。不过总的来说还不坏……我赞赏。"

他说得越是难懂，奥莉加·伊凡诺夫娜听得越明白。

三

圣灵降临节②的第二天，午饭后戴莫夫买了一些酒菜和糖果，动身去别墅看望妻子。他俩没见面已有两周之久了，他很想念她。他先是坐了一段火车，后来在一大片树林里寻找自家的别墅，他早已觉得又饿又累，一心盼望着不久能自由自在地跟妻子共进晚餐，再美美地睡上一觉。他看着那包东西心里甜滋滋的，那里面可有鱼子酱、奶酪和鲑鱼哩。

他终于找到自家的别墅，认了出来，这时太阳快要下山了。一个老女仆告诉他：太太不在家，不过他们很快就会回来。这别墅样子难看极了，天花板低矮，糊着字纸，地板凹凸不平，有许多裂缝。房子有三个房间。一间房里摆着一张床；另一个房间里，椅子上和

---

① 原文为俄语音译的法文。
② 圣灵降临节：东正教节日，在复活节（俄历三月二十二日）后第五十天。

窗台上胡乱扔着画布、画笔、脏纸、男人的大衣和帽子；在第三个房间里，戴莫夫看到三个不认识的男人。其中两人是留着大胡子的黑发男子，第三人很胖，脸面刮得光光的，看样子是名演员，桌上的茶炊吱吱地冒着汽。

"您有什么事？"演员用男低音问，冷冷地打量着戴莫夫，"您找奥莉加·伊凡诺夫娜吗？请等一下，她很快就回来。"

戴莫夫坐下来等。一个黑发男子睡眼惺忪、无精打采地瞧了他几眼，给自己倒了一杯茶，问道：

"要不要来一杯？"

戴莫夫又饥又渴，但他不想败坏自己的胃口，谢绝了。不久就听到脚步声和熟悉的笑声。门砰的一声响，奥莉加·伊凡诺夫娜跑进屋来，她戴一顶宽边草帽，手里提着画箱。紧随其后的是里亚博夫斯基，他兴高采烈、满脸通红，拿着一把大伞和一张折叠椅。

"戴莫夫！"奥莉加·伊凡诺夫娜高声叫了起来，高兴得涨红了脸。"戴莫夫！"她又叫一声，把头和双手贴在他的胸脯上，"是你呀！你为什么这么久都不来？为什么？为什么？"

"我哪儿有时间，亲爱的？我总是忙忙碌碌，等我有空了，火车的班次又常常不合适。"

"不过看到你我好高兴！我夜夜都梦见你！我真担心你病了。哎呀，你不会知道你是多么可爱，你来得正好！这下可救了我了！只有你能救得了我！明天这儿要举行一个顶顶别致的婚礼，"她说着，笑嘻嘻地为丈夫系好领带，"车站上的年轻电报员奇克里杰耶夫明天结婚。很帅的一个小伙子，人也不蠢，你知道吗，他的脸上有一股刚强的、像熊一样的表情……正合适拿他当模特画一幅年轻的瓦里亚格人①。我们住在别墅里的人全对他很感兴趣，已经答

———————

① 瓦里亚格人：古俄罗斯对北欧诺尔曼人的称呼。

应一定参加他的婚礼……他这人没有钱，孤单一人，还胆小怕事，所以呢，不用说，不同情他那就是罪过。你想想，做完弥撒就举行结婚仪式，然后从教堂里出来，大伙儿走到新娘家……你可知道，葱翠的小树林，小鸟唱着歌，在草地上的阳光斑斑驳驳，在这片翠绿色的背景上，我们都成了五颜六色的斑点——这画面多别致，有着法国印象派的韵味。可是，戴莫夫，叫我穿什么衣服进教堂?"奥莉加·伊凡诺夫娜说着，做出一副哭相，"我这儿样样都缺，实在是样样都缺! 没有衣服，没有花，没有手套……你一定得救救我。你既然来了，那就是说，是命运吩咐你来拯救我的。我亲爱的，你拿着这串钥匙，回家去，把衣柜里我那件粉红色连衣裙取来。你没忘了吧，就挂在最前面……然后在储藏室的右边地板上，你会看到两个硬纸盒。你打开上面的盒子，里面尽是花边，花边，花边，还有各种各样的零头碎料，这些东西底下就是花。你拿花的时候，千万要小心，可别弄皱了。亲爱的，把花都取来，容我挑挑……另外，再买一副手套。"

"好吧，"戴莫夫说，"我明天回去，叫人送来。"

"明天怎么行?"奥莉加·伊凡诺夫娜问，吃惊地望着他，"明天怎么来得及? 明天头班火车早上九点开，婚礼在十一点举行。不，亲爱的，要今天回去，一定得今天回去! 如果你明天来不了，那就找个人送来。好了，去吧……很快就有趟客车要经过这里。别误了火车，亲爱的。"

"好吧。"

"唉，我真舍不得放你走，"奥莉加·伊凡诺夫娜说，泪水涌上她的眼眶，"唉，我这个傻瓜，干吗答应那个电报员呢?"

戴莫夫匆匆喝了一杯茶，拿了一个面包圈，温和地微笑着，上车站去了，那些鱼子酱、奶酪和鲑鱼，都让那两个黑发男子和胖演员消受了。

四

六月里一个宁静的月夜，奥莉加·伊凡诺夫娜站在伏尔加河上一条游轮的甲板上，时而望着水面，时而望着美丽的河岸。她的身旁站着里亚博夫斯基，对她说，水上黑黝黝的阴影并非阴影，而是梦。又说，这魔幻般的水域和它神奇的闪光，这无边无际的天空，以及忧伤而沉思中的河岸，都在诉说着我们生活的空虚，昭示着人世间存在一种崇高而永恒的幸福；在这样迷人的月夜，人若能忘却自己，死去，变成回忆，那该多美好！过去的岁月庸俗而无趣，未来也毫无意义，人的一生只能巧遇一次这美妙的夜晚，它也很快就要消逝，进入永恒——人活着又为了什么呢？

奥莉加·伊凡诺夫娜时而聆听着里亚博夫斯基的呓语，时而聆听着夜的宁静，心里却想着：她是永生的，永远不会死去。这前所未见绿宝石般的河水，这天空、河岸，这幢幢黑影和充溢她心田的难以自抑的欢乐，都在告诉她：有朝一日她会成为伟大的艺术家；在那遥远的地方，在月夜的那一边，在无边无际的天地间，等待她的将是成功、荣誉和人民的爱戴……她久久地凝视着远方，似乎看到了蜂拥的人群、辉煌的灯火，似乎听到了庆典上凯旋的乐曲和人们的欢呼声，她自己则穿一袭白色长裙，鲜花从四面八方撒到她身上。她还想到，跟她并排站着、伏在船侧栏杆上的这个男人，是真正的伟人，天才，上帝的宠儿……迄今为止，他所创作的全部作品都那么优秀、新颖、不同凡响，日后他的稀世奇才完全成熟，他的创作将无限高超，令世人倾倒。这一点，从他的脸、从他的表达方式，从他对大自然的态度就表露无遗。关于阴影和黄昏的情调，关于月光，他都说得与众不同，用的是自己独特的语言，这一切使人不由感受到他那种驾御大自然的魅力。他本人风流倜傥，极富独创性。他独立不羁，逍遥自在，超凡脱俗，过着小鸟一样的生活。

"天凉了，"奥莉加·伊凡诺夫娜说着，不由得打了个冷颤。

里亚博夫斯基把自己的雨衣披在她身上，悲切地说：

"我觉得我的命运掌握在您的手里。我是奴隶。今天你为什么如此迷人？"

他一直目不转睛地打量她。他的眼神令她胆战心惊，她都不敢抬眼看他了。

"我发了疯似的爱着您……"他细声悄语道，呼出的气哈到她的脸颊上，"只要您对我说一个'不'字，我就不想活了，我要抛弃艺术……"他激动万分地喃喃道，"爱我吧，爱我吧……"

"别说了，"奥莉加·伊凡诺夫娜说时闭上了眼睛，"太可怕了。可戴莫夫呢？"

"什么戴莫夫？为什么提戴莫夫？戴莫夫关我什么事？伏尔加河，月亮，美景，我的爱情，我的痴情就在这儿，可没有什么戴莫夫！……唉，我什么也不知道……我不需要过去，只求您给我片刻的……一瞬间的欢乐！"

奥莉加·伊凡诺夫娜的心剧烈地跳动起来。她有心想一想丈夫，可是她又觉得过去的一切，婚姻、戴莫夫和家庭晚会，都微不足道，毫无意义，模糊不清，毫无必要，显得非常遥远……事实是，戴莫夫算什么？为什么提戴莫夫，她跟戴莫夫有什么相干，世间确有戴莫夫这个人吗，或者他仅仅是一个梦？

"其实，对他这样一个普通而又平凡的人来说，他已经得到的那份幸福就够多的了。"她双手掩面想道，"让别人谴责去吧，诅咒去吧，我偏要这样，宁愿毁灭。偏要这样，宁愿毁灭……生活中的一切都应当去体验一番。天哪，这多恐怖又多美妙啊！"

"噢，怎么样？怎么样？"画家喃喃道。他搂着她，贪婪地吻她的手，她则有气无力地想推开他。"你爱不爱我？爱吗？爱吗？啊，夜多宁静！多美妙！"

"是的，是个美妙的夜！"她悄声说，瞧着他那双饱含泪水而闪闪发亮的眼睛，接着快速回过头去，搂住他，热烈地吻他。

"船快到基涅什玛了！"甲板的另一侧有人高声喊道。

可以听到沉重的脚步声。有人从小卖部出来从旁经过。

"听我说，"奥莉加·伊凡诺夫娜说，她幸福得又笑又哭，"拿葡萄酒去。"

画家激动得脸色发白，坐到长椅上，怀着爱恋而感激的眼神打量着奥莉加·伊凡诺夫娜。后来他闭上眼，懒洋洋地微笑着，说：

"我累了。"

他把头靠在栏杆上。

五

九月二日，温暖，风平浪静，但一片阴沉。一清早，伏尔加河上升起薄雾，九点钟以后又下起毛毛细雨来。看来完全没有转晴的希望。喝茶的时候，里亚博夫斯基对奥莉加·伊凡诺夫娜说，绘画是一门最难见成效又最枯燥乏味的艺术，说他算不得画家，只有傻瓜才认为他有才华。突然间，他无端抓起一把餐刀，划破了自己一幅最好的画稿。早茶后，他神情忧郁地坐在窗前，眼望着伏尔加河。可是伏尔加河不再波光粼粼，变得浑浊灰暗，看上去冷冰冰的。所有一切都使人想到，阴雨绵绵、阴沉的秋天即将来临。似乎是，两岸那一块块葱茏的绿毯，河上一串串宝石般的波光，明澈的蓝色远天，伏尔加河整个色彩斑斓、赏心悦目的自然美景，此刻都已让造物主收回去，藏进箱笼里，以备来年春季之用。伏尔加河附近的乌鸦在盘旋，讥笑它："光秃秃一片！光秃秃一片！"里亚博夫斯基听着它们的聒噪，默默想道：他已江郎才尽；世上的一切都是有条件的、相对的、愚蠢的；他不该让自己受这个女人的约束……总之，他心情不好，苦闷难当。

奥莉加·伊凡诺夫娜坐在隔板后面的床上，手指梳理着自己亚麻色的秀发，时而想象自己在客厅里，时而在卧室里，时而又在丈夫的书房里。想象又把她带到剧院里，带到女裁缝那里，带到那些名流朋友家里。现在他们都在干什么呢？他们还想起她吗？演出季已经开始，应该考虑一下晚会的事了。戴莫夫呢？啊，可爱的戴莫夫！他在每封信里都那么温存地、像孩子般苦苦央求她早点儿回家！每月他都给她寄来七十五卢布。有一次她写信告诉他，她欠了几位画家一百卢布，不久他真的把这笔钱寄来了。多么宽厚、善良的人啊！旅行生活搞得奥莉加·伊凡诺夫娜筋疲力尽，她厌烦了，恨不得马上离开这些乡民，这河上的潮气，甩掉那种肉体肮脏的感觉，这种浑身肮脏的感觉是她从一个村子搬到另一个村子，住在农家小屋里时时刻刻都感觉到的。要不是里亚博夫斯基许诺过，他要跟那些画家在此地一直住到九月二十日，她本可以今天就离开这里。要真能这样，那该多好啊！

"天哪！"里亚博夫斯基呻吟道，"到底什么时候才能出太阳呢？没有阳光，我那幅阳光灿烂的风景画就无法画下去了！"

"你不是还有画面上是多云天空的画稿吗，"奥莉加·伊凡诺夫娜从隔间走出来，说，"记得吗，在前景的右侧是树林，左侧是一群母牛和鹅。趁现在你可以把它画完。"

"哼！"画家皱起眉头，"画完！难道您以为我这人就那么蠢，就不知道自己该做什么！"

"你对我的态度变化真大！"奥莉加·伊凡诺夫娜叹了一口气。

"嘿，那就好。"

奥莉加·伊凡诺夫娜的脸上一阵抽搐，她走到炉子旁边，哭了起来。

"对，现在缺的就是眼泪。算了吧！我有成千上万种理由哭，但就是不哭。"

"成千上万的理由!"奥莉加·伊凡诺夫娜呜咽着说,"最根本的理由就是您已经把我当成了累赘。是的!"她说完,放声大哭起来,"说实在的,您现在已经为我们的爱情感到羞耻。您想方设法提防被那几个画家知道,其实是瞒不过去的,他们早就知道了。"

"奥莉加,我只求您一件事,"画家央求道,一手按着胸口,"只求一件事:别再折磨我!此外,我对您别无所求!"

"那您起誓,说您现在仍然爱我!"

"这太折磨人了!"画家咬着牙一字一顿地说,他跳了起来,"到头来我只好去跳伏尔加河,要不然发疯!你饶了我吧!"

"好啊,您杀了我吧,杀了我吧!"奥莉加·伊凡诺夫娜嚷起来,"动手呀!"

她又号啕大哭起来,跑回隔间去了。雨水打在农舍的干草顶上,响起沙沙声。里亚博夫斯基抱着头,在小屋里踱来踱去。后来他一脸果断的神色,似乎想对谁证明什么,戴上帽子,扛上猎枪,出了农舍。

他走后,奥莉加·伊凡诺夫娜躺在床上哭了很久。她首先想到,最好服毒自尽,让回来的里亚博夫斯基发现她已经死了。想象又把她带回自家的客厅,带回丈夫的书房。她想象着自己一动不动地坐在戴莫夫身旁,享受着身心的安宁和洁净,到了晚间坐在剧院里,听马西尼①演唱。她想念文明,想念城市的繁华,想念那些名人,想得她愁肠寸断。进来一位农妇,不慌不忙地生炉子做饭。烟熏火燎,空气被烟熏得变成了淡蓝色。画家们回来了,高筒靴上沾满了烂泥,脸上挂着雨水。他们分析画稿,聊以自慰地说:伏尔加河即使遇上恶劣天气,也自有它的魅力。那只廉价的挂钟在墙上滴答作响……冻僵的苍蝇聚在放圣像的屋角里嗡嗡乱叫,可以听到板凳底下那些厚纸板中间有蟑螂爬来爬去……

---

① 马西尼(1844—1926):意大利男高音歌唱家。

里亚博夫斯基直到太阳西下才回到农舍。他把帽子往桌上一扔，也没有脱下脏靴，脸色苍白、疲惫不堪地坐到长凳上，立即闭上眼睛。

"我累了……"他说，动了动眉毛，竭力想抬起眼皮。

奥莉加·伊凡诺夫娜为了对他表示亲热，表明她没有生气，就坐到他的身旁，默默地吻了他一下，把小木梳插进他的浅色头发里。她想给他梳头。

"您这是干什么？"他问，猛地一哆嗦，好像有个冰凉的东西碰到他的身体，他睁开眼睛，"您这是干什么？让我安静一会儿，求您了！"

他推开她，径自走掉了。她觉得他的脸上显出憎恶和懊恼的神情。这时候，农妇小心翼翼地捧着一盆菜汤给他送来，奥莉加·伊凡诺夫娜看到，她的两个大拇指都泡在汤里。这个腆着大肚子的脏农妇、菜汤吃得津津有味的里亚博夫斯基、小屋以及整个生活，此刻都令她心生恐惧之感，虽说刚来的时候她很喜欢这种简朴和颇有艺术趣味的杂乱生活。她突然感到自己受了侮辱，便冷冷地说：

"我们需要分开一段时间，要不然由于无聊我们当真会吵翻的，我讨厌这样。今天我就走。"

"怎么走？骑棍子走吗？"

"今天星期四，九点半钟有一班轮船经过这里。"

"是吗？好，好……那有什么，你走吧……"里亚博夫斯基温和地说，他用毛巾作了餐巾，擦了擦嘴，"你在这里闷得慌，无所事事，只有十足的利己主义者才想留下您。你走吧，二十号以后我们又会见面的。"

奥莉加·伊凡诺夫娜兴高采烈地收拾起东西，高兴得脸都红了。难道这是真的吗？她暗自问自己，她真的很快就能在客厅里画画，在卧室里睡觉，在铺着桌布的餐桌上吃饭吗？她变得轻松愉快，不生画家的气了。

"我把颜料和画笔全给你留下，里亚布沙①，"她说，"我留下的东西，以后你都给我带回去……听好了，我走以后你别偷懒，别闷闷不乐，你要工作。你是我的好样的，里亚布沙。"

九点钟，里亚博夫斯基跟她吻别，她立即想到，他这样做是免得当着画家们的面在轮船上吻她。他把她送到码头，轮船不久就来了，载走了她。

两天半后她才回到家里，来不及脱掉帽子和雨衣，激动得喘着粗气跑进了客厅，又从客厅到了餐室。戴莫夫没穿上衣，背心敞开着，坐在餐桌后，在叉子上磨刀子。他面前的盘子上摆着一只松鸡。当奥莉加·伊凡诺夫娜走进住宅的那一刻，她决定，一切都得瞒过丈夫，对此她相信自己有足够的能力和本事。可是现在，当她看到他那开朗、温和、幸福的笑容和那双快活得闪闪发亮的眼睛时，她立即感到，要瞒过这个人是卑鄙丑恶的，同时也不可能，她做不到，那不啻要她去干诽谤、偷窃、杀人的勾当。刹那间，她决定把发生的事和盘托出。她让他吻她，拥抱她，随后她在他面前跪了下来，双手蒙住了脸。

"怎么啦，怎么啦，亲爱的？"他柔声问道，"是想家了吧？"

她抬起羞得通红的脸，用负疚、恳求的目光望着他，但是恐惧和羞愧使她失去了说出真情的勇气。

"没什么……"她说，"我这是太……"

"坐下吧，"他说着把她搀起来，扶她坐到餐桌后，"这就好了……吃松鸡吧。小可怜，你一定饿坏了。"

她贪婪地吸进家里温馨的空气，吃着松鸡；他柔情脉脉地瞧着她，快活地笑了。

---

① 里亚布沙：里亚博夫斯基的昵称。

六

　　显然，过了半个冬季，戴莫夫才知道自己受骗了。他好像自己做了亏心事似的，遇见她时已不敢正视她的眼睛，脸上再也见不到愉快的笑容了。为了减少跟她单独相处的时间，他常常把自己的同事科罗斯捷列夫带回家吃午饭。这个五短身材的人留着短发，面容憔悴，每当跟奥莉加·伊凡诺夫娜交谈的时候，总是紧张得把自己坎肩上的全部纽扣先解开再扣上，然后用右手去捻左侧的唇髭。吃饭的时候，两位医生谈的都是医学问题，如横膈膜一旦升高有可能导致心律不齐，如最近一个时期经常遇到许多神经炎患者。有一次戴莫夫谈到，他昨天解剖了一具尸体，诊断书上写着"恶性贫血"，他却在胰腺上发现了癌变。两人之所以这样做，似乎只是为了让奥莉加·伊凡诺夫娜可以不说话，确切地说让她不必撒谎。饭后，科罗斯捷列夫坐到钢琴前，戴莫夫叹口气，对他说：

　　"唉，老兄！弹吧，没什么！弹首忧伤的曲子吧。"

　　科罗斯捷列夫耸起肩膀，伸开十指，在钢琴上奏出几个和音，然后用男高音唱起来："你且告诉我，俄罗斯哪里的农民不呻吟？"①戴莫夫又长叹一声，一手支着下颏，沉思起来。

　　近来，奥莉加·伊凡诺夫娜的行为举止不谨慎。每天早晨她醒来后心绪总是很坏。她想到，她已经不爱里亚博夫斯基，谢天谢地，这事已经了结了。可是喝完咖啡，她又想到，里亚博夫斯基害得她失去丈夫，现在她既失去了丈夫，又失去了里亚博夫斯基。后来她

---

① 引自涅克拉索夫的诗《大门前的沉思》。

回想起一些熟人的谈话，说里亚博夫斯基正准备在画展上展出一幅惊人之作，是风景画和风俗画的混合体，富有波列诺夫①的风格。据说，凡是去过他画室的人，都为此欣喜若狂。不过她又想，他是在她的影响下才创作出这幅画的，总之，多亏她的影响他才发生巨变，创作上才有所突破。她的影响如此巨大，至关重要，一旦她丢下他不管，那么看来他就完了。她又回想起，最近他来看她的时候，穿一件带小花点的灰上衣，系着新领带，懒洋洋地问她："我漂亮吗？"是的，凭他那翩翩的风度，长长的鬈发和蓝蓝的眼睛，他的确风流倜傥（也许，这是最初的印象），而且他对她很温柔。

就这样经过一阵胡思乱想后，奥莉加·伊凡诺夫娜更衣打扮，怀着异常激动的心情，去画室找里亚博夫斯基。她到那儿时，见他心情极佳，正自我陶醉于那幅真正出色的画中。他跳跳蹦蹦，嘻嘻哈哈，对严肃的问题总是以几句玩笑对之。奥莉加·伊凡诺夫娜嫉妒里亚博夫斯基，痛恨他的那幅画，不过出于礼貌，还是在画前默默站了五分钟。最后，她像人们面对圣物，叹了一口气，小声说：

"是的，你还从来没有画过这样的画。你知道，简直是惊人之举！"

后来她求他，求他爱她，不要抛弃她，怜惜她这个可怜而不幸的人。她哭哭啼啼，吻他的手，要求他对她起誓，说他爱她，而且一再向他表明，离开她良好的影响，他将走上歧途，自取毁灭。她败坏了画家的好兴致，心里感到深深的屈辱，最后只好去找女裁缝，或者找熟悉的女演员弄几张戏票。

如果她在画室里找不到他，她就给他留下信，发誓赌咒说：要是今天不来看她，她一定服毒自尽。他害怕了，就来找她，还留下来吃饭。他并不顾忌她的丈夫在场，对她说话粗鲁无礼，她也针锋相对。两人都感到彼此已密不可分，都觉得对方是暴君，是仇敌。他俩恶言相加，在气愤中全然没有注意到，他们的举动不成体统，

---

① 波列诺夫（1844—1926）：俄国风景画家。

连蓄短发的科罗斯捷列夫也看出其中端倪。饭后，里亚博夫斯基匆匆告辞。

"您去哪儿？"奥莉加·伊凡诺夫娜在前室愤恨地问他。

他皱起眉头，眯着眼睛，随口说出一个她也熟悉的女人名字。显然他这是嘲弄她的嫉妒，故意惹她生气。她回到自己的卧室，倒在床上。由于嫉妒、懊丧、受辱和羞耻，她咬着枕头，放声大哭起来。戴莫夫撇下客厅里的科罗斯捷列夫，来到卧室，局促不安、手足无措地小声说：

"别哭得这么响，亲爱的……何苦呢？这种事不可声张……要不露声色……你知道，已经发生的事已无力回天了。"

她不知道怎样才能平息心中的妒火，只觉得太阳穴疼痛难当。她转而又想，事情还可以挽回，于是她梳洗一番，朝泪痕斑斑的脸上扑点儿粉，飞一般去找那个熟悉的女人。她在那个女人家没有找到里亚博夫斯基，就坐车找第二家，然后找第三家……开始时，她还觉得这样乱找一气有点儿不好意思，后来也习惯了。常常是，一个晚上她跑遍了她认得的所有女人的家，为的是找到里亚博夫斯基。大家也都明白是怎么回事了。

有一天，她对里亚博夫斯基说到她的丈夫：

"这个人的宽宏大量压得我喘不过气来。"

她就喜欢说这句话，但凡遇到知道她和里亚博夫斯基的风流韵事的画家，她总是把手用力一挥，这样说她的丈夫：

"这个人的宽宏大量压得我喘不过气来。"

他们的生活方式倒还跟去年一样没有改变。每逢星期三举行晚会。演员朗诵，画家作画，大提琴手演奏，歌唱家唱歌，而且到了十一点半，通往餐室的门打开了，戴莫夫面带微笑说：

"请吧，诸位先生，请吃点儿东西。"

奥莉加·伊凡诺夫娜照旧寻找伟人，找到了不满意，又重找。跟从前一样，她每天深夜才回家，这时候戴莫夫却不像去年那样已经睡觉，而是坐在他的书房里，在写什么东西。他要到三点才躺下，八点钟就起床了。

一天傍晚，她正准备去看戏，站在卧室的穿衣镜前，戴莫夫穿着礼服、系着白领带走了进来。他温和地微笑着，像过去一样，兴高采烈地瞧着妻子的眼睛。他的脸上容光焕发。

"我刚通过了学位论文答辩。"他说着，坐下来揉他的膝盖。

"通过了？"奥莉加·伊凡诺夫娜问。

"啊哈！"他笑起来，伸长脖子想看看镜子里妻子的脸，她却始终背对着他，站在那里梳理头发。"啊哈！"他又说了一遍，"你知道，他们很可能授予我一个病理学概论方面的编外副教授职称。有这方面的迹象。"

从他那张容光焕发、无比幸福的脸上可以看出，此刻只要奥莉加·伊凡诺夫娜能分享他的喜悦和成功，那他会原谅她的一切，包括现在的和将来的，他会把一切都忘掉，可是她不懂什么叫编外副教授，什么叫病理学概论，再说她担心看戏迟到了，所以什么话也没有说。

他坐了两分钟，怀着歉意微微一笑，走了出去。

七

这是最不平静的一天。

戴莫夫头痛得厉害。早上，他没有喝茶，也没去医院，一直躺在书房里的一张土耳其式长沙发上。奥莉加·伊凡诺夫娜像平时一样十二点多钟又去找里亚博夫斯基，想让他看看自己的 nature morte①，再

---

① nature morte：法文，意为"静物写生"。下同。

问问他昨天为什么不来找她。她觉得这幅画毫无意思，她之所以画它只是为了找个无谓的借口可以去找画家。

她没拉门铃就走了进去。她在前室脱套鞋时，听到画室里似乎有人轻轻地跑过去，还有女人衣裙的窸窣声。她往画室里张望，只看到棕色的裙子一角一闪而过，消失在一幅大画后面。这幅画连同画架，从顶端一直到地板，都蒙着黑布。毫无疑问，有个女人躲起来了。奥莉加·伊凡诺夫娜常常也在这幅画后面躲起来的！里亚博夫斯基显然很窘，他对她的到来似乎感到吃惊，向她伸出双手，不自然地笑着说：

"哎呀呀！见到您真高兴。有什么好消息吗？"

奥莉加·伊凡诺夫娜的眼睛里充满了泪水。她受到羞辱，感到伤心。哪怕给她一百万，她也不愿在这个不相干的女人、情敌、虚伪的人在场的情况下说话。那女人现在站在画布后面，大概正在幸灾乐祸地笑呢。

"我给您带来一幅画稿……"她用极细的声音怯生生地说，她的嘴唇在哆嗦，"一幅 nature morte。"

"啊？……画稿？"

画家接过画稿，边走边看，似乎是机械地进了另一个房间。

奥莉加·伊凡诺夫娜顺从地跟着他。

"Nature morte……一流的，"他嘟哝着，随后信口押起韵来，"库罗尔特，乔尔特，波尔特①……"

从画室里传来匆忙的脚步声和衣裙的窸窣声。这就是说，她走了。奥莉加·伊凡诺夫娜真想大喝一声，抓起什么重东西朝画家头上砸去，然后转身跑掉。但是她泪眼模糊，什么也看不清楚，沉重的羞辱感压在心头，她觉得自己已经不是奥莉加·伊凡诺夫娜，不是女画家，而是一条小爬虫了。

---

① 分别为俄语"疗养院""鬼""港口"的音译，与"一流的"尾音"索尔特"同韵。此处为无聊的戏言。

"我累了……"画家懒洋洋地说，望着画稿，不住地甩着头驱赶瞌睡，"当然啦，画得不错，不过今天一幅画稿，去年一幅画稿，下个月还是一幅画稿……您怎么不腻呢？换了我，早就把画笔扔了，不如认真搞点儿音乐什么的。要知道，您算不得画家，您是音乐家。不过，您可知道，我多累啊！我这就去叫他们送茶来……好吗？"

他走出房间，奥莉加·伊凡诺夫娜听到，他在吩咐听差什么。她不想与他告别，不想相互做出解释，最主要是为了免得哭出来，没等里亚博夫斯基回来，她匆匆跑到前室，穿上套鞋，来到街上。她这才轻快地舒了一口气，感到自己跟里亚博夫斯基、跟绘画、跟刚才在画室里压在她心头的那种沉重的羞辱感，从此一刀两断了。一切都结束了。

她先去找女裁缝，随后去拜访昨天刚到的巴尔奈①，从巴尔奈那儿出来又去了一家乐谱店。一路上她都在琢磨着，怎样给里亚博夫斯基写一封冷酷无情、充满个人尊严的信，怎样在春天或夏天她和戴莫夫一道去克里米亚度假，从此跟过去的生活彻底决裂，开始新的生活。

这天夜里，她很晚才回家，她没有换衣服就在客厅里坐下写信。里亚博夫斯基说她算不得画家，为了报复，现在写信告诉他：他年年画的是老一套，他天天说的也是老一套，他裹足不前了，除了已有的成绩，他将来不会有任何成就。她还想告诉他：他在许多方面得益于她的良好影响，如果说他现在继续干蠢事，那只是因为转而受到形形色色的轻薄女子的影响，今天躲在画布后面的那个女人就是其中之一。

"亲爱的，"戴莫夫在书房里叫她，并没有开门，"亲爱的！"

"什么事？"

"亲爱的，你别进我的房间，站在门口就行了。是这么回事……前天我在医院里传染了白喉，现在……我不舒服。你快去请科罗斯

_____

① 巴尔奈（1842—1924）：德国名演员，戏剧活动家。

捷列夫。"

奥莉加·伊凡诺夫娜对丈夫，就像对她所有熟悉的男人一样，只叫姓，不叫名字。她不喜欢他的名字奥西普，因为它这名字让人联想到果戈里的奥西普①和一句俏皮话："奥西普，哑嗓子；阿尔希普，嗓子哑。"现在她却喊道：

"奥西普，这不可能！"

"去吧！我难受着……"戴莫夫在门后说。可以听到他走回沙发那里，又躺下了。"去吧！"传来他低沉的声音。

"到底怎么回事？"奥莉加·伊凡诺夫娜想道，她吓得手脚发凉，"这病可危险呢！"

她莫名其妙地举着蜡烛进了自己的卧室，想着该怎么办。无意间她看了一眼穿衣镜：一张吓白的脸，短上衣的两个袖子高高耸起，胸前一大堆黄色的绉边，裙子上乱七八糟的条纹。她觉得自己这副模样太可怕，太令人作呕了。她突然痛心地感到自己有愧于戴莫夫，辜负了他对她的那份深情厚爱，对不起他年轻的生命，甚至对不起这张他好久没睡过的空床。她不时想起他平日那张温和、恭顺的笑脸。她伤心得放声大哭起来，立即给科罗斯捷列夫写了一封求助信。这时已是午夜两点了。

八

早晨七点多钟，奥莉加·伊凡诺夫娜因夜间失眠而脑袋发沉，没有梳洗，模样丑陋，一脸愧色，从卧室里出来。这时一位黑胡子

---

① 俄国作家果戈里（1809—1852）的剧本《钦差大臣》中的仆人。

先生打从她身旁走过，进了前室，看来他是医生。屋里有一股药水味儿。科罗斯捷列夫站在书房门边，右手捻着左侧的唇髭。

"对不起，我不能放你进去看他，"他脸色阴沉地对奥莉加·伊凡诺夫娜说，"这病会传染的。事实上，您也没有必要进去。他已昏迷不醒，反正在说胡话。"

"他真的得了白喉?"奥莉加·伊凡诺夫娜低声问。

"那些明知危险却偏要去冒险的人，真应该送交法庭审判，"科罗斯捷列夫喃喃自语，没有回答奥莉加·伊凡诺夫娜的问题，"您知道他是怎么感染的吗? 星期二，他用吸管吸一个病儿的白喉黏液。必要吗? 愚蠢……是的，胡闹……"

"危险吗? 很危险?"奥莉加·伊凡诺夫娜问。

"是的，都说这病很难治。说实在的，应当请施列克来。"

来了一个身材矮小的人，他头发棕红，鼻子很长，说话带犹太人口音；接着来了一个高个子，背有点儿驼，头发蓬松，看上去像个大辅祭；最后来了一个年轻人，很胖，脸色红润，戴一副眼镜。医生们是来为自己的同事轮流值班的。科罗斯捷列夫值完班后没有回家，他留下来，像个影子在各个房间里踱来踱去。女仆给值班的医生们送茶，不断跑药房，房间根本没人收拾。家里冷清而凄凉。

奥莉加·伊凡诺夫娜独自坐在卧室里，想到这是上帝来惩罚她对自己的丈夫不忠。这个沉默寡言、从不抱怨、不可理解的人，这个温顺得失去个性、由于过分的善良显得没有主见、软弱的人，此刻正躺在他书房的长沙发上，默默地忍受着痛苦，无怨无悔。如果他吐出一句怨言，哪怕是高烧中的胡话，那么值班的医生就会了解到，病因不单单在白喉上。他们就会去问科罗斯捷列夫，因为他什么都知道。难怪他看着朋友的妻子时，那眼神仿佛在说：她才是真正的元凶，白喉不过是她的同谋犯。她已经不记得伏尔加河上那个月夜，不记得那番爱情的表白和农舍里那段诗情画意的生活。她只记得，由于虚幻的追求，由于娇生惯养，她整个人从头到脚都沾上了一层黏乎乎的污秽，从此难以洗刷一清了……

"啊，我骗得他好苦呀，"她想起了自己跟里亚博夫斯基那段烦心的情事，"作孽呀！……"

下午四点钟，她跟科罗斯捷列夫一起吃午饭。他什么也没吃，只喝了一点葡萄酒，皱起了眉头。她也没吃东西。有时她暗自祷告，向上帝起誓，一旦戴莫夫病好了，她会再爱他，永远做他忠实的妻子。有时她神情恍惚，眼望科罗斯捷列夫，心想："做一个默默无闻的普通人，没有一点出众的地方，再加上面容憔悴，举止粗野，做这样的人难道不乏味吗？"有时她又觉得上帝会即刻处死她，因为她害怕传染，竟一次也没去过丈夫的书房。总之，她的情绪低落而沮丧，相信她的生活已经毁掉，再也无法挽救了……

午饭后天色暗下来。奥莉加·伊凡诺夫娜走进客厅，看见科罗斯捷列夫躺在沙发床上，头下垫着一个金线绣的绸垫子，在呼噜呼噜地打鼾。

值班的医生来来去去，谁也不留意这种乱七八糟的状态。外人在客厅里呼呼大睡，墙上的那些画稿，奇里古怪的装饰，加上头发蓬乱、衣衫不整的女主人——所有这一切现在已引不起人们丝毫兴趣。有位医生无意中不知为什么笑了一声，这笑声显得那么古怪、那么令人忐忑，叫人听了不寒而栗。

奥莉加·伊凡诺夫娜再次走进客厅时，科罗斯捷列夫已经不睡了。他坐在那里抽烟。

"他的白喉已经转移到了鼻腔，"他小声说，"心脏功能也不好。说实在的，情况很糟糕。"

"那去请施列克吧！"奥莉加·伊凡诺夫娜说。

"他来过了。白喉杆菌已经扩散到鼻腔，是他发现的。唉，施列克已无能为力了！说实在的，施列克也无回天之力了。他是施列克，我是科罗斯捷列夫——仅此而已。"

时间过得很慢。奥莉加·伊凡诺夫娜和衣躺在从早晨起就没有收拾的床上，打起了瞌睡。她似乎觉得，整个宅子，从地板到天花板，让庞大的铁块填满了，只要把这铁块弄出去，大家就会感到轻松愉快。等她回过神来，她才想起，那不是铁块，而是戴莫夫的病。

"Nature morte，港口……"她想着想着，又陷入昏睡状态，"港口……疗养院……施列克怎么回事？施列克，格列克，弗列克……克列克。现在我的朋友们都在哪儿？他们知不知道我们家的不幸？主啊，救救我……饶恕我。施列克，施列克……"

又是铁块……时间过得很慢，楼下的挂钟不时敲响。有时听到门铃声，是医生们来了……一名女仆端着空杯子的托盘走了进来，问：

"太太，床铺要收拾吗？"

女仆得不到回答，便出去了。楼下的钟敲响了。她梦见伏尔加河上的细雨，又有人走进卧室来，好像是个外人。奥莉加·伊凡诺夫娜猛地坐起来，认出他是科罗斯捷列夫。

"几点了？她问。

"快三点了。"

"哦，怎么样？"

"还能怎么样！我是来告诉一声：他快要断气了……"

他呜呜地哭了，挨着她坐在床边，用袖子擦着眼泪。她一时明白不过来，但浑身冰冷，开始慢慢地画着十字。

"快断气了……"他细声又说了一遍，又一声抽泣，"他快死了，因为他牺牲了自己……对科学来说，这是多么重大的损失啊！"他沉痛地说，"要是拿我们同他相比，他是一个伟大的、不平凡的人！才华出众！他给了我们大家多大的希望！"科罗斯捷列夫绞着手，继续道，"上帝啊，像他这样的学者现在打着灯笼也找不到了。奥西卡①·戴莫夫，奥西卡·戴莫夫，你怎么会这样呢！哎呀呀，我的上帝啊！"

科罗斯捷列夫双手掩面，绝望地摇着头。

―――――――――

① 奥西卡：奥西普的昵称。

"他拥有多大的道德力量！"他继续道，变得越来越怨恨什么人，"一颗善良、纯洁、仁爱的心灵——岂但是人，简直是水晶！他埋头科学，为科学献身。他日日夜夜像牛一样干活儿，谁也不怜惜他。这位年轻的学者、未来的教授还不得不私下行医，晚上搞翻译，好挣钱来买这堆……污七八糟的破烂！"

科罗斯捷列夫用仇恨的目光看着奥莉加·伊凡诺夫娜，双手抓过床单，生气地撕扯着，仿佛床单有罪似的。

"他不怜惜自己，别人也不怜惜他。唉，事实就是如此！"

"是啊，一个世上少有的人！"在客厅里有个男人低声说。

奥莉加·伊凡诺夫娜回想起和他的整个共同生活，从头到尾，包括所有细节，这才突然明白过来，他确实是世上少有的不平凡的人，跟她所认识的那些人相比，可以说是伟大的人。她又回想起她去世的父亲和所有跟他共事的医生们对他的态度，她这才明白，他们都认定他前途无量。那墙、天花板、电灯和地毯，好像都在对她挤眉弄眼，嘲笑她，仿佛在说："你瞎了眼，瞎了眼！"她哭着冲出卧室，在客厅里从一个素不相识的男人跟前擦身而过，跑进了丈夫的书房。他一动不动地躺在那张土耳其式长沙发上，齐腰盖着被子。他的脸干瘪，瘦得可怕，脸色灰黄，这样的颜色活人脸上是绝不会有的。只有从脑门、浓黑的眉毛，还有那熟悉的微笑，让她认出这是戴莫夫。奥莉加·伊凡诺夫娜赶紧摸他的胸、额头和手。胸口还有余温，但额头和手已经凉得叫人发毛。那双半睁半闭的眼睛不是望着奥莉加·伊凡诺夫娜，而是望着被子。

"戴莫夫！"她大声叫道，"戴莫夫！"

她想对他说明：那是一个错误，事情还可以挽救，生活依旧可以美满幸福。她还想告诉他：他是世上少有的不平凡的、伟大的人，她将终生景仰他，为他祈祷，对他怀着神圣的敬畏……

"戴莫夫！"她呼唤他，拍他的肩膀，不相信他已经永远不能醒来，"戴莫夫，戴莫夫呀！"

客厅里，科罗斯捷列夫正对女仆说：

"这有什么好问的？您去找教堂的看门人，跟他打听一下，那些养老院的老婆婆住在哪儿。她们会给死者洁身、装殓，该做的事她们都会处理的。"

（1892 年）

在流放地

谢苗这老头,外号叫"明白人",同一个谁也不知姓甚名谁的年轻鞑靼人坐在岸边的篝火旁。小木屋里还待着另外三名摆渡工。谢苗约莫六十岁,骨瘦如柴,掉了牙,但宽肩阔背,看上去还挺硬朗,这时已喝得醉醺醺的了。他早该进屋去睡觉,但口袋里还有半瓶伏特加,怕屋里的伙计们跟他讨酒喝。鞑靼人生着病,显得挺痛苦,破衣烂衫裹得紧紧的,正在讲他的家乡辛比尔斯克①如何如何好,他家里的妻子多标致、多聪明。他年约二十四五岁,不会更大。此刻,在篝火的映照下,脸色苍白,一副病态,看上去像个孩子。

"那当然,咱们这儿不是天堂,"明白人说,"你自己也看到了,这地方只有水、光秃秃的河岸,到处是黏土,此外再没有别的了……复活节早已过去,可眼下河面上还有冰,今天早上还下了一场雪。"

"糟,糟!"鞑靼人说着,胆战心惊地朝四下张望。

十步开外有一条昏黑而冷冰冰的河流,河水汩汩有声,拍打着布满大洞小窟的黏土河岸,急匆匆地奔向不知何方的遥远海洋。河岸上靠着一条黑乎乎的大驳船,这里的船工管它叫"浮船"。河对岸远处,有几处火光忽然蹿起,明明灭灭,像火蛇在游动:那是有人在烧去年的荒草。火光之后又是一片黑暗。小冰块撞击驳船的声音隐约可闻。周遭潮湿而寒冷……

鞑靼人看了看天空。已是满天星斗,星星跟他家乡一样多,周

---

① 辛比尔斯克:在俄国中部,伏尔加河畔一城市。

围也是一片黑暗，可总觉得这儿少了点儿什么。家乡辛比尔斯克的星星完全不一样，天空也截然不同。

"糟，糟。"他又说了一句。

"你会习惯的！"明白人笑了起来，说，"现在你还年轻，傻不拉叽，嘴上的奶臭还没干，凭你那股傻劲儿会觉得，这世上数你最不幸的了，可是总有一天你会说：'上帝保佑，但愿人人都能过上这种日子！'你等着，看我这话说得准不准。再过一个星期，水退下去，等我们在这里安置好渡船，你们就会去西伯利亚到处闯荡。可我要留下来，继续在这两岸间摆过去渡过来。这行当我已干了二十个年头了。谢天谢地！我什么也不要。上帝保佑，但愿人人都能过上这种日子。"

鞑靼人给篝火添些枯枝，挨近火堆躺下，说：

"我爹是个病秧子。他一死，我娘和我老婆就会上这儿来。她们答应了。"

"你干吗要你娘和老婆来？"明白人问，"傻透了，伙计。你这是让魔鬼迷了心窍，见它的鬼去！你千万别听它的，这该死的魔鬼！别让它得逞。它用婆娘来勾引你，你就跟它作对，说：我不要，不稀罕！它用自由来诱惑你，你要拼死顶住，说：我不想！什么也不要！不要爹娘，不要老婆，不要自由，不要房屋，一根木橛子也不稀罕！什么也不要，见它的鬼去！"

明白人拿起酒瓶，猛喝了一大口，接着说：

"我呀，伙计，可不是普通的庄稼汉，也不是出身卑贱的人，我是教堂执事的儿子。想当年我还是自由之身的时候，住在库尔斯克，身穿礼服。可现在，我把自己修炼到家了：我能赤条条躺在地上睡觉，靠吃草过日子。上帝保佑，但愿人人都能过上这种日子。我什么也不要，谁也不怕，依我看，这世上没有比我更富有、更自由的人了。当年，把我从俄罗斯发配到这里，从头一天起我就拼死顶住：我什么也不要！魔鬼拿妻子、拿亲人、拿自由来诱惑我，我便对它说：我什么都不要！我这么一顶，坚持下来，所以你瞧，我活得多舒坦，我不怨天咒地。谁要是纵容魔鬼，哪怕只听它一回，他就要完蛋，他就没救了，那就是陷进泥潭，再也爬不出来。别说你们这些糊涂的庄稼人，就连那些出身高贵、受过教育的老爷也照样完蛋。约莫十五年前，有位老爷从俄罗斯被发配到这里。听说他伪造了一份遗嘱，不跟自家兄弟平分财产。他还是公爵或男爵哩，也许还是当官的——谁知道！这不，他来到这里，头一件事就是在穆霍金斯克买下一幢房子和一块地。他说：'今后我要靠我的劳动和汗水养活自己，因为我现在已经不是老爷，而是一名移民流刑犯了。'我对他说：'没什么，上帝会保佑你的，这是一件好事。'当年他还年轻，爱张罗，整天忙忙碌碌：亲自割草，有时去捕鱼，还能骑着马跑六十来俄里。只有一件事糟糕：从头一年起，他就三天两头跑格林诺，去邮政局。他站在我的渡船上，唉声叹气：'唉，谢苗，不知为什么家里很久没有给我寄钱了！'我说：'用不着钱，瓦西里·谢尔盖伊奇，要钱干什么？过去的事全都抛开，忘了它，就当它从来没有发生过，就当是场梦，您从头开始生活吧！'我说，'您别听魔鬼的，它不会成全您，只会设下圈套害您！您现在想钱，稍过一阵子，瞧着吧，您又会想别的东西，之后要的东西便越来越多。您要想让自己幸福，那么最重要的是您什么也不要。对了……'我对他说，'既然命运害苦了你我，那就绝不要向它求饶，不向它叩头，而是要蔑视它，嘲笑它。要不然它就会嘲笑咱们！'我就是这么对他说的……大约两年之后，我又把他渡到这边岸上，他搓着手，喜笑颜开。他说：'我这是去格林诺接我的妻子。她可怜我，总算来了。她长得挺美，心地善良。'他高兴得快喘不过气来了。过了一天，他和妻子一道坐车来了。太太年轻漂亮，戴着帽子，怀里还抱着个吃奶的娃娃。各式各样的行李一大堆。瓦西里·谢尔盖伊奇乐得在她身边团团转，怎么看也看不够，怎么夸也夸不完。他说：'没错，谢苗老兄，即使在西伯利亚，人们也照样能过日子！'我心想：得了吧，别高兴得太早了。从那时起，差不多每个星期他都要去一趟格林诺：看看俄罗斯寄钱来了没有。花销大着哩。他说：'她是为我才留在西伯利亚，为我断送了自己的青春和美貌，她愿意跟我过苦日子，所以我应当想方设法让她快活……'为了让太太高兴，他结交许多长官和形形色色的坏蛋。不用说，他就得供那帮人吃喝，家里还得有钢琴，沙发上还得有一条毛茸茸的叭儿狗——见它的鬼去！……一句话，他摆起阔来了，处处娇她、宠她。可是太太也没跟他过多久。她哪行？这地方满目的泥土和水，冰天雪地，没有蔬菜，没有水果，没有交际，而她是京城里一位娇贵的太太……她当然厌烦了。再说丈夫吧，不管怎么说，已经不是老爷，而是个移民流刑犯——谈不上体面了。记得过了三年，在圣母升天节①前夜，河对岸有人大呼小叫。我把渡船划到那里，一看——是太太她蒙头盖脸遮得严严实实，身边站着一位年轻的老爷，一名文官。旁边还有一辆三驾马车……我把他们渡到这边岸上，他们坐上马车——转眼就没影了！不过他们还是让人看到了。一清早，瓦西里·谢尔盖伊奇赶着双套马车飞奔过来。他问：'谢苗，我妻子跟一个戴眼镜的老爷是不是过河了？'我说：'过河了，你去野地里追风去吧！'他骑着马追去，追了五天五夜。后来我又把他送到河对岸，他倒在渡船上，拿头使劲撞船板，还号啕大哭。'事情是明摆着的，'我说，还笑他，开导他，'在西伯利亚，人们也照样能过日子！'他闹腾得更厉害了……后来他就盼望自由。妻子跑回俄罗斯去了，所以他一心想回去找她，把她从情人手里夺回来。从此，我的小老弟，他差不多天天骑着马跑邮政局，要不进城找长官。他把呈文不断寄出去，递上去，请求赦免放他回家。他常提到，光是电报费他就花去了二百多卢布。他把地卖了，把房子抵押给犹太人。他自己的头发白了，背也驼了，脸色发黄，像个痨病鬼。他跟人说话的时候，哼哼哈哈个不停……还眼泪汪汪的。就这样为呈文的事他就折腾了六七年。不过现在还活着，又变得快活起来了：他迷上了新玩意儿。你猜怎么着？女儿长大了。他瞧着

---

① 圣母升天节：东正教节日，在旧历八月十五日。

她，心疼她。她呢，说实在的，长得真不错：漂漂亮亮，黑眉毛，性情活泼。每个礼拜天父女俩总要一道去格林诺的教堂。两人紧挨着站在渡船上，她笑容满面，他呢，不眨眼地瞧着她。他说：'是啊，谢苗，即使在西伯利亚，人们也照样能过日子。在西伯利亚也有幸福。你瞧瞧，我的女儿有多好！你跑出一千俄里恐怕也找不出一个像她这样好的姑娘。'我嘴上说：'你女儿是好，这没错，真的……'心里却想：'等着瞧吧……这妞儿正年轻，血流得正欢，她想过好日子，可是这地方过的是什么样的生活？'后来，伙计，她果然开始烦闷了……她蔫下去，蔫下去，整个人都蔫了，病了，虚弱得不行。患上痨病了。这就叫西伯利亚的幸福！见他的鬼去！这就是西伯利亚人过的日子……他开始到处寻医问药，把大夫接回家来。只要听说三百俄里外有好大夫，有巫师，他就赶车去接他们。花在巫师、大夫身上的那个钱呀，就甭提了！依了我，不如把这些钱换酒喝……她反正治不好。等她一死，他也要完蛋。要么伤心得去上吊，要么逃回俄罗斯——事儿明摆着的。他真要逃跑，人家就会抓他，审他，判他服苦役，到时候就要尝尝鞭子的滋味了……"

"好，好。"鞑靼人嘟哝着，冻得瑟瑟发抖。

"好什么？"明白人问。

"妻子，女儿……苦役算得了什么，烦恼算得了什么，他总算见到了妻子，见到了女儿……你说什么也不要，可是什么也没有——糟！妻子跟他一块儿过了三年，这是老天爷开恩。什么也没有——糟；三年——好。你怎么就不懂？"

鞑靼人浑身哆嗦，搜尽枯肠回想着他所知道的有限的俄语词汇，结结巴巴地说：上帝保佑，千万别在外乡得病，死掉，埋进这片寒冷的铁锈般的泥土里。又说，只要妻子能来到他身边，只待一天，哪怕只待一小时，那么为了这种幸福，任什么样的苦难他都愿意承受。他会感谢上帝，过上一天幸福生活，总比什么也没有强。

随后他又讲到，他留在家里的妻子多标致、多聪明。说着说着，他双手抱头，痛哭起来。他一再要谢苗相信：他丝毫没有罪，他受了冤屈。他的两个兄弟和叔叔赶走了农民家的几匹马，把那个老头打得半死，可是村社不凭良心办事，下了判决，把兄弟三个统统流放西伯利亚，叔叔是有钱人，倒留在家里了。

"你会习惯的！"谢苗说。

鞑靼人不作声了，一双哭红了的眼睛凝视着篝火。他一脸的迷茫和惶恐，仿佛至今还没有弄明白，为什么他流落到这里，置身于黑暗和潮湿之中，待在陌生人中间，而不是在辛比尔斯克。明白人挨着火躺下，无端冷笑一声，又轻轻哼起一支曲子来。

"女儿跟父亲在一起有什么快乐？"过了一会儿谢苗又说起来，"他爱她，他得到了安慰，这话没错；可是，伙计，你跟他得小心行事。老头严厉，固执。年轻的姑娘却不需要严厉……她们需要温柔，需要哈哈哈、嘻嘻嘻，需要香水和化妆品。是这样……唉，就这么回事！"谢苗叹口气，费劲地站起身来，"酒喝光了，这下该去睡了。怎么样？我走啦，伙计……"

鞑靼人独自留下，他又添些枯枝，侧身躺下，望着篝火，开始思念起家乡和妻子来。她能来住上一个月，哪怕只住一天，那该多好啊！之后，她想回去，那就让她走好了！来住上一个月，哪怕一天，总比不来好。不过，要是妻子说到做到，真的来了，那他拿什么养活她呢？在这种地方，让她住哪儿？

"要是没吃没喝的，叫她怎么活？"鞑靼人大声问。

他现在白天黑夜都帮着划船，一昼夜拿十戈比报酬。不错，过路人会给点茶钱和酒钱。可是几个伙计把小费都私分了，一个子儿也不给鞑靼人，只是取笑他。他穷得挨饿，挨冻，成天担惊受怕……眼下他浑身酸痛，哆嗦，本该进屋去躺下睡觉，可是那边没有被子盖，比岸边还冷。这里虽说也没有东西可盖，好歹还可以生堆火……

再过一周，等这里的水退下去，他们安排下平底渡船，所有的船工，除了谢苗之外，也都无事可干了。到那时鞑靼人只好走村串户去乞讨，去找活儿干。他妻子才十七岁，长得漂亮，娇滴滴，羞答答——难道能要她抛头露面去各村讨饭吗？不，这事想起来都可怕……

天亮了。驳船、水中的柳丛和水上的波纹已经清晰地显露出来。可是回头一看——那边是一片黏土高坡。坡底下有一间农舍，屋顶苫着褐色的干草。往上一些，不少乡村木屋挤挤挨挨。村子里的公鸡已在啼叫了。

褐色的高坡，驳船，河流，不怀好意的异乡人，饥饿，寒冷，疾病——所有这一切或许实际上并不存在，或许只是梦境——鞑靼人这样寻思。他觉得他睡着了，甚至能听到自己的呼噜声……当然，他这是在家里，在辛比尔斯克，只要他叫一声妻子的名字，她准会答应。隔壁房间里有母亲……可是，天下竟有这么可怕的梦！干吗要做这种梦呢？鞑靼人微笑着睁开了眼睛，这是什么河？伏尔加河吗？

雪花飘飘。

"喂！"对岸有人在喊叫，"渡船！"

鞑靼人醒悟过来，连忙跑去叫起同伴们好把船划到对岸。几个船工一边走，一边穿上破皮袄，睡意未消地操着哑嗓子骂街，一个个冻得缩着脖子来到了岸边。他们刚从睡梦中醒来，河上飘来的那股刺骨的寒气，显然让他们感到可恶又可怕。他们不慌不忙地跳上驳船……鞑靼人和三名船工拿起宽叶长桨，这些桨在黑暗中看上去像虾蟹，谢苗用肚子压着长长的船舵。对岸还在喊叫，甚至放了两枪，以为船工多半睡着了，或者去村里下酒馆了。

"行了，急什么！"明白人说，那种口气仿佛他深信不疑：这世上的事都用不着着急，因为照他看来，急也无济于事。

笨重的驳船离开了岸，在柳丛中间漂浮。柳树慢慢往后退去，这样才看得出来驳船在移动，没有停在老地方。几名船工协调一致地划着桨。谢苗用肚子压着船舵，身子不时在空中划出一道弧线，从船帮的这一侧飞到了另一侧。黑暗中，这些人好像坐在某个洪荒年代、坐在长着好些长爪的怪兽身上，它要把他们送到一个寒冷而荒凉的国度，这样的国度即使在噩梦中也难得一见。

穿过了柳树丛，驳船进入宽阔的地带。对岸已经可以听到木桨的吱嘎声和有节奏的溅水声。有人在喊："快点儿！快点儿！"又过了十来分钟，驳船沉重地撞到码头上。

"老下个没完，老下个没完！"谢苗嘟哝着，抹去了脸上的雪，"哪儿来这么多雪，真是天知道！"

等船的是个瘦高个儿的老头，他穿着狐皮短袄，戴一顶白羔皮帽子，站在离马不远的地方，一动也不动。他的神色忧郁而专注，仿佛正在极力回忆某件事情，对自己不中用的记性很是生气。当谢苗走到他跟前笑嘻嘻地摘下帽子时，那人说：

"我急着去阿纳斯塔西耶夫卡。女儿的病更重了，听说那里新派来了一位大夫。"

他们把马车拖上驳船，又往回划去。谢苗叫他瓦西里·谢尔盖伊奇的那个人，在大家划船的时候，一直站着不动，咬紧厚嘴唇，眼睛望着一处地方发愣，马车夫请求他允许在他面前抽烟，他什么也没有回答，好像没听见似的。谢苗用肚子压着船舵，瞧着他挖苦说：

"在西伯利亚，人们照样能生活。活得下去的！"

明白人脸上一副扬扬得意的神色，仿佛他的说法得到了证实，仿佛他正高兴事情的结果当真不出他所料。身穿狐皮短袄的人那副不幸而又无可奈何的样子，分明让他非常开心。

"这种时候出门，瓦西里·谢尔盖伊奇，路上尽是烂泥，"他看到车夫在岸上套马，便说，"您最好再等上两个礼拜，到那时路就会干些。要不索性别出门……要是出门办事能管用，倒也罢了，可是您自己也知道，人们一辈子东奔西跑，日日夜夜地奔劳，到头来什么好处也捞不到。这可是实话！"

瓦西里·谢尔盖伊奇默默地赏了酒钱，坐上远程马车，赶路去了。

"瞧他，找大夫去了！"谢苗冷得缩起脖子，说，"好，去找真正的大夫吧，去野地里追风、抓住魔鬼的尾巴吧，见你的鬼去！这些个怪人，主啊，饶恕我这个罪人吧！"

鞑靼人走到谢苗跟前，痛恨地、厌恶地瞧着他，浑身发抖，用夹着鞑靼话的蹩脚俄语说：

"他好……好，你——坏！你坏！老爷是好人，他好；你是畜生，你坏！老爷是活人，你是活尸……上帝造人是让他活着，让他高兴，让他发愁，让他痛苦，可是你什么也不要，所以你不是活人，你是石头，是泥土！石头什么也不要，你什么也不要……你是石头——所以上帝不喜欢你，喜欢老爷。"

大家都笑起来。鞑靼人厌恶地皱起了眉头，一挥手，裹紧破衣烂衫，朝篝火走去。几个船工和谢苗拖着沉重的脚步进了小木屋。

"好冷啊！"一个船工声音嘶哑地说。他在铺着干草的潮湿泥地上躺下去，伸直身子。

"是啊！不暖和！"另一个附和道，"苦役犯的生活！……"

大家都躺下。门叫风吹开了，雪飘进屋里。谁也不想爬起来去关门：他们怕冷，懒得动弹。

"我觉得挺好。"快要入睡的谢苗迷迷糊糊地说，"上帝保佑，但愿人人都能过上这种日子。"

"你呀，当然，服了一辈子苦役，连鬼都奈何不了你。"

外面传来狗吠似的呜呜声。

"这是什么声音？谁在那儿？"

"鞑靼人在哭。"

"瞧他这……怪人！"

"他会习——习惯的！"谢苗说完，立即睡着了。

其余的人也很快进入梦乡。门就这样一直没关。

（1892 年）

六号病房

一

医院的后院有一座不大的厢房，四周长着密密麻麻的牛蒡、荨麻和野生的大麻。房子的铁皮屋顶已经锈迹斑斑，烟囱塌了半截，门前的台阶已经腐朽，长出草来，墙上的灰浆剥落，只留下斑驳的残迹。厢房的正面对着医院，后面是田野。一道戳着钉子的灰色围墙把厢房和田野隔开。这些尖头上翘的钉子、围墙和厢房本身，无不给人一种独特的死气沉沉、千人怨万人咒的感觉，这样的外观只有我们的医院和监狱才有。

如果你不怕被荨麻刺痛，那就沿着一条通向厢房的狭狭的小道过去，眼前就会呈现这样一幅情景：打开第一道门，来到了外室，这里的墙下和炉子旁一堆堆医院里的破烂。床垫、破旧的病人服、裤子、蓝白条纹的衬衫和一无用处的破鞋——所有这些皱皱巴巴的破烂混杂在一起，狼藉一地，正在霉烂，散发出一股令人窒息的气息。

看守人尼基塔，嘴里衔着烟斗，老是躺在这堆污七八糟的废物上。他是个退伍老兵，那身旧军服上的红领章早已褪色。他的表情严厉，脸色憔悴，两道下垂的眉毛给他的脸平添一副草原牧羊犬的神气。他的鼻子通红，身材不高，看上去瘦骨伶仃，青筋嶙嶙，可是神态威严，拳头粗大。他属于那种头脑简单、唯命是从、忠于职守、愚钝固执的人，这种人最喜欢秩序，把它看得高于一切，因而深信：他们就得挨打。他打他们的脸、胸、背，不问什么地方，打了就算，相信不这样这里就会闹翻天。

再往里走，便进入一间宽敞的大房间，除去外室，整个空间全被它占了。这里的墙壁涂成污浊的蓝色，天花板熏得黑乎乎的，跟不装烟囱的农舍差不多。显而易见，到了冬天，里面的炉子日夜冒烟，煤气浓重。窗子的里边装着铁栅栏，面目丑陋。地板灰暗、粗糙。满屋子的酸白菜味、灯芯的焦糊味、臭虫和氨水味，这股浑浊的气味给人最初的印象是，仿佛进入了畜栏。

房间里摆着几张床，床脚钉死在地板上。在床上坐着、躺着的人都穿着蓝色病人服，戴着旧式尖顶帽。他们都是疯子。

里面一共五个人。只有一人贵族出身，其余的全是小市民。靠近房门睡的是个又高又瘦的小市民，褐色的小胡子亮闪闪的，泪眼模糊，托着头坐着，眼睛死死地盯在一个地方。他日日夜夜摇头晃脑，哀声叹气，一脸苦笑，满腹愁肠。他很少参与别人的谈话，问他什么，也很少答腔。给他吃的、喝的，他就机械地吃下去、喝下去。从他那声声剧烈而痛苦的咳嗽、骨瘦如柴的模样和脸颊上的潮红可以推断，他是个患肺痨病的人。

第二位是个身材矮小、活跃而手脚不得闲的老头子，留一把尖尖的小胡子，一头乌黑的鬈发，黑人似的。白天他在病室的两扇窗子间不停地踱来踱去，或者像土耳其人那样盘腿坐在自己床上，像灰雀那样，不停地吹着口哨，或小声唱歌，嘿嘿地笑。他的这种孩子气的乐趣和活泼的性格，即使在夜里也有所表现：他常常爬起来向上帝祷告，也就是双拳捶胸，手指头抠抠门缝。他就是犹太人莫谢伊卡。大约二十年前他因为帽子作坊起火烧毁而神经错乱，成了疯子。

六号病房的全体病人中，只有莫谢伊卡一人被允许外出，甚至可以离开医院上街去。他很久以来就享受着这一特权，大概因为他是医院的老病号，又是个不伤人的文疯子，再者他已成了城里供人逗乐的角色。只要他出现在街上，立即被一群孩子和狗围住，人们对此情景早已习以为常了。他穿着难看的病人服，戴着滑稽的尖顶帽，穿着拖鞋，有时光着脚，甚至不穿长裤，在街上来来去去，在民宅和商店的门口站住，讨个小钱。有的给他克瓦斯，有的给点面包，还有人给个一戈比硬币，所以他回来时通常已吃饱喝足，还发了点儿小财。他带回来的东西统统让尼基塔收了去归自己享用。这个老兵做起这种事来从不手软。他粗鲁地、气急败坏地把他的口袋翻了个底朝天，还呼唤上帝来做证，说他今后绝不再放犹太人上街，说他在这个世界上最恨的是不安分的行为。

莫谢伊卡喜欢帮助人。他给同伴端水，在他们睡着的时候给他们盖好被子，答应下次从街上回来送每人一个戈比，并且给每人缝一顶新帽子。他还用勺子给睡在他左边的一个瘫痪病人喂饭。他这样做既不是出于怜悯，也不是出于什么人道方面的考虑，他只是无形中受了右边的格罗莫夫的影响，模仿他这么干的。

伊凡·德米特里·格罗莫夫是个三十三岁的男子，贵族出身，担任过法院民事执行员，属十二品文官，患有被害狂。他要么缩成一团躺在床上，要么在室内不停地走来走去，像在活动筋骨，很少坐着。他老觉得会有一种莫名其妙的恐惧，始终处于一种亢奋、焦躁、紧张之中。只要外屋里稍有风吹草动，或者院子里有人叫一声，他便立即抬起头，细听起来：莫非是有人来找他？把他抓走？这时他的脸上就露出极度惊慌和厌恶的神色。

我喜欢他那张颧骨突出的方脸盘，这张苍白、忧郁的脸，像一面镜子反映出他那颗饱受惊吓和苦苦挣扎的心灵。他的脸容奇特、病态，却刻下深切而真诚的痛苦，显出理智和知识分子所特有的文化素养，眼睛闪出温暖而健康的光芒。我也喜欢他本人，彬彬有礼，乐于助人，除了尼基塔，他对所有人都异常客气。谁要是掉了扣子或者茶匙，他总是赶紧从床上跳下来，拾了起来。每天早晨他都要跟同伴们道早安，睡觉前祝他们晚安。

除了始终紧张的心态和病态的脸相外，他的疯症还有这样的表现：有时在傍晚，他裹紧病人服，浑身发抖，牙齿打战，开始在墙角之间、病床之间急速地来去穿梭，像是他正害着严重的寒热病。

有时他突然站住，眼望自己的病友，看来他有十分重要的话要说，可他又显然以为他们不会听他讲话，或者他们理解不了他的话语，于是他便不耐烦地摇着头，继续走来走去。可是不久想说话的欲望占了上风，他便无所顾忌，尽情狂烈而激烈地说起来。他的话语无伦次，像是梦呓，有时断断续续，模糊不清，然而在他的言谈中，在他的声调中，有一种异常美好的东西。听他说话，你会觉得他既是疯子又是正常人。他的疯话是难以用文字表达出来的。他谈到人的卑鄙，谈到践踏真理的暴力，谈到人间未来的美好生活，谈到这些铁窗总使他想到强权者的愚蠢和凶残。结果他的话就成了一支杂乱无章的混成曲，尽管是老调重弹，然而却远没有唱完。

二

大约十二年或十五年前，文官格罗莫夫住在城里最主要的一条大街上。他拥有私宅，是位既有地位、家道也殷实之人。他有两个儿子：谢尔盖和伊凡。谢尔盖在大学四年级时得了急性肺结核，死了。从此一连串灾难便接踵而来。安葬了谢尔盖，一周后，年老的父亲因为伪造单据、盗用公款被起诉，不久因伤寒病死在监狱医院里。房子和全部动产被拍卖，伊凡·德米特里和他的母亲落到了两手空空的惨境。

父亲在世的时候，伊凡·德米特里住在彼得堡，在大学读书，每月能收到六七十个卢布，从不知穷滋味。他的生活发生剧变后，他只好从早到晚去给人授课，收入低微。他也做抄写工作，却仍旧忍饥挨饿，因为他把全部收入都寄给母亲维持生计了。伊凡·德米特里忍受不了这种生活。他垂头丧气，变得虚弱不堪，不久就放弃学业，回到家乡。在这里，在这座小城里，他多方托人，好不容易谋得了县立学校的一份教职，但因跟同事相处不好，不受学生欢迎，很快就辞职不干了。接着是母亲去世，他失业在家有半年之久，只靠面包和水度日，后来当上了法院的民事执行员。他一直担任这个职务，最后因病被解职。

他给人的印象始终是个疾病缠身的人，即使在青春年少的大学期间也是如此。他一向脸色苍白，身体消瘦，感冒不断，吃得少，睡不好。只要一杯红葡萄酒就能弄得他头昏脑涨，歇斯底里发作。他想跟人们交往，但由于生性急躁、多疑，与人合不来，缺朋少友。他向来瞧不起城里人，总说他们粗鲁无知，过的是浑浑噩噩禽兽般的生活，是他所深恶痛绝的。他说起话来用的是男高音，响亮而激烈，怒气冲冲，愤世嫉俗，要么兴奋欲狂，惊讶异常，但无不一片真诚。不论跟他谈什么，他总是归结到一点：这个城市的生活沉闷、无聊，交往的人中没一个有高尚的情趣，结果害得生活死气沉沉、毫无意义，充斥着形形色色的暴力、愚昧、腐化和伪善。卑鄙之辈锦衣玉食，正直的人忍饥挨饿；社会需要学校、主持正义的报纸、剧院、大众读物和知识界的团结；必须让这个社会认清自己，为此而感到震惊。他评论人时总加上浓重的色调，非黑既白，不承认有其他色彩。他把人分成卑鄙小人和正人君子两类，中间的人是没有的。关于女人和爱情他总是津津乐道，满腔热情，但他一次也没爱过谁。

尽管他言词尖刻、神经过敏，城里人都喜欢他，背地里都亲切地叫他万尼亚①。他和蔼可亲、乐于助人的天性，正派纯洁的道德，就连他那件破旧的常礼服、病态的外貌、家庭的不幸，无不唤起人们心中美好、温馨而忧伤的情感。此外他受过良好的教育，博览群书，用城里人的话说，他不啻为这个城市里的一部活字典。

他读过很多书。他常常坐在俱乐部里，神经质地捻着小胡子，

---

① 万尼亚：伊凡的昵称。

翻阅杂志和书籍。看他的脸色可以知道，他不是在阅读，简直在狼吞虎咽，根本来不及细嚼慢咽就吞下去。应当认为，阅读是他的病态习惯之一，因为不管他抓到什么，哪怕是去年的报纸和日历，他都急不可耐地读下去。他在家里总是躺着看书。

三

一个秋天的早晨，伊凡·德米特里高高翻起大衣领子，在泥泞中啪嗒啪嗒地走着，穿过小巷和一些偏僻的地方，费力地去找一个小市民的家，凭执行票向他收款。每天早晨，他的情绪照例不高。在一条巷子里，他遇到四个荷枪实弹的士兵押送两名戴着手铐的犯人。过去伊凡·德米特里经常遇见犯人，每一次他们都引起他的怜悯和不安，可这一次相遇却给他留下一个异样的、奇怪的印象。不知为什么他突然觉得，他也可能被铐上手铐，也同样由人押着，走在泥泞里，被投入监狱。他在那小市民家待了一会儿后回家，在邮局附近遇见一个认识的警官。对方跟他打了招呼，还和他一道走了几步，不知为什么他又觉得这很可疑。回到家里，那两个犯人和荷枪士兵的形象一直在他脑子里挥之不去，内心一种莫名的惶恐不安害得他书报读不下去，注意力集中不起来。晚上他在屋里没有点灯，夜里也不睡觉，老想着他可能被捕，戴上手铐，关进监狱。他知道自己从没犯过什么罪，可以担保今后也绝不会去干杀人放火和偷鸡摸狗的勾当。可是，无意中偶然犯下罪行难道难吗？难道不会遭人诬陷吗？最后，难道法院不可能出错吗？难怪千百年来人民的经验告诫我们：谁也不能保证不落到讨饭和坐牢的境地。① 现行的诉讼程

① 俄国谚语。

序下，法院的错判是完全免不了的，不足为奇。那些对别人的痛苦有着职务或事务关系的人，如法官、警察和医生，久而久之，出于习惯势力，会变得麻木不仁，以致对他们的当事人即使不愿意也可能采取敷衍了事的态度。从这方面讲，他们同在后院里杀羊宰牛而对鲜血视而不见的粗汉子没有丝毫区别。在对人采取这种敷衍塞责、冷酷无情态度的情况下，为了剥夺一个无辜的人的一切公民权利并判他服苦役，法官只需一件东西：时间。只要有时间去完成某些法律程序，就大功告成——法官就是凭这个领取薪水的。看你在这个离铁道二百俄里的肮脏小城怎么为自己寻找公正和保护吧！再说，既然社会把任何暴力视作明智、正当而必要之举，而一切仁慈的举措，如宣告无罪的判决，却引起众怒和大规模的报复情绪，在这种情况下，侈谈公正，岂不可笑？

第二天早晨，伊凡·德米特里提心吊胆地起了床，额头上冒出冷汗。他完全相信，他每时每刻都可能被捕。他心想，既然头天那些沉重的思想久久缠着他不放，可见这些想法不无道理。事实上，这些想法早已在他的脑子里无端形成了。

窗外不慌不忙走过一个警察：这不无用意。瞧，有两个人站在房子附近，也不说话。他俩为什么不说话？

从此，伊凡·德米特里日日夜夜受尽煎熬。所有路过窗外的人和走进院子的人都像是奸细和暗探。中午，县警察局长通常坐着双套马车从街上经过，他这是从城郊的庄园去警察局上班。可是伊凡·德米特里每一次都觉得：马车跑得太快，他的神色异样，显然他急着跑去报告城里出现一个十分重要的犯人。每逢有人拉铃或者敲门，伊凡·德米特里就吓了一跳。如果在女房东家里遇到生人，他就惶惶不可终日。遇见警察和宪兵时他露出笑脸，还吹着口哨，装出若无其事的样子。他一连几夜睡不着觉，等着被捕，可是又故意大声打鼾，像睡着的人那样连连喘气，好让女房东觉得他睡着了。不是吗，如果夜不能寐，那就意味着他受到良心的谴责，痛苦不堪——这岂不是一大罪证！事实和常理使他相信，所有这些恐惧都荒诞不经，无非是变态心理，另外，如果把事情看得开一些，即使被捕坐牢其实也没什么可怕——只要问心无愧就行了。但他的思考越是理智，越是合乎常理，他内心的惶恐不安却越强烈，越折磨人。这就像一个隐士本想在处女林里开出一小块安生之地，他的斧子砍得越起劲，林子却长得越来越茂盛一样。伊凡·德米特里最终意识到，这也无济于事，于是索性不再思考，完全听凭绝望与恐惧摆布了。

他开始离群索居，避开人们。他对现有的职务原已非常讨厌，现在更是忍无可忍。他生怕有人背后整他，偷偷往他的口袋里塞进贿赂，然后去告发他。或者他自己无意中在公文上出点差错——这无异于伪造文书，或者他丢失了别人的钱。奇怪的是他以前的思想从来没有像现在这样活跃过敏，现在他每天都能想出成千上万条各种各样的理由，说明应当认真为自己的自由和名誉担忧。正因为如此，他对外界，特别是对书籍的兴趣便明显地减弱，也大大影响了他的记忆力。

春天到了，雪化了，在公墓附近的一条冲沟里发现两具部分腐烂的尸体。这是一个老妇人和小男孩，带有暴力致死的迹象。于是城里人议论纷纷，无不谈论这两具尸体和未知的凶手。伊凡·德米特里害怕别人以为这是他杀死的，便在大街小巷走来走去，面带微笑。可是遇见熟人时，他的脸色红一阵、白一阵，一再声明，没有比杀害弱小的、无力自卫的人更卑鄙的罪行了。可是这种故作姿态的表现很快就使他厌倦，他略加思索后认定，处在他的地位，最好的办法就是躲进女房东的地窖里去。他在地窖里坐了一整天，之后又坐了一夜一天。他冻得厉害，等到天黑，便偷偷地像贼一样溜进自己的房间里。天亮之前，他一直站在房间中央，身子一动不动，留心听着外面的动静。清晨，太阳还没有出来，就有几个修炉匠来找女房东。伊凡·德米特里清楚地知道，他们是来翻修厨房里的炉灶的，然而恐惧提醒他，这些人是打扮成修炉匠的警察。于是他悄悄地溜出住宅，没戴帽子，没穿上衣，惊骇万状地顺着大街跑去。几条狗汪汪叫着追他，有个汉子在后面不住地喊叫，风在他耳边呼啸，伊凡·德米特里便觉得全世界的暴力都聚集在他的背后，现在要来抓住他。

有人把他拦住，送回住处，打发女房东去请医生。医生安德烈·叶菲梅奇（这人以后还要提起）开了药，要在他头上放冰袋和桂樱叶滴剂①，愁眉苦脸地直摇头。临走前他对女房东说，以后他不会再来了，因为人家要发疯，他没权利阻止。由于伊凡·德米特里在家里无法生活和治疗，只好把他送进医院，被安置在性病病房里。他夜里不睡觉，发脾气，搅得病人鸡犬不宁，不久安德烈·叶菲梅奇便下令把他转到了六号病房。

一年后，城里人已经完全忘了伊凡·德米特里，他的书让女房东胡乱堆在屋檐下的雪橇里，被孩子们拿了个精光。

四

待在伊凡·德米特里左边的，我已经说过，是犹太人莫谢伊卡，右边的是个庄稼汉，一身肥肉、浑身滚圆，痴呆的脸上毫无表情。他无异是个不爱动弹、贪吃而肮脏的畜生，早已丧失了思想和感觉的机能。从他身上不断冒出一股浓重的令人窒息的臭气。

尼基塔给他收拾床铺的时候，总是狠狠打他，抡起胳膊，一点也不顾惜拳头。这时候，可怕的不是他挨了打——这是可以习以为常的——可怕的是这个迟钝的畜生挨了打却毫无反应：一声不吭，毫不动弹，连眼睛都不眨巴，只是身子稍稍晃一晃，像个沉重的大木桶。

---

① 桂樱叶滴剂：一种镇静剂。

六号病房的第五个，也就是最后一个病人是个小市民，原先是邮局的拣信员。他是个瘦小的金发男子，一张和善的面孔上带点儿狡猾的神色。看他那双聪明、安详的眼睛以及明亮而快活的目光可以推断，他挺有心计，心里藏着极重要、极愉快的秘密。他在枕头底下、床垫底下藏着什么东西，总不肯拿出来示人，倒不是怕被人抢去、偷去，而是有点儿不好意思。有时他走到窗前，背对着室友，在胸前佩戴上什么东西，还低下头看了又看。如果这时有人走到他跟前，他就窘得不行，立即把胸前的东西扯下来。不过他那点儿秘密是不难猜出的。

"您得向我祝贺，"他常常对伊凡·德米特里说，"上司为我呈请授予二级斯坦尼斯拉夫星章。二级星章向来只颁发给外国人，可是不知为什么他们破例给了我，"他笑嘻嘻地说，还大惑不解地耸耸肩膀，"嘿，说实在的，我还真没料到！"

"您这话我丝毫不明白。"伊凡·德米特里阴沉地声称。

"您可知道我迟早会得到什么吗？"前邮局分拣员狡黠地眯着眼睛接着说，"我一定能得到一枚瑞典的'北极星'。这种勋章是值得费心张罗的，白十字架和黑丝带，可漂亮了。"

这座厢房里那样单调的生活是任何别的地方无法与之比拟的。每天早晨，除了瘫痪病人和胖庄稼汉以外，所有的人都在外室里的一只双耳木桶里洗脸，用病人服的下摆擦干。这之后他们用锡杯子喝茶，茶是由尼基塔从主楼里取来的。每人只能喝一杯。中午他们喝酸白菜汤和粥，晚上吃中午的剩粥。其余的时间，他们躺下，睡觉，眼望窗子，在房间里走来走去。天天如此。连前邮局拣信员说的也还是那几种勋章。

六号病房很少见到新人。医生早就不接收新的疯病人了，而涉足疯人院的人在这个世界上并不多见。理发师谢苗·拉扎里奇隔两个月来这里一次。他怎么给疯子们理发，尼基塔怎么帮他的忙，每当这个醉醺醺、笑呵呵的理发师出现时，病人们怎样乱作一团——这些我们就不细说了。

除了理发师，谁也不光顾这里。病人们注定一天到晚只能见到尼基塔一个人。

可是不久前在医院的主楼里流传着一个相当奇怪的消息。

传说好像医生要去六号病房了。

五

稀奇的传言！

医生安德烈·叶菲梅奇·拉金，从某一点上说是个与众不同的人。据说他年轻时笃信上帝，准备日后担任神职。一八六三年他中学毕业，本想进神学院学习，可是他的父亲，一名医学博士和外科医师，狠狠挖苦了他一顿，断然宣布，如果他去当神甫，他就不认他这个儿子了。这话有几分可信度，我不知道，不过安德烈·叶菲梅奇本人不止一次承认，他对医学以及一般的专门学科向来丝毫不感兴趣。

不管怎么样，他修完了医学系的课程，并没有去当教士。看不出他如何笃信上帝，开始从医时跟现在一样，他都不像是个虔诚的教徒。

他的外貌臃肿、粗俗，像个庄稼汉。他的脸、胡子、平直的头发和结实笨拙的体态，使人想起大道旁小饭铺里那种吃喝无度、脑满肠肥、态度粗鲁的店老板。他的脸粗糙，布满细小的青筋，细眼睛，红鼻子。身高肩宽，手脚粗大，一拳打出去，似乎能送人一条命。可是他迈出的是轻缓的步履，走起路来小心翼翼，蹑手蹑脚。在狭窄的过道里遇见人时，他总是先停下来让路，说一声"对不起"，想不到他说起话来不是男低音，而是嗓子尖细、音色柔和的男高音。他的脖子上有个不大的瘤子，妨碍他穿浆过的硬领衣服，所以他总是穿柔软的亚麻布或棉布衬衫。一般说来，他的穿着不像一名医生。一身衣服他一穿就是十年，新衣服他总是在犹太人的铺子里买，穿到身上显得又旧又皱。同一件常礼服，他看病时穿，吃饭时穿，出门做客也穿。不过他这样做不是出于吝啬，而是完全不把穿戴放在心上。

安德烈·叶菲梅奇来到这个城市就职的时候，这个"慈善机构"的情况简直糟透了。病房里，过道上，医院的院子里，臭气冲天，叫人透不过气来。医院的勤杂工、助理护士和他们的孩子们都跟病人一起住在病室里。蟑螂、臭虫和老鼠搅得大家怨声载道，不得安生。在外科，丹毒从来没有绝迹过，整个医院只有两把手术刀，体温计一个也没有，浴室里堆放着土豆，总务长、女管理员和医士勒索病人钱财。据说安德烈·叶菲梅奇的前任老医生把医院里的酒精偷偷拿出去卖，他还和护士及女病人有私情。所有这些污七八糟的事城里尽人皆知，甚至添油加醋，然而人们置若罔闻。有些人辩解，说什么住医院的都是小市民和农民，这种人对此已求之不得，因为他们家里的生活比医院里还要糟得多，总不能供他们吃松鸡吧！另一些人则辩解说，没有地方自治局的资助，光靠本城的财力，像样的医院是难以办到的。谢天谢地，医院虽糟，总算有一座。而成立不久的地方自治局不论在城里还是城郊都不开设诊疗所，理由是城里已经有医院了。

细看一番医院后，安德烈·叶菲梅奇得出结论，这个机构道德极坏，对病人的健康极为有害。照他看来，最明智的可行办法就是把所有病人放回家，这所医院关门大吉。但他考虑到，光凭他个人的权限很难做到这一点，况且这也无济于事。即使把肉体上和精神上有污秽的人从一个地方驱逐出去，他们也会转移到另一个地方。应当等待他们自消自灭。再说，人们既然开办医院，而且容忍它的存在，可见人们是需要医院的。种种偏见和所有这些日常生活中的卑鄙龌龊的丑事也是需要的，因为久而久之它们会转化为有用之物，畜粪不是可以变成黑土吗？这个世界上所有好东西在它开始的时候无不带有丑恶的成分。

上任之后，安德烈·叶菲梅奇对医院里的混乱现象采取了听之任之的态度。他只要求医院的勤杂工和护士不再在病室里过夜，添置了两柜子医疗器械，至于总务长、女管理员、医士和外科的丹毒，仍然故我。

安德烈·叶菲梅奇极其喜爱智慧和正直，然而要在自己身边建立明智和正直的生活，他却缺乏这方面的坚强意志，缺乏这方面的信心。下命令，禁止，坚持己见，这些他是完全做不到的。看来他似乎发过誓，永远不提高嗓门，永远不用命令式。"给我这个"或者"把那东西拿来"这样一些话他很难说出口。他饿了，总是犹豫不决地咳几声，对厨娘说："能不能给我一杯茶"或者"能不能给我弄点儿吃的"。至于对总务长说不准他偷盗，或者把他赶走，或者干脆废除这个多余的寄生虫的职位——这些他完全是无能为力的。每当有人欺骗安德烈·叶菲梅奇，或者奉迎他，或者拿来一份明明是造假的账单要他签字，他总是窘得满脸通红，尽管他感到心中有愧，但还是在账单上签了字。遇到病人向他诉苦说吃不饱，或者抱怨护士态度粗暴，他就发慌，负疚般嘟哝说：

"好，好，过后我调查一下……也许，这只是场误会……"

起先安德烈·叶菲梅奇十分勤奋。每天从早晨起他就给病人看病，做手术，有时甚至接生，一直忙到吃午饭。女病人都说他细心，诊断准确，特别是儿科疾病和妇女病。可是时间一长，因为工作的单调、徒劳无益，他显然感到厌烦了。今天接诊三十个病人，到明天一看，增加到三十五人，后天便是四十了，就这样看病，看病，日复一日，年复一年，城市的死亡率却没有下降，病人照样不断涌来。一个上午，要对四十名就诊病人真正有所帮助，这在体力上是办不到的，所以尽管不愿意，结果只能是敷衍对付过去。一个会计年度接诊一万两千名病人，简单计算一下，那就是一万两千名病人受到了欺骗。至于让重病人住进病房，按科学的规章给予治疗，这同样做不到，因为规章是有，科学却没有。且不说道义上的评说，就像别的医生一样死板地照章办事，那也首先需要洁净和通风的环境，而不是垃圾和污浊的空气；需要有益健康的食品，而不是酸臭的白菜汤；需要得力的助手，而不是窃贼。

再说，既然死亡是每个人正常合理的结局，那又何必阻止人们去死呢？如果某个商人或文官多活了五年十年，那也于事无补。如果认为医学的任务在于用药物减轻痛苦，那么不能不问：为什么要减轻痛苦？据说，首先，痛苦使人达到完美的境界；其次，如果人类当真学会了用药丸和药水减轻自己的痛苦，那么人类就会完全抛弃宗教和哲学，可是到目前为止人类在宗教和哲学中不仅找到了避免一切不幸的护身符，而且甚至找到了幸福。普希金临死前经受了可怕的折磨，可怜的海涅瘫痪卧床好几年。那么为什么某个安德烈·叶菲梅奇或者玛特廖娜·沙维什娜就不该生病呢？殊不知这些人的生活原本毫无内容，如果没有痛苦，那他们的生活就完全空无一物，不就变得像变形虫一样混日子了吗？

一想到这些，安德烈·叶菲梅奇便变得心灰意冷，从此他不再天天去医院上班了。

六

他的一天是这样度过的：通常他早晨八点左右起床，穿衣，喝茶。然后在书房里坐下看书，或者去医院上班。在医院里，门诊病人坐在狭窄昏暗的过道里等着看病。勤杂工和护士们在他们身边来回奔波，靴子在砖地上踩得咚咚响；穿着病服的瘦弱住院病人来来去去；死尸和装满污物的器具也从这里抬出去；病儿哭哭啼啼，穿堂风不断灌进来。安德烈·叶菲梅奇知道，这样的环境对发烧的、害肺痨的和本来就敏感的病人来说简直是遭罪，可是有什么法子？在诊室里，医士谢尔盖·谢尔盖伊奇正在迎候他。他身材矮小、肥胖，圆润的脸刮得很光，洗得干干净净。他态度温和，举止从容，穿一身肥大的新西装，看上去与其说像医士，不如说像枢密官。他在城里还私人行医，场面很大。他系着白领结，自认为比没有私人行医的医生更高明。诊室的墙角有一个神龛，里面放一尊很大的圣像，点一盏笨重的长明灯，旁边有个读经台，蒙着白布罩。四壁墙上挂着好几幅大主教的肖像、一张圣山修道院的风景照片和一些枯萎的矢车菊花环。谢尔盖·谢尔盖伊奇信仰上帝，喜欢神圣的仪式。圣像就是用他私人的钱设置的。每逢礼拜天，由他下命令，要某个病人在诊室里大声吟唱赞美诗，唱完之后，谢尔盖·谢尔盖伊奇便手提香炉，走遍各个病室，摇炉散香。

病人很多，而时间很少，所以他的工作只限于简短地问一两句病情，然后发点氨搽剂或蓖麻油之类的药。安德烈·叶菲梅奇坐在桌旁，拳头托着脸颊，若有所思，机械地提几个问题。谢尔盖·谢尔盖伊奇也坐着，搓着细手儿，偶尔插上一两句话。

"我们生病，受穷，"他常说，"那是因为我们没有好好祈祷仁慈的上帝。就这么回事！"

在门诊的时候，安德烈·叶菲梅奇不做任何手术。他早就不习惯做手术了，一见到血他就感到难受。有时他不得不扒开婴孩的嘴，察看喉咙，小孩子便哇哇地叫，挥舞小手招架，这时候他的耳朵里便嗡嗡地响，头发晕，眼睛里涌出泪水。他便匆匆开个药方，挥挥手，让女人把孩子快点儿抱走。

在门诊的时候，病人畏畏缩缩、说话没有条理，再加上打扮华丽的谢尔盖·谢尔盖伊奇，墙上的那些画，他自己二十年来对病人的一成不变的提问——这一切很快就让他感到厌倦。他看了五六个病人就走了。剩下的病人由医士来诊治。

安德烈·叶菲梅奇愉快地想到，谢天谢地，他早已不私人行医，现在再也不受人打扰了。回到家后，他立即坐到书房里看书。他书读得很多，读得兴致益然。他的一半薪水都用来买书，六间一套的寓所有三间堆放着书和旧杂志。他最喜欢读历史和哲学方面的著作。

医学方面他只订了一份《医师》杂志，而且通常是从后面读起。每一次他能不间歇地读上几个小时而乐此不疲。他不像伊凡·德米特里那样读得很快、很急，他读得很慢、深入，读到凡是他喜欢的或者不懂的地方常常停下来。在书的旁边放有一小瓶伏特加，一根腌黄瓜或者一个渍苹果，而且直接放在呢子桌布上，不用盘子装。每隔半小时，他眼睛不离开书页，为自己斟上一杯伏特加，喝下去，然后不用眼睛看，用手摸到黄瓜，咬下一截。

三点钟，他小心翼翼地走到厨房门口，咳几声，说：

"达留什卡，能不能给我弄点儿吃的……"

吃了一顿相当差且不干净的午饭后，安德烈·叶菲梅奇就在各个房间里走来走去，双手交叉抱在胸前，想着什么事情。时钟敲了四点，过后五点，他还在踱步、沉思。有时厨房的门吱嘎响起来，从门里探出达留什卡那张睡意未消的红脸。

"安德烈·叶菲梅奇，您该喝啤酒了吧?"她关心地问。

"不，还不到时候……"他回答，"再等一会儿……再等一会儿……"

邮政局长米哈伊尔·阿韦良内奇通常在傍晚来访。全城与他交往的人中唯有邮政局长米哈伊尔·阿韦良内奇还没有让安德烈·叶菲梅奇感到厌烦。米哈伊尔·阿韦良内奇原先是个非常富有的地主，在骑兵团服过役，但后来破产了，迫于生计只好在年老时进了邮政局。他精力充沛，身体健壮，蓄着浓密灰白的胡子，举止彬彬有礼，嗓音洪亮，声音悦耳。他善良，重感情，但脾气暴躁。在邮局，只要有顾客表示不满，不同意某些做法，或者只是议论几句，米哈伊尔·阿韦良内奇立即脸红脖子粗，浑身哆嗦，雷鸣般吼道："你给我闭嘴!"因此这个邮政局早已出了名，是个谁都怕进的衙门。米哈伊尔·阿韦良内奇认为安德烈·叶菲梅奇有教养，志向高尚，因而尊敬他，喜爱他。他对其余的居民则态度傲慢，像对他的下属一样。

"我来了!"他说着走进安德烈·叶菲梅奇的书房，"您好，我亲爱的朋友！恐怕我已经惹您讨厌了吧？"

"恰恰相反，我非常高兴，"医生回答他，"见到您我总是喜出望外。"

两位朋友坐在书房的长沙发上，默默地抽一阵烟。

"达留什卡，能不能给我们弄点啤酒来！"安德烈·叶菲梅奇说。

两人默默地喝完第一瓶啤酒。这时医生在沉思默想，米哈伊尔一副快活而兴奋的神色，好像有一件十分有趣的事要说出来。始终是医生先开口。

"真遗憾，"他轻声细语款款说了起来，摇着头，眼睛不看对方（他向来不正视别人的脸），"遗憾之极，尊敬的米哈伊尔·阿韦良内奇，我们城里，压根儿找不出一个能谈些明智而有趣的话题的人，他们没有这个能力，也不喜欢这样做。这对你我说是莫大的损失。连知识分子也不免流于庸俗，请相信，他们的智力水平，一点也不比下层人高。"

"完全正确。我同意。"

"您自己也知道，"医生细声说，说得抑扬顿挫，"在这个世界上，除了人类智慧最崇高的精神之外，其他一切都微不足道，毫无意义。智慧正是区分人兽的鲜明界线，显示出人类的神圣所在，而且在某种程度上甚至能让人类不朽——尽管不朽是不存在的。由此可见，智慧是欢乐的唯一可能源泉。可是我们在周围看不到有智慧的人，听不到智慧的谈吐——可见我们没有欢乐。不错，我们有书，但是这跟活跃的交谈和积极的交往完全是两回事。如果您容我做个不完全恰当的比喻，那么我要说：书是音符，交谈才是歌。"

"完全正确。"

接着是沉默。达留什卡从厨房里出来，呆板的脸上带几分委屈，一手托着脸，在房门外站住，想听听他们讲什么。

"唉！"米哈伊尔·阿韦良内奇叹了口气，"真希望现在的人能聪明起来！"

于是他讲起过去的生活多健康，多快活，多有意思，那时俄国的知识分子多聪明，他们把名誉和友谊看得很重。他们借钱给人家不要借据，认为朋友有困难时不出手相助是可耻的。还有那时的远行、冒险、争论、友情和女人多令人向往！说到高加索，那是多迷人的地方！有个营长的妻子，是个怪女人，一到晚上就穿上军官制服，独自骑马进山，不带向导。据说她在山村里跟一个小公爵出了点儿风流韵事。"

"我的圣母娘娘……"达留什卡叹道。

"再说那时候喝得多痛快！吃得多丰盛！那些有自由思想的人真是天不怕地不怕呀！"

安德烈·叶菲梅奇听着，却没有听进去。他在思考着什么，不时喝一口啤酒。

"我常常梦见聪明的人，与他们叙谈，"他忽然打断米哈伊尔·阿韦良内奇的话，说，"家父让我受到良好的教育，但是在六十年代的思潮影响下，他非要我当医生不可。我这样想，假如当年我不听他的话，那么我现在一定处在思想运动的中心了。恐怕我已成了某个系的教授。当然，智慧也不是永恒的，而是短暂易逝的，可是您已经知道，为什么我对它如此喜爱有加。生活是个令人苦恼的陷阱。一个有思想的人到了成年期，思想成熟了，他不由得感到仿佛自己掉进了没有出路的陷阱。实际上，他从虚无走向有生命的历程不是出于他自己的意志，而是由某些偶然的情况造成的……这是为什么？他想弄清自己生存的意义和目的，可是别人不告诉他，要不就对他说些荒唐话。他敲门——门没开，来的却是死神——这同样不是出于他的意愿。这不，就像待在监狱里的人被共同的不幸联系在一起，当他们凑在一起时，就觉得生活不那么沉重，同样的道理，当热衷于分析和概括的人们聚到一处，在交流彼此的引以自豪的自由思想中消磨时光时，就不会觉得生活在陷阱之中。从这个意义上讲，智慧是不可替代的快乐。"

"完全正确。"

安德烈·叶菲梅奇眼不正视对方，讲讲停停，一直平静地谈论着有智慧的人和同他们的交谈。米哈伊尔·阿韦良内奇留心听着，连连赞同："完全正确。"

"那么您不相信灵魂不灭吗？"邮政局长突然问道。

"不，尊敬的米哈伊尔·阿韦良内奇，我不相信，也没有理由相信。"

"老实说，我也怀疑。可是，话说回来，我有一种感觉，仿佛我永远不会死去。哎，我心里想，老家伙，你死期渐近！可是内心有个声音说：别相信，你死不了！……"

九点一过，米哈伊尔·阿韦良内奇便告辞回家。他在前室穿上皮大衣，叹口气，说：

"可真是，命运把我们抛到这么荒凉偏僻的地方！遗憾的是我们还得死在这里。唉！……"

七

送走了朋友，安德烈·叶菲梅奇坐到桌后，又看起书来。夜晚没有一丝声音打破寂静。时间仿佛也停滞了，跟埋头读书的医生一起屏住了气息。除了这书和带绿罩子的灯，一切都不复存在。医生那张庄稼汉般粗俗的脸上渐渐变得容光焕发，在人类智慧的进展面前露出了感动和喜悦的微笑。啊，人为什么不能永生呢？他想，为什么要有脑中枢和脑回？为什么要有视力、语言、自我感觉和天才？既然所有这一切注定要埋进土里，最后跟地壳一起冷却，随后千百万年毫无意义、毫无目的地随着地球绕着太阳旋转。既然要冷却，既然要随着地球旋转，那就完全没有必要从虚无中孕育出人和他的高得近乎神的智慧，尔后仿佛开玩笑似的又把人化作尘土！

这便是新陈代谢！然而用这种冒牌货来替代永生以此来安慰自

己，这是何等怯懦！自然界中所发生的一切无意识的变换过程，甚至比人的愚蠢更为低劣，因为愚蠢中毕竟还有意识和意志，而那些过程中却是一无所有。只有那种在死亡面前感到恐惧而不是感到尊严的懦夫，才自我安慰说，他的躯体渐渐地将化作青草、石头、蛤蟆……认为新陈代谢就是永生，这是一种奇谈怪论，这无异于一把珍贵的提琴被砸碎变得一无用处后，有人却预言提琴盒将前途灿烂一样荒唐可笑。

每当时钟敲响，安德烈·叶菲梅奇就背靠圈椅，闭上眼睛，思索一番。在从书中读到的那些美好思想的影响之下，他无意中把目光转向自己的过去和现在。过去令人不堪回首，最好不去想它。而现在也跟过去一样。他知道，当他的思想随着冷却中的地球绕着太阳旋转的时候，在他寓所旁边的医院主楼里，人们正遭受着疾病和浑身脓疮的折磨。也许有人在辗转反侧，在跟臭虫作战，有人染上丹毒，或者因为绷带缠得太紧而呻吟，有的病人可能正跟护士们玩牌喝酒。一个会计年度里有一万二千人受骗；医院的全部工作，跟二十年前一样，充斥着偷盗、争吵、诽谤、徇私，充斥着拙劣的招摇撞骗；医院依旧是不道德的机构，对病人的健康极其有害。他知道在六号病房的铁窗里尼基塔经常殴打病人，还知道莫谢伊卡每天都在城里行乞。

另一方面他又清楚地知道，近二十五年来医学发生了神奇的变化。他在大学学习的时候就觉得，医学很快就会与炼金术和玄学同流合污，可是现在，每当他夜里看书时，医学常常触动他，唤起他心中的惊喜之情。的确，它的成就多么辉煌，简直是发生了深刻的革命！由于发明了防腐的方法，伟大的皮罗戈夫[1]认为甚至 in spe[2]都做不了的许多手术，现在都能做了。连普通的地方自治局医生都敢做膝关节切除术。至于剖腹术，做一百例只有一例死亡。结石病

---

[1] 尼·伊·皮罗戈夫（1810—1881）：俄国解剖学家、外科学家。

[2] in spe：拉丁文，意为"在将来"。

只是小事一桩，甚至没有人再写这方面的文章。梅毒已经可以根治。此外还有遗传学说，催眠疗法，巴斯德①和科赫②的新发现，以统计学为基础的卫生学，还有我们俄国的地方自治局医疗系统，精神病学以及现代的精神病分类法、诊断法、医疗法，同过去相比，简直像一座雄伟的厄尔布鲁士③。现在对待疯子不再往他们头上浇冷水，不再要他们穿紧身病服，对他们比较人道，据报上说，甚至为他们举办演出和舞会。安德烈·叶菲梅奇知道，从当前的观点和时尚来看，像六号病房这样的丑恶现象大概只能在离铁道二百俄里的小城里出现，因为这里的市长和全体自治会的议员都是半文盲的小市民，他们把医生看作术士，哪怕医生把融熔的锡水灌进病人的嘴里，他们也会相信他做得对而不加批评。换了别的地方，公众和报刊早把这个小小的巴士底④砸烂了。

"不过这又能怎样呢？"安德烈·叶菲梅奇睁开眼睛问自己，"结果又会怎样呢？防腐剂也罢，科赫也罢，巴斯德也罢，丝毫改变不了事情的实质。患病率和死亡率一如既往。人们为疯子举办舞会、演戏，但依旧不能让他们自由行动。可见一切都是胡闹，徒劳无益，其实，最好的维也纳医院和我的医院之间并没有什么差别。"

可是一种委屈和类似嫉妒的情绪使他再也不能漠然置之。这恐怕是太困的缘故，沉重的头垂向书本，他只好双手托住脸，心里想道：

"我做着有害的事情，我拿人家的钱却欺骗他们。我不诚实。可是我本身微不足道，我只是必不可少的社会罪恶的一小部分：所有的县官都是有害的，却白领着薪水……可见不诚实并不是我的过错，而是时代的过错……我若晚生二百年，我就是另一个人了。"

时钟敲了三下，他熄了灯进了卧室。可是他毫无睡意。

---

① 巴斯德（1822—1895）：法国近代微生物学和免疫学奠基人。
② 科赫（1843—1910）：德国微生物学家，现代细菌学、流行病学奠基人之一。
③ 厄尔布鲁士：俄国高加索山脉之高峰。
④ 巴士底：巴黎监狱，1789 年法国大革命期间被群众捣毁。

八

　　两年前，地方自治局慷慨解囊，决定在地方自治局医院开办前，每年拨款三百卢布，作补贴市立医院增加医务人员之用。因此，为了协助安德烈·叶菲梅奇的工作，县医生叶夫根尼·费多雷奇·霍博托夫便受聘来到这个城市。这人年纪轻轻，不到三十岁，高颧骨，小眼睛，是个身材高大的黑发男子，看来他的祖先是异族人。他来到这个城市时身无分文，提一只小箱子，带一个难看的年轻女人，说是自己的厨娘。这个女人还有一个吃奶的娃娃。叶夫根尼·费多雷奇经常戴一顶鸭舌制帽，脚穿高筒靴，冬天穿着短皮袄。他跟医士谢尔盖·谢尔盖伊奇和会计交上了朋友，可是不知为什么把其余的官员叫作贵族，老躲着他们。他的家里只有一本书：《一八八一年维也纳医院最新处方》，就诊时随身带着。每天晚上他在俱乐部玩台球，却不喜欢玩牌。言谈中他特别爱用这类词汇："拖泥带水""废话连篇""你别故布疑阵"，等等。

　　他每周来医院两次，查病房，看门诊。医院里没有防腐剂，沿用拔血罐放血，使他大为恼火，但他也不采用新办法，唯恐这样一来冒犯了安德烈·叶菲梅奇。他把自己的同事安德烈·叶菲梅奇看作老滑头，怀疑他很有钱，对他嫉妒有加，但愿取他的职位而代之。

九

三月末，一个春天的傍晚，地上已经没有积雪，医院的花园里椋鸟开始歌唱，安德烈·叶菲梅奇把他的朋友邮政局长送到大门口。正在这个时候，犹太人莫谢伊卡带着他的战利品从外面回来，刚走进院子。他没戴帽子，光脚穿一双浅帮套鞋，手里拿着一小包讨来的东西。

"赏个小钱吧！"他冻得浑身哆嗦，笑着对医生说。

安德烈·叶菲梅奇对别人的要求，向来不愿拒绝，便给了他一个十戈比硬币。

"这不成体统，"他瞧着莫谢伊卡的光脚和又瘦又红的踝骨想道，"瞧他浑身湿透了。"

他的内心激起一种既像同情又像愤慨的感情，跟着犹太人朝厢房走去，时而看看他的秃顶，时而看看他的踝骨。一见医生进来，尼基塔立即从一堆破烂上跳起来，站得笔直。

"你好，尼基塔，"安德烈·叶菲梅奇温和地说，"能不能给这个犹太人发双靴子，要不然他会着凉的。"

"遵命，老爷。我一定报告总务长。"

"费心了。你可以用我的名义请求他，就说是我要你这么干的。"

从外屋通向六号病房的门正开着。伊凡·德米特里躺在床上，撑着胳膊肘抬起身子，惶恐不安地听着陌生人的声音，突然认出了医生。他气得浑身打战，跳下床，涨红了脸，圆瞪着眼，恶狠狠地跑到病房中央。

"医生来了！"他大声嚷着，伴着哈哈笑声，"总算来了！先生们，我向你们道喜，医生大驾光临来探望我们啦！该死的浑蛋！"他突然尖叫一声，跺一下脚，那副模样是病房里的人从来没有见过的，"打死这个浑蛋！不，打死还不解气！该把他扔进粪坑里淹死！"

安德烈·叶菲梅奇听到这话，便从外屋朝病房里看了看，温和地问：

"这是为什么？"

"为什么？"伊凡·德米特里叫道，气汹汹地向他逼过来，同时忙乱地裹紧身上的病服，"为什么？贼！"他憎恶地说，还鼓起腮帮子，似乎想啐他一口，"骗子！刽子手！"

"别激动，"安德烈·叶菲梅奇抱歉地微笑着说，"请相信，我从没偷过抢过，要说别的，您恐怕夸大其词了。我看得出来，您有气。您别激动，我请您，如果可以的话，冷静地告诉我：您为什么生气？"

"你们为什么把我关在这里？"

"因为您有病。"

"是的，我有病。可是要知道，成百上千的疯子行动自由，因为你们无知，分不清谁是疯子，谁是健康人。为什么该我和这几个不幸的人，像替罪羊似的代人受过，被关在这里？您，医士，总务长，以及你们医院里所有坏蛋，在道德方面，比我们这里的任何人都要卑鄙得多，为什么关起来的是我们，而不是你们？什么逻辑？"

"这跟道德和逻辑全不相干。一切取决于偶然。谁被关起来，他就得待在这里；谁没有被关起来，他就可以行动自由。就这么回事。我是医生，您是精神病患者，这与道德和逻辑毫不相干，这纯粹是偶然性造成的。"

"你这一派胡言我不懂……"伊凡·德米特里闷声闷气地说罢，在自己的床上坐了下来。

莫谢伊卡知道尼基塔当着医生的面不敢搜查他，便把不少面包、纸币和骨头摊在床上。他还是冻得发抖，用悦耳的声音很快地说着犹太话。大概他以为自己又在开铺子做买卖了。

"放我出去，"伊凡·德米特里说，他的声音发颤。

“我办不到。”

“为什么？为什么？”

“我没这个权力。您想一想，就算我放了您，您会有什么好处？您走，可是城里人或者警察还会捉住您，再送您回来的。”

“对，对，这倒是真的……”伊凡·德米特里说着，擦一下额头，“这真可怕！那么我该怎么办？怎么办？”

伊凡·德米特里的声音，他那张年轻聪明的脸和扭曲的面容，都让安德烈·叶菲梅奇喜欢。他想对这个年轻人亲热些，安慰他一下。他挨着他坐到床上，想了想说：

“您问怎么办，像您的这种处境，最好是从这里逃出去。可是，很遗憾，这徒劳无益。您会被人抓住的。一旦社会对罪犯、精神病人和一般的不合时宜的人严加防范，把他们隔离起来，这个社会是不可战胜的。您只有一条出路：安下心来，并且认定您待在这里是必要的。”

“谁都没有这个必要。”

“既然存在监狱和疯人院，那总得有人待在里面。不是您就是我，不是我就是别的什么人。您等着吧，在遥远的未来，监狱和疯人院不再存在，到那时也就不会再有这些铁窗和疯人衣了。当然，这样的时代迟早要来到的。”

伊凡·德米特里冷冷一笑。

“您开哪门子玩笑，”他眯起眼睛，说，“像您和您的助手尼基塔这样的老爷们跟未来没有任何关系，但是您可以相信，好心的先生，美好的时代一定会到来！纵使我说得平淡无奇，您取笑吧，但是，新生活的曙光将普照大地，真理必胜，而且在我们的大街上将举行盛大的庆典！我等不到那一天，早死了，然而我们的后代会迎来那么一天的。我衷心地祝贺他们，我高兴，为他们高兴！前进！愿上帝保佑你们，朋友们！”

伊凡·德米特里眼睛熠熠发亮，站了起来，朝窗子方向伸出双手，用激动的声音继续道：

"为了这些铁窗我祝福你们！真理万岁！我高兴！"

"我并不认为这有什么理由值得高兴，"安德烈·叶菲梅奇说，他觉得伊凡·德米特里的动作像在演戏，这同样让他喜欢，"没有监狱和疯人院之时，正如您刚才讲的那样，便是真理胜利之日，然而事情的本质不会改变，自然规律依然如故。人们还会生病，衰老，死亡，跟现在一样。不管将来有多么灿烂的曙光照耀你们的生活，到头来人还得被钉进棺材，扔进墓穴。"

"那么永生呢？"

"哎，哪有的事！"

"您不相信，嘿，可是我相信。不知是陀思妥耶夫斯基还是伏尔泰的书里说的，如果没有上帝，那么人们也会把他造出来的①。我深信，即使没有永生，那么伟大的人类智慧迟早也会把它造出来的。"

"说得好，"安德烈·叶菲梅奇开心地笑道，"您有信念，这很好。有信念的人哪怕被堵在墙里面也会生活得欢快的。请问您在什么地方受过教育？"

"是的，我上过大学，不过没有读完。"

"您是个有思想、爱思考的人。在任何环境中您都能找到内心的平静。那种想探明生活意义的自由而作深刻的思考，以及对尘世浮华的全然蔑视——这是人类迄今为止最高的两种幸福。哪怕您生活在三道铁栏里面，您也能拥有这种幸福。第欧根尼②生活在木桶里，然而他比人间所有的帝王更幸福。"

"您的第欧根尼是糊涂虫，"伊凡·德米特里阴沉地说，"您为什么要对我提第欧根尼，谈什么探明生活的意义？"他突然大发脾气，跳了起来，"我爱生活，我非常爱生活！我得了被害妄想症，经常恐

---

① 法国作家、哲学家伏尔泰（1694—1778）曾提出"如果上帝不存在，就应当把它造出来"。俄国作家陀思妥耶夫斯基在他的长篇小说《卡拉马佐夫兄弟》中引用了这句话，并补充道："而且确实，人类造出上帝来了。"

② 第欧根尼：古希腊哲学家，奉行极端的禁欲主义，传说他住在一个大木桶里。

惧万分，然而有的时候我心里充满了对生活的渴望，这时我就害怕发疯。我非常想活着，非常想活着！"

他激动地在病房里走来走去，压低声音又说：

"我幻想的时候，便产生种种幻觉。只觉得有人向我走来，我听到说话声和音乐，似乎觉得我是在树林里散步，在海边徘徊，我是多么渴望奔忙、操劳的生活……请告诉我外面有什么新闻？"伊凡·德米特里问，"外面怎么样了？"

"您想知道城里的新闻呢，还是一般的新闻？"

"先跟我说说城里的新闻，再讲讲一般的。"

"好吧。城里沉闷无聊……没有人可以说说话，也找不到愿听你的话的人。没有新来的人。不过，前不久来了一个年轻的医生霍博托夫。"

"他总算在我活着的时候来了。怎么样，是个卑鄙小人吧？"

"是的，一个没有教养的人。您知道吗，这很奇怪……从各方面看，我们的许多省城挺活跃，思想并不停滞——这就是说，省城应当有真正的人。可是不知什么缘故，每一次派给我们的人都叫人看不上眼。真是个不幸的城市！"

"是的，真是个不幸的城市！"伊凡·德米特里叹了一口气，又笑起来，"那么一般的新闻呢？报纸和杂志上都登些什么？"

病房里已经很暗。医生站起来，开始讲起报刊刊登的有关国内外事件，讲起当前出现的思潮。伊凡·德米特里仔细听着，提些问题，可是突然间，他似乎想起了什么可怕的事情，赶紧抱住头，在床上躺下，背对着医生。

"您怎么啦？"安德烈·叶菲梅奇问道。

"您别想听见我再说一个字，"伊凡·德米特里粗鲁地说，"别管我！"

"为什么？"

"我对您说：别管我！真见鬼了！"

安德烈·叶菲梅奇耸了耸肩膀，叹口气，走了出去。经过外屋时，他说：

"这里能不能收拾一下，尼基塔……气味真难闻！"

"遵命，老爷。"

"多可爱的年轻人！"安德烈·叶菲梅奇回寓所的路上，想道，"我在此地生活期间，他恐怕是头一个可以交谈的人。他善于思考，感兴趣的是那些值得感兴趣的事。"

他又坐下看书，后来上床睡觉，一直想着伊凡·德米特里。第二天早晨醒来，他想起昨天结识了一个聪明而有意思的人，决定有可能时再去看他。

十

伊凡·德米特里还像昨天那样抱着头、缩着腿躺在床上。看不见他的脸面。

"您好，我的朋友，"安德烈·叶菲梅奇说，"您没有睡着吧？"

"首先，我不是您的朋友，"伊凡·德米特里对着枕头说，"其次，您这是枉费心机：您从我嘴里掏不出一句话来的。"

"奇怪……"安德烈·叶菲梅奇窘得说话也不利索了，"昨天我们本来谈得很好的，可不知为什么您突然生起气来，立即不说了……是我说话不当，还是有的想法不符合您的信念……"

"哼，你的那些话我才不信！"伊凡·德米特里抬起身子，嘲讽而又惊惧地望着医生说，眼睛红红的。"您可以到别的地方去刺探和拷问，在这里您休想。我昨天就明白您的图谋了。"

"奇怪的想法！"医生淡淡一笑，"这么说，您把我当成密探了？"

"是的，是这样……我认为，密探也罢，医生也罢，都是一回事，反正是派来试探我的。"

"唉，您这个人，请原谅我直说……真叫怪！"

医生坐到床附近的凳子上，责备地摇着头。

"就算被您说对了，"他说，"就算我背信弃义想抓住您的话告到警察局去，您被捕了，后来受了审。可是难道您受审、关在监狱里就一定比在这里更糟？如果判您终生流放甚至服苦刑，难道就一定比关在这间病房里还要糟？我以为不会更糟……那又有什么可怕的？"

这番话显然对伊凡·德米特里起了作用。他放下心，坐了起来。

那是下午四点多钟。平常这个时候，安德烈·叶菲梅奇总在寓所的各个房间里走来走去，达留什卡便问他是不是该喝啤酒了。这一天外面没有风，天气晴朗。

"我饭后出来散步，您瞧，顺路就上这儿来了，"医生说，"完全是春天了。"

"现在是几月？三月吗？"伊凡·德米特里问。

"是的，三月底。"

"外面到处是烂泥吧？"

"不，不完全是这样。花园里已经有路可走了。"

"现在若能坐上马车去城外走走就好了，"伊凡·德米特里像刚醒来似的一边揉着红眼睛，一边说，"然后回到家里温暖舒适的书房……再找个像样的大夫治治头疼……我已经很久没过正常人的生活了。这里真糟糕！糟糕得叫人受不了！"

经历了昨天的激动之后，他变得神情倦怠，无精打采，懒得说话。他的手指不住地颤抖，看他的脸色可知他头疼得厉害。

"温暖舒适的书房和这个病房之间没有任何差异，"安德烈·叶菲梅奇说，"人的安宁和满足不在他身外，而在他内心。"

"这话什么意思？"

"普通人以身外之物，如马车和书房，来衡量命运的好坏，而有思想的人以自身来衡量。"

"您到希腊去宣扬这套哲学吧，那里气候温暖，橙子芳香，可是您那套哲学跟这里的气候不相适应。我跟谁谈起过第欧根尼？跟您是吗？"

"是的，昨天您跟我谈起过他。"

"第欧根尼不需要书房和温暖的住所，那边本来就够炎热的了。他住他的木桶，吃橙子和橄榄就够了。如果他生活在俄罗斯，那么别说十二月，在五月份他就会要求搬进房间里住，他早冷得缩成一团了。"

"不，对寒冷，以及一般说来对所有痛苦，人可以做到没有感觉。马可·奥勒留①说过：'痛苦是人对病痛的一种鲜活的观念，如果你运用意志的力量改变这种观念，抛开它，不再诉苦，痛苦就会消失。'这是对的。智者或者一般有思想、爱思考的人，之所以与众不同，就在于他蔑视痛苦，他总感到满足，对什么都不表惊奇。"

"这么说来我是白痴，因为我痛苦、不满，对人的卑鄙感到吃惊。"

"您用不着这样。如果您能经常地深入思考一番，您就会明白，那些害得我们心神不宁的身外之物是多么微不足道。努力去探明生活的意义，这才是真正的幸福。"

"探明生活的意义……"伊凡·德米特里皱起眉头，说，"什么身外之物，身内之物……对不起，这些我不懂。我只知道，"他站起来，气势汹汹地看着医生，说，"我只知道上帝创造了我这个有血有肉有神经的人，是这样，先生！人的机体组织既然富于生命力，那么它对外界的一切刺激就应当有所反应。我就有这种反应。我既有痛感，我便喊叫、流泪；看到卑鄙行为，我便愤怒；看到丑陋龌龊的东西，我便厌恶。在我看来，这本身就叫生活。机能越是低下，它的敏感度就越差，对外界刺激的反应能力就越弱；机能越高级，它就越敏感，对现实的反应就越强烈。怎么连这个也不懂呢？身为

---

①　马可·奥勒留（121—180）：罗马皇帝，斯多葛派哲学家。

医生，居然不知道这么浅显的道理！为了能蔑视痛苦、始终心满意足、对什么都无动于衷，瞧，就得修炼到这般地步，"伊凡·德米特里指着一身肥肉的胖庄稼汉说，"或者让痛苦把你磨练得麻木不仁，对痛苦丧失了任何感觉，换句话说，也就是变成了活死尸。对不起，我不是智者，也不是哲学家，"伊凡·德米特里激动地继续道，"您的话我一点也不懂。我不善争辩。"

"恰恰相反，您争辩得很出色。"

"您刚才讲到的斯多葛派①哲学家，是一些优秀人物，但他们的学说早在两千年前就停滞不前了，当时没有丝毫进展，后来也不会发展，因为它不切实际，不具生命力。它只是在少数终生都在研究、玩味各种学说的人中间获得成功，而大多数的人并不理解它。那种宣扬漠视财富、漠视生活的舒适、蔑视痛苦和死亡的学说，对绝大多数人来说，是根本无法理解的。因为大多数人生来就不知财富为何物，他们与舒适的生活无缘；而蔑视痛苦对他来说也就是蔑视生活本身，因为人的全部实质就是由遭受寒冷、饥饿、屈辱、灾难以及面对死亡的哈姆莱特式的恐惧等等痛苦构成的。全部生活就在于这些感觉之中。人可以因生活而苦恼，憎恨它，但不能蔑视它。是这样，我再说一遍，斯多葛派的学说不可能有未来，从世纪初直到今天，您也知道，只有斗争、对痛苦的敏感和对刺激的反应能力才能前进……"

伊凡·德米特里的思路突然中断，他停下来不说了，只是苦恼地擦着额头。

"我有一句重要的话要说，可是我的思路乱了，"他说，"我刚才说了什么了？哦，对了！我想说的是，有个斯多葛派的人为了替亲人赎身，自己卖身为奴。您瞧，可见连斯多葛派的人对刺激也是有所反应的，因为要做出舍己为人这种壮举，需要有一颗义愤填膺、悲天悯人的心灵。在这个牢房里，我把学过的东西都忘光

---

① 斯多葛派：古代哲学流派，认为智者应顺应自然的冷漠，清心寡欲，晚期宣扬宿命论观点，代表人物有芝诺、马可·奥勒留。

了，否则我还会记起什么的，拿基督来说，怎么样？基督对现实的回答是哭泣，微笑，忧愁，愤怒，甚至苦恼。他不是面带微笑去迎接痛苦，也没有蔑视死亡，而是在客西马尼花园里祷告，求苦难离开他①。"

伊凡·德米特里说罢微微一笑，坐了下来。

"就算人的安宁和满足不在他身外，而在他的内心吧，"他又说，"就算人应当蔑视痛苦，对什么都无动于衷吧。可是您根据什么理由宣扬这种观点呢？您是智者吗？您是哲学家吗？"

"不，我不是哲学家，可是每个人都应当宣扬它，因为这是合情合理的。"

"不，我想知道的是，您有什么资格认为自己应该宣扬探明生活意义、蔑视痛苦等等这类观点？难道您以前受过苦？您知道什么叫痛苦吗？请问：您小时候挨过打吗？"

"不，我的父母痛恨体罚。"

"可是我经常挨父亲的毒打。我的父亲是个性情暴躁、害痔疮的文官，鼻子很大，脖颈灰黄。不过还是谈谈您吧。您这一辈子，谁也没有用指头碰过您一下，谁也没有吓唬过您、殴打过您，您健壮得像头牛。您在父亲的羽翼下长大，他供您上学读书，后来又找了一个高薪而清闲的肥缺。二十多年来您住着不花钱的公房，有暖气、照明、仆役，一应俱全，而且有权爱怎么工作就怎么工作，爱干多久就干多久，哪怕什么事不干也行。您生来就是个懒散、疲沓的人，所以您竭力把生活安排得不让任何事情来打扰您，不想动一动自己的位子。您把工作交给医士和其他浑蛋去做，自己坐在温暖安静的书房里，积攒钱财，读书看报。您自得其乐，思考着各种各样高尚的胡言乱语，而且还，"伊凡·德米特里看一眼医生的红鼻子，"爱喝酒。总而言之，您没有见过生活，根本不了解生活，您只是在理

---

① 事见《圣经·马太福音》第二十六章三十六节。

论上认识生活。至于您蔑视痛苦、对什么都无动于衷，原因很简单：人世的空虚，身外之物和内心世界，蔑视生活、痛苦、死亡，探明生活的意义，真正的幸福——凡此种种是最适合俄国懒汉的哲学。比如说，您看见一个农民在打他的妻子。何必多管闲事？由他打去吧，反正两人迟早都要死的，再说他打人受辱的不是被打的人，而是他自己。酗酒是愚蠢的，不成体统，可是喝酒的要死，不喝酒的也要死。来了个婆姨，她牙疼……嘿，那算什么？疼痛是人对病痛的一种概念，再说这世界上谁也免不了病痛，大家都要死的，所以你这婆姨，去你的吧，别妨碍我思考和喝酒。年轻人来讨教怎样生活，该做什么。换了别人回答前一定会认真思考一番，可是您的答案是现成的：努力去探明生活的意义，或者努力去寻找真正的幸福。可是这种神话中的'真正的幸福'到底为何物？当然，答案是没有的。我们这些人被关在铁窗里，浑身脓疮，备受煎熬，可是这很好，合情合理，因为在这个病房和温暖舒适的书房之间其实毫无差异。好方便的哲学：无所事事，良心清白，自以为是个智者……不，先生，这不是哲学，不是思考，不是眼界开阔，而是懒惰，是江湖杂耍，是痴人说梦……是的！"伊凡·德米特里又勃然大怒起来，"您蔑视痛苦，可是，如果您的手指叫房门夹一下，恐怕您就要扯开嗓门大喊大叫了！"

"也许我不会大喊大叫的。"安德烈·叶菲梅奇温和地微笑着说。

"是吗！哪能呢！假定说，您突然中风，栽倒了，或者有个浑蛋和无耻小人，利用他的地位和官势当众侮辱您，您明知他这样做可以不受惩罚而逍遥法外——嘿，到那时您就会明白叫别人去探明生活的意义、追求真正的幸福是怎么回事了。"

"好新鲜的见解，"安德烈·叶菲梅奇满意地笑着、搓着手说，"您爱好概括，这使我感到又愉快，又吃惊。您刚才对我的性格特征做了一番评定，简直精彩之极。说真的，同您交谈给了我极大的乐趣。好吧，我已经听完了您的话，现在请容我说……"

十一

这次谈话又持续了近一个小时，显然对安德烈·叶菲梅奇产生了深刻的印象。从此他开始每天都到这间病房去，早晨去，下午去，黄昏时常常见到他跟伊凡·德米特里在交谈。起先伊凡·德米特里见到他就躲开，怀疑他居心不良，公然显出不高兴，后来医生来多了，习以为常，他的生硬态度换成了宽容的嘲讽。

不久医院流言纷起，说医师安德烈·叶菲梅奇经常去六号病房，无论是医士、尼基塔，还是护士，谁都弄不明白他为什么去那里，为什么一坐就是几个钟头，他谈些什么，为什么不开药方。他的举动太古怪了，连米哈伊尔·阿韦良内奇去他家时也常常见不到他，这是以前从来没有发生过的事。达留什卡更是想不通，医生怎么不在规定的时间喝啤酒，有时甚至迟迟不来吃饭。

有一天，已经是六月底了，霍博托夫医生有事来找安德烈·叶菲梅奇，发现他不在家就到院子里找他。有人告诉他说，老医生去看精神病人了。霍博托夫走进厢房，站在外屋，听见了这样的谈话：

"我们永远谈不到一起，您别想让我相信您那一套，"伊凡·德米特里气愤地说，"您根本不了解现实，您从未受过苦，您只是像条水蛭那样专靠别人的痛苦而生活。我呢，从出生到现在，不断受苦受难。因此我要坦率奉告：我认为我在各方面都比您高明，比您更有资格。您不配来教训我。"

"我丝毫无意迫使您接受我的信仰，"安德烈·叶菲梅奇低声说，对方不想理解他，他感到很遗憾，"问题不在这里，我的朋友。问题不在于您受苦而我没有受过苦。痛苦和欢乐都是无常的，我们别谈这些吧，由它去。问题在于你我都在思考，彼此都认为我们是善于思考和判断的人，不管你我的观点南辕北辙，凭这一点便把你我联系在一起了。您若能知道，我的朋友，我是多么厌恶普遍存在的狂妄、平庸和愚昧，而每次跟您交谈我又是多么愉快！您是有思想的人，我感到欣慰。"

霍博托夫把门推开一点儿，往病房里看。伊凡·德米侍里戴着尖顶帽和医师安德烈·叶菲梅奇并排坐在床边。疯子做着怪相，直打哆嗦，不时神经质地裹紧病人服。医师低着头，一动不动地坐着，他的脸孔通红，一副无助和忧伤的表情。霍博托夫耸耸肩膀，一声冷笑，与尼基塔交换了一下眼色，尼基塔也耸耸肩膀。

第二天，霍博托夫跟医士一起来到厢房。两人站在前室里偷听。

"看来我们的老爷子完全疯了！"霍博托夫说罢出了厢房。

"主啊，饶恕我们这些罪人吧！"衣装讲究的谢尔盖·谢尔盖伊奇叹了一口气，小心绕过水洼，免得弄脏擦得锃亮的鞋子，"老实说，尊敬的叶夫根尼·费多雷奇，果不出我所料！"

十二

此后，安德烈·叶菲梅奇发觉周围有一种神秘气氛。医院里的勤杂工、护士和病人遇见他时总用疑惑的目光看他几眼，然后交头接耳起来。往日他喜欢在医院的花园里遇见总务长的女儿小姑娘玛莎，现在每当他微笑着走到她跟前想摸摸她的小脑袋时，不知为什么她总跑开去。邮政局长米哈伊尔·阿韦良内奇听他说话，不再总是说"完全正确"，却令人费解地惶惶不安地嘟哝："是的，是的，是的……"看着他时带着沉思而忧郁的神色。不知为什么他开始劝自己的朋友戒掉伏特加和啤酒。与此同时，邮政局长米哈伊尔·阿韦良内奇作为一个讲究礼貌的人，没有直说，而是暗示他，时而提到一个营长，说他是个出色的人，时而讲到团里的神甫，一个可爱的年轻人，说他们经常喝酒，经常生病，可是戒酒之后，什么病都好了。他的同事霍博托夫来过两三次，也建议他戒酒，而且没来由地推荐他服用溴化钾①药水。

八月间，安德烈·叶菲梅奇收到市长来信，请他来商量一件重要的事。他在约定的时间来到市政府，在那里安德烈·叶菲梅奇还遇到了军事长官，县立学校的学监，市政厅的成员，霍博托夫，另外还有一位肥胖的浅发先生，经介绍，得知是一位医师。这位医师有一个很拗口的波兰人的姓，住在离城三十俄里的养马场，这次是顺道来到这里的。

"这里有一份你们医院的报告，"大家互相打过招呼围桌坐下后，市政厅成员对安德烈·叶菲梅奇说，"叶夫根尼·费多雷奇说，医院主楼里的药房太小，应当把它搬到厢房去。当然啦，搬是可以的，这不成问题。问题是厢房需要整修。"

"是的，是该整修了，"安德烈·叶菲梅奇考虑一下说，"比如说，院子角上的那间厢房用作药房，那么这笔费用我认为 minimum② 需要五百来卢布。这是一笔非生产性的开支。"

片刻的沉默。

"十年前我有幸呈报过，"安德烈·叶菲梅奇低声继续道，"若要保持这个医院的现状，它已成了本城的一个不堪负担的奢侈品了。医院是在四十年代建成的，要知道那时的条件跟今天的完全不同。现在城市把过多的钱花费在不必要的建筑和多余的职位上。我认为，若采用别的办法，这笔钱足可以维持两所示范性的医院。"

"那我们不妨采用别的办法！"市政厅成员赶忙说。

"我已经有幸呈报过：把医疗机构移交地方自治局管理。"

"是啊，把钱交给地方自治局，它可就中饱私囊了。"浅发医生

---

① 溴化钾：一种镇静剂。
② minimum：拉丁文，意为"至少"。

笑了起来。

"历来如此。"市政厅成员表示同意，也笑了。

安德烈·叶菲梅奇懒洋洋地用阴沉的目光看着浅发医生说：

"说话要公道。"

又是一阵沉默。茶端上来了。那个军事长官不知怎么很不好意思，他隔着桌子碰碰安德烈·叶菲梅奇的手，说：

"您完全把我们忘了，大夫。不过您是僧侣：既不玩牌，也不爱女人。跟我们在一起您一定觉得无聊吧。"

大家谈起，在这个城市里，上流人士的生活是多么沉闷。没有剧院，没有音乐，近来在俱乐部的舞会上，女士来了二十来位，可男舞伴只有两位。年轻人不跳舞，老挤在小酒馆旁，不然就打牌。安德烈·叶菲梅奇的眼睛谁也不看，缓慢而平静地讲到，城里人把他们的精力、心灵和智慧都耗费在打牌和播弄是非上，不会也不想把时间用在有趣的交谈和阅读上，不愿意享受智慧带来的乐趣，这真遗憾，太遗憾了。只有智慧才是有意义的、值得重视的，其余的一切都是卑微而渺小的。霍博托夫一直专心听着自己同事的话，突然问道：

"安德烈·叶菲梅奇，今天是几号？"

听到回答以后，他和浅发医生用一种自己也觉得不高明的主考官的口吻问安德烈·叶菲梅奇：今天是星期几，一年有多少天，六号病房里是否住着一个了不起的先知。

安德烈·叶菲梅奇红着脸，回答了最后一个问题：

"是的，这是一个病人，不过他是个有意思的年轻人。"

此后再没有人向他提任何问题。

他在前厅穿大衣的时候，军事长官一手放到他的肩头，一声叹息，说：

"我们这些老头子都该退休啦！"

离开市政府后，安德烈·叶菲梅奇恍然大悟，原来方才面对的是个专考查他智能的委员会。他想起对他提的那些问题，脸红了起来，不知为什么现在他有生以来第一次为医学感到惋惜和悲哀。

"我的天哪，"他想起两名医生刚才怎么考查他，不禁想道，"殊不知他们不久前还在听精神病学的课程、参加考试，怎么现在变得这么无知呢？他们对精神病学竟如此无知。"

他有生以来第一次感到自己受了侮辱，感到气愤。

当天晚上，邮政局长来看他。米哈伊尔·阿韦良内奇没打招呼，走到他跟前，抓住他的两只手，激动地说：

"亲爱的，我的朋友，请您相信我的一片好意，并把我当作您的朋友……亲爱的！"他不容安德烈·叶菲梅奇分说，激动地继续道，"我因为您有教养、灵魂高尚而爱您。请听我说，我亲爱的朋友。就医学规则而言，医生必须对您隐瞒真相，而我作为军人，只说实话：您病了！原谅我，亲爱的朋友，但这是事实，您周围的人早已觉察到了。刚才叶夫根尼·费多雷奇大夫对我说，为了有利于您的健康，您必须休息，散散心。完全正确！好极了！过几天我去请假，我也想外出换换空气。请表明您是我的朋友，我们一道走！还像过去那样一道走。"

"我觉得我完全健康，"安德烈·叶菲梅奇想了想，说，"我不能去。请允许我用别的方式来表明我们的友谊。"

出门远行，不知为了什么，有何必要？没有书，没有达留什卡，没有啤酒，二十年来养成的生活方式彻底变了——这种主意他起先觉得毫无道理，十分荒唐。可是他想起了在市政府的谈话，想起了离开市政府回家路上那份沉重的心情，他又觉得暂时离开这个城市，离开这些把他当成疯子的蠢人，也未尝不可。

"那么您到底打算去哪儿？"

"莫斯科，彼得堡，华沙……我在华沙度过了我一生中最幸福的五年。多么迷人的城市啊！我们一道去，亲爱的朋友！"

十三

过了一个星期，市政厅提出要安德烈·叶菲梅奇休息，也就是要他提出辞职，对此他表现得相当冷淡。又过了一个星期，他和米哈伊尔·阿韦良内奇已经坐上邮车，动身去最近的火车站。天气凉爽、晴朗，蓝湛湛的天空，一览无遗的远方。去车站有二百俄里路程，得走两天，沿途歇两夜。每到一个驿站，人家端来茶水，杯子很脏，或者套马的时间长了，米哈伊尔·阿韦良内奇便气得涨红了脸，浑身哆嗦，大声呵斥："闭嘴！别说废话！"坐进马车之后，他就没完没了地讲起昔日去高加索和波兰王国旅行的事。经历过多少惊险，遇到何等各色各样的人！他说话的声音很大，同时做出一副惊讶的神色，让人以为他是在吹牛。另外，他讲话时总是冲着安德烈·叶菲梅奇的脸呵气，在他耳畔哈哈大笑，弄得医师很不自在，注意力集中不起来，影响他思考。

他们为了省钱，买了三等车厢的票，坐进一节禁烟的车厢里。半数乘客都是讲究干净的人士。米哈伊尔·阿韦良内奇很快就跟他们混熟，从一张座椅挪到另一张座椅，大声说，真不该在这种糟糕的铁路上旅行。简直上当受骗！骑马走就完全不同啦，一天赶上一百俄里，过后仍然觉得精力充沛，神清气爽。讲到我们之所以歉收，是因为平斯克沼泽地的水都叫人排干了。总而言之，到处乱糟糟的。他慷慨激昂，高谈阔论，让人插不上嘴。这种滔滔不绝的唠叨、哈哈大笑和富于表情的手势，惹得安德烈·叶菲梅奇甚是厌倦。

"我们两人到底谁是疯子？"他懊丧地想，"我吗，这个竭力不打搅乘客的人，还是这个不让人安生的利己主义者，自以为比谁都聪明、都有趣呢？"

在莫斯科，米哈伊尔·阿韦良内奇穿上没有肩章的军服和带红镶条的军裤，外出时再戴上军帽，穿上军大衣，走在大街上不断有士兵向他立正敬礼。安德烈·叶菲梅奇现在才感到，这个出身贵族的人原有的良好素养已经丧失殆尽，只留下一些恶习。他喜欢别人伺候他，甚至在完全不必要的时候也是这样。火柴就在他面前的桌子上放着，他也看见了，但他还是向仆役嚷嚷，要他拿火柴来。在女仆面前他穿着内衣裤走来走去也不觉得害羞。他对所有的仆人，哪怕是老人，一律以"你"称呼，发火的时候，就骂他们是蠢货和混账。照安德烈·叶菲梅奇看来，这些都是老爷派头，令人不齿。

首先，米哈伊尔·阿韦良内奇把朋友领到伊维尔教堂里。他热烈地祈祷，不住地磕头，眼泪汪汪。做完祈祷，他深深叹息，说：

"即使你不信教，可是祷告一下就会感到心安理得。吻圣像呀，亲爱的。"

安德烈·叶菲梅奇有些尴尬地吻了吻圣像。米哈伊尔·阿韦良内奇则噘起嘴唇，摇头晃脑，嘴里念念有词，热泪盈眶。随后两人去了克里姆林宫，在那里观看了炮王和钟王，还用手摸了摸，在莫斯科河南岸流连一番，参观了救世主教堂和鲁缅采夫博物馆。

他们在捷斯托夫饭店用餐。米哈伊尔·阿韦良内奇看了大半天菜单，抚摩着络腮胡子，用那种到了餐馆就像到家里那样的美食家的口气说：

"我们倒要看看你们今天拿什么来招待我们，亲爱的！"

十四

医师去了东又去了西，参观，吃饭，喝酒，但他只有一种感觉：烦死了米哈伊尔·阿韦良内奇。他真想离开他，躲起来，独自休息一下，可是这位朋友却认为有责任寸步不离地跟着他，尽量为他安排多种娱乐消遣。等到没什么可看的时候，他就用闲谈来给他解闷。安德烈·叶菲梅奇忍了两天，到了第三天便向朋友推脱说他病了，想在家里歇一天。朋友说，既然这样，他也留下。真该休息一下，否则腿都走不动了。安德烈·叶菲梅奇在长沙发上躺下，脸对着墙，咬紧牙关，听朋友说话。对方热烈地要他相信，法国迟早要摧毁德国，说莫斯科有无数骗子，说光凭长相看不出马的优劣。医师感到耳鸣心悸，但是出于礼貌，他不好意思要朋友走开或者闭嘴。幸好米哈伊尔·阿韦良内奇自己觉得枯坐在旅馆里很无聊，饭后单独出去散心了。

安德烈·叶菲梅奇单独一人时，方感到终于得到了休息的机会。他一动不动地躺在沙发上，意识到房间里只有自己一人，好不痛快！缺了孤独就算不得是真正的幸福。堕落天使之所以背离上帝，怕是因为他渴望得到天使们所没有领略过的孤独。安德烈·叶菲梅奇本想理一理这几天来的所见所闻，可是米哈伊尔·阿韦良内奇却在他的脑子里挥之不去。

"可他原本是出于情谊，出于一片好心才请了假，陪我出来旅行，"医生沮丧地想道，"可是，没有比这种友情的保护更糟糕的了。看上去他善良、宽厚、快活，其实无聊得很，无聊得叫人受不了。就有这样的人，他们说的都是聪明话和动听话，可是让人觉得他们愚蠢之极。"

随后几天安德烈·叶菲梅奇一直推说自己病了，一直不愿离开旅馆。他脸朝里躺在长沙发上，有时朋友与他闲谈，为他解闷，他便苦恼不堪，有时朋友外出，他才得以休息片刻。他后悔自己不该出门旅行，埋怨朋友变得越来越唠叨、放肆。他有心去思考一些严肃而高尚的课题，但说什么也办不到。

"正如伊凡·德米特里说的，这是现实生活在折磨我了。"他心想，气恼自己的小心眼，"不过，这无非庸人自扰……我回家后，一切都会恢复如常的……"

在彼得堡情况也一样：他成天待在旅馆里足不出户，躺在沙发上，只是要喝啤酒时才站起来。

米哈伊尔·阿韦良内奇老是催他去华沙。

"亲爱的，我去那儿干什么？"安德烈·叶菲梅奇恳求他，"您一个人去吧，让我回家！求您了！"

"无论如何不行！"米哈伊尔·阿韦良内奇就是不答应，"那是座无比迷人的城市。我在那里度过了一生中最幸福的五年。"

安德烈·叶菲梅奇缺乏那种坚持己见的魄力，只好勉强跟着去了华沙。到了那里，他照样足不出户，躺在沙发上，生自己的气，生朋友的气，生那些怎么也听不懂俄语的仆役的气。米哈伊尔·阿韦良内奇却照样壮壮实实，精力充沛，欢天喜地，从早到晚在城里游览观光，寻亲访友，好几次彻夜未归。有一回，不知他在哪儿过了一夜，大清早才回到旅馆，而且神情激动，满脸通红，蓬头乱发。他在房间里来来回回走了好一阵子，嘴里喃喃自语，后来站住了，说：

"要紧的是名誉！"

他又走了一会儿，抱住头，用悲壮的语调说：

"是的，要紧的是名誉！真该死，当初我就不该起意到这个该死的巴比伦①来！亲爱的，"他对医生说，"您蔑视我吧：我赌输了！借我五百卢布吧！"

安德烈·叶菲梅奇数出五百卢布，默默地把钱交给了朋友。那一位依然羞愧难当，愤恨得满脸通红，没头没脑地赌了一个毫无必要的咒，戴上帽子，出去了。大约过了两个钟头他回来了，倒在圈椅里，大声叹一口气，说：

"名誉总算保住了！我们走吧，我的朋友！在这个该死的城市里我一分钟也待不下去了。全是骗子！奥地利密探们！"

当两位朋友回到自己的城市，已经是十一月，满街满巷已积了

---

① 巴比伦：古代巴比伦王国首都。借喻混乱的城市，典出《圣经·创世记》。

深深的雪了。安德烈·叶菲梅奇的职位已由霍博托夫医生接替,他还住在原来的房子里,等着安德烈·叶菲梅奇回来后腾出医院的寓所。他称之为自己厨娘的那个丑女人已经住到一间厢房里。

城里流传着医院新的流言蜚语,传说那个丑女人跟事务长吵架闹翻,事务长好像向她下跪求饶了。

安德烈·叶菲梅奇回来后的第一天就不得不找房子搬家。

"我的朋友,"邮政局长提心吊胆地对他说,"原谅我提个不礼貌的问题:您手里有多少积蓄?"

安德烈·叶菲梅奇默默地数完钱,说。

"八十六卢布。"

"我问的不是这个,"米哈伊尔·阿韦良内奇还没领会医生所说的话的意思,慌乱地说,"我问的是您总共有多少存款?"

"我不是说过了吗:八十六个卢布……此外再没有钱了。"

米哈伊尔·阿韦良内奇向来认为医生为人诚实、高尚,但一直怀疑他手里少说也有两万积蓄。现在才知道安德烈·叶菲梅奇已成了穷光蛋,生活无着,不知怎么他忽然抱住了自己的朋友,号啕大哭起来。

十五

安德烈·叶菲梅奇搬到小市民别洛娃家的一栋有三扇窗的小房子里。房子只有三间屋,另有一个厨房。其中有两个房间窗子临街,由医生租用,达留什卡、女房东和她的三个孩子便住在第三个房间和厨房里。有时女主人的相好来过夜,这个汉子喝得醉醺醺的,整夜吵闹,吓得孩子们和达留什卡胆战心惊。他一来就坐到厨房里,要酒喝,大家都感到很别扭。医生可怜三个哭哭啼啼的孩子,把他们带进自己房里，让他们睡在地板上，他感到莫大的快慰。

他照例八点钟起床，喝过茶便坐下来阅读旧的书报杂志。他已经没钱买新书了。也许是书旧了，也许是环境变了，总之读书再引不起他极大的兴趣，而且很快就使他厌倦了。为了不虚度光阴，他把旧书编出详细目录，再把小小的书目标签贴到书脊上，这件机械的琐碎工作他倒觉得比读书更有意思，让他乐在其中，不再多去思索，时间反而因此过得很快。他甚至到厨房里坐下，帮达留什卡削土豆，在麦粒中捡小石子，干起来也兴趣盎然。每逢星期六和星期日，他必定去教堂。他在墙跟站住，眯着眼睛，听唱诗班唱诗，想想父亲，想想母亲，想想大学生活和宗教信仰，倒也心境恬静而忧伤。离开教堂的时候，总惋惜礼拜仪式结束得太快。

他曾两次去医院看望伊凡·德米特里，想再跟他谈一谈。但是那两次伊凡·德米特里都异常激愤、生气。他要求医生不再来打扰他，因为他早已厌恶空谈了。说是，他受尽了苦难，为此他向那些该诅咒的无耻小人只求一种酬赏——单独囚禁他。难道连这一点他也要遭到拒绝吗？当安德烈·叶菲梅奇向他告别、祝他晚安时，两次他都粗鲁地回答说：

"见你的鬼去！"

安德烈·叶菲梅奇不知道他该不该去第三次。他心里是想去。

往日吃完午饭，安德烈·叶菲梅奇喜欢在房间里走来走去，埋头沉思，现在整个下午直到喝晚茶这段时间里，他一直躺在沙发上面对墙壁，完全陷于无法摆脱的种种世俗的思索之中。他感到屈辱，因为他工作了二十多年，既没有领到养老金，也没有领到一次性补偿。诚然，他工作得不算勤快，可是要知道，所有的工作人员，不论工作勤快与否，都是能领养老金的。当今社会的公道正体现在：官位、勋章、养老金，这些都不是按道德品质和工作才干，而是按职务发放的，不管工作得怎么样。为什么唯独他要成为例外呢？他现在是身无分文了。他都不好意思走过小铺，不好意思看女老板一眼。他已经欠下三十二卢布的啤酒钱，也欠着小市民别洛娃的房租。

达留什卡偷偷变卖旧衣服和旧书，向女房东撒谎，说医生很快会领到一大笔钱。

他也生自己的气，不该外出旅行花掉了他积下的一千卢布。有这一千卢布现在能派多少用场！此外人家总来打扰他。霍博托夫自认为不时来探访这位有病的同事责无旁贷。可是他那肥胖的嘴脸，那种粗俗的故作宽容的口气，连他嘴里的"同事"，连他那双高筒靴子，无不让安德烈·叶菲梅奇看了心烦意乱。最令人反感的是，他居然认为给安德烈·叶菲梅奇看病是他的责任，而且自以为能治得了他的病。他每一次来总带一瓶溴化钾和几颗大黄丸。

米哈伊尔·阿韦良内奇也认为常来拜访自己的朋友、为他解闷是职责所在。每次他走进安德烈·叶菲梅奇的房间，总是故作随随便便的样子，不自然地一阵哈哈大笑，一再说他今天气色很好，谢天谢地，情况正在好转，由此反而得出结论：他认为自己朋友已病入膏肓了。他至今没有归还在华沙借的款子，所以总是羞愧难当，神情紧张，故意放声大笑，说些逗趣的事。他的那些笑话和故事现在变得没完没了，这对安德烈·叶菲梅奇和他本人来说无异一种折磨。

他一来，安德烈·叶菲梅奇照样面对墙躺在沙发上，咬紧牙关听他说话。本来他的内心就压着层层积怨，他感到随着朋友的每一次来访，积怨又加厚一层，似乎快堵到他的嗓子眼了。

为了摆脱这些浅薄的感情，他赶紧去想，不论他本人，还是霍博托夫，还是米哈伊尔·阿韦良内奇，迟早都要死的，不会在这自然界留下一鳞半爪。如果设想百万年之后有个精灵在宇宙中飞过地球，那么它所看到的也只是黏土和光秃的峭壁。一切，不论是文化还是道德准则，都不复存在，连牛蒡都长不出一株。那么对小铺老板的羞愧，渺小的霍博托夫，米哈伊尔·阿韦良内奇的令人苦恼的友谊，这些又算得了什么？这一切都微不足道，无非是些鸡毛蒜皮的小事而已。

然而这样的推论已经无济于事。他刚想象出百万年之后的地球，这时从光秃的峭壁后面却闪现出穿着高筒靴的霍博托夫或是故意哈哈大笑的米哈伊尔·阿韦良内奇，甚至能听到他那愧疚的低语："华沙的借款，亲爱的，我过几天就还……一定。"

十六

有一天午饭后米哈伊尔·阿韦良内奇来了，安德烈·叶菲梅奇正躺在沙发上。恰好这时霍博托夫也拿着一瓶溴化钾来了。安德烈·叶菲梅奇费劲地起身，坐好，两只手撑着沙发。

"今天，我亲爱的，"米哈伊尔·阿韦良内奇开口说，"您的脸色比昨天好多了。都成小伙子了，真的，成了小伙子！"

"是时候了，也该康复了，同事，"霍博托夫打着哈欠说，"这么拖拖拉拉下去您自己怕是也厌烦了吧。"

"会康复的！"米哈伊尔·阿韦良内奇快活地说，"我们还要活到一百岁呢！肯定的！"

"一百岁不好说，再活二十年不成问题，"霍博托夫安慰说，"没事，没事，同事，您可别泄气……您不该故布疑阵。"

"我们还要大显身手呢！"米哈伊尔·阿韦良内奇放声大笑，还拍拍朋友的膝头，"我们要大显身手的。上帝保佑，明年夏天我们去高加索，骑着马儿跑遍全境——驾！驾！驾！等我们从高加索回来，等着瞧，说不定还要喝您的喜酒哩，"米哈伊尔·阿韦良内奇调皮地挤挤眼睛，"我们让您成亲，亲爱的朋友，让您成亲……"

安德烈·叶菲梅奇忽地感到，积怨已堵到嗓子眼，他的心脏剧烈地跳动起来。

"庸俗！"他说，立即起身，来到窗前，"难道你们不明白你们说得多庸俗吗？"

他本想说得委婉些，礼貌些，然而不由自主地捏紧拳头，高高举过头顶。

"别来烦我！"他大喝一声，嗓音都变了，涨红了脸，浑身打战，"滚出去！两个人都滚出去！滚！"

米哈伊尔·阿韦良内奇和霍博托夫双双站起来，先是吃惊地望着他，后来害怕了。

"两个人都滚出去！"安德烈·叶菲梅奇继续喊道，"傻瓜！蠢材！我既不要你们的友谊，也不要你们的药水，蠢材！庸俗！可恶！"

霍博托夫和米哈伊尔·阿韦良内奇不知所措地交换一下眼色，退到门口，进了前室。安德烈·叶菲梅奇抓起那瓶溴化钾，使劲朝他们背后扔去。玻璃瓶砰的一声在门槛上砸碎了。

"见你们的鬼去！"他带着哭腔喊道，追到前室，"见鬼去！"

客人走后，安德烈·叶菲梅奇像发疟子一样不住打战，躺到沙发上，一次次反复着：

"傻瓜！蠢材！"

他平静下来后，首先想到的是，现在米哈伊尔·阿韦良内奇一定羞愧难当，心情沉重。太可怕了。从来没发生过这种事。怎么这样没半点头脑和礼貌？怎么这样不通情达理，这样不冷静？

医生十分内疚，不住地埋怨自己，弄得彻夜未眠。第二天早上，十点来钟，他动身去邮政局向邮政局长赔礼道歉。

"昨天的事我们就不要提了，"米哈伊尔·阿韦良内奇大为感动，紧紧握住他的手，叹口气说，"谁再提旧事，让他瞎了眼。留巴夫金！"他忽然大叫一声，弄得邮务人员和顾客都吓了一跳，"端把椅子来！你等一下，"他对一个农妇喊道，她正把一封挂号信从铁格子里递给他，"难道你没看见我正忙着吗？过去的事就不提了，"他又转身对安德烈·叶菲梅奇温和地说："坐呀，我恳求您，亲爱的朋友。"

他默默坐着，轻轻地抚摩着膝头，过了一会儿才说：

"我心里一点儿也不怨恨您。疾病是无情的，这我知道。昨天您犯病了，把我和大夫吓坏了。过后我们又谈起您，谈了很久。我亲爱的，您为什么不想认真治一治自己的病呢？这行吗？请原谅我作为朋友直言不讳，"米哈伊尔·阿韦良内奇开始小声说，"您的处境太糟糕了：住处逼仄、肮脏，缺人照料，没钱治病……我亲爱的朋友，我和大夫一起真诚地恳求您，听从我们的劝告：住到医院里去吧！那里有营养食品，有护理，有治疗。叶夫根尼·费多罗维奇，我们私下里说说，尽管是个粗俗的人①，可是通晓医术，对他是完全可以信赖的。他保证说，你的病他来治。"

安德烈·叶菲梅奇被邮政局长真诚的关怀和突然流到脸上的眼泪感动了。

"尊敬的朋友，别相信！"他也小声说，一手按到胸口上，"别信他们！这是骗局！我的病只在于二十年来我在这个城市里只找到一个有头脑的人，而他是个疯子。我根本没有病，我只是落进了一个魔圈里，再也出不去了。我已经无所谓，我做好了一切准备。"

"住院吧，我的朋友。"

"我无所谓，哪怕落入一个深坑。"

"亲爱的，您得答应，处处都听叶夫根尼·费多雷奇的安排。"

"好吧，我答应。可是我要再说一遍，尊敬的朋友，我落入了魔圈。现在所有的一切，包括我的朋友们真诚的关怀，都导致一个结局——我的毁灭。我正在毁灭，而且有勇气承认这一点。"

"好朋友，您会康复的。"

"别说了！"安德烈·叶菲梅奇愤愤地说，"很少有人在人生的终点不感受到我此刻的心境。一旦有人对你说，你的肾脏有毛病，心房扩大，所以你必须治疗，或者对你说，你是疯子，是罪犯，总之，一旦别人突然注意你，那你就该知道落入了魔圈里，再也出不去了。你千方百计想跑出去，越跑越迷路。束手就擒吧，因为任何人的力量已救不了你。我就是这样想的。"

当时铁格子那边挤了很多顾客。安德烈·叶菲梅奇不想妨碍公务，便站起告辞。米哈伊尔·阿韦良内奇再一次请他务必答应他的

---

① "粗俗的人"为俄语音译的法文。

话，一直把他送到大门口。

这一天的傍晚，穿着短皮袄和高筒靴的霍博托夫出乎意料地也来看望安德烈·叶菲梅奇。他平静地说，那语气仿佛昨天什么事也没发生一样：

"我有事来找您，同事。我来邀请您：您可愿意跟我一道去参加一次会诊？"

安德烈·叶菲梅奇心想，霍博托夫可能想让他出去走一走，散散心，或者真要给他一个挣钱的机会，便穿上衣服，跟他一道走了。他很高兴有机会改正昨天的过错，两人和解了，并且由衷地感谢霍博托夫，他居然只字不提昨天的事，可见原谅他了。想不到这个没有教养的人待人这么大度。

"您的病人在哪儿？"安德烈·叶菲梅奇问道。

"在我的医院里。我早就想请您来了……一个很有意思的病例。"

他们走进医院院子，绕过主楼，朝关疯人的厢房走去。不知为什么一路上谁都不说话。他们走进前室，尼基塔照例跳起来，挺直身子。

"这里有个病人由肺部引出并发症，"霍博托夫同安德烈·叶菲梅奇走进六号病房时小声说，"您在这儿先等一下，我很快就回来。我去取听诊器。"

说罢，他转身走了。

十七

天色暗下来，伊凡·德米特里躺在自己床上，把脸埋在枕头里。瘫痪病人一动不动地坐着，小声抽泣，嘴唇不住地颤动。胖农民和前拣信员已经睡了。病室里悄无声息。

安德烈·叶菲梅奇坐在伊凡·德米特里的床沿上等着。可是一个半小时过去了，进来的不是霍博托夫，而是尼基塔，还抱着病人服、不知谁的内衣裤和一双拖鞋。

"老爷，请您换衣服，"他轻声说，"这是您的床，请过来，"他指着一张显然是刚搬来的空床，加了一句，"没事，上帝保佑，您会康复的。"

安德烈·叶菲梅奇这下明白了。他一句话没说，走到尼基塔指定的床前，坐了下来。他看到尼基塔站在一旁等着，便自己脱光了衣服。他感到很难为情，赶紧穿上病人的衣服，内裤太短，衬衫很长，那件长袍上有熏鱼的气味。

"您会康复的，上帝保佑。"尼基塔重复道。

他抱起安德烈·叶菲梅奇换下的衣服，走出去，随手关上门。

"无所谓……"安德烈·叶菲梅奇想道，不好意思地裹紧长袍，直觉得穿了这身衣服活像个囚徒了，"没什么……礼服也罢、制服也罢，这身病人服也罢，反正都一样……"

可是怀表呢？侧面口袋里的记事本呢？还有香烟呢？尼基塔把衣服送哪儿去了？今后，恐怕直到死，他再也穿不上自己的裤子、坎肩和靴子了。这一切实在奇怪，刚开始的时候简直不可思议。尽管直到现在安德烈·叶菲梅奇还是相信，小市民别洛娃家的房子和这六号病房完全一个样，相信这个世界上万事皆空、荒唐不经，然而他的手还是发抖，腿脚冰凉。一想到伊凡·德米特里很快会起床看到他穿着病人服，他就觉得十分恐怖。他站起来，在病室里不停地走来走去，后来又坐了下去。

就这样他坐了半个小时，一个小时，他感到厌倦和难以忍受的烦闷。难道在这里要坐上一天，一星期，甚至像这些人那样一坐就几年吗？好吧，他坐一阵，走一阵，又坐下了。可以走到窗前，看看外面，然后再从这个屋角走到那个屋角。可是以后做什么呢？就这样像个木头人似的老坐着想心事吗？不，这几乎是不可能的。

安德烈·叶菲梅奇刚躺下，立即又坐起来，用袖子擦去额上的冷汗。他觉得他的脸上也有一股熏鱼味儿。他又在病室里来回走动。

"这是场误会……"他说，疑惑不解地摊开双手，"应当解释一下，这是场误会……"

说话间，伊凡·德米特里醒来了。他坐起来，用两个拳头托着腮帮。他啐了一口痰。然后懒洋洋地看了医生一眼，显然开始时不明白这是怎么回事，但不久他那睡眼惺忪的脸上露出了恶意的嘲弄人的表情。

"啊哈，把您也关到这里来啦，亲爱的！"他用带着睡意的嘶哑声音说，还眯起一只眼睛，"我很高兴。您以前喝别人的血，现在轮到别人喝您的血了。妙极了！"

"这是场误会……"安德烈·叶菲梅奇说。听了伊凡·德米特里的话吓坏了，他耸耸肩膀，重复道："这是场误会……"

伊凡·德米特里又啐一口，躺了下去。

"该死的生活！"他发起牢骚，"令人悲哀、令人屈辱的是，这种生活不是因为你受苦而报偿你，也不像歌剧中那样因你受苦而礼赞你，而是以死亡结束。总有一天勤杂工会来抓住尸体的手脚，把他拖到地下室里。呸！那也没什么……到了那个世界我们就要欢欣鼓舞了……我的幽灵也要从那里回来，吓唬这些畜生。我要叫他们吓白了头。"

莫谢伊卡回来了，看到医生，伸出一只手。

"赏个小钱吧！"他说。

十八

安德烈·叶菲梅奇走到窗前，望着野外。天色已黑，在右侧的地平线上升起一轮红色的冷月。在离医院围墙不远的地方，大约一百俄丈开外，是一幢高大的白房子，围着石墙。那是监狱。

"瞧，这就是现实！"安德烈·叶菲梅奇想道。他心里害怕。

这月亮，这监狱，围墙上的铁钉，连同远处焚尸场上腾起的火焰，都让人不寒而栗。身后传来叹息声。安德烈·叶菲梅奇回过头去，看见一个胸前戴着亮闪闪的星章、勋章的人。正露出笑脸，狡黠地挤着一只眼睛。那模样也显得令人胆战心惊。

安德烈·叶菲梅奇要自己相信：月亮和监狱其实没有什么特别的地方，心理健全的人照样佩戴勋章，世上万物最后都要腐烂，化作尘土。可是突然间他陷入绝望，伸出双手抓住铁栏杆，使出浑身的气力摇撼起来。坚固的铁窗纹丝不动。

后来，为了摆脱恐怖，他走到伊凡·德米特里床前，坐了下来。

"我的精神崩溃了，亲爱的朋友，"他小声低语，战战兢兢地擦着冷汗，"精神崩溃了。"

"那您就谈谈人生哲理吧。"伊凡·德米特里挖苦说。

"我的天哪，天哪，……对了，对了，您有一次谈到俄国没有哲学，可是人人都大谈其谈哲学，连小人物也不例外。不过您知道，小人物大谈哲学对谁也没有害处，"安德烈·叶菲梅奇用一种仿佛想哭、想引起怜悯的语气说，"我的朋友，为什么您要这样幸灾乐祸地嘲笑人呢？倘若小人物感到不满，为什么他不能发发议论呢？一个有头脑的、有教养的、有自尊心的、爱好自由的人，一个圣洁如神灵的人，竟然没有别的出路，除了去一个肮脏愚昧的小城当个医生，一辈子只是给病人拔火罐、贴水蛭、贴芥末膏！招摇撞骗，思想狭隘，庸俗！啊，我的天哪！"

"您尽说蠢话。既然讨厌当医生，何不去当大臣？"

"不行，哪儿也不行。我们软弱，亲爱的……对世事我向来冷眼旁观，过去议论起来便无所顾忌，可是一旦生活粗暴地碰我一下，我就垂头丧气……意志消沉……我们软弱，无用……您也一样，我的朋友。您聪明、高尚，您从母亲的乳汁里吮吸着美好的激情，可是一旦您迈进生活，您就倦怠，患病了……我们软弱，软弱啊！"

随着傍晚的来临，除了恐惧和屈辱之外，安德烈·叶菲梅奇无时无刻不感受到一种难以摆脱的不安。最后，他弄明白，他这是想喝啤酒，想抽烟了。

"我要出去，我的朋友，"他说，"我去说，让他们弄灯来……不能这样……我受不了了……"

安德烈·叶菲梅奇走到门口，打开门，可是尼基塔立即跳起来，挡住他的去路。

"您去哪儿？不行，不行！"他说，"该睡觉啦！"

"我出去一会儿，在院子里走走。"安德烈·叶菲梅奇慌张地说。

"不行，不行，这不许可。您自己也知道。"

尼基塔砰的一声关上门，用背顶住门板。

"可是即使我出去了，这又碍着谁了？"安德烈·叶菲梅奇耸耸肩膀问道，"莫名其妙！尼基塔，我要出去！"他用颤抖的声音说，"我非出去不可！"

"别捣乱，这不好！"尼基塔训斥道。

"鬼知道这是怎么回事！"伊凡·德米特里突然跳起来喊道，"他有什么权力不放人出去？他们怎么敢把我们关在这里？法律好像明文规定，不经审判谁都不能被剥夺自由！这是暴力！专制！"

"当然，这是专制！"安德烈·叶菲梅奇受到伊凡·德米特里呼喊声的鼓舞，也说，"我要出去。我必须出去。他没有权力！放我出去，你听见没有？"

"你听见没有，蠢猪？"伊凡·德米特里大声叫骂，用拳头捶门，"你开门，要不然我砸了它！屠夫！"

"开门！……"安德烈·叶菲梅奇浑身打战，大喊道，"我要你开门！"

"再喊呀！"尼基塔在门后回答，"喊呀！"

"至少你去把叶夫根尼·费多雷奇叫来。对他说，我请他来一趟……来一会儿！"

"明天他们会亲自来的。"

"他们绝不会放我们出去！"这时伊凡·德米特里继续道，"他们要在这里把我们活活折磨死！哦，主啊！难道在那个世界里真的没有地狱，这些恶人可以不受惩罚吗？正义在哪里？快开门，恶鬼，我要闷死了！"他声嘶力竭地喊着，身子向房门撞去，"好吧，我来撞个头破血流！你们这些杀人犯！"

尼基塔迅速打开门，用双手和膝盖粗鲁地把安德烈·叶菲梅奇推开，然后抡起胳膊，一拳打在他的脸上。安德烈·叶菲梅奇感到一股带咸味的巨浪把他连头带脑吞没，向床那边冲去，他的嘴里当真有股咸味：多半他的牙齿出血了。他像要游出水面，挥舞着胳膊，抓住了不知谁的床，这时他感到尼基塔在他背上又打了两拳。

伊凡·德米特里一声尖叫。想必他也挨打了。

随后一切复归平静。淡淡的月光照进铁窗，地板上落着网格子一样的影子。真可怕。安德烈·叶菲梅奇躺下，屏住呼吸，惶恐不安地等着再一次挨打。就像有人拿一把镰刀，扎进他的体内，在胸腔和腹腔内转了几圈。他疼得直咬枕头，磨牙。忽然间，在他一片混沌的脑子里，清晰地闪出一个可怕的难以承受的念头：此刻在月光下像鬼影般的这几个人，几十年来一定天天都忍受着这样的疼痛。二十多年来他对此一无所知，而且也不想知道——怎么能这样呢？他没有受过苦，甚至不知道什么叫疼痛，因此他也许情有可原。可是，良心的遣责却像尼基塔那样固执无情，弄得从头到脚浑身冰冷。他一跃而起，想大喊一声，飞快跑去杀了尼基塔，杀了霍博托夫、总务长和医士，然后自杀，然而从他的胸腔里发不出一丝声音，两条腿也不听使唤。他上气不接下气，一把抓住胸前的长袍和衬衫，猛地撕开了。他倒在床上，失去了知觉。

十九

第二天早晨，他头疼耳鸣，感到周身瘫软。想起昨天自己的软弱，他不觉得有愧。昨天他胆怯，甚至怕见月亮，真诚地说出了以前意料不到的思想感情，如小人物感到不满难免爱发议论。可是现在他觉得一切都无所谓了。

他不吃不喝，躺着不动，一声不吭。

"我无所谓了，"别人问他话时，他想，"我不想回答……我无所谓了。"

午饭后，米哈伊尔·阿韦良内奇来了，带来了四分之一俄磅①茶叶和一俄磅水果软糖。达留什卡来过几次，呆板的脸上露出几分悲伤，在床头一站就是一个钟头。霍博托夫也来看望他，带来一瓶溴化钾，吩咐尼基塔熏一熏病室。

傍晚，安德烈·叶菲梅奇因脑溢血死去。起初他感到一阵剧烈的寒战和恶心，那股难受劲儿像是渗透他的全身，直至手指，从胃里涌到头部，灌进了眼睛和耳朵。眼前的东西发绿。安德烈·叶菲梅奇明白自己死到临头了，他忽然想到伊凡·德米特里、米哈伊尔·阿韦良内奇以及千千万万的人是相信永生的。万一真能这样呢？然而他不想永生，他的这个念头也只是一闪而过。他昨天在书里读到的一群体态优雅、美丽异常的鹿正从他身前跑过，随后一个农妇伸手给了他一封挂号信……米哈伊尔·阿韦良内奇说了一句什么。随后一切都消失了，安德烈·叶菲梅奇永远失去了知觉。

---

① 1俄磅等于409.5克。

勤杂工来了，抓住他的胳膊和腿，把他抬到小教堂。他躺在那里的桌子上，睁着眼睛，夜里月光照着他。早晨谢尔盖·谢尔盖伊奇来了，他对着十字架上的耶稣像祷告一番，合上前任上司的眼睛。

　　第二天，安葬了安德烈·叶菲梅奇。只有米哈伊尔·阿韦良内奇和达留什卡两个人来送葬。

（1892 年）

脖子上的安娜

一

  教堂里的婚礼结束后，连清淡的酒菜也没备下，新婚夫妇各喝了一杯酒便换好衣服，坐车赶往火车站。一应欢乐的婚庆舞会和晚宴、音乐和跳舞都取消了，反而要赶到二百俄里以外去朝圣。许多人赞同这种做法，说，莫杰斯特·阿列克谢伊奇官职在身，年纪也不轻，热闹的婚礼看来不大得体。再说一个五十二岁的文官，娶了一个刚满十八岁的姑娘，听音乐也没多大意思。也有人说，莫杰斯特·阿列克谢伊奇是个循规蹈矩的人，他之所以想出去修道院朝圣，其实是为了让年轻的妻子明白：在婚姻问题上，他是把宗教和道德放在第一位的。

  一班同事和亲戚到车站为新婚夫妇送行。他们端着酒杯，等着火车开动时好欢呼"乌拉！"彼得·列翁季伊奇，新娘的父亲，头戴高筒礼帽，身穿教员制服，已喝得酩酊大醉，脸色煞白，举着杯子，不住地往窗口探过身去，央求说：

  "安妞塔！安尼娅①！安尼娅，听我一句话！"

  安尼娅从窗子里探出身来，他便贴着她的耳朵嘟哝起来。阵阵酒气扑鼻，口中喷出的气直往她耳朵里灌，什么也听不清楚。他就

---

① 安妞塔、安尼娅：均为安娜的小名。

在她脸上、胸前、手上不住地画十字。这时他连呼吸都在颤抖，眼睛里的泪水亮晶晶的。她的两个弟弟，中学生别佳和安德留沙，在他身后拉扯他的制服，难为情地小声说：

"爸爸，行了……爸爸，别这样……"

火车开动了，安尼娅看到，他的父亲跟着车厢跟跟跄跄跑了几步，酒杯里的酒都洒了。他脸带着愧色，显得何等可怜而善良啊！

"乌——拉！"他嚷嚷道。

现在新婚夫妇终于单独待在一起了。莫杰斯特·阿列克谢伊奇进了包间，细看过后，便把东西往行李架上一放，满面春风地在年轻妻子的对面坐下。他中等身材，相当胖，大腹便便，保养得很好，脸上留着长长的络腮胡子，却不留唇髭。他那个刮得光光的、轮廓分明的圆下巴，看上去倒像脚后跟。看来脸上没留唇髭是他最大的特征了，这块新刮过的蛮荒之地，渐渐地与旁边两个胖乎乎、颤悠悠、像果冻一样的腮帮子联成了一片。他举止端庄，动作从容，态度温和。

"现在我不由得想起一件事，"他含笑说，"五年前，科索罗托夫得了一枚二级圣安娜勋章，到大人府上道谢的时候，大人是这样说的：'如此说来，您现在有三个安娜了：一个在纽扣孔里，两个挂在脖子上。'这里得说明一下，当时科索罗托夫的妻子安娜，一个爱吵嘴的轻浮女人，刚刚回到他的身边。我希望，当我拿到二级安娜勋章的时候，大人丝毫找不到口实能对我说这种话。"

他眯起小眼睛笑开了。她也微微一笑；但她一想到这个男人随时会用他那肉嘟嘟、湿漉漉的嘴唇来吻她，而她已经无权拒绝他这样做，就心慌意乱起来。他那臃肿的身子只要一动，就吓了她一跳。她感到又可怕又厌恶。他站起身来，不慌不忙地从脖子上取下勋章，脱掉燕尾服和坎肩，换上长袍。

"这就舒服了。"他说着坐到安娜身边。

她回想起刚才的婚礼上的难堪场面，总觉得牧师、宾客和教堂里所有的人，都用一种悲哀的目光望着她，似乎在问：像她这样一位漂亮可爱的姑娘，为什么非要下嫁这个上了年纪、枯燥乏味的先生？为什么？虽说今天早晨她还满心欢喜，认为一切都安排得妥妥帖帖，可在举行婚礼的时候，以及现在坐在车厢里，她已经感到自己错了，上当受骗，显得十分荒唐可笑。她不是嫁给了一个有钱人吗，可她还是身无分文，连做结婚礼服的钱也是借的。今天父亲和两个弟弟来为她送行的时候，一看他们的脸色就知道，他们身上一个子儿也没有。今天他们能吃上晚饭吗？明天呢？不知为什么她觉得，她走后父亲和弟弟只好坐在家里挨饿，就像安葬完母亲的那天晚上一样，她心情沉重，感到难以排遣的悲哀。

"唉，我多不幸！"她想，"为什么这样不幸呢？"

莫杰斯特·阿列克谢伊奇是个端庄的人，不习惯向女人献殷勤，他笨手笨脚地碰碰她的腰，拍拍她的肩膀；她呢，正想着钱，想着母亲和她的去世。母亲死后，父亲彼得·列翁季伊奇，一名中学习字课和图画课教员，从此开始酗酒，家境越来越艰难。两个男孩子没有靴子和套鞋，父亲被告到民事局，法警来家查抄家具……真丢人！安尼娅要照看酗酒的父亲，给弟弟补袜子，跑市场……每当有人夸她年轻漂亮、楚楚动人时，她总觉得全世界的人都在瞧着她那顶廉价的帽子和皮鞋上用黑墨水染上的破洞。到了夜里她就伤心落泪，怎么也摆脱不掉不安的思绪：老担心父亲因酒瘾发作很快就会被校方辞退，他受不了这种打击，会跟母亲一样一命呜呼。于是，一些相识的太太开始四处张罗，要为安尼娅找一个好男人。不久就找到了这个莫杰斯特·阿列克谢伊奇，他不年轻，也不漂亮，但很有钱，银行里有十万存款，还有一座祖上留下、目前已租出去的庄园。这人循规蹈矩，颇得大人的赏识。别人告诉安尼娅：他只消请大人给中学校长，甚至给督学写张条子，叫校方不得辞退彼得·列翁季伊奇，事儿就妥了……

她正想着这些往事，突然从窗子里传来音乐声和嘈杂的人声。原来火车在小站上停下了。月台对面的人群里，有人使劲地拉着手风琴，一把廉价的小提琴发出刺耳的拉锯声。从一排排高高的白桦和杨树后面，从沐浴在月光中的别墅区那边，传来悠扬的军乐声：显然别墅里正举行舞会。月台上，避暑客和来这儿的城里人在散步，只要天气好，他们就上这儿来呼吸新鲜空气。其中就有阿尔特诺夫，整个别墅区的业主，大富翁，一个又高又胖的黑发男子，脸型像亚美尼亚人，眼睛鼓出，穿一身古怪的衣服。他上身的衬衫不扣纽扣，敞着怀，一双高筒靴上带着马刺，肩上披一件拖到地上的黑斗篷，像女人身后拖地的长后襟，身后跟着两条牵拉着尖嘴的猎狗。

安尼娅的眼睛里还噙着泪花，但她已经不想母亲，不想钱和自己的婚事了。她不断跟认识的中学生和军官们握手，笑脸盈盈，快速地重复着：

"您好！过得怎么样？"

她来到车厢外的月台，站到月光下，好让大家都能看到她穿着华丽的新衣，戴着漂亮的帽子。

"为什么我们在这里停下？"她问。

"这儿是会让站，"有人答，"在等一列邮车。"

她发现阿尔特诺夫正瞧着她，便卖弄风情地眯起眼睛，大声说起法语来。忽然间，因为她的声音那么动听，因为周围乐声荡漾、一轮明月倒影在水池里，因为阿尔特诺夫，这个出了名的风流男子和幸运儿，正色迷迷地、好奇地盯着她，还因为大家都很快活，安尼娅不禁心花怒放。火车开动，相识的军官们纷纷行军礼向她告别，她随着树林后面送来的军乐声，已经哼起了波尔卡舞曲。她回到包间时，心里有一种感觉，似乎小站上的人使她确信：不管际遇如何，她日后肯定会幸福的。

这对新婚夫妇在修道院里住了两天就回到城里。他们住在一幢公家寓所里。莫杰斯特·阿列克谢伊奇上班后，安尼娅就弹弹钢琴，或是烦闷得哭一阵，或是躺在软榻上看看小说，翻翻时装杂志。午饭的时候，莫杰斯特·阿列克谢伊奇总是吃得很多，边吃边谈政治，说些有关任命、调动和奖赏的消息，说人应当劳动，说家庭生活不是享福，而是尽责，说一卢布就是一戈比一戈比积攒成的，说他把宗教和道德看得高于世间的一切。最后，他握着餐刀，像举着剑似的，说：

"人人都应当尽心尽职！"

安尼娅在一旁听着，心里害怕，吃不下东西，常常饿着肚子离开餐桌。午饭后丈夫躺下休息，不久就呼噜声响起，她就回到自己的家。父亲和弟弟们看了她一阵，那眼神有点儿异样，好像她来之前他们刚刚责备过她，说她是为了金钱才嫁给一个她不爱的、既乏味又讨厌的人。她那窸窣作响的衣裙、手镯，总之她的一身贵夫人打扮，使他们感到拘束和屈辱。在她面前他们有点儿发怵，不知道跟她说什么好。但他们还像以前一样爱他，吃饭的时候少了她还不习惯。她坐下来，跟他们一道喝菜汤和粥，吃那种有蜡烛味儿的羊油煎的土豆。彼得·列翁季伊奇用颤抖的手拿起酒瓶，给自己倒了一杯，然后带着贪婪、厌恶的神情一饮而尽，接着倒第二杯、第三杯……别佳和安德留沙，两个消瘦、苍白、大眼睛的男孩夺过酒瓶，慌慌张张地说：

"别喝了，爸爸……够了，爸爸……"

安尼娅也不安起来，央求他别再喝了，他却勃然大怒，拳头捶着桌子。

"我不许别人来管我！"他大声嚷道，"坏小子！坏丫头！看我不把你们统统轰出去！"

可是他的声音里流露出软弱和善良，所以谁都不怕他。午饭后他通常要打扮一番。他脸色苍白，下巴上有一道刮破的口子，伸着细长脖子，在镜子前一站就是半个钟头。一会儿梳头，一会儿捻捻黑胡子，一会儿往身上洒香水，再打个蝴蝶领结，然后戴上手套和高筒礼帽，这才走出家门去教家馆。如果是节日，他就留在家里，有时画画水彩画，有时弹弹风琴。那台风琴吱吱叫，隆隆响，他偏要逼它奏出和谐悦耳的乐声来，还要自弹自唱，有时就冲着两个孩子生气：

"混账！坏种！弄坏了乐器！"

到了晚上，安尼娅的丈夫常常跟住在同一幢公寓里的同事们玩牌。玩牌的时候，官太太们也聚在一起。这些太太长相不敢恭维，服饰不雅，举止粗鲁，倒像是厨娘。她们在房间里说三道四，播弄是非，她们的话跟她们本人一样粗俗而无聊。有时莫杰斯特·阿列克谢伊奇也带安尼娅上剧院看戏。幕间休息的时候，他不让她离开半步，他要她挽着自己的胳臂一道在走廊里和休息室里来来去去。有时候，他对某个人躬身敬礼，随即悄悄对安尼娅说："是五品文官……大人接见过他……"或者，"这人很有钱财……有自己的房子……"当他们经过小卖部时，安尼娅很想买点儿甜食，她喜欢巧克力和苹果馅小蛋糕，但她囊中羞涩，又不好意思向丈夫开口。他拿起一个梨，用指头捏捏，犹豫不决地问道：

"多少钱？"

"二十五戈比。"

"是吗？"他说着又把梨放回原处。他什么也不买，若无其事地走开，最后只要了一瓶矿泉水，一个人全喝光了，喝得他的眼睛里冒出泪水。这时候安尼娅恨死他了。

有时候，他忽然涨红了脸。急匆匆地对她说：

"向那位老夫人鞠个躬！"

"可我不认识她。"

"没事。她是税务局局长太太！鞠躬呀，我跟你说哪！"他一个劲儿唠叨着，"不会让你掉脑袋的。"

安尼娅便鞠躬敬礼，她的脑袋果真没有掉下来，但内心感到十分痛苦。她的行动完全按丈夫的吩咐办。可她真不该像个大傻瓜似的受了他的骗。她本来只是为了钱才嫁给他，可是现在她的钱比结婚前还少。原先父亲还常常给她二十戈比，现在呢，她连一个戈比也没有。偷偷拿钱或者向他要点儿，她做不到，她怕丈夫，在他面前战战兢兢。说来她对这个人的恐惧感似乎是由来已久。小时候，她总认为中学校长是最威严、最可怕的力量，这力量像头上的乌云、像冲过来的火车头想把她碾死。另一种威严而可怕的力量，就是家里经常提起、不知为什么大家都对他诚惶诚恐的大人。另外还有十几种小一些的可怕力量，其中包括中学里那些胡子刮得干干净净、神色严厉、铁面无情的教员。最后，就是现在的莫杰斯特·阿列克谢伊奇，这个循规蹈矩的人连面孔也长得像中学校长。在安尼娅的想象中，这一切拧成了一股力量，变成一头可怕的硕大白熊，正一步一步朝像她父亲那样弱小而有过失的一些人逼近。她不敢说出违拗的话，每当她受到粗暴的爱抚，被对方的拥抱吓得胆战心惊、受到玷污时，她只能强颜欢笑，装作快乐的样子。

只有一次，为了偿还一笔极不愉快的债务，彼得·列翁季伊奇壮着胆子向他借五十卢布，可那是多么令人难堪啊！

"好吧，钱我借给您。"莫杰斯特·阿列克谢伊奇考虑一番后说，"不过我得警告您：如果您再不戒酒，今后我不会再接济您。身为一个国家公职人员，沾上这种毛病有多可耻。我不得不向您提醒一个众所周知的事实：这种嗜好葬送了许许多多有才华的人，其实只要他们有所节制，本来是可以步步高升、身居高位的。"

接下去便是长篇大论："根据……"，"鉴于刚才所说……"，"由此得出结论……"。可怜的彼得·列翁季伊奇忍受着屈辱的折磨，反而更想喝酒了。

两个弟弟有时到安尼娅家来做客，他们总是穿着破裤子和破靴子，照样要听他的教训。

"人人都应当尽心尽职！"莫杰斯特·阿列克谢伊奇对他们说。

钱他是不给的。但他送安尼娅戒指、手镯和胸针，说这些东西遇到艰难日子就大有用处。他经常拿钥匙打开她的五斗柜，检查这些东西是否完好无缺。

二

冬天到了。还在圣诞节以前，当地报纸早就登出消息：一年一度的圣诞舞会将于十二月二十九日在贵族俱乐部举行。每天晚上打完牌之后，莫杰斯特·阿列克谢伊奇总要焦急不安地跟官太太嘀咕一阵，不时忧心忡忡地看安尼娅一眼，随后久久在房间里踱来踱去，心事重重。终于有一天夜里，他在安尼娅面前站住，说：

"你得做一身跳舞时穿的衣服，听明白了吗？只是请你先跟玛丽亚·格里戈里耶夫娜和娜塔利娅·库兹米尼什娜商量一下。"

他给了她一百卢布。她收下钱，但是她在定做舞衣的时候，跟谁都没有商量，只是在父亲面前提了一句。她竭力设想，母亲参加舞会会怎么穿着打扮。她去世的母亲向来穿得很时髦，也肯为安尼娅花工夫，把她打扮得像一个漂亮的洋娃娃，还教会她说法语，跳玛祖卡舞——而且跳得极出色（出嫁前她母亲当过五年的家庭教师）。安尼娅跟母亲一样，会把旧裙翻改成新装，用汽油洗手套，租用 bijoux① 珠宝首饰。她也跟母亲一样，善于眯起眼睛，娇声娇气地说话，摆出种种迷人的姿态，必要时可以高兴得眉飞色舞，也可以变得一脸忧伤，叫人琢磨不透。她从父亲那里继承了黑头发、黑眼睛、神经质和随时注重打扮的习惯。

赴舞会前半个小时，莫杰斯特·阿列克谢伊奇没穿礼服走进她的房间，想在她的穿衣镜前把勋章挂在脖子上。他一看，简直被她的美貌和那身新做的华丽夺目的薄纱舞衣迷住了。他得意地梳理着

---

① bijoux：法文，意为"贵重的首饰"。

自己的络腮胡子，说：

"瞧你多漂亮……多漂亮！我的安姐塔！"忽然他换了一本正经的语气接下去说："是我使你得到了幸福，今天你也同样能使我得到幸福。我求你跟大人的夫人结识！看在上帝的分上！通过她我就能弄到主任奏事官的职位了！"

他们坐车去参加舞会。贵族俱乐部的大门口站着侍卫。进了前厅，只见衣帽架上挂了不少皮大衣，侍者来往穿梭，袒胸露背的仕女们用扇子挡着穿堂风。空气里散发着煤气灯和军人的气味。安尼娅挽着丈夫的胳臂踏上楼梯，耳听音乐，眼望大镜子里被辉煌灯火照亮的自己，她心中的欢乐苏醒了，像那次在月光下的小站上一样，再一次预感到幸福即将来临。她高傲自信地走着，第一次感到自己已经不是小姑娘，而是一位夫人，并且不由自主地模仿起已故母亲的步态和风度来。她平生第一次觉得自己是个富有的、自由的人。即使丈夫在场，她也不感到拘束，因为在她踏进俱乐部门槛的那一刻起，她已经本能地意识到，身边的年老丈夫丝毫不会贬低自己，相反，倒给她增添一层诱人的神秘色彩，这正是男人们最动心的。大厅里乐声悠扬，舞会已经开始。从简朴的公寓里出来，置身于这片辉煌的灯火、缤纷的色彩、音乐和喧闹之中，深受感动的安尼娅向大厅里扫了一眼，心中暗想："啊，真是太好了！"她立刻在人群中认出了她所有的熟人，所有那些以前在晚会上或游乐场遇见过的军官、教员、律师、文官、地主、大官、阿尔特诺夫和上流社会的太太小姐们。这些女士个个都打扮得时髦入时，袒胸露背，有的妖媚动人，有的长相难看。她们在义卖市场的小木屋和售货亭里已经各就各位，为周济穷人举行义卖。一个佩戴带穗肩章的魁梧军官（她是在上中学时在老基辅街上跟他相识的，现在已不记得他的名字）像从地底下钻出来似的，邀请她跳华尔兹舞。她从丈夫身边翩然飞走，觉得自己此刻像坐在一条小帆船上在暴风雨中随波漂荡，而丈夫已远远地留在岸上了……她跳得热烈奔放、兴致勃勃，华尔兹、波尔卡、卡德里尔，一曲接一曲跳下去，从一个舞伴手里转到另一个舞伴手里，音乐和喧闹使她心醉神迷。她娇滴滴与他说话，俄语夹杂着法语，笑声盈盈，脑子里既没有丈夫，也没有任何人、任何事。她赢得了男人的欢心，这是显而易见的，而且也不可能不是这样。她兴奋得喘不过气来，焦急不安地捏着手里的扇子，感到口渴。她的父亲彼得·列翁季伊奇穿一件皱巴巴的有汽油味儿的礼服，走到她跟前，递给她一小碟红色冰淇淋。

"你今天真迷人！"他喜洋洋地瞧着她说，"我还从来没有像今天这么后悔过，你不该匆匆忙忙出嫁……为了什么？我知道，你这样做是为了我们，可是……"他用发抖的手掏出一小沓钞票，说："今天我领到教家馆的薪水，我可以还清欠你丈夫的钱了。"

她把小碟子塞回他手里，立即被人搂住腰，被远远地带走了。她越过舞伴的肩头，匆匆一瞥，看到父亲在镶木地板上轻快地滑行，搂着一位太太在大厅里满场飞旋。

"他不醉的时候多么可爱啊！"她说。

她还是跟那个魁梧军官跳玛祖卡舞。他傲慢地、沉重地踏着舞步，活像一头被套上军装的屠宰后的牲口，不时耸动肩膀、挺挺胸膛，脚跟很勉强地踏着拍子—— 一副极不愿跳舞的样子。她却在他身边像彩蝶一样翩翩起舞，用她的美貌和裸露的脖颈挑逗他。她的眼睛像火一般燃烧，她的动作充满了激情，而他却越来越无动于衷，像国王恩赐似的向她伸出手去。

"好哇，好哇！"人群里有人喝彩。

但是，渐渐地连魁梧的军官也抵挡不住了，他活跃起来，激动起来，已经陶醉于她的魅力，变得无比狂热。现在他的动作变得轻快，充满了活力，而她只是摆动肩膀，狡黠地望着他：她像女王，而他是奴隶。这时她感觉到，整个大厅里的人都在看着他们，所有这些人都看呆了，心里嫉妒他们。魁梧的军官刚向她道过谢，人群中突然闪开一条道，男人们不知为什么奇怪地挺直身子，双手贴在裤缝上……原来，礼服上佩戴着两枚星章的大人正朝她走来。是的，大人正是冲她而来的，因为他的眼睛死死盯着她，脸上堆着媚笑，嘴巴努动着像在吃东西——他看见漂亮女人的时候向来这样。

"我很高兴，很高兴……"他这样开了口，"我要下令关您丈夫的禁闭，因为他金屋藏娇，一直瞒着我们。"

"我受太太之命前来找您，"他继续道，向她伸出手去，"您得帮帮我们……嗯，是的……应当发您一笔美女奖金才对……就像美国那样……嗯，是的……美国人……我太太正焦急等着您去呢。"

他把她领到小木屋里，去见一位上了年纪的太太。这位太太脸的下半截大得不成比例，就好像她的嘴里含着一块大石头。

"快来帮帮我们，"她用鼻音慢腔慢调地说，"所有的漂亮女人都在义卖市场上工作，只有您一个人不知为什么只顾自我逍遥，您为什么不想帮帮我们？"

她走开了，安尼娅就坐了她的位置守着一把银茶壶和几只杯子。这里的生意立即兴隆起来。喝一杯茶安尼娅至少收一个卢布，那个魁梧的军官让她逼着喝了三杯。阿尔特诺夫也来了。这个富翁眼睛鼓出，有哮喘病，身上穿的已不是安尼娅夏天看到的那身古怪衣服，而是跟大家一样的燕尾服。他不眨眼地盯着安尼娅，喝了一杯香槟酒，付了一百卢布，接着又喝一杯，又给了一百——这中间一句话也没说，因为哮喘病犯了……安尼娅招徕顾客，收他们的钱，此刻她已经确信不疑，她的笑容和目光能给这些人带来极大的快乐。她这才明白，她生来只是为了消受这种有音乐、有舞蹈、有崇拜者的热闹、豪华、欢乐的生活的。想到长期以来她所害怕的那股威逼她的、想把她碾死的力量，她不免觉得可笑。现在她无所畏惧了。她只惋惜母亲去世早了，否则此刻会看到她的成功，跟她一起高兴的。

彼得·列翁季伊奇脸色已经发白，但两条腿还算站得稳，他来到小木屋前，要了一杯白兰地。安尼娅脸红了，等着他会说出什么不得体的话（她已经为自己有这样一个贫穷而普通的父亲感到羞愧），但他喝完酒，从一沓钞票中扔出十卢布，一句话没说就傲慢地走了。不久她看到他跟舞伴一道跳轮舞，这时他已经脚步踉跄，不停地嚷叫，弄得他的舞伴十分尴尬。安尼娅由此想起，三年前的一次舞会上，他也是这样东歪西倒、不停地嚷叫——结果让警察分局长弄回家睡觉，第二天校长就威胁要辞退他。这段回忆多么煞风景啊！

售货亭里的茶炊都已熄灭，精疲力竭的女慈善家们把各自的进款交给了那位嘴里像含着石头、上了年纪的太太。这时阿尔特诺夫挽起安尼娅的胳臂把她领到餐厅，那里已经为全体参加义卖的人摆上酒宴。参加晚宴的不超过二十人，席间非常热闹。大人举杯祝酒："在这个豪华的餐厅里，应当为本次义卖的宗旨——为廉价的慈善食堂的兴旺发达干杯。"一名陆军准将建议大家为"连大炮也甘拜下风的力量"干杯，于是男士们探过身子纷纷跟女士们碰杯。大家快活异常！

当安尼娅让人护送回家时，天色已经大亮，厨娘们都上市场了。她满心欢喜，带着醉意，满脑子新鲜印象，同时又疲惫不堪，脱去衣服，倒在床上，立即睡着了……

下午一点多钟女仆把她唤醒，禀报说，阿尔特诺夫先生登门拜访。她很快穿好衣服，来到客厅。阿尔特诺夫走后不久，大人亲自前来感谢她参与义卖工作。他色迷迷地瞧着她，努动嘴巴，吻她的小手，并且请求她允许他以后再来拜访，然后坐车走了。她站在客厅中央，又惊讶又兴奋，不相信她的生活这么快就发生了如此惊人的变化。正在这时候她的丈夫莫杰斯特·阿列克谢伊奇进来了……他站在她面前，竟也是一副讨好巴结、毕恭毕敬的奴才相，这副模样她已经看惯了：他在那些有权有势的大人物面前总是这模样。她料定自己说什么话他也拿她没办法，于是又高兴、又气愤、又轻蔑地清清楚楚一字一句，说：

"滚出去，蠢货！"

从此以后，安尼娅没一天清闲的时候，因为她有时参加野餐，有时参加郊游，有时参加演出。她每天凌晨才回到家里，经常睡在客厅的地板上，事后还动人地对别人说，她怎么在花丛底下睡觉。她需要很多钱，但她已经不怕莫杰斯特·阿列克谢伊奇了，她花他的钱就像花自己的钱一样随心所欲。她不讨也不要，只是把账单给他送去，或者写张便条："交来人二百卢布"，或"速付一百卢布"。

复活节那天，莫杰斯特·阿列克谢伊奇得了一枚二级安娜勋章。当他前往道谢时，大人把报纸放到一边，在圈椅里坐得更舒服一些。

"这么说，您现在有三个安娜了，"他说，一面查看着自己白嫩的手和粉红的指甲，"一个在纽扣孔里，两个在脖子上。"

莫杰斯特·阿列克谢伊奇小心地伸出两个手指，按住嘴巴，免得笑出声来。他说：

"现在就等小弗拉基米尔出世了。我斗胆请求大人做他的教父。"

他这是暗示四级弗拉基米尔勋章，而且已经暗地里想象着，他将到处去宣扬他的这句既机智又大胆、语义双关的俏皮话。他本想再说些类似的连珠妙语，但大人又埋头看报去了，还朝他点一下头……

安尼娅依旧坐着三套马车兜风，同阿尔特诺夫出去打猎，演独幕剧，在外面晚餐，并且很少回家看望父亲和弟弟了。他们自个儿吃饭。彼得·列翁季伊奇的酒瘾越来越大，又没有钱，那架风琴早已卖掉抵债。两个男孩子现在不放他独自上街，老是跟着他，生怕他跌倒。有时他们在老基辅街上遇见安尼娅坐在双套马车上兜风，车旁还有一匹拉套的马，阿尔特诺夫坐在车夫座位上亲自赶车。这时，彼得·列翁季伊奇摘下高筒帽，总想对她喊一声，可是别佳和安德留沙一人拽他一条胳膊，央求他：

"别这样，爸爸……算了，爸爸……"

（1895 年）

带阁楼的房子

（画家的故事）

一

　　这事发生在六七年前，当时我住在 T 省某县地主别洛库罗夫的庄园里。别洛库罗夫是个年轻人，早晨起得早，穿一件腰部带褶的外衣，每天晚上都要喝啤酒，老跟我抱怨，说他处处得不到人家的同情。他住在花园的厢房里，我则住在地主老宅的大厅里。大厅有许多圆柱，除了我睡的一张宽大的长沙发以及我摆纸牌作卦的一张桌子外，再没有别的家具。里面的几个老旧的阿莫索夫壁炉①不停地发出嗡嗡声，哪怕晴天也不例外。遇上大雷雨，整座房子便震颤起来，似乎要轰的一声塌下来，粉身碎骨了。特别在夜里，当十扇大窗被闪电照亮时，令人胆战心惊。

　　我这人生性懒散，万事不管，这也是命运使然。一连几个小时眼望窗外的天空、飞鸟和林荫道，阅读给我邮寄过来的书报，要不就睡觉。有时我外出，找个地方游荡一番，很晚才回来。

　　有一天，在回家的路上，我无意中走进一处陌生的庄园。太阳躲起来，黄昏的阴影在扬花的黑麦地里伸展开去。两行又高又密的老云杉，像两堵望不断的墙，形成了一条幽暗而美丽的林荫道。我

---

① 由 H. A. 阿莫索夫（1787—1868）设计的一种气动式炉子。

轻松地越过一道栅栏，顺着林荫道走去，地上铺着一俄寸①厚的针叶，走起来有点儿打滑。四周寂静、昏暗，只有在高高的树梢上，不时跳动着明亮的金色光芒，在蜘蛛网上变幻出彩虹般的色彩，针叶的气味浓烈得让人透不过气来。我拐了弯，来到一条长长的椴树林荫道。这里同样是一片荒凉而古老的景象。隔年的树叶在脚下哀伤地窸窣作响，暮色中树木阴影幢幢。右侧的一座古老的果园里，一只黄莺懒洋洋地、有气无力地在歌唱，想必它也上了年纪了。到了椴树林荫道的终点，过去便是一幢带凉台和阁楼的白色房子，眼前忽然出现一座庄园的院落和一个水面宽阔的池塘。池塘四周绿柳成荫，有一座洗澡棚子。池塘对岸有个村庄，还有一座又高又窄的钟楼，在夕阳映照下，上面的十字架金光闪闪。这番景象刹那间勾起我一种亲切而又熟悉的醉人回忆，似乎早在儿时见过。

院落前有一道白色的石砌大门通向田野，大门古色古香而结实，两侧蹲着一对石狮子。大门口站着两个姑娘。其中一个年长些，身材苗条，脸色苍白，十分漂亮，一头栗色的蓬松浓发，一张小嘴轮廓分明，神态严厉，对我似乎不屑一顾。另一位还很年轻，顶多十六七岁，身材同样苗条，脸色苍白，嘴巴大些，一双大眼睛吃惊地望着我从一旁走过，说了一句英语，又忸怩起来。我只觉得这两张可爱的脸儿仿佛也是早已熟悉的。我回到住处，恍如做了一场春梦。

此后不久，有一天中午，我和别洛库罗夫在屋外散步，忽听得草地上传来沙沙声，一辆带弹簧座的四轮马车驶进院子，车上坐着那位年长的姑娘。她为遭受火灾的乡民募捐而来，随身带着认捐的单子。她不正眼看我们，极其严肃而详尽地对我们讲起西亚诺沃村烧了多少家房子，有多少男女和儿童无家可归，以及救灾委员会打算初步采取什么措施——她就是这个委员会的成员。她让我们认捐

---

① 1俄寸等于4.4厘米。

签字，收起单子后即刻离去。

"您完全把我们忘了，彼得·彼得罗维奇，"她向别洛库罗夫伸出手，说，"您来吧，如果 monsieur N①（她说出我的姓）想看一看崇拜他天才的人是怎样生活的，那么请光临寒舍，妈妈和我将十分荣幸。"

我鞠躬致谢。

她走之后，彼得·彼得罗维奇讲起她家的情况。据他说，这个姑娘是好人家出身，叫莉季娅·沃尔恰尼诺夫娜，她和母亲、妹妹居住的庄园，连同池塘对岸的村子，都叫舍尔科夫卡。她的父亲当年在莫斯科地位显赫，去世时已是三品文官。尽管家财万贯，沃尔恰尼诺夫的家人一直住在乡间，不论夏天冬天从不离开。莉季娅在舍尔科夫卡的地方自治会办的小学任教，每月领二十五卢布薪水。她就靠这笔收入维持自己的生计，她为能自食其力而感到自豪。

"这个家庭挺有意思，"别洛库罗夫说，"好吧，我们哪天去看看她们。她们会欢迎您的。"

一个节日的午后，我们想起了沃尔恰尼诺夫一家人，便动身到舍尔科夫卡去拜访她们。母亲和两个女儿都在家。母亲叶卡捷琳娜·帕夫洛夫娜当初想必挺有几分姿色，不过现在身体发胖，精神萎靡不振，显得比实际年龄要大，还害着哮喘病。她神色忧郁而恍惚，尽量跟我聊绘画方面的话题。事先她从女儿那里得知，我可能会来舍尔科夫卡，仓促间想起了在莫斯科的画展上曾见过我的两幅风景画。现在她就问我，在这些画里我想表现什么。莉季娅，家里人都叫她丽达，大部分时间在跟别洛库罗夫交谈，很少跟我说话。她神态严肃，不苟言笑，问他为什么不到地方自治机关任职，为什么他至今一次也没有参加过地方自治会的会议。

---

① monsieur N：法文，意为"某先生"。

"这样不好，彼得·彼得罗维奇，"她责备说，"不好。该惭愧才是。"

"说得对，丽达说得对，"母亲附和道，"这样不好。"

"我们全县现在是巴拉金一手遮天，"丽达转向我，接着说，"他本人是县地方自治局执行委员会主席，他把县里的所有职位都让他的那些侄儿和女婿占着，自己为所欲为。应当起来斗争才是。青年人应当组成强有力的一派。可是您看到了，我们这儿的青年人是怎么样的。惭愧啊，彼得·彼得罗维奇！"

大家谈论地方自治局的时候，妹妹任尼娅一声不吭。她向来不参加严肃的谈话。家里人还不把她当作大人看待，由于她小，大家叫她蜜修斯①，这是因为她小时候称呼她的家庭女教师为蜜斯的缘故。她一直好奇地望着我，当我翻看相册时，她不时为我解释："这是叔叔……这是教父"，还用纤细的手指点着相片。这时她像孩子般把肩头贴着我，我便在近处看到她那柔弱的尚未发育的胸脯、消瘦的肩膀、发辫和紧束着腰带的苗条身躯。

我们玩槌球，打网球②，在花园里散步，喝茶。晚餐时消磨了很长时间。在住惯了又大又空的圆柱大厅之后，来到这幢不大却很舒适的房子里，我一时还有点儿不适应。这里的四壁没有粗劣的石版画，这里对仆人以"您"相称，这里因为有了丽达和蜜修斯一切都显得年轻而纯洁，到处都呈现出上流社会的氛围。餐桌上，丽达又跟别洛库罗夫谈起县地方自治局、巴拉金和学校图书馆。这是一位充满活力、真诚、有坚定信念的姑娘，听她讲话很有意思，只是她话太多，声调很高——这大概是她做老师养成的习惯。可是我的那位彼得·彼得罗维奇，从上大学起，就喜欢把普通的谈论引向争论，而且讲起话来枯燥无味、拖沓冗长，总想炫耀自己是个有头脑的进步人士。他做手势的时候，袖子带翻了一碗调味汁，弄得桌布上一

---

① "蜜斯"是英语 miss（小姐）的音译。"蜜修斯"为"蜜斯"的昵称。

② "打网球"三字原文为英语。

摊油渍，可是除了我，好像没有引起谁的注意。

我们回家的时候，天已经黑了，四下里静悄悄的。

"良好的教养不在于你不弄翻调味汁、弄脏桌布，而在于别人弄翻了你只当没看见，"别洛库罗夫说完叹了一口气，"是啊，这是个了不起的、有教养的家庭。我跟这些高尚的人很少来往了，我远远落在这些优秀人物之后了！成天忙忙碌碌！忙忙碌碌！"

他讲到，如果你想把农业经营得出色，就必须付出许多辛劳。而我却想：他这人多么迟钝、懒散！每当他谈起什么正经事，就故意拖长声调，哎呀哎呀的，干起事来，跟说话一样——慢腾腾，拖拖拉拉，错失时机。我已经不相信他会认真办事，因为我曾托他去邮局发几封信，他却一连几个星期把信揣在自己的口袋里忘了寄出去。

"最难以忍受的是，"他跟我并排走着，嘟哝道，"最难以忍受的是，你辛辛苦苦地工作，却得不到任何人的同情。得不到丝毫同情！"

二

此后我经常去沃尔恰尼诺夫家。通常我坐在凉台最下一级的台阶上。我心情苦闷，对自己不满，为匆匆流逝的岁月而暗自神伤，只觉得生活索然无味。我老想，我的心变得如此沉重，真该把它从胸腔里挖出来才好。这时候凉台上有人说话，响起衣裙的窸窣声和翻书声。我对丽达的活动很快就见怪不怪了：白天她给病人看病，分发书本，经常不戴帽子、打着伞到村子里去，晚上则大声谈论着地方自治局和学校的事。这个苗条、漂亮、神态始终严肃、小嘴轮廓分明的姑娘，只要一谈起正经话题，总是冷冷地对我说：

"您对这种事是不会感兴趣的。"

她对我没有好感。她之所以不喜欢我，是因为我是风景画家，在我的那些画里不反映人民的困苦，而且她觉得，我对她坚信不疑的事业是漠不关心的。我不由得记起一件往事，一次我路过贝加尔湖畔，遇到一个骑在马上、穿一身蓝布裤褂的布里亚特族①姑娘。我问她，可否把她的烟袋卖给我。我们说话的时候，她一直轻蔑地看着我这张欧洲人的脸和我的帽子，不一会儿就懒得搭理我。她一声叱喝，策马离去。丽达也是这样蔑视我，似乎把我当成了异族人。当然，表面上她绝不表露出对我的不满，但我能感觉出来，因此，每当我坐在凉台最下一级台阶上，总是生着闷气，数落道：自己不是医生却给农民看病，无异于欺骗他们，再者一个人拥有两千俄亩②土地，做个慈善家岂不是举手之劳？

她的妹妹蜜修斯，事事用不着她操心，跟我一样，完全过着闲散的生活。早上起床后，她立即拿过一本书，坐在凉台上深深的圈椅里读起来，两条腿刚够着地。有时她带着书躲到椴树林荫道里，或者干脆跑出大门到田野里去。她整天看书，全神贯注地看。有时她的眼睛看累了，目光变得呆滞，脸色十分苍白，凭着这些迹象才能推测到，阅读使她何等的劳精耗神。每逢我上她的家，她一看到我就有点儿脸红，放下书，两只大眼睛盯着我的脸，容光焕发，对我讲起家里发生的事，比如说下房里的烟囱起火了，或是有个雇工在池塘里捉到一条大鱼。平时她总穿浅色的上衣和深蓝色的裙子。我们一道散步，摘樱桃做果酱，划船。每当她跳起来摘樱桃或划桨时，从她那宽大的袖口里就露出细弱的胳膊。有时我写生，她则站在旁边，欣赏我作画。

七月末的一个星期日，早上九点多钟我来到沃尔恰尼诺夫家。我先在花园里散步，慢慢地离房子越来越远，寻找白蘑菇。那年夏

---

① 布里亚特族：俄国境内少数民族，系蒙古族的一支。

② 1 俄亩约合 1.09 公顷。

天这种蘑菇特别多，我在一旁插上标记，方便以后好同任尼娅一道来采。暖风拂面。我看到任尼娅和她的母亲身穿浅色的节日衣裙，从教堂里回来，任尼娅一手扶着帽子，怕被风刮掉。后来我听到她们在凉台上喝茶。

我这人无牵无挂，而且总想为自己的懒散生活找点儿借口，所以夏天庄园里的早晨对我来说，总觉得格外喜人。这时郁郁葱葱的花园里空气湿润，露珠点点，晨曦下万物熠熠生辉，显得喜气洋洋；这时房子附近弥漫着木樨花和夹竹桃的香味，年轻人刚从教堂归来，在花园里喝着茶；这时人人都穿得漂漂亮亮，个个都欢天喜地；这时你才知道，所有这些健康、鲜衣饱食、漂亮的人，在这漫漫夏日里可以无所事事——在这种时刻，你不禁想到：但愿此生都能过上这种生活。此刻我就是怀着这样的愿望，在花园里徜徉，准备就这样悠闲地、漫无目标地走上一整天，走上一个夏季。

任尼娅提着篮子来了。看她的表情，仿佛她早知道或者预感到会在花园里找到我。我们一起采起了蘑菇，聊天。每当她想问我什么，就朝前走几步，好面对我的脸。

"昨天我们村里出了件奇事，"她说，"瘸腿的佩拉吉娅病了整整一年，什么样的医生和药都不管用，可是昨天有个老太婆过来嘀咕了一阵，她的病就好了。"

"这算不了什么，"我说，"不应当在病人和老太婆身上寻找奇迹。难道健康不是奇迹吗？难道生命本身不是奇迹吗？凡是不可理解的东西，都是奇迹。"

"那您害怕那些不可理解的东西吗？"

"不怕。对那些我不理解的现象，我总是勇敢地迎上去，不向它们屈服。我比它们高明。人应当意识到，人比狮子、老虎、星星要高明，比自然界的万物都要高明，甚至比那些不可理解、被说成奇迹的东西还要高明，否则他就不能算人，成了见什么都怕的鼠辈。"

任尼娅以为，我既然是画家，应该懂得很多，即使有些事情不知道，多半也能猜出来。她一心想让我把她领进那个永恒而美妙的天地里，领进那个崇高的世界。照她看来，在那个世界里我是她的知己，她可以跟我谈上帝，谈永生，谈奇迹。而我认为我和我的思想在我死后还会存在，便回答说："是的，人是不朽的。""是的，我们将永生。"她听着，相信了，并不要求什么论证。

我们在往回去的路上，她突然停住脚步，说：

"我们的丽达是个了不起的人，是不是？我深深爱她，随时都可以为她献出生命。可是请您告诉我，"任尼娅伸出手指碰碰我的袖子，"您说说您为什么老跟她争论？您为什么动辄生气？"

任尼娅说罢摇了摇头，眼睛里泪水盈盈。

"因为她是不对的。"

"真不可理喻！"她说。

这时，丽达刚好从外面回来，手里拿一根马鞭站在台阶附近，在阳光的照耀下更显得苗条，婀娜多姿。她正对雇工吩咐些什么。她匆匆忙忙，大声说话，接待了两三个病人后，一脸认真、操心的神色走遍所有的房间，一会儿打开这个柜，一会儿又打开那个柜，最后跑到阁楼上去。大家找了她好久，叫她吃午饭。等她来时，我们已经喝完汤了，所有这些细节不知为什么我至今都记得一清二楚，想起来还挺喜欢。整个这一天虽然没有发生什么特别的事，回忆起来却栩栩如生。午饭后，任尼娅深深地埋进圈椅里，又看起书来，我又坐到台阶的最下一级。大家都不说话。天空乌云密布，下起稀疏的细雨。天气闷热，风早就停了，这一天仿佛永远没有尽头似的。叶卡捷琳娜·帕夫洛夫娜摇着扇子，也到凉台上来了，一副睡眼惺忪的样子。

"啊，妈妈，"任尼娅说，吻她的手，"白天睡觉对你的健康是有害的。"

母女俩相亲相爱。一人去了花园，另一人必定站在凉台上，望着树林呼唤："喂，任尼娅！"或是"妈妈，你在哪儿？"她俩经常一起祈祷，两人同样笃信上帝，即使不说话，彼此也能心领神会。她俩对人的态度也一样。叶卡捷琳娜·帕夫洛夫娜很快就跟我处熟，喜欢我，只要我两三天不去，她就会打发人来探问，我是不是病了。跟蜜修斯一样，她也在观赏我的画稿时连连夸赞，絮絮叨叨地、无所顾忌地告诉我发生的事，甚至把一些家庭秘密也透露给我。

她崇拜自己的大女儿。丽达向来不对人表示亲热，说的都是正经事。她过着自己独特的生活，在母亲和妹妹的眼里，她是个神圣而又带几分神秘的人物，诚如水兵们眼里端坐在舰长室里的海军上将。

"我们的丽达是个了不起的人，"母亲常常这样说，"不是吗？"

这时下着细雨，我们正谈到了丽达。

"她是个了不起的人，"母亲说，然后战战兢兢地四下里看看，压低嗓子，怀着鬼胎似的补充说，"这种人白天打着灯笼也难找。不过，知道吗，我开始有点儿不放心。学校啦，药房啦，书本啦，这些都很好，可是何苦走极端呢？她都快二十四岁啦，早该认真想想自己的终身大事了。老这样为书本和药房的事忙忙碌碌，不知不觉中大好年华就要过去了……她该出嫁了。"

任尼娅看书看得脸色发白，头发散乱，她抬起头来，望着母亲，像是自言自语地说：

"妈妈，一切听凭上帝的旨意。"

说罢，又埋头看起了书。

别洛库罗夫来了，他穿着腰部带褶的长外衣和绣花衬衫。我们玩槌球，打网球。后来天黑了，大家吃晚饭，又消磨了很长时间。丽达又讲起学校的事和那个一手遮天的巴拉金。这天晚上我离开沃尔恰尼诺夫家时，带走了这漫长而又闲散的一天留下的美好印象，同时又忧伤地意识到：这世上的一切，即使天荒地老，毕竟有它终结的一天。任尼娅把我们送到大门口，也许是因为她从早到晚伴我度过了一天，这时我感到，离了她似乎有些寂寞，这可爱的一家人对我来说已十分亲切。入夏以来我头一次有了作画的愿望。

"告诉我，您为什么生活得这么枯燥，毫无色彩？"我和别洛库罗夫一道回家时，我问他，"我的生活枯燥，沉闷，单调，这是因为我是画家，我是怪人，从少年时代起我在精神上就备受煎熬：嫉妒别人，对自己不满，对事业缺乏信心，我向来贫穷，四处流浪；可您呢，您是健康正常的人，是地主，是老爷——您为什么生活得这么乏味？您为什么从生活中获取那么少的东西？比如说吧，为什么您至今没有爱上丽达或者任尼娅？"

"您忘了我爱着另一个女人。"别洛库罗夫回答。

他说的是自己的女友，和他一起住在厢房里的柳波芙·伊凡诺夫娜。我每天都能见到这位女士在花园里散步。她长得极其丰满，举止傲慢，活像一只养肥的母鹅，穿一套俄式衣裙，戴着项链，经常打一把小阳伞。常常都得仆人喊她来吃饭喝茶。三年前她租了一间厢房当别墅，从此就在别洛库罗夫家住下，看样子永远不会走了。她比他大十岁，把他管得很严，以至他每次出门，都要征得她的许可。她经常扯着男人般的嗓子大哭大叫，遇到这种时候，我就打发人去对她说，如果她再哭下去，我就立即搬家，她这才止住不哭。

我们回到家里，别洛库罗夫坐到沙发上，皱起眉头想起心事，我则在大厅里来回踱步，像个堕入情网的人，感受着内心微微的情感波澜。我禁不住想谈谈沃尔恰尼诺夫一家人。

"丽达只会爱上地方议员，而且像她一样，热心办医院和学校，"我说，"啊，为了这样的姑娘，不但可以参加地方自治会的工作，而且像童话里说的那样，穿破铁鞋也心甘情愿。还有那个蜜修斯，她是多么可爱呀！"

别洛库罗夫拖长声调，慢腾腾地大谈其谈时代病——悲观主义。他说得振振有词，那种口气就好像我在跟他辩论似的。他就这么坐在那里，高谈阔论，又不知道他什么时候会走，这时你的心情远比穿过几百俄里荒凉、单调、干枯的草原还要烦闷。

"问题不在悲观主义还是乐观主义，"我气恼地说，"问题在于一百个人当中倒有九十九个没有头脑！"

别洛库罗夫认为这话是说他，一气之下扬长而去。

三

"公爵在玛洛焦莫沃村做客，他向你问候，"丽达不知从哪儿回来，脱下手套，对母亲说，"他讲了许多有趣的事情……他答应在省地方自治局代表会议上再一次提出在玛洛焦莫沃村设立医务所的问题。不过他又说希望不大。"然后转身对我说，"对不起，我又忘了，您对这种事是不会感兴趣的。"

我感到气愤。

"为什么不感兴趣？"我问，耸耸肩膀，"您不屑知道我的看法，但请您相信，对这个问题我很感兴趣。"

"是吗？"

"是的。依我看，玛洛焦莫沃村根本不需要医务所。"

我这一番愤激之言激怒了她。她看我一眼，眯起眼睛，问：

"那么需要什么呢？风景画吗？"

"风景画也不需要。那里什么都不需要。"

她脱掉手套，打开邮差刚送来的报纸。过一会儿，她显然克制住自己，低声说：

"上星期安娜难产死了，如果附近有医务所，她就能活下来。我以为，风景画家先生们对此应有自己的高见吧。"

"我对此有十分明确的见解，请您相信，"我回答说，但她用报纸挡住了自己的脸，似乎不愿听我的，"依我看，医务所、学校、图书馆、药房等等，在现有的条件下只有利于奴役。民众被一条粗大的锁链死死捆住了，而您不去砍断这条锁链，反而给它增加许多新的环节——这就是我的见解。"

她抬头看我一眼，嘲讽地一笑。我继续说下去，竭力抓住我的主要思想：

"问题不在于安娜死于难产，而在于所有这些安娜、玛芙拉和佩拉吉娅们从早到晚累弯了腰，力不从心的劳动害得她们病痛不断，她们一辈子为挨饿和生病的孩子担惊受怕，一辈子害怕死亡和疾病，一辈子求医问药，未老先衰，面容憔悴，在污秽和臭气中死去。她们的孩子长大了，又重蹈覆辙。几百年就这样过去了，千千万万的人过着猪狗不如的生活——只为了一块面包，成天担惊受怕。他们的处境之所以可怕，就在于他们没有时间考虑自己的灵魂，顾不上自己的形象和容貌。饥饿、寒冷、肉体的恐惧、繁重的劳动，像雪崩一样堵塞了他们精神生活的道路。而精神活动才是人与动物区别所在，才是人值得生存之处。您用医院和学校帮助他们，但您这样做并不能使他们摆脱束缚，恰恰相反，您却进一步奴役他们，因为您给他们的生活增加了新的偏见，您扩大了他们的需求，且不说为了买斑蝥膏药和书本，他们就得给地方自治会付钱，就是说，他们得更辛苦地干活儿才成。"

"我不想跟您争论，"丽达放下报纸说，"这一套我早听说了。我只想对您说一句：不要袖手旁观。的确，我们并不能拯救人类，而且在许多方面可能犯错误，但是我们是在做力所能及的事，所以我们是正确的。一个有文化的人最崇高、最神圣的使命是为周围的人服务，我们正尽力所为。您不喜欢这个，不过一个人做事本来就无法使人人满意。"

"说得对，丽达，你说得对。"母亲附和道。

有丽达在场她总有点儿胆怯，说着，说着，眼睛不安地看着她的脸，生怕说出多余的或者不恰当的话。她从来不与她的意见相左，总是随声附和："说得对，丽达，你说得对。"

"教农民读书识字，散发充满可怜的说教和民间俗语的书本，设立医务所，这一切既不能消除愚昧，也不能降低死亡率，这正如你们家里的灯光不能照亮窗外的大花园一样。"我说，"您并没有给他们任何东西，您干预他们的生活，结果只能使这些人生出新的需求，为此付出更多的劳动。"

"啊，我的天哪，人总得有所作为！"丽达恼火地说，听她的语气可以知道，她认为我的议论微不足道，她不屑一顾。

"必须让人们从沉重的体力劳动中解放出来，"我说，"必须减轻他们的沉重负担，给他们以喘息的时间，使他们不致于一辈子守着灶台、洗衣盆，不要一辈子困在田野里，让他们也有时间来考虑灵魂和上帝，能够更广泛地发挥他们精神上的才能。一个人真正的使命在于精神活动，在于在精神活动中探求真理和生活的意义。让他们感到干那种笨重的牲口般的劳动是没有必要的，需要的是自己的自由。到了那个时候您将看到，您的那些课本和药房无异是一种嘲弄。人一旦意识到自己真正的使命，那么能够满足他们的只有宗教、科学和艺术，而不是这些微不足道的小事。"

"从劳动中解放出来！"丽达冷笑道，"难道这可能吗？"

"可能。您可以分担他们的部分劳动。如果我们，全体城乡居民，无一例外地同意分担他们旨在满足全人类物质需要的劳动，那么我们每个人分到的劳动一天可能不超过两三小时。试想，如果我们，全体富人和穷人，一天只工作三小时，那么其余的都是闲暇的时间。请再设想一下，为了更少地依靠我们的体力，付出更少的劳动，我们发明各种机器来替代体力劳动，并且尽量把我们的需求减少到最低限度。我们锻炼自己，锻炼我们的孩子，让他们不怕饥饿和寒冷，到时候我们就不会像安娜、玛芙拉和佩拉吉娅们那样，成天为孩子们的健康担惊受怕了。您想一想，我们不看病，不开药房、烟厂和酒厂——结果我们会剩下多少富余的时间！让我们大家共同把这闲暇的时间献给科学和艺术。就像农民有时全体出动去修路一样，我们大家也全体出动，去探求真理和生活的意义，那么——对此我深信不疑——真理会很快被揭示出来，人们就可以摆脱那种经常折磨人、压抑人的恐惧感，甚至摆脱死亡本身。"

"可是，您这番高论是自相矛盾的，"丽达说，"您口口声声'科学''科学'，可您又否定识字教育。"

"在人们只能读酒店的招牌、偶尔看到几本读不懂的书本的情况下，识字教育又能怎么样？这样的识字教育早从留里克①时代起就延续下来，果戈理笔下的彼得鲁什卡早就会读书认字了。可是农村呢，留里克时代是什么样子，现在还是什么样子。我们需要的不是识字教育，而是广泛地发挥精神才能的自由；需要的不是小学，而是大学。"

"您也否定医学。"

"是的。医学只有在把疾病当作自然现象加以研究，而不是为了治疗的情况下，才是必需的。如果要治疗的话，那也不是治病，而是除掉病因。只有消除体力劳动这一主要的病因，才不会有疾病。我不承认有什么治病的科学，"我激动地继续道，"一切真正的科学和艺术所追求的不是短暂的、局部的目标，而是永恒的、整体的目标——寻求真理和生活的意义，探索上帝和心灵。如果它们拘泥于当前的需要和迫切的问题，拘泥于药房和图书馆，那么它们只能使生活变得更加复杂、更加沉重。我们有不少医生、药剂师、律师，识字的人很多，可是没有一位生物学家、数学家、哲学家和诗人。人们全部聪明才智和精神力量都耗费在满足暂时的、一时的需要上……我们的学者、作家和艺术家们在耗精费神，正因为有了他们的努力，人们的生活条件才变得日益舒适，人们的物质需求不断增长，与此同时，离真理尚十分遥远，人依旧是最贪婪凶残、最卑鄙龌龊的动物。事物发展的趋势是，人类的大多数将退化，并永远丧失一切生存能力。在这种情况下，艺术家的生活是没有意义的，他越是有才能，他的作用就越令人奇怪、不可理喻，因为实际上他的工作不过是供凶残卑鄙的禽兽消遣，有利于维护现行的制度。所以我现在不想工作，将来也不工作……什么都不需要，让地球毁灭吧！"

---

① 据编年史记载，留里克为公元 9 世纪的诺夫哥罗德大公，留里克王朝的奠基人。

"蜜修斯，你出去。"丽达对妹妹说，显然认为我的言论对这样年轻的姑娘是有害的。

任尼娅不悦地看看姐姐和母亲，走了出去。

"有些人想为自己的冷漠辩解，总是发表这类妙论。"丽达说，"否定医院和学校，比给人治病和教书容易得多。"

"说得对，丽达，你说得对。"母亲附和道。

"您威胁说不再工作，"丽达接着说，"显然您把自己的工作估计得过高了。我们别争论了，反正我们永远谈不到一块儿去，因为您刚才那么鄙薄图书馆和药房，它们即使很不完美，我也认为它们也高于世界上所有的风景画。"她说到这里，立即转对母亲，用完全不同的语气说："公爵自从离开我们家后，人瘦了许多，模样大变了。家里人要把他送到维希①去。"

她对母亲谈起公爵的情况，显然是不想跟我说话。她满脸通红，为了掩饰自己的激动，像个近视眼似的，把头低低地凑到桌子跟前，装出看报的样子。我再待下去会使人难堪，便告辞回家。

四

外面很静。池塘对岸的村子已经入睡，看不到一丝灯光，只有水面上朦朦胧胧地倒映着暗淡的星空。任尼娅一动不动地站在大门前的石狮旁，等着我，想送送我。

"村里人都睡了，"我对她说，竭力想在黑暗中看清她的脸，看到的是一双忧伤的黑眼睛紧紧地望着我，"连酒店掌柜和盗马贼都安

---

① 维希：法国疗养城市。

然入睡了，我们这些上流人却在互相呕气，争论不休。"

这是一个凄凉的八月之夜，之所以凄凉，因为已经透出秋意。紫气氤氲的月亮慢慢升起，照得大路和大路两侧黑沉沉的冬麦地朦胧一片。不时有流星坠落下去。任尼娅和我并排走在路上，她竭力不看天空，免得看到流星，不知为什么她害怕流星。

"我觉得您是对的，"她说，夜间的潮气害得她打起冷颤，"如果人们万众一心，献身于精神活动，那么他们很快就会明了一切。"

"当然。我们是万物之灵。如果我们当真能认识到人类天才的全部力量，而且只为崇高的目的而生活，那么我们最终会变成神。然而这永远是不可能的：人类将退化，连天才也不会留下一鳞半爪。"

大门已经看不见，任尼娅停住脚步，匆匆地跟我握手。

"晚安，"她打着哆嗦说。她只穿一件衬衫，冷得瑟缩着，"明天再来吧。"

想到此后只剩下我一个人，生着闷气，对己对人都不满意，我不禁感到害怕。我也竭力不去看天上的流星。

"再跟我待一会儿，"我说，"求求您了。"

我爱任尼娅。我爱她也许是因为给我送往迎来的总是她，也因为她总是温情脉脉地望着我、欣赏我。她那苍白的脸，娇嫩的脖颈，纤细的手，她的柔弱、闲散，她的书籍，是多么美妙而动人！那么，智慧呢？我怀疑她有超群的智慧，但我赞赏她的眼界开阔，也许正因如此，她的许多想法跟严肃、漂亮、却不喜欢我的丽达才显得截然不同。任尼娅喜欢我这个画家，我的才能征服了她的心。我也一心只想为她作画，在我的幻想中，她是我娇小的皇后，她跟我将共同支配这些树林、田野、雾霭和朝霞，支配这美丽迷人的大自然，尽管在这里我至今仍感到极其孤独，像个多余的人。

"再待一会儿，"我央求道，"求求您了。"

我脱下大衣，披到她冰凉的肩上。她怕穿着男人的大衣显得可笑、难看，便笑起来，甩掉了大衣。我趁机把她搂在怀里，连连吻她的脸、肩膀和手。

"明天见！"她悄声说，然后小心翼翼地，似乎怕打破这夜的宁静，拥抱了我，"我们家的人彼此不保守秘密，我现在应当把一切都告诉妈妈和姐姐……太可怕了！妈妈倒没什么，妈妈喜欢您，可是丽达……"

她说罢朝大门跑去。

"再见！"她喊了一声。

之后有两分钟之久我都听到她的奔跑声。我已不想回家，再说也没有必要急着回去。我犹豫地站了片刻，然后缓步走回去，想再看一眼她居住的那幢可爱、朴素、古老的房子，它那阁楼上的两扇窗子，像眼睛似的望着我，它似乎什么都知道了。我走过凉台，在网球场旁边的长椅上坐下。我置身在老榆树的阴影中，打量着房子。蜜修斯生活的阁楼上，窗子亮了一下，接着透出柔和的绿光——这是因为灯上罩着罩子。人影摇曳……我的内心充溢着柔情和恬静，我满心欣喜，高兴的是，我还能够有所爱恋，能够爱人。可是转念一想，此刻在离我几步之遥的这幢房子的某个房间里，生活着丽达，她并不喜欢我，可能还恨我，我又感到很不痛快。我坐在那里，一直等着任尼娅会不会走出来。我凝神细听，似乎觉得阁楼里有人在说话。

大约过了一个小时，绿色的灯光熄灭了，人影也消失了。月亮已经高高地挂在房子上空，照耀着沉睡中的花园和小径。屋前花坛里的大丽花和玫瑰清晰可见，好像都是一种颜色。天气变得很冷。我走出花园，在路上捡起大衣，不慌不忙地回去了。

第二天午后，我又来到沃尔恰尼诺夫家。通往花园的玻璃门敞开着。我坐在凉台上，等着任尼娅会突然从花坛后面走出来，或者从一条林荫道里出现，或者能听到她从房间里传来的声音。后来我走进客厅和饭厅，那里一个人也没有。我从饭厅里出来，经过一条长长的走廊，来到前厅，然后又返回来。走廊里有好几扇门，从一间房里传来丽达的声音。

"上帝……送给……乌鸦……"她拖长声音大声念道，大概在给学生听写，"上帝送给乌鸦……一小块奶酪……谁在外面？"她听到我的脚步声，突然喊了一声。

"我。"

"哦！对不起，我现在不能出来见您，我正在教达莎功课。"

"叶卡捷琳娜·帕夫洛夫娜在花园里吗？"

"不在，她跟我妹妹今天一早动身去平扎省我姨妈家了。冬天她们可能到国外去……"过了一会儿，她接着说，"上帝……送给乌鸦……一小块奶酪……你写完了吗？"

我走进前厅，呆呆地站在那里，眼望着池塘，望着村子，耳边又传来丽达的声音：

"一小块奶酪……上帝给乌鸦送来一小块奶酪……"

我离开庄园，走的是头一次来的路，不过方向相反：先从院子进入花园，经过一幢房子，然后是一条椴树林荫道……一个男孩追上我，交给我一张字条。我念道：

> 我把一切都告诉姐姐了，她要求我跟您分手。我无法不听她的话而让她伤心。愿上帝赐您幸福，请原谅我。但愿您能知道我和妈妈多么伤心！

然后是那条幽暗的云杉林荫道，一道倒塌的栅栏……田野上，当初黑麦正扬花，鹌鹑声声啼叫，此刻只有母牛和加了羁绊的马儿在游荡。山坡上，散落着一些绿油油的冬麦地。我又回到平常那种冷静的心境，想起在沃尔恰尼诺夫讲的那些话，不禁感到羞愧。跟从前一样，我又过起枯燥乏味的生活。回到住处，我收拾一下行李，当天晚上就动身回彼得堡去了。

此后我再也没有见到沃尔恰尼诺夫一家人。不久前的一天，我去克里米亚，在火车上遇见了别洛库罗夫。他依旧穿着腰部有褶的长外衣和绣花衬衫。当我问到他的健康状况，他回答说："托您的福了。"我们交谈起来。原来他把原先的田庄卖了，买了一处小一点儿的田庄，写在柳波芙·伊凡诺夫娜的名下。关于沃尔恰尼诺夫一家人，他说得不多。据他说，丽达依旧住在舍尔科夫卡，在小学里教孩子们读书。渐渐地她在自己周围聚集了一群同情她的人，他们结成强有力的一派，在最近一次地方自治会的选举中"击垮了"一直把持全县的巴拉金。关于任尼娅，别洛库罗夫只提到，她不在老家住，现在去向不明。

那幢带阁楼的房子我已渐渐淡忘，只在作画和读书的时候，偶尔忽然无端地忆起阁楼窗口那片绿色的灯光，忆起我那天夜里走在田野上的脚步声，当时我沉醉于爱情之中，不慌不忙地走回家去，冷得我不断搓手。有时——这种时刻更少——当我孤独难耐、心情郁闷的时候，也会模模糊糊地忆起这段往事，而且不知什么缘故，我渐渐地觉得，有人也在想念我、等待我，有朝一日我们会相逢的……

蜜修斯，你在哪儿？

（1896 年）

庄 稼 人

一

　　莫斯科一家叫"斯拉夫商场"的一名跑堂病了。他名叫尼古拉·奇基利杰耶夫。他的下肢麻木，行动困难，一天他在过道里绊了一下，连同托盘上的火腿烧豌豆一起摔倒了。他只好辞职不干。他四处求医，花光了自己和妻子的全部积蓄，生计难以维持，再说无所事事实在无聊，于是决定回乡下老家去。在家里不只养病方便些，日常的开销也省了许多。俗话说得好："自家的墙壁也能扶你一把。"

　　傍晚时分他们回到了故乡茹科沃村。在他儿时的记忆里，自己家总是敞亮、舒适、方便，可现如今，一跨进家门，就吓了他一跳：木屋里居然又暗又挤又脏。跟他一道回来的妻子奥莉加和女儿萨莎见了炉子全惊呆了：炉子大得几乎占去半间屋，被煤烟和苍蝇糟蹋得黑乎乎的。苍蝇真叫多！炉子歪了，四壁的原木翘曲倾斜了，看上去小木屋随时都会倒塌下来。在前面墙角放圣像的地方，旁边贴满了瓶子上的商标和剪下来的报纸——他们是当画片贴起来的。穷啊，真叫穷！大人都不在家，都去收割庄稼了。炉台上坐着一个七八岁的小女孩，淡黄头发，没有梳洗，表情冷淡。对进屋的人她甚至看也不看一眼。炉台下一只白猫在炉叉上蹭背。

　　"猫咪，猫咪，"萨莎唤它，"猫咪!"

"我们家的猫听不见，"小姑娘说，"它聋了。"

"怎么会呢？"

"聋了。挨了打。"

尼古拉和奥莉加一眼就看出这里的人过的是什么日子，但谁也没有向对方说出来。他们默默地放下包裹，又默默地走到街上。他们的房子是村头第三家，看样子是最穷困、最破旧的了。第二家也好不了多少，可是尽头的一家却有铁皮屋顶，窗子上挂着窗帘。这所孤零零的房子没有篱笆，那是一家小饭馆。村里的木屋排成一行，整个小村安宁寂静，各家院子里的柳树、接骨木和花楸的枝条都探出墙来，煞是好看。

在农家的宅旁地后面，一道陡峭的土坡通向河边，坡上的黏土里处处露出一块块大石头。在这些石头和陶工挖出的土坑之间，有一些弯弯曲曲的小道，成堆的陶器碎片，有褐色的，有红色的，堆在那里。山坡下面是一片广阔而平整的绿油油草场。草场已经收割过，此刻只有农家的牲畜在游荡。那条河离村有一俄里远，河水在绿树成荫、美丽的河岸间蜿蜒而去。河对岸又是一片很大的草场，草场上有牲畜，成排成排的白鹅。草场过去，跟河的这边一样，一道陡坡通到山上。山顶上有个村子和一座五个圆顶的教堂，稍远处是地主的庄园。

"你们这地方真好！"奥莉加说，对着教堂画着十字，"主啊，多开阔！"

这时候，响起了教堂的钟声，召唤人们去做彻夜祈祷（这是礼拜天的前夜）。坡下的两个小姑娘正抬着一桶水，她们回过头去望着教堂，听那钟声。

"这会儿'斯拉夫商场'正好开饭……"尼古拉出神地说。

尼古拉和奥莉加坐在陡坡边上，看着太阳落山，那金黄的、紫红的晚霞映在河里，映在教堂的窗子上，弥漫在四野的空气中。空气柔和、宁静，说不出的纯净，这在莫斯科是从来没有的。日薄西山，牛欢羊叫，鹅群也从对岸飞过河来。随后四下里静下来，柔和的亮光消失了，苍茫的暮色很快就笼罩起来。

尼古拉的父亲和母亲回家了，两位老人身材一般高，同样消瘦、驼背、掉了牙。两个女人，儿媳妇玛丽亚和菲奥克拉，白天在对岸地主家帮工，这时也回家来了。玛丽亚是哥哥基里亚克的妻子，养有六个孩子。菲奥克拉是弟弟杰尼斯的媳妇，有两个孩子，杰尼斯在外面当兵。尼古拉走进农舍，看到一大家子人，大大小小的身影在高板床上、摇篮里、角角落落里蠕动，看到老人和女人们把黑面包泡在水里，狼吞虎咽地吃下去，这当儿他想到，他，一个病人，没有钱，还拖家带口，回到老家来算是打错了算盘——完全错了！

"基里亚克哥哥在哪儿?"大家打过招呼后他问。

"他在一个商人家里当看守人，"父亲回答，"待在林子里。他是个不错的庄稼人，就是马尿灌得太多。"

"不挣钱的人!"老太婆哭诉道，"我们家的汉子都命苦，从不给家里添东西，反倒往外拿。基里亚克酗酒，老头子也一个样，不瞒你说，小酒馆他熟门熟路。圣母娘娘可生气哩。"

因为来了客人才烧起了茶炊。茶水里有一股鱼腥味。糖块是咬过剩下的，灰不拉叽；面包上、碗碟上，有不少蟑螂爬来爬去。这种茶怎么叫人咽得下去，谈话也叫人不称心——说来说去，离不开"穷"和"病"两字。还没喝完一杯茶，忽然从院子里传来醉醺醺的喊叫声，声音很响，拖得很长：

"玛——玛丽——亚!"

"像是基里亚克回来了，"老头子说，"真是说到谁，谁就到。"

大家不作声了。不一会儿，喊声又响起来，粗声粗气，拖得很长，像从地底下发出来的：

"玛——玛丽——亚!"

大儿媳玛丽亚，脸色刷白，身子直往炉子边挨。这个宽肩膀、壮实、难看的女人一脸的惊慌失措，让人看了觉得怪怪的。她的女儿，那个坐在炉台上的小姑娘，一直表情冷漠，这时突然大声哭了起来。

"哭什么，讨厌鬼?"菲奥克拉呵斥她。她是个漂亮女人，身子也壮实，肩膀很宽，"别怕，他又不会宰了你！"

从老人口里尼古拉得知，玛丽亚害怕跟基里亚克一块儿待在林子里，每当他喝醉了，回来就找她闹事，毫不留情地痛打她一顿。

"玛——玛丽——亚！"喊声到了房门口。

"看在基督分上，替我说句话，亲人们，"玛丽亚费力地说，她喘着粗气，就像被人扔进冰水里一样，"替我说句话，亲人们哪……"

屋里所有的孩子都哭起来，萨莎望着他们，她也哭了。先是一声醉醺醺的咳嗽，随后一个身高体大的黑胡子汉子进了屋。他戴一顶冬天的帽子，所以在昏暗的灯光下看不清他的脸——凶神恶煞似的怪吓人。他就是基里亚克。他到了妻子跟前，抡起胳膊，一拳打在她的脸上。她一声不吭，被打昏过去，刚蹲了下去，鼻子里立刻流出血来。

"真丢人，丢人，"老头子嘟哝着爬到了炉台上，"还当着客人的面！作孽呀！"

老太婆默默地坐着，佝偻着背，在想心事。菲奥克拉摇着摇篮……看得出来，基里亚克觉得自己镇得住人，十分得意，便一把抓住玛丽亚的手，把她拖到门口，为了显得更凶，就像野兽一样吼起来。可是这时候他忽然看到有客人在场，就停住了脚步。

"啊，回来了……"他说着，放开了妻子，"亲兄弟带着一家子……"

他对着圣像祈祷一阵，跌跌撞撞，使劲睁大那双发红的醉眼，接着说：

"亲兄弟带着一家子回老家了……这么说，是从莫斯科来的。不用说，莫斯科是古时候定为国都的城市，是万城之母……不好意思……"

他在茶炊旁的长凳上坐下，喝起茶来。大家默不作声，只有他就着小茶盅大声喝着。他一连喝了十杯，随后倒在长凳上，立即打起了呼噜。

大家准备睡觉。尼古拉因为有病，跟父亲一起躺在炉台上。萨莎睡在地板上，奥莉加和两个妯娌去板棚里睡。

"唉，算了，亲人儿，"她挨着玛丽亚在干草上躺下后说，"眼泪也洗不去痛苦！忍一忍就算了。圣书上说：'有人打你的右脸，连左脸也转过去由他打。'唉，算了，亲人儿！"

后来她慢声细语地讲起莫斯科，讲起自己的生活，讲她怎样在带家具的公寓里当女仆。

"莫斯科的房子都很大，石砌的，"她说，"教堂很多很多，有一千六百个哩，亲人儿。房子的主人都是老爷，又漂亮，又体面。"

玛丽亚说，她别说莫斯科，连县城也没有去过。她不认字，不会祷告，连"我们在天之父"也不知道。她和菲奥克拉（她此刻坐在一旁听着），两人知道的事少，什么也不懂。两人都不喜欢自己的丈夫。玛丽亚怕基里亚克，每当他留下来，跟她在一起的时候，她就吓得浑身发抖。只要她一挨近他，他身上那股浓重的酒气和烟味总熏得她头昏脑涨。菲奥克拉呢，每当有人问她，丈夫不在是不是闷得慌，她总是气恼地回答：

"去他的！"

她们聊了一阵，后来就不出声了……

天气凉了。板棚附近有只公鸡扯着嗓门喔喔啼叫，吵得人没法儿睡觉。当淡蓝色的晨光穿过每一条板缝射进来时，菲奥克拉就悄悄地起身，走了出去，随后可以听到她吧嗒吧嗒的光脚板声，不知她跑哪儿去了。

二

奥莉加去教堂时，把玛丽亚也带了去。两个人顺着小路下坡，朝草场走去。两个人都心情愉快。奥莉加喜欢辽阔的田园，玛丽亚觉得这个妯娌和蔼可亲。太阳升起来了。草场上空一只睡意未消的鹰在低低盘旋，河水暗淡无光，有些地方晨雾缭绕。河对岸的山上一条光带延伸开去，照得教堂亮闪闪的。在地主家的花园里，一群白嘴鸦呱呱地大声喧闹。

"老爷子倒没什么，"玛丽亚讲了起来，"老婆子可厉害了，老跟人吵架。自家种的粮食只够吃到谢肉节①，只好在小铺里买面粉，惹得她火冒三丈，老说：你们的胃口太大。"

"唉，算了，亲人儿，忍一忍就算了。圣书上写着：'凡劳苦担重担的人，可以到我这里来。'②"

奥莉加说话稳重，慢声慢调，走起路来像朝圣女人那样，又快又急。她每天必读《福音书》，像教堂诵经士那样大声吟诵，尽管许多地方不懂，但神圣的语言总让她感动得泪眼婆娑。每当读到"如果"和"直到"这类词时，她的心脏似乎都要停止跳动了。她信仰上帝，信仰圣母，信仰所有侍奉上帝的人。她相信不能欺负人：不论是普通人、德国人，还是茨冈人和犹太人，世上的任何人都不能欺负。她相信，凡是不怜恤动物的人迟早都要遭殃。她相信这些都是在圣书里写着的。所以每当她读《圣经》的时候，即使读不懂，她的脸也总是流露出悲天悯人、感动和欢欣的表情。

"你是哪里人？"玛丽亚问。

"我是弗拉基米尔人。只是我很早就去了莫斯科，那年我才八岁。"

她们来到河边。河对岸有个女人站在水边，正在脱衣服。

"那是我们家的菲奥克拉，"玛丽亚认出人来，"她过河去地主的庄园，找那里的男管家。她尽胡闹，爱吵架——太出格了！"

黑眉毛的菲奥克拉披头散发，她还很年轻、健壮，像个姑娘家。她从岸上跳进河里，两条腿使劲拍打，在她的四围掀起了一片浪花。

---

① 谢肉节：东正教节日，在大斋前一星期，俄旧历二月下旬，带有送冬迎春的意思。
② 见《圣经·马太福音》第十一章第二十八节。

"她尽胡闹——太出格！"玛丽亚又说一遍。

河上一道原木搭成的木桥，摇摇晃晃，桥底下，在清澈透明的河水里，成群的大头圆鳍雅罗鱼来往穿梭，河水里翠绿的树丛的倒影摇曳，树叶上的露珠晶莹夺目。暖风拂面，让人心旷神怡。多么美好的清晨！要是没有贫穷，没有可怕的、哪儿也躲不掉的不尽贫穷，人世间的生活怕也是一样美好吧！可是只消回头看一眼村子，就会清晰地记起昨天发生的一切，于是由周围的景色唤起的那份让人陶醉的幸福感，立即便烟消云散了。

两个人来到教堂。玛丽亚站在大门口，不敢再往前走。她又不敢坐下，可八点多钟才打钟做弥撒。她就一直这样站着。

念《福音书》的时候，人群忽然骚动起来，大家这是都要给地主一家人让路。进来了两个穿白色连衣裙、戴宽边帽的姑娘，身后跟着一个穿水手服、脸色红通通的胖男孩。他们的到来使奥莉加大为激动，她一眼看出，他们是上流社会有教养的、高贵的人。玛丽亚却皱起眉头，沉着脸，沮丧地看着他们，进来的仿佛不是人，而是恶魔，她若不让路，就要被他们踩死似的。

每当教堂执事用男低音宣读经文的时候，玛丽亚总好像听到"玛——玛丽——亚"的吼叫声，身子不由打起了哆嗦。

三

村里人听说来了客人，做完弥撒，不少人来到他们家。列昂内切夫家的人、玛特维伊切夫家的人和伊利伊乔家的人都来打听他们在莫斯科当差亲戚的情况。茹科沃村里的所有年轻人，只要认得字，能读会写，都被送到莫斯科，而且只送到饭馆和旅店当学徒（河对岸村子里的年轻人只送到面包房当学徒）。这种风气由来已久，还在

· 228 ·

农奴制时代就这样了。那时有个茹科沃的庄稼人卢卡·伊凡内奇，如今他成了传奇人物，在莫斯科的一个俱乐部里当小卖部的管事，只接受同村人来做事。这些同村人站稳了脚跟，又把自己的亲戚叫来，安排他们在饭馆和旅店当差。从那时起，四里八乡的乡亲把茹科沃的村名都改了，管它叫"下人村"或者"奴才村"。尼古拉十一岁那年就被送到莫斯科去，由玛特维伊切夫家的伊凡·玛卡雷奇为他谋了一份差事。伊凡·玛卡雷奇当时在"艾尔米塔日"花园的剧场里当引座员。现在，尼古拉对着玛特维伊切夫家的人，煞有介事地说：

"伊凡·玛卡雷奇是我的恩人，我得日日夜夜祈求上帝保佑他，多亏了他，我才成了体面人。"

"我的天哪，"一个高个子老太婆，伊凡·玛卡雷奇的妹妹眼泪汪汪地说，"他老人家，我那亲人，现在一点儿音信都没有了。"

"去年冬天他在奥蒙老爷家当差，这个季节听说他到城外的花园里做事……他老啦！从前吧，往往一个夏季，每天都能带回家十来个卢布，可现如今到处生意清淡，这可苦了他老人家了。"

那些老太婆和女人看着他穿毡鞋的脚，看着他苍白的脸，伤心地说：

"你挣不了钱了，尼古拉·奥西佩奇，你挣不了钱了！哪能呢！"

大家都喜欢萨莎。她已经满十岁，可是长得很瘦小，看上去顶多只有七岁。别的小姑娘一个个脸蛋晒得发黑，头发胡乱地剪短，穿着褪色的长衫。她呢，脸蛋白白的，眼睛又大又黑，头发上还系着红丝带，夹在她们中间显得有点儿滑稽，好像这是一头刚从野地里捉回来的小兽。

"她会念书呢！"奥莉加温柔地瞧着女儿，夸奖道，"你念念，好孩子！"说着从包裹里拿出一本《福音书》，"你念念，念给这些东正教徒听。"

《福音书》很旧，很重，羊皮封面，书边已经脏了。书本有股气味，好像一班修士进屋时带进的气味儿。萨莎扬起眉毛，开始响亮地、像唱诗般念起来：

"'有主的使者向约瑟梦中显现，说，起来，带着小孩子同他母亲……'"

"带着小孩子同他母亲，"奥莉加重复道，她激动得满脸通红。

"'逃往埃及，住在那里，等我吩咐你……①'"

听到"等"字，奥莉加再也忍不住，哭了起来。玛丽亚望着她也抽抽嗒嗒，随后便是伊凡·玛卡雷奇的妹妹跟着落泪。老头子不住地咳嗽，翻来翻去想找件小礼物送给孙女，可是什么也没有找到，只好摆摆手作罢。经书念完之后，邻居们各自回家，一个个深受感动，对奥莉加和萨莎大加夸赞。

因为这天是节日，全家人整天都待在家里。老太婆，不论丈夫、儿媳，还是孙子、孙女，都管她叫老奶奶，样样事情都要亲自动手，亲自生炉子、烧茶炊，甚至在午间亲自去挤牛奶，然后就不住地抱怨，说这么多的活儿快累死她了。她老是担心家里人胃口太大，担心老头子和儿媳们闲着不干活儿。她一会儿好像听到小铺老板家的一群鹅从后面钻进她家的菜园子，于是她操起一根长杆子，赶紧跑出屋来，守着跟她一样干瘦、发蔫的白菜，扯起嗓子一喊就是半个钟头；一会儿她又觉得好像乌鸦想来抓她的小鸡，便骂骂咧咧，朝乌鸦冲过去。她从早到晚生气，唠叨，动辄提高嗓门嚷嚷，惹得街上的行人不由得停下了脚步。

她对自己的老头子没好气，不是叫他懒骨头，就是叫他讨厌鬼。他是个不大正经、靠不住的庄稼人，若不是她经常催赶着他，恐怕他真的什么活儿都不干，成天坐在炉台上说闲话了。他没完没了地对儿子讲起他的好些仇人，抱怨他每天都受邻居的欺负，听他说话真叫受罪。

"是啊，"他双手叉腰，说起来，"是啊……在圣十字架节②后

---

① 见《圣经·马太福音》第二章第十三节。

② 圣十字架节：东正教节日，在俄旧历九月十四日。

一个礼拜，我把干草卖了，一普特三十戈比，我自愿卖的……是啊……挺好……可是，有一天早晨，我把干草推出去，我是自愿卖的，也没有招谁惹谁，可是运气不好，我一看，村长安季普·谢杰利尼科夫正巧打从酒馆里出来。'你往哪儿送？没出息的东西！'他说完还随手给了我一记耳光。"

基里亚克喝醉后头痛欲裂，他没脸见弟弟。

"伏特加害死人。唉，我的天哪！"他嘟哝着，不住地摇晃痛胀的脑袋，"你们要看在基督分上，亲兄弟和亲弟妹，原谅我才好，我自己也不快活呀。"

因为这天是节日，他们从酒馆里买了一条鲤鱼，熬了一锅鱼头汤。中午大家先喝茶，喝了很长时间，喝得热汗淋漓，看来茶水把肚子都撑大了。这之后才开始喝鱼汤，大家就着一个瓦罐喝。至于鱼身子，老奶奶藏起来了。

傍晚，有个陶工在坡上烧制钵头。坡下的草场上，姑娘们唱歌跳圆圈舞。有人在拉手风琴。河对岸也有人在烧窑，也有姑娘们唱歌，远处的歌声悠扬悦耳。酒馆内外庄稼人吵吵嚷嚷，他们醉醺醺地各唱各的，破口大骂，让奥莉加听了直打哆嗦，连呼：

"哎呀，天哪……"

她感到吃惊的是，那些骂人话可以连续不断，而且骂得最凶、嗓门最大的倒是那些快要入土的老头子。孩子们和姑娘家听了也不觉得难为情，显然他们早在摇篮里就听惯了。

过了午夜，两岸的窑火都已熄灭，可是下面草场上和酒馆里还有人在玩乐。老头子和基里亚克都醉了。他们胳膊挽着胳膊，肩膀撞着肩膀，跌跌撞撞来到奥莉加和玛丽亚睡觉的棚子前。

"算了吧，"老头子劝他说，"算了吧……她是个老实的婆娘……罪过呀……"

"玛——玛丽——亚！"基里亚克喊道。

"算了吧……罪过呀……一个挺不错的婆娘。"

两人在棚子前站了一会儿，走开了。

"我——我爱——野花儿！"老头子突然用刺耳的男高音唱起来，"我——我爱——到野地里——摘花儿！"

随后他啐了一口，骂了一句粗话，进屋去了。

四

老奶奶让萨莎待在菜园里，守着白菜，别让鹅进来。已是炎热的八月天。酒馆老板家的鹅经常从后面钻进菜园，不过眼下它们正忙着：在酒馆附近啄食燕麦，和睦地交头接耳，只有一只公鹅高昂着脑袋，似乎想观察一下，老太婆是不是拿着杆子跑来了。别的鹅也可能从坡下上来，不过那群鹅此刻远在河对岸觅食，在绿色的草场上画出一道长长的白线。萨莎站了一会儿，觉得挺没意思，看看鹅不来，就跑到陡坡的边上去了。

她在那里看到玛丽亚的大女儿莫季卡正一动不动地站在一块大石头上打量教堂。玛丽亚生了十三胎，可是只留下六个孩子，而且全是女儿，没一个男孩。大女儿才八岁。莫季卡光着脚，穿一件长衬衫，站在太阳底下，火辣辣的阳光烤着她的头顶，但她毫不理会，仿佛成了块石头。萨莎站到她身旁，望着教堂说：

"上帝就住在教堂里。人到了晚上点灯，点蜡烛，上帝呢，点长明灯。长明灯有红的，绿的，蓝的，像小眼睛似的。到了夜里上帝就在教堂里走来走去，圣母娘娘和上帝的仆人尼古拉陪着他——笃，笃，笃……守夜人听了吓坏了，吓坏了！唉，算了，亲人儿，"她学着母亲的话，说道，"到了世界末日那一天，所有的教堂都飞到天上去了。"

"钟——也——飞了？"莫季卡一字一顿地低声问道。

"钟也飞。到了世界末日那一天，好心的人都进天堂，凶狠的人，给扔进永远不灭的火里去烧，亲人儿。上帝会对我妈妈和玛丽亚说：你们没欺负人，所以往右边走，去天堂吧。可是对基里亚克和老奶奶他就会说：你们往左边走，到火里去。谁在斋日吃荤，他也要到火里去。"

她仰望天空，睁大眼睛，又说：

"你瞧着天空，别眨眼睛，就能看到天使。"

莫季卡也仰望天空，一言不发地过了一分钟。

"看见了吗？"萨莎问道。

"没见着。"莫季卡低声说。

"我可看见了。一群小天使在天上飞，扇着小翅膀—— 一闪一闪，像小蚊子似的。"

莫季卡想了一会儿，眼望地面，问：

"老奶奶也要遭火烧吗？"

"会的，亲人儿。"

从她们站着的大石头一直到山脚下，是一道平整的缓坡，长满了绿油油的嫩草，叫人见了真想伸出手去摸摸，或者在上面躺躺。萨莎躺下，翻身往下滚。莫季卡一脸严肃认真，喘着粗气，也躺下，翻身往下滚。她的衬衫被卷到肩膀上去了。

"真好玩！"萨莎快活地说。

她俩往上走，想再玩一次，可是这时候传来了熟悉的尖叫声。哎呀，真可怕！老奶奶没了牙，瘦骨嶙峋，驼着背，短短的白发随风飘起，拿着一根长杆子正把一群鹅赶出菜园子，嘴里嚷嚷着：

"白菜全给糟蹋了，这些该死的畜生，统统宰了你们才好，你们这些挨千刀的祸根子，怎么不死了干净？"

她看到两个小姑娘，就扔下杆子，拾起一根枯树枝，伸出干瘦、粗硬、像弯钩似的手指抓住萨莎的脖子，开始抽打她。萨莎又痛又吓，号啕大哭起来。这时候那只公鹅伸长脖子，一摇一摆地走到老太婆跟前，嘎嘎地吼了一阵，当它转身归队时，所有的母鹅热烈欢迎它，连连叫好：嘎——嘎——嘎！随后老奶奶挥着树枝抽打莫季卡，莫季卡的衬衫又给掀了起来。萨莎伤心透了，哭哭啼啼着跑回屋里，告状去了。莫季卡跟在后面，也放声大哭，不过她的哭声低沉，而且不擦眼泪，脸上泪水涟涟，就像她的脸刚在水里泡过似的。

"我的天哪！"奥莉加见她俩跑进屋来，惊呼道，"圣母娘娘！"

萨莎开始讲起怎么回事，这时候老奶奶尖声叫骂着也进了屋，菲奥克拉也恼了，于是屋子里乱成一团。

"没事，没事！"奥莉加脸色苍白，心慌意乱，一边抚摩着萨莎的头，一边安慰她，"她是你奶奶，生奶奶的气是罪过的。没事，乖孩子。"

尼古拉早已被这经常不断的叫骂、饥饿、煤烟和臭气弄得筋疲力尽，他已经痛恨、鄙视这种贫穷的生活，而且在妻子、女儿面前常常为自己的爹娘感到羞愧——这时候，他从炉台上垂下腿来，带着哭腔，气愤地对母亲说：

"您不能打她！您根本没有权力打她！"

"得了吧。你躺在炉台上等死吧，你这个病鬼！"菲奥克拉恶狠狠地冲着他大声嚷嚷，"真见鬼，谁叫你们回来吃闲饭的？"

萨莎、莫季卡和家里所有的小姑娘都爬到炉台上，躲在尼古拉背后的角落里，在那儿一声不吭、战战兢兢地听着这些话，似乎可以听到她们那小小的心脏在怦怦地跳动。每当一个家庭里有人久病不愈，绝了生还的希望，常常会出现极其沉重的时刻，这时他身边的所有亲人会胆怯地、暗暗地、在内心深处希望他死去。只有孩子们害怕亲人的死亡，一想到这个就会心惊肉跳。此刻，小姑娘们都屏住呼吸，脸上一副悲哀的表情，望着尼古拉，想到他很快就要死掉，她们不由得想哭，真想对他说几句亲切的、可怜他的话。

尼古拉直往奥莉加这边靠，仿佛在寻找她的保护，用颤抖的声音轻轻地对她说：

"奥莉亚①，亲爱的，我在这儿再也待不下去了。我浑身没半点力气。看在上帝分上，看在天主基督的分上，你给你妹妹克拉夫季娅·阿勃拉莫夫娜写封信吧，让她把她所有的东西都卖了、当了，让她把钱寄来，我们好离开这里。啊，上帝，"他苦恼地继续道，"哪怕让我再看一眼莫斯科也好啊！哪怕我能梦见莫斯科也好啊，亲爱的！"

　　黄昏来临，农舍里越来越暗，大家愁得说不出话来。怒气冲冲的老奶奶把黑麦面包的硬壳掰碎后泡在碗里，再放进嘴里慢慢地嚼着，吃了足足一个钟头。玛丽亚挤完牛奶，提着牛奶桶进来，把它放在凳子上。老奶奶再把桶里的牛奶倒进一只只瓦罐，不慌不忙地干了很长时间。她显得挺满意，因为眼下正是圣母升天节②斋戒期，谁也不兴喝牛奶，这些牛奶就都留下了。她只往一个小碟子里稍稍倒了些，留给菲奥克拉的小娃娃喝。后来她和玛丽亚把一只只瓦罐送到地窖去。莫季卡忽然跳起来，从炉台上爬下来，走到凳子跟前，拿起碟子，往那只泡着面包硬皮的木碗里泼了一点牛奶。

　　老奶奶回到屋里，又端起自己的碗吃起来。萨莎和莫季卡坐在炉台上望着老奶奶，心里甭提有多高兴了：这下老奶奶不是也开了荤吗，往后只能入地狱了。她们得到了安慰，就躺下睡觉。萨莎快要入睡，可还在想象着最后的审判：一只像陶窑那样的大炉子里烈火熊熊，有个头上像长着牛角、浑身乌黑的魔鬼，拿着一根长杆子把老奶奶往火里赶，就像她自己刚才赶鹅一样。

---

① 奥莉亚：奥莉加的昵称。
② 圣母升天节：东正教节日，在俄旧历八月十五日，斋期半个月，持斋日不吃荤（肉食及牛奶）。

五

在圣母升天节晚上十点多钟，在坡下草场上玩乐的姑娘们和小伙子们，忽然发出刺耳的惊叫声，纷纷朝村子方向跑去。那些坐在陡坡上边的人一时间还弄不明白怎么回事。

"着火啦！着火啦！"下面传来声嘶力竭的呼喊声，"村里着火啦！"

坐在陡坡上边的人回头一看，在他们前面呈现出一幅恐怖的、不寻常的景象。村头一座木房的干草顶上，蹿起一俄丈的火柱，火舌翻滚，无数的火星四散飞溅，像喷泉喷水似的。随即整个屋顶燃起熊熊大火，可以听到火烧时的噼啪声。

月色变得暗淡，整个村子已经笼罩在颤动的红光之中，地上黑影来回移动，空气中有一股焦糊味。从坡下跑上来的人，一个个气喘吁吁，战战兢兢，说不出话来。他们互相推推搡搡，跌跌撞撞，由于不习惯刺眼的火光，什么也看不清楚，甚至彼此都认不出来了。这景象实在恐怖。特别可怕的是几只鸽子在火焰上空的浓烟里飞来飞去。而在酒馆里，那些还不知道村里起火的人还在唱歌，拉手风琴，像什么事也没有发生似的。

"谢苗大叔家起火啦！"有人粗声粗气地大喊道。

玛丽亚在自己屋前急得团团转。她哭哭啼啼，搓着手，吓得牙齿直打战，其实火还远着呢，在村子的另一头。尼古拉穿着毡靴走出屋来，孩子们穿着贴身内衣纷纷跑出来。在乡村巡警的小屋附近有人敲起了铁板，嘭嘭声不绝于耳。这急促的无休止的铁板声弄得人心里隐隐作痛，浑身发冷。一些老奶奶们都捧着圣像站着。所有的羊、牛犊和母牛都让人从院子里轰到街上，不少箱笼、熟羊皮和木桶都搬了出来。一匹毛色乌黑的种马，平常不放它进马群，因为它老踢伤别的马，这会儿也放了出来。它一声嘶鸣，马蹄得得，在村里一连跑了两个来回，忽然在一辆大车旁停住，用后腿使劲踢那车子。

河对岸的教堂里也敲起了钟。

起火的木屋附近热气袭人，火光耀眼，连地上的每一棵小草都清晰可见。一些箱子好不容易给拖了出来。谢苗坐在其中的一只箱子上，这是一个须发棕红的庄稼汉，大鼻子，一顶便帽压得很低，直到耳朵，穿一件短上衣。他的妻子脸朝下躺在地上，已经不省人事，嘴里不住地哼哼着。有个八十岁上下的老头，在一旁走来走去。他身材矮小，一把大胡子，没戴帽子，手里抱一个白包袱，像个地精①。他不是本地人，但显然与这场火灾有牵连，他的秃顶上映照出火光来。村长安季普·谢杰利尼科夫，晒黑的脸膛，乌黑的头发，像个茨冈人，拿一把斧子走到木屋前，不知道为什么，把所有的窗子一扇扇砍下来，随后便砍起了台阶。

"娘儿们，拿水来！"他喊道，"把机器抬来！快！"

刚才在酒馆里饮酒作乐的庄稼汉们把救火机抬来了。他们都已喝醉，不时磕磕绊绊，跌跌撞撞，眼睛里含着泪水，一副无可奈何的表情。

"姑娘们，水！"村长吆喝着，他也醉了，"快，姑娘们！"

女人和姑娘们跑到下面泉水边，把大桶、小桶灌满了水往山上送，倒进救火机里，又往下跑。奥莉加、玛丽亚、萨莎和莫季卡都去弄水。有些女人和男孩子压唧筒抽水，水龙带便吱吱地冒水，村长拿着它一会儿对着门，一会儿对着窗，有时还用手指堵住水流，这一来吱吱声就更刺耳了。

"好样的，安季普！"有些人称赞道，"加油啊！"

安季普冲进起火的门廊里，在里面大声喊叫：

---

① 地精：西欧神话中守护地下财宝的丑陋侏儒。

"使劲压水！正教徒们，在灾祸面前，合力干哪！"

不少庄稼汉站在一旁，袖手旁观，瞧着火发愣。谁也不知该怎么办，束手无策，而周围全是粮垛、干草、板棚和柴堆。基里亚克和老头奥西普也站在里面，两人都带着醉意。像是为自己的袖手旁观开脱，老头对躺在地上的女人说：

"大嫂子，你何苦拿脑袋撞地？你这房子是上过保险的，你愁什么！"

谢苗时而对这个人，时而对那个人讲起着火的原因：

"就是那个拿包袱的小老头子，茹科夫将军家的仆人……他从前在将军家当厨子，愿将军的灵魂升天堂。晚上来我家说：留我在这儿住一夜……得了，不用说，我们两人就喝了那么一小杯……老婆子忙着生茶炊，想请老头子喝点儿茶，可是合该倒霉，她把茶炊放到门廊里，烟囱里的火星一直蹿到屋顶，点着了干草，这下就出事了。我们差点儿没给烧死。老头子的帽子烧掉了，作孽呀。"

铁板声响个不停，河对岸的教堂里钟声齐鸣。奥莉加周身映在火光里，气喘吁吁地跑上跑下，惊恐地看着那些火红色的绵羊和在烟雾里飞来飞去的粉红色的鸽子。她觉得这钟声像尖刺扎进她的心脏，又觉得这场火永远扑不灭，而萨莎找不见了……后来轰隆一声木屋的天花板塌下来，她心想这下全村准会烧光，这时她浑身瘫软，再也提不起水桶，就坐在坡上，水桶扔在一旁。在她身旁和身后都有女人在呼天抢地号啕大哭，简直在哭丧。

这时候，从河对岸的地主庄园里驶来两辆马拉大车，车上坐着地主的管家和雇工，他们运来了一台救火机。有个身穿白色海军服、敞着怀的年轻大学生骑着马也赶来了。响起了斧子的砍击声，一把梯子架到已经着火的木屋框架上，立即有五个人往上爬，打头的就是那个大学生。他周身被火光照红，用刺耳的、嘶哑的声音喊叫着，听口气，他像是救火的行家似的。他们把木屋拆掉，把原木一根根卸下来，把畜栏、篱笆和近处的干草垛都拖开了。

"别拆屋子，"人群里传来严厉的喊声，"别拆！"

基里亚克一副果断的神态走向木屋，似乎要阻止来人拆房子。可是一名雇工把他赶回来，还狠狠地揍了他一拳。大家一阵哄笑，雇工又给了他一拳，基里亚克倒下了，手脚并用爬回到人群里。

河对岸又来了两个戴帽子的漂亮姑娘，多半是大学生的姐妹。她们远远站着看。拆下拖走的原木不再燃烧，但是还冒着浓烟。大学生则拿着水龙头，时而对着原木冲，时而对农民和提水的女人冲。

"若儿日①!"两个姑娘不安地向他喊，责备他，"若儿日!"

火熄灭了。大家四散回家，这时才发现天快亮了，人人脸色苍白中带着点儿淡褐色——每当清早天空中最后一些星星消失的时候，人的脸色看起来往往这样。回家路上，庄稼汉嘻嘻哈哈，不断地拿茹科夫将军的厨子开玩笑，取笑他把帽子烧掉了。他们已经有兴致把火灾变成笑谈，火这么快就被扑灭了，他们好像还有点儿可惜哩。

"您，少爷，救火挺内行，"奥莉加对大学生说，"您真该来我们莫斯科，那儿差不多天天有火灾。"

"您是从莫斯科来的?"一位小姐问道。

"是的。我丈夫在'斯拉夫商场'当差。这是我的女儿，"她指着冷得发抖、紧贴着她的萨莎说，"她也算是莫斯科人哩，小姐。"

两位小姐对大学生讲了几句法语，大学生给了萨莎一个二十戈比的银币。老头子奥西普见到了，他的脸上顿时闪现出希望的光芒。

"感谢上帝，老爷，多亏没风，"他对大学生说，"要不然只消一个钟头就会烧个精光。老爷，您是好人，"他压低嗓音，不好意思地加了一句："大清早好冷，能暖暖身子……您行行好，赏几个小钱打点儿酒喝。"

他什么也没得着，于是大声清了清嗓子，慢腾腾地回家了。奥莉加一直站在坡边，望着两辆车子涉水过河，少爷和小姐穿过草地，河对岸有一辆马车正等着他们。她一回到农舍，惊喜地对丈夫说：

---

① 若儿日：俄语中称"乔治"为"若儿日"。

"多好的人哪！长得也漂亮！两位小姐简直就是天使！"

"她们不得好死！"睡得迷迷糊糊的菲奥克拉恶狠狠地说。

六

玛丽亚认定自己命苦，常说不如死了的好。菲奥克拉正相反，贫穷也好，龌龊也好，不停的叫骂也好，这生活样样合她的口味。给她什么，她吃什么；不管什么地方，不管有没有铺的盖的，她倒头就睡。她把脏水倒在台阶上，再光着脚从水洼里走过去。她从第一天起就恨奥莉加和尼古拉，只因为他们不喜欢这种生活。

"我倒要瞧瞧你们在这里吃什么，莫斯科的贵族！"她常常幸灾乐祸地说，"我倒要瞧瞧！"

有一天早晨，那已是九月初了，菲奥克拉挑了一担水从坡下回来，冻得脸蛋红红的，又健康又漂亮。这时候玛丽亚和奥莉加正坐在桌子旁喝茶。

"又是茶又是糖，"菲奥克拉挖苦地说，"好气派的两位太太，"她放下水桶，又说，"倒时兴天天喝茶哩，小心点，别让茶把你们呛死了！"她恶狠狠地瞧着奥莉加，接着说，"在莫斯科养得肥头胖脸的，瞧这一身肥膘！"

她抡起扁担，一头打在奥莉加的肩膀上，两个妯娌惊得拍着手掌道：

"哎呀，我的天哪！"

随后菲奥克拉又去河边洗衣服，一路上破口大骂，那骂声待在屋子里都听得见。

白天过去了，随后是秋天漫长的夜晚。木屋里在缫线。除了菲奥克拉，大家都在忙着：她又跑到河对岸去了。这丝是从附近的工厂里弄来的，全家人靠它挣几个钱——一星期二十来戈比。

"当年在东家手下，日子好过些，"老头子一面缫丝，一面说，"干活儿，吃饭，睡觉，样样少不了。中饭是菜汤和粥，晚饭还是菜汤和粥。黄瓜和白菜多的是，由你敞开吃。可是规矩也大些，人人都安分守己。"

屋里只点一盏小灯，光线暗淡，老冒烟。要是有人挡住了小灯，就有很大一片黑影落在窗上，这时可以看到明亮的月光。老头子奥西普不慌不忙地谈起农奴解放①前人们的生活。他说到，在这一带地方，现如今日子过得太烦闷、太穷苦，想当年老爷们常常带着猎犬、灵猩②和职业猎手外出打猎，围猎的时候，庄稼汉都能喝到伏特加。之后整车整车被打死的野禽送到莫斯科的少东家那里。他还说到，作恶的农奴受到惩罚，挨树条抽打，还要发配到特维尔的世袭领地上当农奴；好心的农奴受到奖赏。老奶奶也讲些往事。她什么都记得。她谈起自己的女主人，说她心地善良，严守教规，可是丈夫是个酒徒和浪荡子。说她有三个女儿，天知道都嫁了些什么人：一个嫁给酒鬼，另一个嫁给小市民，第三个私奔了（老奶奶当时很年轻，还为小姐出过力）。她们三个很快都忧愁中没了命，跟她们的母亲一样，想起这些，老奶奶甚至抽泣了几声。

突然有人敲门，大家都吓了一跳。

"奥西普大叔，留我住一夜吧！"

进来一个秃顶的小老头子，就是那个烧掉帽子的茹科夫将军的厨子。他坐下来，听着，随后也开始回忆往事，讲起各种各样的故事来。尼古拉坐在炉台上，两条腿下垂，听着，老是问他当年老爷们吃些什么菜。他们谈起了肉丸、肉饼、各种汤和佐料。厨子的记性也很好，他还举出一些现在没有的菜，比如说有一道用牛眼睛做的菜，取名叫"早晨醒来"。

---

① 俄国于 1861 年废除农奴制。

② 灵猩：一种跑得特别快的猎犬。

"那时候你们烧'元帅肉排'吗?"尼古拉问。

"不烧。"

尼古拉摇摇头,责备说:

"哎呀,你们这些倒霉的厨子!"

炉台上有好几个小姑娘,有坐的,有躺的,目不转睛地往下瞧着,看上去真像云端里的一群小天使。她们喜欢听大人讲话,时而高兴,时而害怕,不住地叹气,哆嗦,脸色变白。她们觉得老奶奶的故事讲得最有趣,屏声敛息,身子不敢动弹。

后来大家一声不吭躺下睡觉。老年人被那些陈年往事弄得心神不宁,兴奋起来,想起年轻的时候多么美好。青春,不管它什么样,在人的记忆中总是留下生动、愉快、动人的印象。至于死亡,它已经不远了,却是那么可怕而无情——还是不去想它的好!油灯熄灭了。黑暗也好,月光照亮的两扇小窗也好,寂静也好,摇篮的吱嘎声也好,不知什么缘故这一切使老人们想起他们的生活已经过去,青春不再……他们刚要蒙眬入睡,忽地有人碰碰你的肩膀,一口气吹到脸上,立即就睡意全消了,觉得身子发麻,种种死的念头直往脑子里钻。翻一个身再睡——死亡的事倒忘了,可是满脑子都是贫穷、饲料、面粉涨价等等早就让人发愁、烦心的事。过了一会儿,不由得又会想起:生命已经过去了,再也不能挽回……

"唉,主啊!"厨子叹了一口气。

有人轻轻地敲了几下小窗子。多半是菲奥克拉回来了。奥莉加打着哈欠,小声念着祷词,起身去开房门,又到过道里拉开了门闩。可是没有人进来,只是从外面吹进一阵冷风,月光一下子照亮了过道。从门里望出去,可以看到寂静而荒凉的街道和天上漂泊的月亮。

"谁?"奥莉加大声问。

"我,"有人回答,"是我。"

大门旁贴着墙跟站着菲奥克拉,全身一丝不挂。她冻得浑身发抖、牙齿打战,在明亮的月色里显得惨白,很美,很怪。她身上的阴影和皮肤上的月辉，不知怎么十分显眼，她那乌黑的眉毛和一对丰满、结实的乳房显得特别清楚。

"河对岸的那帮家伙胡闹，剥光了我的衣服才放我回来……"她说，"我只好光着身子回家，像出娘胎时那样。快给我拿点儿穿的来。"

"你倒是进屋呀！"奥莉加小声说，她也冷得哆嗦起来。

"千万别让两个老东西看见。"

实际上，老奶奶已经操心地嘟哝起来，老头子问："外面是哪个？"奥莉加把自己的上衣和裙子拿出去，帮菲奥克拉穿上，随后两人极力不出声地关上门，轻手轻脚地走进农舍。

"是你吧，讨厌鬼？"老奶奶猜出是谁，生气地唠叨道，"嘿，叫你这夜猫子……不得好死！"

"没事，没事，"奥莉加悄悄地说，给菲奥克拉披上衣服，"没事，亲人儿。"

屋里又静下来。这家人向来睡不踏实，那种纠缠不休、摆脱不掉的苦恼妨碍他们每个人安睡：不是老头子背痛，老奶奶满心焦虑和气恼，便是玛丽亚担惊受怕，孩子们疥疮发痒、肚子老饿。就是睡梦中他们也不得安生：身子翻来覆去，梦话连连，不时爬起来喝水。

菲奥克拉突然哇的一声哭起来，但立即又忍住，不时抽抽搭搭，声音越来越轻，最后不响了。河对岸有时传来报时的钟声，可是敲得很怪：先是五下，后来是三下。

"唉，主啊！"厨子连连叹息。

望着窗子，很难分清：这是月色呢，还是已经天亮了。玛丽亚起身出了屋，可以听见她在院子里挤牛奶，不时说："站好！"后来老奶奶也出去了。屋子里还很暗，但所有的东西都已显身露形。

尼古拉一夜没睡着，从炉台上爬下来。他从一只绿色的小箱子里拿出自己的燕尾服，穿到身上，走到窗前，不住地用手掌抿平衣袖，又拉拉后襟。他笑了。后来他小心地脱下燕尾服，收进箱子里，又躺下。

玛丽亚回到屋里，开始生炉子。她显然还没有完全睡醒，一边走，一边慢慢地清醒过来。她大概梦见了什么，或者又想起了昨晚的故事，因此在炉子跟前舒舒服服地伸了个懒腰，说：

"不，还是自由好!"

七

老爷坐车来了——村里人都把区警察局长叫老爷。他什么时候来，为什么来，一周以前大家就知道了。茹科沃村只有四十户人家，可是他们欠官府和地方自治局的税款已累计两千多卢布。

区警察局长先在小酒馆里歇脚，他"赏脸"喝了两杯清茶，然后步行到村长家里，房子外面候着一群拖欠税款的庄稼人。村长安季普·谢杰利尼科夫尽管很年轻——还只有三十岁出头——却很严厉，总是帮上级说话，其实他自己也很穷，也不能按时交税。明摆着，他很乐意当村长，意识到自己大权在手，喜滋滋的。除了严厉，他不知道还有别的显示权力的手段。村民大会上，大家都怕他，他说了算。有时，在街上或者酒馆附近，他会突然冲着某个醉汉大声呵斥，反绑了他的手，把他关进拘留室。有一次他甚至把老奶奶也关了一天一夜，原因是来开会的是她，而不是奥西普，而且她还在会上骂人。他没有在城市里待过，大字不识一个，但不知从哪儿弄来了许多深奥的词儿，说起话来喜欢用上一些，村民们因此挺敬重他，尽管别人听了不知所云。

奥西普带着他的纳税簿走进村长家的小木屋。区警察局长，一个瘦老头子，蓄着长长的灰白络腮胡子，穿一身灰制服，正坐在上座①

---

① 俄罗斯农舍内放圣像的地方。

· 244 ·

的桌子旁写些什么。屋子里干干净净，四面墙上贴满了从杂志上撕下来的花花绿绿的画片。在圣像旁边最显眼的地方，挂着从前的保加利亚大公巴滕贝克①的肖像。村长安季普·谢杰利尼科夫两手交叉抱在胸前，站在桌旁。

"大人，他欠一百十九卢布，"轮到奥西普时，村长说，"复活节前他交了一个卢布，打从那天起分文未交。"

区警察局长抬头望着奥西普，问道：

"这是为什么，老乡？"

"请您开恩，大人，"奥西普激动地说，"容我说几句，头年柳托列茨村的老爷对我说：'奥西普，把你的干草卖了吧……卖给我。'怎么不行呢？我有一百普特干草要卖出去，都是几个娘儿在草场上割的。行，我们谈妥了价钱……本来挺好，你情我愿的……"

他抱怨起村长来，不时转身瞧瞧那些庄稼汉，似乎要请他们来做证似的。他满脸通红，额头冒汗，眼神变得尖利而凶狠。

"我不明白你说这些干吗？"区警察分局局长说，"我问的是你……我只问你为什么不交纳欠款？你们大家都不交，敢情让我来承担这责任？"

"我拿不出来！"

"这些话毫无根据，大人，"村长说，"不错，奇基利杰耶夫一家属于不富裕户，不过请您问问其余的人，要怪就怪伏特加，一帮胡作非为的家伙。全是不讲理的家伙。"

区警察局长记下什么，然后心平气和地对奥西普说，那语气就像讨杯水喝似的：

"你回吧。"

区警察局长很快就走了。他坐进一辆廉价的四轮马车，不住地咳嗽，从他那又长又瘦的背影可以看出，此刻他已经忘了奥西普，

---

① 巴滕贝克（1857—1893）：德国亲王，1879 年任保加利亚大公，亲德奥势力，1886 年在亲俄派军官的压力下，被迫退位。

忘了村长，忘了茹科沃村的欠款，他在想着自己的心事。但他还没有走出一俄里，安季普·谢杰利尼科夫已经夺走了奇基利杰耶夫家的茶炊，老奶奶在后面追，使足劲儿尖声喊叫：

"不给！我不给，你这个魔鬼！"

村长迈开大步，走得很快；老奶奶驼着背，怒气冲冲，上气不接下气，跌跌撞撞地在后面追他，她的头巾掉到肩上，一头白发泛出淡淡的绿色，在风中飘扬。她突然站住，像一个真正的反叛分子，双拳不住地捶胸，拖长声调，叫骂得更响，号啕哭诉起来：

"正教徒们，信仰上帝的人啊！老天爷哪，他们欺负人！乡亲们哪，他们压迫人！哎呀，哎呀，好人们哪，你们替我说句话哪！"

"老奶奶，老奶奶，"村长厉声说，"不得无理取闹！"

没有了茶炊，奇基利杰耶夫的家里变得异常沉闷。茶炊被人夺走，这可是件有损尊严、有失体面的事，就像这家人的名誉忽然扫地一样。要是村长拿走桌子板凳，拿走所有的瓶瓶罐罐倒也好些，那样的话，屋子里会显得空一些。老奶奶呼天抢地，玛丽亚伤心落泪，所有的小姑娘望着她们也都哇哇哭起来。老头子感到心中有愧，垂头丧气地坐在屋角里一声不吭。尼古拉一言不发。老奶奶一向疼他，可怜他，可是这会儿忘了怜爱，忽然冲着他不停地叫骂、责难，对着他的脸不住地晃动拳头。她大声斥责，说全是他的不是，在信里吹嘘什么自己在"斯拉夫商场"每月赚五十卢布，可实际上给家里寄的钱就那么一点点，为什么呢？他干吗回家来，还带着一家老小？他要是死了，哪来钱葬他？……尼古拉、奥莉加和萨莎一副可怜相。

老头子咳了一声，拿起帽子，找村长去了。天色已黑。安季普·谢杰利尼科夫鼓着腮帮子在炉子旁焊什么东西。满屋子煤气味。他的孩子们都很瘦，浑身脏巴巴的，在地板上爬来爬去，不比奇基利杰耶夫家强多少。她的妻子长相难看，脸上有雀斑，挺着大肚子在缲丝。这是一个不幸的赤贫家庭。只有安季普一人看上去既年轻又漂亮。在长凳上放着一溜五把茶炊。老头子对着巴滕贝克念着祷词，说：

"安季普，求你发发慈悲，把茶炊还给我！看在基督分上！"

"拿三卢布来，你就取走。"

"我拿不出来！"

安季普不时鼓起腮帮子，火就呼呼地响，噼啪地叫，火光映红了那些茶炊。老头子揉着帽子，想了一阵，说：

"还给我吧！"

皮肤晒黑的村长此刻全身乌黑，活像个巫师。他转身对着奥西普，说得又快又严厉：

"这得由地方长官说了算。本月二十六日，你可以到行政会议上口头或者书面申诉你不满的理由。"

奥西普一点儿也听不懂他的意思，只好作罢，回家去了。

十多天后，区警察局长又来了，坐了个把钟头，后来又坐车走了。那些天，刮着风，天气寒冷，河面早已结冰，雪倒没有下，可是道路难走，日子艰难。有一天，一个节日的傍晚，邻居们到奥西普家闲坐聊天。他们在黑屋子里说着话，因为节日里不可干活儿，所以没有点灯。新闻倒有几件，不过都叫人堵心。比如有两三户人家的母鸡被抓去抵债，送到乡公所，在那里死掉了，因为谁也不去喂它们。又比如，有几家的绵羊给拉走了，他们把羊捆起来，装在大车上运走，每到一个村子就换一辆大车，结果一头羊闷死了。现在有一个问题需要解答：谁的过错？该怪谁？

"该怪地方自治局！"奥西普说，"不怨它怨哪个！"

"没说的，该怨地方自治局。"

他们把欠款、受欺压、粮食歉收等等所有的事都怪罪于地方自治局，虽说他们中谁也不知地方自治局是怎么回事。这种情况由来已久。当初一些富裕的农民自己开了工厂、小铺和客栈，当上了地方自治会议员，却始终心怀不满，后来便在自己的工厂和铺子里大骂起了地方自治局。

他们又谈到了老天爷不下雪：本该去运木柴了，可是眼下路面坑坑洼洼，车不能行，人不能走。过去，十五年、二十年以前，茹科沃村里人的谈话要有趣得多。那时候，每个老头子脸上都是这样一副神气，仿佛他心里藏着什么秘密，知道什么，盼着什么。他们谈论盖着金印的公文、土地的划分、新分的土地和埋藏的财宝，他们的话里都暗示着什么；现在的茹科沃人谁都没有秘密，他们的全部生活像摆在掌心里一样，人人都看得见，他们能谈的不外乎贫穷和饲料，再就是老天爷怎么不下雪……

他们沉默片刻。后来又想起了母鸡和绵羊的事，又开始议论是哪个过错。

"地方自治局！"奥西普沮丧地说，"不怨它怨哪个！"

八

教区的教堂在六俄里外的科索戈罗沃村。庄稼汉只在需要时，如给婴儿洗礼、举行婚礼、葬仪时才去那里。平时做祈祷到河对岸的教堂就行了。到了节日，遇上好天气，姑娘们梳妆打扮，成群结队去做弥撒。她们穿得花花绿绿，穿过草场，叫人看了心里美滋滋的。不过遇上坏天气，她们只好待在家里。斋戒的日子里，人们去教区的教堂做忏悔、领圣餐。在复活节后的一周内，神甫举着十字架走遍所有的农舍，向大斋日吃荤的教徒每人收取十五戈比。

老头子不信上帝，几乎从来想不到上帝。他承认有神奇的事，但他认为这种事只跟女人有关。有人在他面前谈起宗教或者奇迹这类事，向他提什么问题，他总是搔搔头皮，不乐意地回答：

"谁知道！"

老奶奶信上帝，不过有点儿糊涂。她的脑子里所有的事都混在一起，她刚想起罪孽、死亡、灵魂得救，忽地贫穷啦，种种操心事啦，又都搅了进来，立即把刚才的事忘了个精光。祷告词她记不住，通常在晚上睡觉前，她站在圣像面前小声念道：

"喀山圣母娘娘，斯摩棱斯克圣母娘娘，三臂圣母娘娘……"

玛丽亚和菲奥克拉经常画十字，每年都斋戒，可是什么也不懂。孩子们没有学过祷告，大人们也不对他们讲上帝，传授什么教规，只是禁止他们在斋期吃荤。其余的家庭几乎一样：相信的人少，懂教规的人更少。与此同时大家又都喜欢《圣经》，怀着一片温情、虔诚，可是他们没有经书，没人念《圣经》、能解释《圣经》。奥莉加有时念《福音书》，为此大家都敬重她，对她和萨莎都恭敬地称呼"您"。

奥莉加经常去邻村和县城参加教堂祭礼日和感恩祈祷，在县城里有两个修道院和二十七座教堂。她去朝圣的路上总是神情恍惚，完全忘了家人，直到回村来，才突然惊喜地想起自己是个有丈夫，有女儿的人，于是喜气洋洋地笑着说：

"上帝赐福给我了！"

村子里发生的事使她厌恶、痛苦。农民们在伊利亚节①喝酒，在圣母升天节喝酒，在圣十字架节又喝酒。圣母庇护节②是教区的节日，茹科沃村的农民为此一连喝三天酒。他们不但喝光了五十卢布的公款，过后还挨家挨户收取酒钱。头一天，奇基利杰耶夫家就宰了一头公羊，早中晚一连吃了三顿羊肉。他们吃得很多，到了夜里孩子们爬起来再吃一点儿。这三天里基里亚克喝得醉醺醺的，喝光了所有的家当，把帽子和靴子也换酒喝了。他死命殴打玛丽亚，打得她晕过去，家里人只好往她头上泼水。事后大家都感到羞愧、厌恶。

不过，即使在茹科沃这样的"奴才村"，一年一度也有一次真正的宗教盛典。那是在八月份，在全县，村村迎送着给人送来生命的

---

① 伊利亚节：东正教节日，在俄旧历七月二日。

② 圣母庇护节：在旧俄历十月一日。

圣母像。这一天是茹科沃村人都盼着的好日子。那天正好无风，天色阴沉。一大清早，姑娘们就穿上五颜六色漂亮的衣裙去迎圣像，到了傍晚时人们才抬着圣像，举着十字架和神幡，唱着圣诗，进了村子，这时河对面的教堂里钟声齐鸣。一群群本村人和外村人挤满了大街，吵吵嚷嚷，尘土飞扬，挤得水泄不通……老头子也好，老奶奶也好，基里亚克也好，大家都向圣像伸出手去，渴望地瞧着它，哭诉说：

"保护神啊，圣母娘娘！保护神啊！"

大家好像突然明白了，天地之间并不是空虚一片，有钱有势的人还没有夺走一切，尽管他们遭受着欺凌和奴役，遭受着难以忍受的贫穷，遭受着可怕的伏特加的祸害，却有神灵在保佑着他们。

"保护神啊，圣母娘娘！"玛丽亚号啕大哭，"圣母娘娘啊！"

可是感恩祈祷做完，圣像又抬走了。一切又恢复原样，酒馆里又不时传出醉汉粗鲁的喊声。

只有富裕农民才怕死，他们越有钱，就越不信上帝，不信灵魂得救的话。他们只是出于对死亡的恐惧，才点起蜡烛，做做祷告，以防万一。穷苦的农民不怕死。人们当着老头子和老奶奶的面说他们活腻了，早该死了，他们听了也没什么。他们也当着尼古拉的面毫无顾忌地对菲奥克拉说，等尼古拉死了，她的丈夫丹尼斯就可以得到照顾——退役回家了。至于玛丽亚，她不但不怕死，甚至还巴不得早点儿死才好。她的几个孩子死了，她反倒高兴呢。

他们不怕死，可是对各种各样的病却非常害怕。本来是一些小毛小病，如肠胃失调啦，着了点儿凉啦，老奶奶立即躺到炉台上，捂得严严实实，不停大声呻吟："我要——死——啦！"老头子赶紧去请神甫，老奶奶就领圣餐，接受临终前的涂圣油仪式。他们经常谈到感冒、蛔虫和肿瘤。说蛔虫在肚子里闹腾，结成团能堵到心口。他们最怕感冒，所以哪怕夏天也穿得厚厚的，待在炉台上取暖。老奶奶喜欢看病，经常坐车跑医院，在那里说她五十八岁，不说七十岁。照她想，要是医生知道她的实际年龄，就不会给她治病，只会说：她该死了，用不着治了。她通常一清早就动身去医院，再带上两三个小孙女，到了晚上才能回来，又饿又气，给自己带回了药水，给小孙女带回了药膏。有一次她把尼古拉也带去了，后来他一连喝了两周的药水，说是感觉好些了。

老奶奶认识方圆三十俄里内所有的医师、医士和巫医，却没有一个让她满意。在圣母庇护节那天，神甫举着十字架走遍所有的农舍，教堂执事对她说，城里监狱附近住着一个小老头子，做过军队上的医士，医道高明，劝她找他看看。老奶奶听了他的劝告。等下了头一场雪，她就坐车进城，带回一个小老头子。这人留着大胡子，脸上青筋嶙嶙，穿着长袍，是个皈依正教的犹太人。当时家里正请几个雇工做事：一个老裁缝戴一副吓人的眼镜用碎布头拼成坎肩，两个年轻小伙子用羊毛做毡靴。基里亚克因为酗酒丢了差事，现在只好待在家里。他坐在裁缝旁边修理马脖子上的套具。屋子里又挤又闷，有一股臭味。犹太人给尼古拉做完检查，说需要拔罐子放血。

他放上许多罐子。老裁缝、基里亚克和小姑娘们站在一旁观看，他们好像觉得，他们看到疾病从尼古拉身上流出来了。尼古拉自己也瞧着，那些附在胸口的罐子慢慢地充满了浓黑的血，感到当真有什么东西从他身子里跑出去了，于是他高兴得笑了。

"这样行，"裁缝说，"谢天谢地，能见效就好。"

那个改信正教的犹太人拔完十二个罐子，随后又放上十二个。他喝足了茶，坐车走了。尼古拉开始打战，他的脸瘦下去，用女人们的话说，缩成拳头大小了，他的手指发青。他盖上一条被子，再压上一件羊皮袄，但还是觉得越来越冷。傍晚时他难受得叫起来，要他们把他放到地板上，要裁缝别抽烟，随后躺在羊皮袄下面不出声了，天不亮就送了命。

九

啊，冬季有多严酷、多漫长！

圣诞节过后，自家的粮食已经吃完，只得去买面粉。基里亚克待在家里，每天晚上都要吵吵闹闹，搅得全家胆战心惊，到了早晨他又因头痛和羞愧而痛苦不堪，看了叫人实在可怜。在畜栏里，那头饥肠辘辘的母牛日夜哞哞地叫个不停，叫得老奶奶和玛丽亚的心都碎了。好像是故意与人作对，严寒天里树木冻得咯咯作响，到处是厚厚的积雪和高高的雪堆，冬天拖得很长。到了报喜节①，还刮了一场货真价实的冬天暴风雪，在复活节还下了一场雪。

但是冬天好歹过去了。四月初，白天变得暖和起来，夜里依然寒冷。冬天不肯离去，但融融春日终于取胜，最后，冰雪消融，河水奔流，百鸟齐鸣。春潮泛滥，淹没了整个河边草场和灌木丛，从茹科沃村直到河对岸成了一片汪洋，水面上不时有一群群野鸭振翅起起落落。春天的落日如火如荼，映红了满天的晚霞，天天傍晚幻出一幅幅不同往常的新的图景，美轮美奂。日后当你在画面上看到同样的色彩、同样的云朵时，简直难以置信竟会有这般美景。

野鹤飞得很快很快，发出声声哀鸣，似乎在召唤同伴。奥莉加站在斜坡的边上，久久地望着这片泛滥的春水，望着太阳，望着那明亮的、仿佛变年轻了的教堂，不禁洒下了泪水，激动得喘不过气来。她急切地想离开这里，随便去什么地方，哪怕天涯海角。家里已经决定，让她回到莫斯科去当女仆，让基里亚克跟她同行，去那

---

① 报喜节：东正教节日，在俄旧历三月二十五日，据说天使于此日告知圣母：耶稣将诞生。

里找个看门人或者其他的差事。啊，快点儿离去吧！

　　道路一旦干燥些，天气暖和了，他们就动身上路。奥莉加和萨莎每人背着行翼，穿着树皮鞋，天蒙蒙亮就出发了。玛丽亚出来送她们一程。基里亚克因为身体不好，还得在家再待上一个星期。奥莉加最后一次对着教堂画十字，默默祷告。她想起了自己的丈夫，但没有哭，只是她的脸皱起来，像老太婆那样难看了。这一冬，她变瘦了，变丑了，头发有点儿灰白，脸上再没有昔日那种可爱的模样和愉快的微笑，在经受了丧夫之痛后，只有一种悲哀的听天由命的神情。她的目光有点儿迟钝、呆板，好像她耳背似的。她舍不得离开这个村子和这些庄稼人。她回想起抬走尼古拉的情景，座座农舍旁边都有人做安魂祈祷，大家同情她的悲痛，陪着她哭。在夏天和冬天，经常有一些时候，这些人过得好像比牲口还糟，同他们生活在一起是可怕的。他们粗鲁，不诚实，肮脏，酗酒；他们不和睦，老是吵架，因为他们彼此不是尊重，而是互相害怕、互相猜忌。是谁开小酒馆，把老乡灌醉？庄稼人。是谁挥霍掉村社、学校和教堂的公款，把钱换酒喝了？庄稼人。是谁偷邻居家的东西，纵火，为了一瓶伏特加在法庭上做伪证？是谁在地方自治会和其他会议上头一个出来反对庄稼人？还是庄稼人。确实，同他们生活在一起是可怕的，可是他们毕竟是人，他们跟常人一样也感到痛苦，也哭泣，而且在他们的生活里事事都能找到足可原谅的理由。沉重的劳动使他们到了夜里就浑身酸痛，严寒的冬天，粮食歉收，住房拥挤，可是没有人帮助他们，哪儿也等不到帮助。那些比他们有钱有势的人是不可能帮助他们的，因为他们自己就粗鲁，不诚实，酗酒，骂起人来同样十分难听。那些小官小吏和地主管家对待庄稼人如同对待流浪汉一样，他们甚至对村长和教堂主持都用"你"相称，自以为有权这样做。至于那些贪财的、吝啬的、放荡的、懒惰之辈，他们到农村里来只是为了欺压、掠夺、吓唬庄稼人，哪里还谈得上帮助农民或者树立良好的榜样？奥莉加回想起，去年冬天，当基里亚克被拉去用树条体罚时，两位老人的模样是多么可怜而屈辱啊！现在她很可怜所有这些人，为他们难过，她边走，边频频回头再看看那些农舍。

送出三俄里，玛丽亚与她们告别。她跪下来，不住地磕头，大声哭诉起来：

"又剩下我孤零零一人了，我这苦命人啊，多么可怜，多么不幸……"

她就这样久久地哭诉着，奥莉加和萨莎每一回头总能看到她跪在地上，双手抱住头，向着旁边的什么人不住地磕头。在她上空有几只白嘴鸦在盘旋。

太阳高高地升起，天气热起来。茹科沃村远远地落在后头了。走路让人舒畅，奥莉加和萨莎很快就忘了村子，忘了玛丽亚。她们高兴起来，四周的一切都引起她们的兴趣。有时出现一个土岗；有时出现一排电线杆，一根接一根不知伸向何方，最后消失在地平线上，那上面的电线发出神秘的嗡嗡声；有时看到远处绿树掩映下有个小村子，从那边飘来一股潮气和大麻的香味，不知怎么让人觉得，那里住着幸福的人们；有时在野地里孤零零地躺着一具马的白骨。云雀不停地婉转啼唱，鹌鹑的叫声此起彼伏，遥相呼应，一只秧鸡断断续续发出急促的叫声，仿佛真有人在拉扯旧的铁门环。

中午时分，奥莉加和萨莎来到一个大村子。在一条宽阔的街上，她们遇见一个小老头——茹科夫将军的厨子。他感到热，他那汗淋淋的红秃顶在阳光下闪闪发亮。他同奥莉加都没有立即认出对方，随后都回过头来对视了一会儿，认出来后一句话没说，又各走各的路了。她们停在一座显得更阔气、更新的农舍前，奥莉加对着敞开的窗子深深地一鞠躬，用尖细的唱歌般的声调响亮地说：

"东正教徒啊，看在基督分上，行行好给点儿施舍吧，求上帝保佑你们，保佑你们的双亲在天国安息。"

"东正教徒啊，"萨莎也唱起来，"看在基督分上，行行好给点儿施舍吧，求上帝保佑你们，保佑你们的双亲在天国……"

（1897 年）

套 中 人

在米罗诺西茨村边，在村长普罗科菲的板棚里，两名猎人迟迟才回到这里过夜。他们是兽医伊凡·伊凡内奇和中学教员布尔金。伊凡·伊凡内奇有个相当古怪的复姓：奇木沙-喜马拉雅斯基，这个姓跟他很不相称①，所以省城里的人通常只叫他的名字和父称。他住在城郊的养马场，这次出来打猎是想呼吸点儿新鲜空气。中学教员布尔金每年夏天都在Ⅱ姓伯爵家里做客，所以在这一带早已不算外人了。

两人一时还没有睡觉。伊凡·伊凡内奇是个又高又瘦的老头，留着长长的唇髭，脸朝外，坐在门口月光下吸着烟斗，布尔金则躺在里面的干草上，黑暗中看不见他的脸面。

他们海阔天空地闲聊着。顺便提起村长的老婆玛芙拉，说这女人身体结实，人也不蠢，就是一辈子没离开过自己的村子，从来没见过城市，没见过铁路，最近十年间更是整天围着炉灶转，只有到夜里才出来走动走动。

"这有什么好大惊小怪的！"布尔金说，"有些人生性孤僻，他们像寄居蟹或蜗牛那样，总想缩进自己的壳里，这种人世上还不少哩。也许这是一种返祖现象，他们返回到太古时代，那时候人类祖先还不成其为社会动物，各各独自居住在洞穴里；也许这仅仅是人的复杂性格中的一种罢了——谁知道呢。我不是搞自然科学的，这类问题不关我的事。我只是想说，像玛芙拉这类人，并不是罕见的现象。

---

① 旧俄用复姓者多为名人、望族，而伊凡·伊凡内奇只是个普通的兽医，故有此说。

哦，不必去远处找，两个月前，我们城里死了这么一个人，他姓别利科夫，希腊语教员，我的同事。您一定听说过他。他与众不同之处就在于：他出门时，哪怕是大晴天，也总要穿上套鞋，带着雨伞，而且一定穿上暖和的棉大衣。他的伞装在套子里，怀表用灰色的鹿皮套套起来，有时他掏出小折刀削铅笔，那刀也装在一个小套子里。就是他的脸似乎也装在套子里，因为他总是高高竖起衣领，把脸藏起来。他戴墨镜，穿绒衣，耳朵里塞着棉花，每当坐上出租马车，他一定吩咐车夫支起车篷。一言以蔽之，这个人永远有一种难以克制的欲望——用一层外壳把自己包起来，给自己做一个所谓的套子，可以与外界隔绝，不受外界的影响。现实生活刺激他，让他害怕，惹得他终日惶惶不安。也许是出于胆怯、为自己排斥现实所做的辩护吧，他总是赞美过去，赞美不曾有过的东西。就连他所教的古代语言，实际上也相当于他的套鞋和雨伞，也是可以用来逃避现实的。

"'啊，古希腊语是多么悦耳动听！'他说时露出喜滋滋的表情。仿佛为了证实自己的话，他眯起眼睛，竖起一根手指头，念念有词：'安特罗波斯！'①

"别利科夫连自己的思想也竭力藏进套子里。在他眼中，只有那些刊登各种禁令的官方文告和报纸文章才是明白无误的。既然规定晚上九点后中学生不得外出，或者报上有篇文章提出禁止性爱，那么他认为这说得明明白白，确确切切，禁止就是了。至于文告里批准、允许干什么事，他总觉得其中有些成分可疑，还有某种言犹未尽、模糊不清的地方。每当城里批准成立戏剧小组，或者阅览室，或者茶馆时，他总是摇头晃脑，小声说：

"'这个嘛，当然也可以，这都很好，但愿不要惹出什么乱子！'

"任何违犯、偏离、背弃所谓规章的行为，虽说跟他毫不相干，也总让他忧心忡忡。比如说有个同事做祷告时迟到了，或者听说中

---

① 安特罗波斯：希腊文，意为"人"。

学生调皮捣蛋，或者有人看到女学监很晚还和军官在一起，他就会非常激动，总是说：但愿不要惹出什么乱子。在教务会议上，他那种疑虑重重、疑神疑鬼的举动和一套纯粹套子式的论调，把我们压得透不过气来。他说什么某某男子中学、女子中学的年轻人行为不轨，教室里乱哄哄的——唉，千万别传到当局那里，哎呀，千万不要惹出什么乱子！又说，如果把二年级的彼得罗夫、四年级的叶戈罗夫开除出校，那么情况就会大有改观。结果呢？他不住地唉声叹气，牢骚满腹，苍白的小脸上架一副墨镜——您知道，那张小尖脸跟黄鼠狼的一样——在他如此这般逼迫下，我们只好让步，把彼得罗夫和叶戈罗夫的操行分数压下去，关他们的禁闭，最后把他俩开除了事。他有一个古怪的习惯——喜欢到同事家串门。他到一个教员家里，坐下后一言不发，像是在监视什么。就这样不声不响坐上个把钟头就走了。他管这叫作'和同事保持良好关系'。显然，他上同事家闷坐并不轻松，可他照样挨家挨户串门，只因为他认为这是尽同事应尽的义务。我们这些教员怕他，连校长也怕他三分。不是吗，我们这些教员都是些有头脑、极正派的人，受过屠格涅夫和谢德林①的良好教育，可是我们的学校却让这个穿套鞋、雨伞不离身的小人压着，苦了整整十五年！何止一所中学？全城都捏在他的掌心里！由于怕他知道，我们的太太小姐们星期六不敢安排家庭演出，神职人员在他面前不好意思吃荤和打牌。在别利科夫之流的影响下，最近十到十五年间，我们全城的人都变得谨小慎微，胆小怕事。不敢大声说话，不敢写信，不敢交朋友，不敢读书，不敢周济穷人，不敢教人识字……"

伊凡·伊凡内奇想说话时，总要清清嗓子，但他先抽起烟斗来，看了看月亮，然后才一字一顿地说：

"是的，我们都是有头脑的正派人，我们读谢德林和屠格涅夫的

---

① 屠格涅夫（1818—1883）和谢德林（1826—1889）：两人均为杰出的俄国作家。

作品，以及巴克莱①等人的著作，可是我们又常常屈服于某种压力，忍气吞声……问题就出在这儿。"

"别利科夫跟我住在同一幢房子里，"布尔金接着说，"同一层楼，门对门，我们经常见面，所以他的家庭生活我了解。他在家里也是那一套：睡衣，睡帽，护窗板，门闩，无数清规戒律，还有那句口头禅：'哎呀，千万别惹出什么乱子！'斋期吃素不利健康，可是又不能吃荤，因为怕人说别利科夫不守斋戒。于是他就吃牛油煎鲈鱼——这自然不是素食，可也不算是荤的。他不用女仆，害怕被人说三道四。他雇了个厨子阿法纳西，此人六十岁上下，成天醉醺醺的，还有点儿痴呆。这个阿法纳西当过勤务兵，好歹能做几个菜，他经常站在房门口，交叉抱着胳膊，老是一声长叹，嘟哝同一句话：

"'如今他们这种人多着呢！'

"别利科夫的卧室小得像口箱子，床上挂着帐子。睡觉的时候，他被子蒙头。房间里异常闷热，风敲打着紧闭着的门，炉子里好像有人呜呜哭泣，厨房里传来声声叹息，不祥的叹息……

"他躺在被子里恐怖之极。他生怕会出什么乱子，生怕阿法纳西会宰了他，生怕窃贼溜进家来，这之后就通宵噩梦连连。到早晨我们一起去学校时，他无精打采，脸色苍白。看得出来，他怕进这所学生众多的学校，感到非常厌恶，而这个生性孤僻的人觉得与我同行也很不自在。

"'我们班上总是闹哄哄的，'他说，似乎想解释一下为什么他心情沉重，'太不像话！'

"可是这个希腊语教员，这个套中人，您能想象吗，差一点儿还成家了呢！"

伊凡·伊凡内奇猛地回头瞧瞧板棚，说：

"您开玩笑！"

---

① 巴克莱（1821—1862）：英国历史学家。

"没错，他差点儿成家了，尽管这多稀奇古怪。我们学校新调来了一位史地课教员，叫米哈伊尔·萨维奇·柯瓦连科，是乌克兰人。他不是一个人来的，还带着姐姐瓦莲卡。他年轻，高挑身材，肤色黝黑，一双大手，看模样就知道他说话声音低沉。果真没错，他的声音像从木桶里发出来的：嘭，嘭，嘭……他姐姐年纪已经不轻，三十岁上下，高高的个子，身材匀称，黑黑的眉毛，红红的脸蛋———一句话，不是寻常的姑娘，而是诱人的果冻。她不拘小节，爱说爱笑，不停地哼着小俄罗斯的抒情歌曲，高声大笑，动不动就发出一连串响亮的笑声：哈，哈，哈！我们初次正经结识柯瓦连科姐弟，我记得是在校长的命名日宴会上。我们这群教员个个神态严肃、拘谨，把参加校长命名日宴会也当作例行公事，却忽然看到，一位新的阿佛洛狄忒①从泡沫中诞生了：她双手叉腰走来走去，又笑又唱，翩翩起舞……她动情地唱起一首《风飘飘》，随后又唱一支抒情歌曲，接着再唱一曲，我们大家都让她迷住了——所有的人，甚至包括别利科夫。他在她身旁坐下，甜蜜地微笑着，说：

　　"'小俄罗斯语柔和，动听，使人联想到古希腊语。'

　　"这番奉承使她得意扬扬，于是她用令人信服的语气动情地告诉他，说他们在加佳奇县有一处田庄，现在妈妈还住在那里。那里有的是上好的梨，上好的甜瓜，上好的'卡巴克'②！小俄罗斯人把南瓜叫'卡巴克'，把酒馆叫'什诺克'。他们用红红的、紫紫的作料做出来的浓汤'味道好极了，好极了，好吃得——要命！'

　　"我们听着，听着，忽然大家不约而同冒出一个念头：

　　"'让他俩撮合成一对，那才叫妙！'校长太太悄悄对我说。

　　"不知怎么的这话提醒了大家，原来我们的别利科夫还是个单身汉。这时候我们都感到好生奇怪，我们对他的终身大事怎么竟一直

---

①　阿佛洛狄忒：希腊神话中爱与美的女神，即罗马神话中的维纳斯。传说她在大海的泡沫中诞生。

②　卡巴克：俄语中意为"酒馆"，乌克兰语中意为"南瓜"。

没注意，居然完全忽略了。他对女人一般持什么态度？他是怎么解决这个重大问题的呢？以前我们对此完全不感兴趣，也许我们压根儿就没想过，这个不论天晴天雨都穿着套鞋、挂着帐子的人还能爱上什么人？

"'他早已年过四十，她也三十多了……'校长太太说出自己的想法，'我觉得她是乐意嫁给他的。'

"在我们省，人们出于无聊，什么事干不出来？无聊的蠢事层出不穷！可必要的事没人愿干。不是吗，既然绝不会想到别利科夫会结婚，我们又为什么突然之间心血来潮张罗着这桩婚事呢？校长太太，督学太太，以及全体教员太太个个都跃跃欲试，甚至连她们的模样都变漂亮了，仿佛一下子找到了生活的目标。校长太太订了一个剧院包厢，一看——她的包厢里坐着瓦莲卡，拿着一把小扇子，眉开眼笑，喜气洋洋。身旁坐着别利科夫，瘦小，佝偻着身子，倒像是让人用钳子把他从家里钳到这里来的。我在家里请朋友聚会，太太们非要我把别利科夫和瓦莲卡请来不可。总而言之，机器开动起来了。看来瓦莲卡本人并不反对嫁人。她跟弟弟生活在一起不大愉快，大家都知道，姐弟俩凑在一起成天吵吵闹闹，骂骂咧咧。我给诸位说说这么一出好戏：柯瓦连科在街上走着，一个壮实的大高个子，穿着绣花衬衫，一绺头发从制帽里耷拉到额头上。他一手抱着一包书，一手拿一根多节的粗手杖。他姐姐跟在后面，也拿着书。

"'我说，米哈伊里克①，这本书你就没有读过！'她大声嚷道，'我对你说，我可以起誓，你压根儿没读过这本书！'

"'可我要告诉你，我读过！'柯瓦连科也大声嚷道，还用手杖敲得人行道咚咚响。

"'哎呀，我的天哪，明契克②！你干吗生气，要知道你我是在

---

① 米哈伊里克：米哈伊尔的小名。

② 明契克：也是米哈伊尔的小名。

谈原则性的问题。'

"'可我要告诉你：这书我读过！'他嚷得更响了。

"在家里，即使有外人在场，他们也照吵不误。这种生活多半让她厌倦了，她一心想有个自己的窝，再说年龄不饶人哪。现在已经不是挑精拣肥的时候，嫁谁都可以，哪怕希腊语教员也凑合。这么说吧，我们这儿的大多数小姐只要能嫁出去就行，嫁谁无所谓。不管怎么说，瓦莲卡开始对我们的别利科夫表露出明显的好感。

"那么，别利科夫呢，他也像我们一样，常去柯瓦连科家。到了那里，他便坐下来，一声不吭。他闷声不响地坐着，瓦莲卡就为他唱《风飘飘》，或者用那双乌黑的眼睛若有所思地望着他，或者突然发出一串爽朗的笑声：

"'哈哈哈！'

"在恋爱问题上，特别是在婚姻问题上，劝导的作用大着哩。于是全体同事和太太们都劝别利科夫，说他应当结婚了，说他的生活中没有别的遗憾，只差结婚了。我们大家向他道喜，一本正经地重复着那些俗套，比如说婚姻是终身大事等等，再说瓦莲卡相貌不错，招人喜欢，是五品文官的女儿，又有田庄，最主要的，她是头一个待他这么热情又真心实意的女人。结果说得他晕头转向，他认定自己当真该结婚了。"

"这下该有人让他收起套鞋和雨伞了。"伊凡·伊凡内奇说。

"想不到吧，怎么可能呢？虽然他把瓦莲卡的相片放在自己桌子上，还老来找我谈论瓦莲卡，谈论家庭生活，谈婚姻是人生大事；虽然他也常去柯瓦连科家，但他的生活方式丝毫没有变化。甚至相反，结婚的决定使他像得了一场大病：人瘦了，脸色苍白，整个人似乎更深地藏进自己的套子里去了。

"'瓦尔瓦拉·萨维什娜①我喜欢，'他说道，勉强地淡淡一笑，

---

① 瓦莲卡的正式名字。

'我也知道，每个人都该结婚，但是……这一切，知道吗，事出突然……需要仔细考虑考虑。'

"'这有什么好考虑的?'我对他说，'您结婚就是了。'

"'不，结婚是一件大事，首先应当掂量一下将要承担的义务和责任……免得日后惹出什么乱子。这件事弄得我心烦意乱，现在天天夜里都睡不着觉。老实说吧，他们姐弟俩的思想方法有点儿古怪，让我心里有点儿怕。他们的言谈，您知道吗，也有点儿古怪。她的性格太活泼，真要结了婚，恐怕日后会惹出乱子来。'

"就这样他一直没有求婚，老是拖着，这使校长太太和我们那里所有太太们大为恼火。他反反复复掂量着面临的义务和责任，与此同时几乎每天都跟瓦莲卡一道散步，也许他认为处在他的地位必须这样做。他还常来我家谈论家庭生活，若不是后来出了一件 kolossalische scandal①，很可能他最终会去求婚，那样的话，就会促成一门不必要的、愚蠢的婚姻了。在我们这里，出于无聊，出于无所事事，这样的婚姻可以说成千上万。这里需要说明一下，瓦莲卡的弟弟柯瓦连科，从认识别利科夫的第一天起就痛恨他，容忍不了他。

"'我不明白，'他耸耸肩膀对我们说，'不明白你们怎么能容得下这个爱告密的家伙，这么一个卑鄙的小人。哎呀，先生们，你们怎么能在这儿生活！你们这里的空气污浊，能把人活活憋死。难道你们是教育家、为人师表吗? 不，你们是一群官吏，你们这里不是科学的殿堂，而是城市警察局，有一股酸臭味，跟警察岗亭里一个样。不，诸位同事，我再跟你们待上一阵，不久就回到自己的庄园去。我宁愿在那里捉捉虾，教乌克兰的孩子读书认字。我一定要走，你们跟这个犹大就留在这里，叫他见鬼去②!'

"有时他哈哈大笑，笑得涕泗交流，笑声时而低沉，时而尖细。他双手一摊，问我:

---

① kolossalische scandal：德文，意为"荒唐事"。

② 原文为乌克兰语。

"'他干吗来我家坐着？他要干吗？坐在那里东张西望的！'

"他甚至给别利科夫起了个绰号叫'毒蜘蛛'。自然，我们当着他的面从来不提他的姐姐要嫁给'毒蜘蛛'的事。有一天，校长太太暗示他，说如果把他的姐姐嫁给像别利科夫这样一个稳重的、受人尊敬的人倒不失为美事。他皱起眉头，埋怨道：

"'这不关我的事。她哪怕嫁一条毒蛇也由她去，我可不爱管别人的闲事。'

"现在您听我说下去。有个促狭鬼画了一幅漫画：别利科夫穿着套鞋，卷起裤腿，打着雨伞在走路，身边的瓦莲卡挽着他的胳臂，下面的题词是：'堕入情网的安特罗波斯'。那副神态，您知道吗，惟妙惟肖。这位画家想必画了不止一夜，因为全体男中女中的教员、中等师范学校的教员和全体文官居然人手一张。别利科夫也收到一份。漫画使他的心情极其沉重。

"我们一道走出家门——这一天刚好是五月一日，星期天，我们全体师生约好在校门口集合，然后一道步行去城外树林里郊游。我们一道走出家门，他的脸色铁青，比乌云还要阴沉。

"'天底下竟有这样恶劣、这样恶毒的人！'他说话时嘴唇在发抖。

"我甚至可怜起他来了。我们走着，突然，您能想象吗，柯瓦连科骑着自行车赶上来了，后面跟着瓦莲卡，也骑着自行车。她满脸通红，很累的样子，但兴高采烈，欢天喜地。

"'我们先走啦！'她大声嚷道，'天气多好啊，多好啊，简直好得要命！'

"他们走远了，不见了。我们的别利科夫脸色由青变白，像是吓傻了。他停下脚步，望着我……

"'请问，这是怎么回事？'他问，'还是我的眼睛看错了？中学教员和女人都能骑自行车，这成何体统？'

"'这有什么不成体统的？'我说，'愿意骑就由他们骑好了。'

"'怎么行呢？'他喊起来，对我满不在乎的样子感到吃惊，'您这是什么话？！'

"他像受到致命的一击，不愿再往前走，转身独自回家了。

"第二天，他老是神经质地搓着手，不住地打战，看脸色像是病了。他没上完课就走了，这在他还是平生第一次早退。他也没吃午饭。傍晚，他穿上暖和的衣服，尽管这时已经是夏天了，步履蹒跚地朝柯瓦连科家走去。瓦莲卡不在家，他只碰到了她的弟弟。

"'请坐，'柯瓦连科皱起眉头，冷冷地说。他午睡刚醒，睡眼惺忪，心情极坏。

"别利科夫默默坐了十来分钟才开口：

"'我到府上来，是想解解胸中的烦闷。现在我的心情非常非常沉重。有人恶意诽谤，把我和另一位你我都亲近的女士画成一幅可笑的漫画。我认为有责任向您保证，这事与我毫不相干……我并没有给人任何口实，可以招致这种嘲笑，恰恰相反，我的言行举止表明我是一个极其正派的人。'

"柯瓦连科坐在那里生闷气，一言不发。别利科夫等了片刻，然后忧心忡忡地小声说：

"'我对您还有一言相告。我已任教多年，您只是刚开始工作，因此，作为一个年长的同事，我认为有责任向您提出忠告。您骑自行车，可是这种玩闹对身为年轻人师表的人来说，不成体统！'

"'为什么？'柯瓦连科问，声音低沉。

"'这还需要解释吗？米哈伊尔·萨维奇，难道这还不明白吗？如果教员骑自行车，那么学生们会怎么样呢？恐怕他们只好用脑袋走路了！既然这事没有明文规定可以做，那就不能做。昨天我吓了一大跳！我一看到您的姐姐，我就两眼发黑。一个女人或姑娘骑自行车——这太可怕了！'

"'您到底还有什么事？'

"'我只有一件事——对您提出忠告，米哈伊尔·萨维奇。您还年轻，前程远大，您的言行举止务必非常非常小心谨慎，可是您太随便了，哎呀，太随便了！您经常穿着绣花衬衫出门，上街时老拿着什么书，现在还骑起自行车来。您和您姐姐骑自行车的事会传到

校长那里，再传到督学那里……那会有什么好结果？'

"'我和我姐姐骑自行车的事，不干任何人的事！'柯瓦连科说话时涨红了脸，'谁来干涉我个人和家庭的私事，我就叫他——见鬼去！'

"别利科夫脸色刷白，站了起来。

"'既然您用这种口气跟我讲话，那我就无话可说了，'他说，'我提请您注意，往后在我的面前千万别这样谈论上司。对当局您应当恭而敬之。'

"'怎么，难道我刚才说了当局的坏话不成？'柯瓦连科责问，愤愤地瞅着他，'劳驾了，请别来打扰我。我是一个正直的人，跟您这样的先生根本不想交谈。我不喜欢告密分子。'

"别利科夫紧张得手忙脚乱起来，匆匆穿上衣服，大惊失色。他平生第一回听见这么不礼貌的话。

"'您尽可以随便说去，'他说着从前室走到楼梯口，'不过我有言在先：我们刚才的谈话也许有人听见了，为了避免别人歪曲谈话的内容，闹出乱子，我必须把这次谈话内容……基本要点，向校长报告。我有责任这样做。'

"'报告？报告去吧！'

"柯瓦连科一把揪住他的后领，只一推，别利科夫就滚下楼去，套鞋碰着楼梯啪啪地响。楼梯又高又陡，他滚到楼下却平安无事。他站起来，摸摸鼻子，看眼镜摔破了没有。正当他从楼梯上滚下来时，瓦莲卡和两位太太刚好走进来。她们站在下面看着——对别利科夫来说，这比什么都可怕。看来，哪怕摔断脖子，摔断两条腿，也比成了人家的笑柄强：这下全城的人都知道了，还会传到校长和督学那里——哎呀，千万别惹出乱子来——有人会画一幅新的漫画，结果校方会勒令他辞职……

"他爬起来后，瓦莲卡认出他来。她瞅着他那可笑的脸，皱巴巴的大衣和套鞋，不明白怎么回事，还以为他是自己不小心摔下来的，忍不住纵声大笑起来，笑声响彻全楼：

"'哈哈哈!'

"这一连串清脆响亮的'哈哈哈'断送了一切:断送了别利科夫的婚事和他的尘世生活。他没听见瓦莲卡说了什么,也没看见什么。他回到家里,首先拿掉桌上瓦莲卡的相片,然后躺倒床上,从此再也没起来。

"三天后,阿法纳西来找我,问要不要去请医生,因为他家老爷'出事'了。我去看望别利科夫。他躺在帐子里,蒙着被子,不言不语。问他什么,除了'是''不是'外,什么话也没有。他躺在床上,阿法纳西在一旁忙乎着,脸色阴沉,紧皱眉头,不住地唉声叹气。他浑身酒气,那气味跟小酒馆里的一样。

"一个月后别利科夫死了。我们大家,也就是男中、女中和师范专科学校的人,都去为他送葬。当时,他躺在棺木里,面容温顺、愉快,甚至有几分喜色,仿佛很高兴他终于被装进套子,从此再也不必出来了。是的,他实现了他的理想!连老天爷也表示对他的敬意:下葬的那一天,天色阴沉,下着细雨,我们大家都穿着套鞋,打着雨伞。瓦莲卡也来参加葬礼,当棺木放下墓穴时,她大声哭了一阵。我发现,乌克兰女人不是哭就是笑,介于二者之间的情绪是没有的。

"老实说,埋葬别利科夫这样的人,是一件大快人心的好事。从墓地回来的路上,我们都是一副端庄持重、愁眉不展的面容,谁也不愿意流露出这份喜悦的心情——它很像我们在很久很久以前还在童年时代体验过的一种感情:等大人们出了家门,我们就在花园里跑来跑去,玩上一两个钟头,享受一番充分自由的欢乐。啊,自由呀自由!哪怕只有一点迹象,哪怕只有它的一丝希望,它也会给我们的心灵插上翅膀。难道不是这样吗?

"我们从墓地回来,感到心情愉快。可是,不到一个星期,生活又依然故我,依然那样严酷、压抑、毫无理性。这是一种虽没有明令禁止、但也没有得到充分许可的生活。情况不见好转。的确,我们埋葬了别利科夫,可是世上还有多少这类套中人存在,而且将来还会有多少套中人啊!"

"问题就在这儿。"伊凡·伊凡内奇说着，点起了烟斗。

"将来还会有多少套中人啊！"布尔金又重复了一句。

中学教员走出板棚。这人身材不高，胖胖的，秃顶，留着几乎齐腰的黑胡子。两条狗也跟了出来。

"好一派月色，好一派月色！"他说着，抬头仰望天空。

已是午夜时分。向右望去，可以看到整个村子，一条长街伸向远处，足有四五俄里之遥。万物都进入静穆而深沉的梦乡。没有一丝动静，没有一丝声息，难以置信的是，大自然竟能这般寂静。在这月色溶溶的夜里，望着那宽阔的村街、道路两侧的农舍、草垛和睡去的杨柳，内心会感到分外平静。摆脱了一切辛劳、忧虑和不幸，在朦胧夜色下，宁静中村子在安然恬睡，显得那么温柔、凄清、美丽，星星似乎也都亲切地、深情地端详着它，这片土地上邪恶似乎已不复存在，一切都十分美好。向左望去，村子尽头处便是田野。田野一望无际，一直延伸到远方的地平线。沐浴在月光中的这片广阔土地，同样纹丝不动，无声无息。

"问题就在这儿，"伊凡·伊凡内奇又说了一句，"我们住在空气污浊、拥挤不堪的城市里，写些没用的公文，玩'文特'牌戏——难道这不是套子吗？我们在游手好闲的懒汉、损公肥私的讼棍和愚蠢无聊的女人们中间消磨了我们的一生，说着并听着各种各样的废话——难道这不是套子吗？哦，如果您愿意的话，我现在就给您讲一个很有教益的故事。"

"不用了，该睡觉了，"布尔金说，"明天再讲吧。"

两人回到板棚里，在干草上躺下。他们盖上被子，正要蒙眬入睡，忽然听到轻轻的脚步声：吧嗒，吧嗒……有人在板棚附近走动，走了一会儿，站住了，不多久又吧嗒吧嗒走起来……狗汪汪地叫起来。

"这是玛芙拉在走动。"布尔金说。

脚步声听不见了。

"看别人作假，听别人说谎，"伊凡·伊凡内奇翻了一个身说，

"你若容忍不了这种虚伪行径，别人就管你叫傻瓜。你只好忍气吞声，任人侮辱，不敢公开声称你站在正直自由的人们一边，你只好说谎、陪笑，凡此种种只是为了混口饭吃，有个温暖的小窝，捞个分文不值的一官半职！不，再也不能这样生活下去了！"

"哦，您扯得太远了，伊凡·伊凡内奇，"教员说，"我们睡觉吧。"

十分钟后，布尔金已经睡着了。伊凡·伊凡内奇却还在不断地辗转反侧，唉声叹气。后来他索性爬起来，走到外面，在门口坐下，点起了烟斗。

（1898 年）

醋 栗

大清早起，满天雨云滚滚。没有风，不热，但空气沉闷。但凡大地上空乌云低垂、等着下雨却不见雨的阴晦天气时，往往有这种现象。兽医伊凡·伊凡内奇和中学教员布尔金已经走得精疲力竭，觉得眼前的这片田野没有尽头似的。前方很远的地方，隐约可见米罗诺西茨村的风车。右边，是连绵不断的山丘，消失在远处的村子后头。他们都知道那是河岸，那边有草场、青翠的柳树和不少庄园。如果登上小山头，放眼望去，同样开阔的一片田野、电线杆，以及远方像毛毛虫般爬行的火车尽收眼底。遇上晴朗的天气，从那里甚至可以看到城市。如今，在这无风天，整个大自然显得温馨，像是陷入了沉思。伊凡·伊凡内奇和布尔金内心里充溢着对这片土地的深情，两人都在想，这方水土多辽阔、多美丽！

"上一次，我们同在村长普罗科菲的板棚里过夜，"布尔金说，"当时您打算讲一个故事。"

"是的，我当时想讲讲我弟弟的事。"

伊凡·伊凡内奇深深地叹一口气，点上烟斗，刚要讲起来，可这时下起了雨。四五分钟后，雨大了，淅淅沥沥，实难预料什么时候才能停下来。伊凡·伊凡内奇和布尔金站住，犹豫起来。他们的狗已经淋得湿淋淋的，夹着尾巴站在那里，讨好地望着他俩。

"我们得找个地方避避雨，"布尔金说，"去找阿列兴吧。他家住得近。"

"去吧。"

他们拐了弯，径直在收割完的庄稼地里穿行，时而照直走，时而折向右边，最后走上一条大道。不久就出现杨树林、果园，然后是谷仓的红屋顶。有条河波光粼粼，眼前出现一段宽阔的深水湾、风车和一座白色浴棚。这就是阿列兴居住的索菲诺村。

风车正在转动，隆隆声盖过了雨声，水坝在颤动。几匹淋湿的马耷拉着脑袋，站在那边的大车旁，人们披着麻袋来来去去。这里潮湿，泥泞，憋闷。看上去这片深水湾阴冷而凶险。伊凡·伊凡内奇和布尔金已经浑身湿透，拖泥带水，实在难受，他们的脚由于沾上烂泥而发沉。当他们越过堤坝，登上地主的谷仓时，两个人都默默不言，像是彼此都在生对方的气。

在一座谷仓里，簸谷的风车轰隆作响。门是开着的，从里面扬出一团团烟尘。阿列兴刚好站在门口，这是一个四十岁上下的汉子，又高又胖，头发很长，那模样与其说像地主，不如说像教授或者画家。他穿一件很久没洗过的白衬衫，腰间系着绳子，一条长衬裤作外裤，靴子上也沾着烂泥和干草。粉尘把他的鼻子和眼睛都抹黑了。他认出了伊凡·伊凡内奇和布尔金，显得非常高兴。

"快请屋里坐，两位先生，"他含笑说，"我这就来。"

这是一座两层楼的大房子。阿列兴住在楼下的两个房间里，两个房间都带拱顶和小窗子，这里原先是管家的住处。屋里的陈设简单，混杂着黑麦面包、廉价的伏特加和马具的气味。楼上的正房里他很少去，只有来了客人才上去。在房子里，伊凡·伊凡内奇和布尔金受到一名女仆的接待，这女人年轻漂亮，两人不由得同时停住了脚步，对视了一眼。

"你们怎么也想不到我见到你们是多么高兴，两位先生，"阿列兴跟着他们进了门厅，说，"真是喜出望外！佩拉吉娅，"他转身对女仆说，"快去给客人们找两身衣服换换。顺便我也要换一下衣服。只是先得去洗个澡，我好像开春后就没洗过澡。两位先生，你们想不想去浴棚？趁这工夫好让他们把这里收拾一下。"

俏丽的佩拉吉娅非常殷勤，模样儿那么温柔，给他们送来了浴巾和肥皂。阿列兴就领着两位客人到浴棚去了。

"可不是，我已经很久没有洗澡了。"他脱衣服时说，"这浴棚，你们也看到了，很不错，还是我父亲盖的，可是不知怎么的总没有时间洗澡。"

他坐在台阶上，往他的长头发和脖子上抹了许多肥皂，周围的水立时变成了褐色。

"是啊，我看也是……"伊凡·伊凡内奇意味深长地看着他的头，说道。

"我已经很久没有洗澡了……"阿列兴不好意思地重复道，他又擦洗身子，周围的水变成墨水一样的深蓝色。

伊凡·伊凡内奇跑到外面，扑通一声跳进水里，使劲挥动胳臂，冒雨游了起来。他搅起了水波，白色的睡莲便随波荡漾。他游到深水湾中央，一个猛子扎下去，不一会儿又在另一个地方露出头来。他继续游过去，不断潜入水中，想摸到河底。"哎呀，我的老天爷……"他游得痛快，快活地又说了一句，"哎呀，我的老天爷……"他一直游到磨坊那儿，跟几个庄稼汉交谈一阵，又游回来，到了深水湾中央，便仰面躺在水上，让雨淋着脸。布尔金和阿列兴这时已经穿好衣服，准备回去，他却一直在游泳，扎着猛子。

"哎呀，我的老天爷……"他说，"哎呀，求上帝保佑……"

"您该游够了！"布尔金对他喊道。

三个人回到房子里。楼上的大客厅里点上了灯，布尔金和伊凡·伊凡内奇都穿上了绸长袍和暖和的便鞋，坐在圈椅里。阿列兴本人洗完澡、梳了头，显得干干净净，换了新上衣，在客厅里踱来踱去，显然因为换上干衣服和轻便鞋而心满意足地享受着这份温暖和洁净。俏丽的佩拉吉娅悄没声息地在地毯上走过来，带着一脸甜甜的笑意，端着托盘送来了茶和果酱。正在这个时候，伊凡·伊凡内奇开始讲起他的故事。看来听故事的不只是布尔金和阿列兴，墙上镶着金边的画框里老老少少的太太和将军们无不安详而严厉地望着他们，似乎也在听哩。

"我们兄弟两人，"他开口说了起来，"我叫伊凡·伊凡内奇，他叫尼古拉·伊凡内奇，比我小两岁。我完成学业，当了兽医，尼古拉从十九岁起就进了省税务局工作。我们的父亲奇木沙-喜马拉雅斯基是世袭兵①，但后来因功获得军官官衔，给我们留下了世袭贵族身份和一份小小的田产。他死后，那份小田产被迫拿去抵了债，但不管怎么样，我们的童年是在乡间自由自在度过的。我们完全跟农家孩子一样，白天晚上都待在田野上、树林里，看守马匹，剥树皮，捕鱼，以及诸如此类的事情……你们也知道，谁一生中哪怕只钓到过一条鲈鱼，或者在秋天只见过一次鸫鸟南飞，看它们在晴朗凉爽的日子成群飞过村子，那他已经不算是城里人，他至死都会向往这种自由自在的生活了。我的弟弟身在省税务局，心里却老惦记着乡下。一年年过去，他却守在老地方，抄写老一套公文，想着同一件事情：最好回乡间去。他的这种思念渐渐成为一种明确的愿望、一种理想——要在什么地方的河边或湖畔买下一座小小的庄园。

　　"我弟弟是个善良温和的人，我喜欢他，可是对他的这种把自己关在自家庄园里过一辈子的愿望，我向来不表同情。人们常说，一个人只需要三俄尺地就够了。可是要知道，需要三俄尺地的，是死尸，而不是活人。人们又说，如果我们的知识分子都贪恋土地，向往庄园，那是一件好事。殊不知，这些庄园不啻三俄尺之地。离开城市，离开斗争，离开喧嚣的生活，躲进自家的庄园——这不是生活，这是自私，懒散，这也是另一种僧侣主义，然而是一种毫无建树的僧侣主义。人所需要的不是三俄尺之地，不是庄园，而是整个地球，整个大自然，在这个广阔天地里人才能展现出他自由精神的全部品质和特性。

　　"我弟弟尼古拉坐在他的办公室里，梦想着有朝一日能喝上满院飘香的自家菜汤，在绿油油的草地上吃饭，在阳光下睡觉，一连几个小时坐在大门外的长凳上欣赏田野和树林。阅读有关农艺方面的

① 19世纪上半期的俄国，士兵的儿子出生后便记入服兵役的名册。

小册子和日历上的这类建议，是他的一大乐趣，成了他心爱的精神食粮。他喜欢看报，但只读其中的广告栏，如某地出售若干俄亩的耕地和草场，连同庄园、果园、磨坊和若干活水池塘。于是他就在脑子里描绘出果园里的小径、花丛、水果、椋鸟笼、池塘里的鲫鱼，你们知道，尽是这类玩意儿。当然这些想象中的画面是各不相同的，这要根据他所看到的广告内容而定。可是不知为什么所有的画面上必定有醋栗①。一座庄园，一处富有诗情画意的地方，居然会没有醋栗，在他是不能想象的。

"'乡居生活自有其乐趣，'他常常这样说，'你可以坐在阳台上喝茶，水塘里有自家的小鸭子在戏水，鸟语花香，而且……而且醋栗长大了。'

"他绘制了自己田庄的草图，每一次图上都是同样的东西：一，主人的正房；二，仆人的下房；三，菜园；四，醋栗。他省吃俭用：经常半饥半饱，不多饮茶水，天知道他穿什么破烂，倒像叫花子，可是不断攒钱，存到银行里。他成了吝啬鬼！我一见他心里就不是滋味，常常给他点儿钱，过节前也给他寄点儿，可是他连这个也存起来。一个人要是打定主意，那死活也改变不了他了。

"几年过去，他被调到另一个省工作，当时已年过四十，但还在读报上的广告，还在攒钱。后来我听说他结婚了。出于同样的目的，想买一座有醋栗的庄园，他娶了一个年老而丑陋的寡妇，他对她毫无感情可言，只图她手里几个臭钱。他俩一起生活，日子过得紧巴巴的，害得她经常吃个半饱，把她的钱存进银行却记在自己名下。她原先的丈夫是邮政支局局长，她过惯了吃馅饼、喝果子露酒的生活，现在在第二个丈夫家里连黑面包也难得吃上。这种生活把她弄得越来越消瘦，三年不到就一命归天了。当然，我的弟弟从来没有

---

① 醋栗：一种抗寒的小浆果，又名灯笼果。果实近圆形或椭圆形，成熟时果皮黄绿色，光亮而透明，几条纵行维管束清晰可见，花萼宿存，很像灯笼，故名灯笼果。

想到过，她的死是由他的过错造成的。金钱如同伏特加，能把人变成怪物。以前我们城里有个商人病得快死了，临终前他叫人端来一碟蜂蜜，他把自己所有的钱和彩票就着蜂蜜都吃进肚里，叫谁也得不到。还有一次我在火车站检查牲畜，当时有一个牲口贩子不慎掉到机车底下，一条腿被轧断了。我们把他抬到急诊室，血流如注，非常危险。他却不住地求我们把他的断腿找回来，因为那条腿的靴子里有二十五卢布，生怕弄丢了。"

"哎，您扯远了。"布尔金说。

"妻子死后，"伊凡·伊凡内奇想了半分钟接着说，"我弟弟开始物色田庄。当然啦，你哪怕物色五年，到头来还会出错，买下的和朝思暮想的完全是两码事。弟弟尼古拉通过代售人，用分期付款的方式购得占地一百一十二俄亩的田庄，有主人的正房，有仆人的下房，有花园，但没有果园，没有醋栗，没有活水池塘和小鸭子。倒有一条河，但河水浑浊得呈咖啡色，因为田庄一侧是砖瓦厂，另一侧是火葬场。可是我的尼古拉·伊凡内奇并不介意，他立即订购了二十丛醋栗，动手栽下，过起地主的生活来了。

"去年我去看望他。我想，我得去看看他那里到底怎么样。他在来信里管自己的田庄叫'丘姆巴罗克洛夫荒园'，又叫'喜马拉雅村'。我是下午到达'喜马拉雅村'的。天气很热。到处都是沟渠、篱笆和围墙，到处栽着成排的云杉——害得你晕头转向，不知道怎样才能走到他家，把马拴在哪儿。我朝一幢房子走去，迎面来了一条红棕狗，肥得像头猪。它想叫几声，可是又懒得张嘴。厨房里走出来一个厨娘，光着脚，胖得也像猪。她告诉我，老爷吃过饭正在休息。我走进屋里找弟弟，他坐在床上，膝头盖着被子。他苍老了，发胖了，皮肉松弛。他的脸颊、鼻子和嘴唇都向前突出，眼看被窝里就要发出像猪那样的哼哼声了。

"我们互相拥抱，流下了悲喜交集的眼泪：想当年我们都很年轻，现在却白发苍苍，不久于人世了。他穿上衣服，领我去参观他的庄园。

"'哦，你在这儿过得怎么样？'我问他。

"'还不错，托上帝的福，我过得挺好。'

"他已经不是从前那个胆小怕事的可怜的小职员了，而是货真价实的地主老爷。他已经习惯那里的生活，过得有滋有味。他海吃猛喝，长胖了，在澡堂里洗澡，已经跟村社和两个工厂都打过官司，遇到庄稼人不叫他'老爷'时他就恼火。他按老爷的气派，关心自己灵魂的得救，他做好事不是简简单单，而是摆足谱子。那么他做了哪些好事呢？他用苏打和蓖麻油给农民包治百病，每到他的命名日必定在村子里做感恩祈祷，之后摆出半桶白酒，自以为该这么做。哎呀，多可怕的半桶白酒！今天这个胖地主还拖着农民向地方行政长官控告他们的牲口祸害了他的庄稼，可是到了明天，遇上他隆重的命名日，他就赏给他们半桶白酒。他们喝了酒就高呼'乌拉'，喝醉了还给他叩头。生活变富裕了，酒足饭饱，游手好闲，养成了俄罗斯人的自命不凡和厚颜无耻。尼古拉·伊凡内奇当初在税务局里甚至害怕自己有个人见解，现在呢，他说的话都成了'圣旨'，说起话来，用的是达官贵人的官腔：'教育是必不可少的，但对平民百姓来说还为时尚早。'又如：'体罚一般来说是有害的，但在某种场合下又是有益的、不可替代的。'

"'我了解老百姓，善于对付他们，'他说，'老百姓也喜欢我。我只消动一动手指头，我想要办的事，他们全都会替我办好。'

"这一切，听好了，他都是面带精明而善良的微笑说出来的。他不下二十遍反反复复地说：'我们这些贵族'，'我，作为一名贵族……'显然已经不记得我们的祖父是庄稼汉，父亲当过兵。我们的姓奇木沙-喜马拉雅斯基本来有点儿古怪，现在依他看来却响亮、高贵、悦耳动听。

"但是问题不在于他，而在我自己这方面。我想对你们讲讲，在他庄园里逗留的不多几个小时里我内心发生的变化。傍晚，我们喝茶的时候，厨娘端来满满一盘醋栗，放在桌子上。这不是买来的，而是自家种的，自从栽下这种灌木以后，这还是头一回收摘果子。

尼古拉·伊凡内奇眉飞色舞，足有一分钟默默地、泪汪汪地看着醋栗，他激动得说不出话来。随后他把一只果子放进嘴里，得意地瞧着我，那副神态就像一个小孩子终于得到了自己心爱的玩具。

"'味道好极了！'他说。

"他津津有味地吃着，不断地重复道：

"'嘿，味道好极了！你也尝一尝！'"

"果子又硬又酸，不过正如普希金所说："对我们来说，使我们变得高尚的谎言较之无数真理更为珍贵。'① 我看到了一个幸福的人，他朝思暮想的理想无疑已经实现，他人生的目标已经达到，得到了他想要的一切，他对自己的命运和他本人都感到心满意足。不知为什么，过去每当我想起人的幸福，常常夹杂着伤感的成分，现在，面对着这个幸福的人，我的内心充满了近乎绝望的沉重感觉。夜里我的心情更加沉重。他们在我弟弟卧室的隔壁房间里为我铺了床，夜里我听到，他没有睡着，常常起身走到那盘醋栗跟前拿果子吃。我心想：实际上，世上心满意足之人何其多！这是一种多么令人压抑的力量！你们看看这种生活吧：强者蛮横无礼，游手好闲，弱者愚昧无知，过着牛马不如的生活，到处是难以想象的贫穷、拥挤、堕落、酗酒、虚伪、谎言……与此同时，每一个家庭和每一条街道却安安静静，人们心平气和。在城里五万居民中，没有一个人会大声疾呼，公开表示自己的愤慨。我们所看到的，是人们上市场采购食品，白天吃饭，夜里睡觉，他们说着自己的生活琐事，结婚，衰老，平静地把死去的亲人送到墓地。可是我们看不见那些受苦受难的人，听不见他们的声音，看不见在生活背后发生的种种惨事。一切都安静而平和，提出抗议的只是不出声的统计数字：多少人发疯，多少桶白酒被喝光，多少儿童死于营养不良……这样的秩序显然是必需的；显然，幸福的人之所以感到幸福只是因为不幸的人们在默

---

① 引自普希金的诗《英雄》，引文与原文稍有出入。

默地背负着自己的重担。一旦没有了这种沉默，一些人的幸福便不可想象。这是普遍的麻木不仁。真应当在每一个心满意足的幸福之人的门背后，站一个人，拿着小锤子，经常敲门提醒他：世上还有不幸的人；不管他现在多么幸福，生活迟早会对他伸出利爪，灾难会降临——疾病，贫穷，种种天灾人祸。到那时面对他谁也视而不见，听而不闻，现在他不是看不见别人，听不见别人吗？可是，拿锤子的人是没有的，幸福的人照样过他的幸福生活，只有日常生活的小小烦恼才使他感到有点儿激动，就像微风吹拂杨树一样。一切都幸福圆满。

"那天夜里我才明白，原来我也是心满意足，也是幸福的，"伊凡·伊凡内奇站起来，接着说，"我在饭桌上、在打猎时也一样教导别人怎样生活，怎样信仰，怎样管理平民百姓。我也常常说：学问是光明，教育必不可少，但对普通人来说目前只要能读会写就足够了。自由是好东西，我也这样说，没有自由就像没有空气一样是不行的，但目前还得等待。是的，我就是这样说的，不过我现在要问：为什么要等待？"伊凡·伊凡内奇生气地望着布尔金，问道，"请问，为什么要等待？出于什么考虑？别人对我说，凡事不能一蹴而就，任何理想总是在生活中逐步地、在适当的时候实现的。不过，这是谁说的？有什么证据说明这是对的？你们会引证事物的自然规律和社会现象的合法性。但是我请问：我，一个有思想的活人，站在一道沟前，本来我也许可以跳过去，或者在上面架一座桥走过去，我却偏要等着它自己合拢，或者等着淤泥把它填满，这样做有什么规律和合法性可言？再说一遍，为什么要等待，等到没法儿活的那一天吗？可是人需要生活，渴望生活！

"我一清早就离开弟弟的庄园。从此以后，我就感到城市的生活难以忍受。那份平静和安宁令我压抑，我害怕看别人家的窗子，因为现在对我来说，没有比围桌而坐一道喝茶的幸福家庭更不堪忍受的场景了。我已经老了，已经不适宜当一名斗士，我甚至不会憎恨了。我只是心里悲哀，气愤，懊丧，每到夜里我的脑子里种种思想纷至沓来，弄得我十分激动，不能安睡……唉，要是我还年轻该多好啊！"

伊凡·伊凡内奇激动得在两个屋角间不停地走来走去，反复说："要是我还年轻该多好啊！"

他突然走到阿列兴身边，握住他的一只手，之后又握他的另一只手。

"巴维尔·康斯坦丁内奇！"他用恳求的语气说，"您永远不要感到满足，不要让自己麻木不仁！趁您年轻、强壮、朝气蓬勃，您要不知疲倦地做好事！幸福是没有的，也不可能有；如果生活有意义、有目标，那也绝不是我们的幸福，我们的幸福在于更明智、更伟大的事业。做好事吧！"

伊凡·伊凡内奇带着可怜的、央求的笑容说出了这番话，仿佛他是为自己央求他的。

后来三人坐在客厅不同角落的圈椅里，都默不作声了。伊凡·伊凡内奇的故事既没有让布尔金，也没有让阿列兴感到满足。在昏黄的光照中，金边画框里的将军和太太像活人似的瞧着他们，在这种时候听一个爱吃醋栗的可怜的小职员的故事不免乏味。不知为什么他们很想听听文人雅士或女人的故事。他们坐着的这个客厅里的一切，从蒙着套子的枝形吊灯架、圈椅，到脚下的地毯，都说明，这些此刻在画框里看着他们的人从前也在这里走过、坐过、喝过茶。现在俏丽的佩拉吉娅在地毯上不出声地走着——这比任何故事更美妙动人。

阿列兴困得不行，他早上三点就起床操持家务，现在他的眼睛都睁不开了。但他担心客人们在他不在时会讲什么有趣的故事，所以不肯离开。伊凡·伊凡内奇刚才所讲的是否明智是否正确，他没有细想。客人们不谈麦种，不谈干草，不谈焦油，他们谈的事跟他的生活没有直接关系，这就让他很高兴，他希望他们继续谈下去……

"不过该睡觉了，"布尔金站起身来说，"祝各位晚安。"

阿列兴道了晚安，回到楼下的住室去了，两位客人留在楼上。他们被领到一个大房间过夜，那里有两张老式的雕花木床，屋角挂着耶稣受难的象牙十字架。床又宽大又凉爽，被褥由俏丽的佩拉吉娅刚刚铺好，新换的床单散发出一股好闻的气味。

伊凡·伊凡内奇默默地脱去衣服，躺了下去。

"主啊，饶恕我们这些罪人吧!"他说完就蒙头睡了。

他放在桌上的烟斗散发出一股浓重的烟油子味。布尔金一直睡不着，他纳闷：哪儿来的这股难闻的气味。

雨整夜敲打着窗子。

（1898 年）

姚 内 奇

一

每当有人来省城 C，抱怨这里的生活单调无聊时，本地的居民像是为自己辩护似的说：恰恰相反，C 城好得很，这里有图书馆、剧院、俱乐部，经常举行舞会，而且还有许多聪明、有趣、令人愉快的家庭，尽可以跟他们交往。他们便举出图尔金一家，说这是本城最有教养、最有才华的家庭。

这一家人住在本城一条主要大街上自家的宅院里，紧挨着省长官邸。伊凡·彼得罗维奇·图尔金本人是个肥胖、标致的黑发男子，留着络腮胡子，经常举办业余演出为慈善事业筹募资金，自己在剧中扮演老将军的角色，不时发出滑稽可笑的咳嗽声。他知道许多笑话、字谜和俗语，喜欢开玩笑、说俏皮话，脸上的那副表情总让人捉摸不透：他这是在开玩笑，还是说正经的？他的妻子薇拉·约瑟福夫娜是个面容俏丽而瘦削的太太，戴副 pince-nez①，她写中篇小说和长篇小说，还喜欢为客人们朗诵自己的作品。他们的女儿叶卡捷琳娜·伊凡诺夫娜是个年轻的姑娘，会弹钢琴。总而言之，这个家庭的每个成员都有各自的才能。图尔金一家殷勤好客，他们总是快快乐乐、真诚简朴地向客人们展示自己的才华。他们那幢高大的砖

---

① pince-nez：法文，意为"夹鼻眼镜"。

砌房子十分宽敞，夏天凉爽，半数窗子对着一个树木葱茏的古老花园，到了春天园子里夜莺引吭高歌。家里来了客人，厨房里丁丁当当的菜刀声不绝于耳，院子里便弥漫着一股煎洋葱的气味。这一切预示着将大摆一席丰盛而美味的晚餐。

德米特里·姚内奇·斯塔尔采夫，地方自治局新派来的大夫，居住在离省城九俄里的佳利日。他来不久就听人说，他作为有知识的人，理当结识图尔金一家。冬天，一次在大街上经人介绍他认识了伊凡·彼得罗维奇。两人谈天气，谈戏剧和霍乱，之后图尔金邀请他去做客。春天，耶稣升天节那一天，斯塔尔采夫看完病人之后，进城去散散心，顺便买点儿东西。他不急不忙地步行进城（当时他还没有置备马车），一路上不停哼着：

> 我痛饮人生之杯，
> 还不知道泪水滋味……①

他在城里吃了午饭，在公园里散了一会儿步后，自然而然想起了伊凡·彼得罗维奇的邀请，便决定到图尔金家走一遭，看看他们都是些什么样的人。

"您好啊，请进，"伊凡·彼得罗维奇在台阶上迎接他说，"见到这样一位令人愉快的客人，我非常非常高兴。请进屋，让我把您介绍给内人。我对他说，薇洛奇卡②，"他把医生介绍给妻子，继续道，"我对他说，按罗马法典，他没有任何权利只待在自己的医院里，他应当把闲暇时间奉献给社交活动。我说得对不对，亲爱的？"

"请坐在这儿，"薇拉·约瑟福夫娜指着身边的座位说，"您不妨

---

① 出自俄国诗人杰利维格的诗《悲歌》，由著名音乐家雅科夫列夫谱曲。
② 薇洛奇卡：薇拉的昵称。

对我献献殷勤。我丈夫好吃醋，他是奥瑟罗①，不过我们可以设法叫他什么也觉察不出来。"

"哎呀，你这个小母鸡，宠坏了的女人……"伊凡·彼得罗维奇柔情脉脉地说，还吻一下她的额头，"您来得正好，"他又对客人说，"内人刚写完一部可观的长篇小说，今天正要朗诵呢。"

"让，"薇拉·约瑟福夫娜对丈夫说，"dites que l'on nous donne du thé②。"

斯塔尔采夫被介绍给叶卡捷琳娜·伊凡诺夫娜，一个十八岁的姑娘，长得像她妈妈，同样身材瘦削，面容俏丽，脸上略带稚气，腰肢柔软而苗条，已经发育的少女胸脯十分健美，洋溢着十足的青春气息。后来大家喝茶，吃果酱、蜂蜜、糖果和饼干。饼干十分可口，入嘴即化。傍晚时分，陆续来了许多客人，伊凡·彼得罗维奇眉开眼笑地迎接每一位客人，说：

"您好啊，请!"

然后大家一本正经地坐在客厅里，薇拉·约瑟福夫娜开始朗诵自己的小说。她这样开始："严寒凛冽……"所有的窗子都敞开着，可以听到厨房里的菜刀声，闻到一股煎香葱的气味……大家舒舒服服坐在柔软的深深的圈椅里，在昏暗的客厅中灯光亲切地闪着眼睛。现在，在这夏日的傍晚，当窗子里传来街头的人声和笑语，送来院子里丁香花的阵阵清香，听众们就很难体会凛冽的严寒，以及夕阳西下、一片寒光照耀着雪原和孤独的行路人的景象了。薇拉·约瑟福夫娜读的是一个年轻美丽的伯爵小姐如何在村子里开办学校、医院和图书馆，以及如何爱上一个流浪的画家的故事。尽管她读的是生活中永远不会发生的故事，但听起来还是很愉快，令人陶醉，让人心里生出许许多多美好而恬淡的思想，简直叫人不想站起来……

---

① 奥瑟罗：英国剧作家莎士比亚名著《奥瑟罗》中的主人公，因嫉妒杀死自己的妻子。
② 法文，意为"你去吩咐他们端茶来"。

"还真不赖……"伊凡·彼得罗维奇轻声叹道。

有一位客人听着，听着，思想已跑到很远的地方去了，用几乎听不见的声音说：

"是的……的确……"

过去了一小时，又过去了一小时。邻近的市立公园里有乐队在演奏，合唱团在演唱。薇拉·约瑟福夫娜合上自己的本子，足有四五分钟的时间大家都默不作声，听着合唱团唱的《卢奇奴什卡》，这支歌表达出小说中所没有而生活中常见的东西。

"您的作品要在杂志上发表吗？"斯塔尔采夫问薇拉·约瑟福夫娜。

"不，"她回答道，"我的作品向来不发表。我写完了就把它藏进我的柜子里。何必发表呢？"她解释说，"要知道我们有产业。"

不知为什么大家都叹了一口气。

"科季克①，该你来弹支曲子了。"伊凡·彼得罗维奇对女儿说。

有人把钢琴盖子掀开，原先摆好的乐谱翻开，叶卡捷琳娜坐下，双手齐按琴键，随即又使劲敲打起来，一下，两下，她的肩头和胸脯不住地颤动，她使劲地敲打同一个地方，似乎不把琴键敲进钢琴里决不罢休。客厅里琴声雷动，地板、天花板和家具全被震得轰隆作响……叶卡捷琳娜·伊凡诺夫娜弹的是一段极难的曲子，又长又单调，唯一的意义就是难弹。斯塔尔采夫一边听着，一边想象着，只觉得高山上乱石滚滚而下，他盼望这些石头早点儿停住。这时叶卡捷琳娜紧张得满脸通红，精神抖擞，充满活力，一绺头发掉在额上，那模样很招他喜欢。在佳利日，他在病人和庄稼汉中间度过了漫长的冬季，此刻坐在客厅里，看着这个年轻、文雅，想必也纯洁的人儿，听着这支喧闹的、令人厌烦的，但毕竟高雅的乐曲，说来何等愉快，何等新鲜……

---

① 科季克：叶卡捷琳娜的小名。

"哦，科季克，你今天弹得比哪次都好，"伊凡·彼得罗维奇在女儿弹完一曲站起来时含着泪说，"你可以死了，丹尼斯，你反正写不出更好的曲子了。"

大家围着她，向她祝贺，个个显出惊讶的样子，众口一词，说他们已经很久很久没有听到这样美妙的音乐了。她呢，默默听着，微微露出一丝笑意，得意扬扬。

"妙极了！太美啦！"

"妙极了！"斯塔尔采夫在众人热情的感染下，也说，"您在哪儿学的音乐？"他问叶卡捷琳娜·伊凡诺夫娜，"是在音乐学院吗？"

"不，我正打算进音乐学院呢，目前在跟扎夫洛夫斯卡娅太太学琴。"

"那么您在本地的中学毕业了？"

"噢，没有！"薇拉·约瑟福夫娜代女儿回答，"我们为她请了家庭教师，进普通中学或者进贵族女中，我想您也会同意的，难免会受到坏影响。一个女孩子在发育成长阶段，只应受母亲的影响。"

"可是我反正要进音乐学院！"叶卡捷琳娜·伊凡诺夫娜说。

"不，科季克爱她的妈妈。科季克不会伤爸爸妈妈心的。"

"不嘛，我要去！我就要去！"叶卡捷琳娜·伊凡诺夫娜撒娇地说，还跺了一下脚。

到吃晚饭的时候，轮到伊凡·彼得罗维奇来显露他的才华了。他眼睛笑眯眯，讲着各种奇闻轶事，说俏皮话，提一些荒谬可笑的问题，自问自答。他说的话与众不同，这种语言是他长期练习说俏皮话练就的，显然已成了他的习惯，比如说：其大无边的，真正不赖的，千万分地感谢您，等等，等等。

但是这还不算完。酒足饭饱、心满意足之余，客人们挤在前厅里拿各自的大衣和手杖时，有个小厮忙前忙后，伺候他们。他叫帕夫卢沙，这家人叫他帕瓦，是个十四五岁的男孩子，留着短短的头发，脸蛋胖乎乎的。

"来，帕瓦，你表演一下！"伊凡·彼得罗维奇对他说。

帕瓦摆出可笑的姿势，举起一只手，用凄惨的声调说：

"死去吧，你这不幸的女人！"

大家听了一阵捧腹大笑。

"真有意思。"斯塔尔采夫走到街上，心里想道。

他又顺路进了一家餐馆，喝了啤酒，然后步行回佳利日。他走着，一路上轻声哼着：

你的声音令我亲切，销魂……①

走了九俄里路，然后躺下睡觉，他却感不到一丝倦意，相反，他觉得还能高高兴兴地再走上二十俄里。

"真的不赖……"蒙眬中他想起这句话，又笑了起来。

二

斯塔尔采夫老想去看望图尔金一家，但是医务繁冗，怎么也抽不出空来。就这样在辛劳和孤独中度过了一年多时间。可是有一天，从城里送来了一封蓝封皮的信……

薇拉·约瑟福夫娜早就有个偏头痛的毛病，近来，因为科季克每天闹着要进音乐学院，这病便频繁发作了。请遍了城里所有的医生，终于想到了他这位地方自治局的大夫。薇拉·约瑟福夫娜给他写了一封感人至深的信，请他务必来一趟为她减轻病痛。斯塔尔采夫应邀前往，此后就常去图尔金家……经他的治疗，薇拉·约瑟福夫娜的病还真有点儿好转，于是她见了客人就说，斯塔尔采夫是一

---

① 引自普希金的诗《夜》，由音乐家鲁宾斯坦谱曲。

名与众不同、了不起的大夫，不过后来他之所以经常去图尔金家，已经不是为她治偏头痛了……

这天是节日。叶卡捷琳娜·伊凡诺夫娜总算弹完了那些冗长的、令人心烦的练习曲。大家一直坐在饭厅里喝茶，听伊凡·彼得罗维奇讲一件趣事。门铃响起，得有人去前厅迎接客人，斯塔尔采夫趁这忙乱的工夫，万分激动地小声对叶卡捷琳娜说：

"我求求您，看在上帝的分上，别折磨我，我们去花园吧！"

她耸耸肩膀，一副困惑不解的神色，似乎不明白他要她做什么，但还是站起身，走了出去。

"您每天要练三四个钟头的琴，"他跟在她后面，说，"然后老跟妈妈坐在一起，我都没有机会跟您说说话。哪怕给我一刻钟也好啊，我求您了。"

秋天快到了，古老的花园里一片寂静和凄凉，林荫道上铺满了枯黄的落叶。天色很快就黑了。

"我已经整整一个星期没有见到您，"斯塔尔采夫接着说，"您要是知道这是多痛苦就好了！坐吧，请听我说。"

两人在花园里有一处心爱的地方：一棵枝繁叶茂的老枫树下的一张长椅。这时他们就坐到这张椅子上。

"您有什么事？"叶卡捷琳娜·伊凡诺夫娜问得一本正经，干巴巴地。

"我已经整整一个星期没有见到您，我好久好久没有听到您的声音了。我多想，多渴望听到您的声音。您说话呀。"

她那青春的活力，眼睛和脸上洋溢着的天真神态，令他如痴如醉。连她身上穿的连衣裙在他看来也特别别致，那份朴素而天真的风姿多令人心醉神迷。她天真烂漫，同时他又觉得她聪明伶俐，相当成熟，与她的年龄很不相称。他可以跟她谈论文学，谈论艺术，以及随便什么样的话题，也可以向她抱怨叫屈，发泄对生活和人们的不满，虽说在这种严肃谈话中间，有时她会突然无端地笑起来，或者跑回屋里去了。她跟 C 城的所有姑娘一样，看了许多书（一般说来，C 城的人很少读书。本地的人很少看书，图书馆里的人都说，要是没有这些姑娘和年轻的犹太人，图书馆早就可以关门大吉了）。这一点尤其让斯塔尔采夫感到满意。每一回他总是激动地问她，近来她读了什么书。等她讲起来，他听得入了迷。

"在我们没有见面的这个星期里，您读了什么书？"此刻他问她，"请您给我说说。"

"我读了皮谢姆斯基①的作品。"

"哪些作品？"

"《一千个农奴》，"科季克回答，"可是这个皮谢姆斯基的名字多么可笑，叫什么阿列克谢·费奥菲拉克特奇！"

"您这要去哪儿？"斯塔尔采夫看到她突然站起来朝房子走去，吃惊地问，"我必须跟您好好谈一谈，我心里有话要向您倾诉……跟我再待五分钟！我求您了！"

她站住了，像要说点儿什么，随后不好意思地把一张纸条塞进他手里，急忙跑回家，又坐到钢琴前。

"今晚十一点，"斯塔尔采夫念道，"请去墓地，在杰米奇的墓碑附近。"

"哦，这个主意太不聪明了，"他回过神来，不禁想道，"这跟墓地有什么相干？她要干什么？"

显而易见：科季克是在开玩笑。既然轻而易举能在街上或在公园里安排约会，有谁会想出这种傻主意——一本正经地约人半夜三更到郊外的墓地相会？再说他作为地方自治局医生，是个有头有脸的人物，居然唉声叹气，接下约会的条子，夜闯墓地，做出连中学生都会笑话的蠢事，这成何体统？这种罗曼蒂克的事儿会有什么结果？要是让同事们知道了，他们会怎么说？斯塔尔采夫在俱乐部的桌子旁踱来踱去的时候，就是这样想的。可是到了十点半，他突然

---

① 皮谢姆斯基（1821—1881）：俄国作家。

拿定主意，要去墓地了。

这时他已经有了自己的双马车了，车夫叫潘捷莱蒙，经常穿一件丝绒坎肩。皓月当空，万籁无声，天气暖和，但已透着秋天的一丝凉意。城郊的屠宰场附近有狗在吠叫。斯塔尔采夫把马车留在城边上的一条胡同里，自己步行去墓地。"各人有各人的怪脾气，"他想，"科季克也古怪，谁知道呢？说不定她不是开玩笑，当真会来的。"沉缅于这个毫无根据的渺茫希望中，诱得他心醉神迷。

他在野地里走了半俄里路。远处出现一长条黑黝黝的墓地，看上去像是一片树林或是一座大花园。渐渐地白色的围墙、大门显露出来……月光下大门上的题词清晰可见："时候要到……"① 斯塔尔采夫穿过小门进去，首先映入眼帘的是宽阔的林荫道两侧的许多白十字架和墓碑，以及它们和杨树投下的无数阴影。向远处望去，周围也都是黑白两种颜色，沉睡中的树木枝条垂向白色的墓石。这里似乎比野地里更明亮，无数爪子般的枫叶清清楚楚地躺在林荫道的黄沙上和石板上，墓碑上的题词也清清楚楚。起初，眼前的一切让斯塔尔采夫好生吃惊，他这是平生第一次见到这番景象，往后恐怕再也不会见到了。这是一处跟别的地方完全不同的世界：这里的月色无比美妙柔和，这里仿佛成了月光的摇篮；这里没有生命，绝对没有，可是每一棵黝黑的杨树、每一座坟墓都让人感到里面隐藏着能揭开静穆、美好、永恒生命的奥秘。白色的墓石，枯萎的花朵，连同树叶透出的秋意，无不透出宽恕、凄凉和安宁的气息。

周围一片静穆，天上星星静静地俯视这片土地，只有斯塔尔采夫的脚步声显得那么刺耳，与四周的气氛很不协调。教堂的钟声响起，他听来觉得自己也成了埋在这里的死人，似乎有人在看着他，他忽然想到，这里并不安宁，并不寂静，这里笼罩着虚无的无声悲哀和深深压抑的绝望。

---

① 见《圣经·约翰福音》第五章第二十八节。全句为："时候要到，凡在坟墓里的都要听见他的声音就出来，行善的复活得生，作恶的复活定罪。"

杰米奇的墓碑做成小教堂的样子，上面立着一个天使。从前，有个意大利歌剧团路过 C 城，一名女歌唱家死了，被安葬在这里，还立了这块碑。现在城里已经没有人记得她了，可是墓门上方的长明灯，在月光照耀下，好像还在闪光。

周围一个人也没有。试想，谁会半夜三更到这个地方来？但斯塔尔采夫还是等着，那月光仿佛燃起他的激情，他热情洋溢地等待着，想象着跟心爱的姑娘拥抱接吻。他在墓碑旁坐了半个钟头，后来又在旁边的林荫道上徘徊良久。他手里拿着帽子，边等待边思索，在这些坟墓里不知埋葬了多少妇女和姑娘，她们活着的时候美丽迷人，她们也恋爱过，享受过夜间热烈而缠绵的欢爱。说真的，大自然母亲这么捉弄人，太令人难堪，太令人沮丧了。虽然斯塔尔采夫这么想着，但他还是情不自禁地想大声呼喊，说他需要爱情，不惜一切代价非得到爱情不可。在他面前，那些发白的东西已经不是一块块大理石，而是许多美丽的女儿身。他看到羞答答地躲藏在树影里的丽人，能感受到她们的体温。这种折磨太令人难堪了……

月亮躲进云层，仿佛天幕落下，四周忽然一片黑暗。斯塔尔采夫好不容易才找到大门——这时天色已黑，秋夜总是这样——然后又摸黑走了一个半小时的夜路，才找到停着马车的那条胡同。

"我累了，脚都站不稳了。"他对潘捷莱蒙说。

他舒舒服服地坐进马车里，心想：

"哎呀，真不该发胖！"

三

第二天晚上，他坐上马车去图尔金家求婚。可是事不凑巧，有个理发师在叶卡捷琳娜的房间里给她做头发。她正准备去俱乐部参加舞会。

他只好在饭厅里坐了好一会儿，喝茶等候。伊凡·彼得罗维奇看到客人心事重重、郁郁寡欢的样子，便从坎肩口袋里掏出几张纸，念了一封他的德国总管写来的可笑的信，报告说庄园里"所有的闷霜都毁了，羊皮倒了"①。

"嫁妆他们大概不会少给的。"斯塔尔采夫想道，一边心不在焉地听着。

度过了一个不眠之夜，此刻他处在昏昏沉沉的状态，仿佛有人用催眠的甜酒把他灌醉了似的：他迷迷糊糊，但是很快活，心里暖洋洋的。与此同时他的脑子里有块冷冰冰、沉甸甸的东西在争辩：

"趁早歇手！你们两个般配吗？她娇生惯养，任性，每天要睡到下午两点钟；你呢，一个教堂执事的儿子，地方自治局医生。"

"那又怎么样？"他想，"听之任之吧。"

"再者，你若娶了她，"那东西接着说，"她的家人会逼你辞掉地方自治局医生的工作，搬到城里来住。"

"那又有什么？"他想，"待在城里就待在城里。他们会给嫁妆，我们会安排好家……"

叶卡捷琳娜终于出来了。她穿一身袒胸露背的舞衣，那么妩媚可人，纯洁可爱，让斯塔尔采夫看得入迷，欣喜若狂，连一句话也说不出来，只有瞧着她傻笑的份儿。

她开始跟大家告别，他呢，留下来已经没有意思，便起身说，他也该回去了：有病人等着呢。

"那就不留您了，"伊凡·彼得罗维奇说，"请便吧。不过，请您顺便把科季克送到俱乐部。"

外面下起毛毛细雨，天很暗，只有凭着潘捷莱蒙的暗哑的咳嗽

---

① 德国总管用错了词，他想说："所有的门闩都坏了，一堵墙倒了。"

声，才能推断马车在哪儿。车篷已经支起来了。

"我走路踩地毯，你走路尽撒谎，"伊凡·彼得罗维奇说着顺口溜，扶女儿坐进马车，"他走路尽撒谎……走吧！再见，请啦！"

他俩坐车走了。

"我昨晚去墓地了，"斯塔尔采夫开口说，"您这样做未免太损人，太狠心了……"

"您去墓地了？"

"是啊，我去了，一直等了快两个钟头。我好痛苦……"

"既然您不懂得玩笑，那就该痛苦。"

叶卡捷琳娜·伊凡诺夫娜想到这么巧妙地捉弄了一个爱她的男人，对方又这么热烈地爱着她，感到十分得意，不禁哈哈大笑起来。忽然她一声惊叫，因为这时两匹马猛地朝俱乐部大门拐过去，马车倾斜了。斯塔尔采夫趁势搂住她的腰，她吓得倒在他的怀里。他情不自禁，热烈地吻她的嘴唇、她的下颏，把她搂得更紧了。

"别闹了。"她干巴巴地说。

她很快下了车。俱乐部大门口灯火辉煌，一名警察用极难听的口气冲着潘捷莱蒙大声斥责：

"怎么停下来了，你这呆鸟！快把车赶走！"

斯塔尔采夫坐车回家，但很快又转回来。他穿上借来的礼服，系着白色的硬领结，那领结不知怎么总翘起来，老想从领口上滑开。午夜时分，他坐在俱乐部的休息室里，兴致勃勃地对叶卡捷琳娜·伊凡诺夫娜说：

"啊，从来没有恋爱过的人怎么懂得什么叫爱情！在我看来，至今还没有人准确地描写过爱情，而且这种温柔、欢愉而又痛苦的感情怕是难以描状的。谁体验过这种感情，哪怕只有一次，他也就不想用语言来表达它了。何必来开场白，何必细细描述呢？花言巧语有什么用呢？我的爱情无边无际……我请求您，我央求您，"斯塔尔采夫终于说出口，"做我的妻子吧！"

"德米特里·姚内奇，"叶卡捷琳娜·伊凡诺夫娜想了一下，极其严肃地说，"德米特里·姚内奇，我十分感激您的真诚，我尊敬您，但是……"她说罢站起来，接着说下去，"但是，请原谅，我不能做您的妻子。让我们严肃地谈一谈。德米特里·姚内奇，您知道，我的生活中我爱艺术甚于一切。我爱音乐爱得发疯，我崇拜音乐，我要为音乐而献身。我想当一名演唱家，我渴望荣誉、成就和自由，而您却要让我继续待在这个城市里，继续过这种空虚、无益的生活，这种生活我已经无法忍受了。做您的妻子——哦，不，请原谅！人应当追求一个崇高而辉煌的目标，而家庭生活只会永远束缚我。德米特里·姚内奇（说到这里她微微一笑，因为这个名字让她想起了"阿列克谢·费奥菲拉克特奇"），您是一位善良、高尚、聪明的人，谁都比不上您……"说到这里她已热泪盈眶了，"我衷心同情您，但是……但是您得明白……"

免得哭出来，她赶紧转身跑出了休息室。

斯塔尔采夫的心不再剧烈地跳动。他走出俱乐部来到街上，头一件事就是扯下那个硬领结，深深地吁了一口气。他觉得有点儿难堪，他的自尊心受到了伤害——他没有料到会遭到拒绝——也不相信，他的一切幻想、痴情和希望让他落到这么一个尴尬的结局，简直就像业余演出的一出小戏。他为自己的感情，为自己的初恋感到伤心，伤心得恨不得大哭一场，或者操起伞来朝潘捷莱蒙的宽背使劲打去。

一连两三天他无心工作，不吃不睡。消息传来，得知叶卡捷琳娜·伊凡诺夫娜已经去莫斯科进了音乐学院，他才平静下来，过起从前那种生活。

后来，他偶尔回想起当初如何在墓地里徘徊，如何跑遍全城去借礼服的情景，总是懒洋洋地伸个懒腰，说：

"惹出了多少麻烦，真是的！"

四

　　四年过去了。斯塔尔采夫在城里的业务已经相当繁忙，每天上午他在佳利日匆匆看完病人，然后坐车赶到城里行医。现在他坐的已经不是双套马车，而是带许多小铃铛的三驾马车了，每天总要到深夜才能回到家。他发福了，而且越来越胖，患上了气喘病，已经懒得走路。潘捷莱蒙也发福了，他的腰身越宽，越是伤心地哀声叹气，怨自己命苦：赶马车的活儿太累人了。

　　斯塔尔采夫去过各种各样的人家，遇见过许许多多人，但跟谁也没有深交。当地人的言谈、对生活的看法，连同他们的外表，他看了就生气。渐渐地经验告诉他：你可以跟当地人打打牌，或者吃吃喝喝，他们都心平气和、宽厚善良，甚至相当聪明，但是只要话题一转到吃喝以外的事，比如说谈政治或者科学，那他们就变得茫茫然，或者发一通空洞、愚蠢、恶毒的议论，叫人听了只好摆摆手走开。有时，斯塔尔采夫甚至试着找一些具有自由思想的当地人交谈。比如说到人类，他说，谢天谢地，人类在不断进步，又说随着时间的推移，到时候将废除护照和死刑。这时候，对方斜着眼睛怀疑地看着他，问道："如此说来，到时候人就可以在大街上任意杀人了？"有时斯塔尔采夫参加应酬，在饭余酒后说到人应当劳动，缺了劳动生活难以为继，大家便认为这是指责他们，开始生气，跟他争论不休。尽管这样，城里人还是无所作为，对什么也不感兴趣，简直想不出能跟他们谈些什么。斯塔尔采夫只好回避各种交谈，只管吃喝玩牌。每当他碰上某家有喜庆，主人请他入席时，他就坐下，望着面前的盘子，默默地吃喝。席间的谈话没有趣味，不公正，愚蠢，他义愤填膺，激动异常，但一言不发。由于他总是板着脸不说

· 293 ·

话，眼睛望着盘子，城里人就给他起个外号，叫他"傲慢的波兰人"，虽说他根本就不是波兰人。

对于戏剧和音乐会这类娱乐活动，他向来不参加，可是每天晚上都打牌，一玩就是三小时，玩得兴致勃勃。他还有一样消遣，他是在不知不觉中渐渐迷上玩牌的：每到晚上，从一个个口袋里掏出行医得来的钱，这些花花绿绿的票子有的带香水味，有的带醋味，有的带薰香味，有的带鱼油味。这些票子胡乱塞在各个口袋里，有时约莫有七十个卢布。等到积攒到几百，他就送到信贷合作社存活期。

在叶卡捷琳娜·伊凡诺夫娜外出求学的四年间，斯塔尔采夫只去过图尔金家两次，还是应薇拉·约瑟福夫娜之请去治她的偏头痛的。每年夏天叶卡捷琳娜·伊凡诺夫娜都回来度假，但他一次也没有见到她，不知怎么的，每次都错过了。

四年就这样过去了。在一个宁静温暖的早晨，一封信送到医院里。信是薇拉·约瑟福夫娜写给德米特里·姚内奇的。信上说，她很想念他，请他务必光临以便减轻她的病痛，况且今天是她的生日。信下面有一行附言："我也和妈妈一样，邀请您。卡。"

斯塔尔采夫考虑一番后，傍晚驱车到了图尔金家。

"哎呀，您好啊，有请！"伊凡·彼得罗维奇眉开眼笑地欢迎他，"蓬茹杰①！"

薇拉·约瑟福夫娜已经老多了，头发也白了。她握住斯塔尔采夫的手，不自然地叹口气，说：

"大夫，您显然不想对我献殷勤了，老不到我们家来，我太老了，配不上您。不过，现在回来了一位年轻的，也许她会比我幸运。"

科季克呢？她瘦了些，白了些，变得更漂亮、更苗条了。但她已经是叶卡捷琳娜·伊凡诺夫娜，不是当年的科季克了：在她身上

---

① "蓬茹"是法语"你好"的音译，"杰"是俄语动词字尾。这种不伦不类的语言意在逗乐。

已经没有昔日的蓬勃朝气和天真烂漫的神态。现在她的目光和举止间流露出一种新的表情——胆怯和愧疚。仿佛在这里，在图尔金家里，她是在做客。

"多年不见了！"她说着，把手递给斯塔尔采夫。看得出来，她有点儿心慌意乱。她好奇地细细盯着他的脸，继续道："您可发福了！您晒黑了，壮实了，不过总的来说变化不大。"

现在他还是喜欢她，非常喜欢她，不过，她身上好像短缺了点儿什么，或者说多了点儿什么——究竟是什么，他自己也说不清，但有种东西妨碍了他，使他没有了以前那样的激情。他不喜欢她那苍白的脸色，那新的表情，淡淡的笑容和说话的声音。又过了一会儿，连她的衣服和坐着的圈椅他也不喜欢了，他也不喜欢过去那段往事，当时他差点儿想娶了她。他想起了四年前令他激动不安的爱情、幻想和希望，他感到不自在起来。

大家喝茶，吃甜点心。然后薇拉·约瑟福夫娜朗读她的小说，读着生活中永远不会发生的故事。斯塔尔采夫听着，望着她一头漂亮的白发，盼望着她早点儿读完。

"不会写小说的人未必愚蠢，"他想，"会写小说却不会把它藏起来的人那才愚蠢。"

"还真不赖……"伊凡·彼得罗维奇说。

然后叶卡捷琳娜·伊凡诺夫娜弹钢琴，琴声轰鸣，弹了很久。一曲弹完，大家长时间地向她道谢，对她赞不绝口。

"幸好我当年没有娶她。"斯塔尔采夫暗想。

她望着他，显然在等着他邀她到花园里去，但他三缄其口。

"让我们谈谈吧，"她走到他跟前，说，"您生活得怎么样？有什么新闻？您好吗？这些天我一直在想念您，"她激动地说下去，"我一直想给您写信，也想亲自去佳利日看望您，我本来决定动身了，可是后来又改变了主意——谁知您现在对我的态度呢。今天我就这样激动不安地等着您来。看在上帝分上，我们去花园吧。"

他们来到了花园，坐到老枫树下那张长椅上，就像四年前一样。

周围很暗。

"您好吗?"叶卡捷琳娜·伊凡诺夫娜问。

"没什么,平平常常。"斯塔尔采夫回答。

他再也想不起该说什么。两人相对无言。

"此刻我很激动,"叶卡捷琳娜·伊凡诺夫娜说时用双手捂着脸,"不过请您别在意。回到家我的心情好极了,看到大家我真高兴,我一时还不习惯。有多少事值得回忆啊!我觉得我们两人会不停地谈下去,谈到天亮呢。"

此刻他在近处看见她的脸和晶晶亮的眼睛。在这儿,在昏暗中,她显得比刚才在屋子里更年轻些,仿佛她的脸上又露出昔日那种稚气。实际上她确实怀着天真的好奇心望着他的脸,似乎想在近处仔细地端详他,了解这个当年那么热烈、温柔地爱过她,却又那么不幸的人。她的眼睛分明在感谢他的这份爱情。他也记起了过去的一切,甚至全部细节:他怎样在墓地徘徊,后来在凌晨又怎样筋疲力尽地回到自己的住处。他忽然伤感起来,往日的情怀多么令人惋惜!他心里像是燃烧起了一团火。

"您还记得我送您去俱乐部参加晚会的情景吗?"他说,"当时下着雨,天很黑……"

内心的火越烧越旺,他要诉说他的苦闷,抱怨生活的无奈……

"唉!"他叹口气说,"您刚才问我过得怎么样,我们这里的生活能怎么样呢?不行啊。我们衰老,发胖,堕落。日子一天天过去,生活黯淡地流逝,没有留下印象,没有思想……白天赚钱,晚上去俱乐部,周围是一伙牌迷、酒鬼和声嘶力竭的人,真叫我无法忍受。这种生活有什么好呢?"

"可是您有工作,有高尚的生活目标。以前您总爱谈您的医院。那时候我有点儿古怪,自以为是个了不起的钢琴家。其实现在所有的小姐都在弹钢琴,我也在弹,跟大家一样,并没有什么出众的地方。我这个钢琴家,跟妈妈那个作家一个样。所以我那时候自然不了解您,可是后来到了莫斯科,我却常常想念您。我只想念您一个人。做一名地方自治局的医生，帮助受苦的人们，为民众服务，那是何等幸福，何等幸福啊！"叶卡捷琳娜·伊凡诺夫娜深情地重复说，"我在莫斯科想念您的时候，我觉得您是那么完美，那么高尚……"

斯塔尔采夫一想起每天晚上从一个个口袋里掏出许多钞票的乐趣，他心中那团火便熄灭了。

他站起身来，想回到屋里。她挽住他的胳臂。

"您是我一生中所认识的最优秀的人，"她接着说，"我们会经常见面谈心的，是不是？答应我。我不是什么钢琴家，在这方面我已经有自知之明，在您的面前我不会再弹琴，再谈音乐了。"

他们进了屋子。斯塔尔采夫在傍晚的灯光下看到她的脸，看到那双忧伤、感激、探询的眼睛正紧紧盯着他，他感到不安起来，又暗自想道：

"幸好我那时没有娶她。"

他起身告辞。

"按罗马法典，您没有任何权利不吃晚饭就走，"伊凡·彼得罗维奇送他出门时说，"您这态度简直是垂直线。喂，快表演一下！"他对前厅里的帕瓦说。

这时的帕瓦不再是孩子，这个留着唇髭的年轻小伙子，摆出可笑的姿势，举起一只手，用凄惨的声调说：

"死去吧，你这不幸的女人！"

这一切令斯塔尔采夫感到不快。坐进马车，望着黑沉沉的房子和花园，望着这个他曾经十分珍爱的地方，他立即想起了一切——薇拉·约瑟福夫娜的小说，科季克轰响的琴声，伊凡·彼得罗维奇的俏皮话和帕瓦的装腔作势，他不禁想到，既然全城最有才华的这家人个个那么平庸，那么这个城市又会怎么样呢？

三天后，帕瓦送来一封叶卡捷琳娜的信。信是这样写的：

您没有来看我们，为什么？我担心您对我们的态度已经变了，我一想到这一点就害怕。只有您才能使我安下心来，快来吧，告诉我您一切都好。

我必须跟您谈一谈。

您的叶·图

他读完信，考虑了一会儿，对帕瓦说：

"伙计，你回去说我今天很忙，不能去。就说过两三天再去。"

三天过去了，一星期过去了，他始终没有去图尔金家。有一天他路过那里，想到应当进去坐坐，哪怕一小会儿也好，但转念一想……还是没有进去。

此后他再也没有去过图尔金家。

五

又过了几年。斯塔尔采夫更胖了，一身肥肉，气喘吁吁，走起路来总是仰着脑袋。每逢他大腹便便、红光满面地坐在铃声叮当的三驾马车上，而那个同样大腹便便、红光满面的潘捷莱蒙，坐在车夫座上，挺起胖嘟嘟的后脑勺，朝前伸出木棍般僵直的胳臂，向着迎面而来的行人吆喝着："靠右，右边走！"——这幅景象可真够动人的：似乎这坐车的不是人，而是异教的神灵。他在城里的业务十分繁忙，忙得连喘口气的工夫都没有。他已经有了一处庄园，两幢城里的房子，目前正物色第三幢更有利可图的房产。每当他在信贷合作社听说某处有房出售时，他就毫不客气地闯进去，走遍每个房间，全然不管那些没穿好衣服的妇女和孩子正惊恐地瞧着他，用手杖捅着所有的房门，问：

"这是书房吗？这是卧室吗？这算什么？"

他一面说，一面气喘吁吁地擦着额头上的汗珠。

他要操劳的事很多，但他仍然不放弃地方自治局医师的职位。他贪得无厌，总想两头都兼顾着。在佳利日，在城里，大家都只叫他"姚内奇"①。"这个姚内奇要去哪儿？"或者"要不要请姚内奇来会诊？"

大概是他的喉部长了一层肥油吧，他的声音变得又尖又细。他的性格也变了，变得难以相处，动辄发怒。他给病人看病的时候，总爱发脾气，不耐烦地用手杖敲地板，用他那难听的声音嚷嚷：

"只请您回答我的问题！别说废话！"

他孤身一人，过着寂寞无聊的生活，任什么也提不起他的兴趣。

他住在佳利日的这些年月，他对科季克的爱情算是他唯一的、恐怕也是最后的欢乐。每天晚上他在俱乐部里玩牌，然后独自坐在一张大桌子旁边吃晚饭。一个年龄最大、最稳重的侍者伊凡伺候他用餐，给他送上第十七号拉斐特红葡萄酒。俱乐部里所有的人，上至主任，下至厨师和侍者，都知道他喜欢什么和不喜欢什么，个个都尽心竭力地满足他，唯恐他突然大发脾气，拿手杖敲地板。

吃晚饭的时候，他有时转过身，对别人的谈话插上几句：

"你们这是说什么？啊，说谁？"

有时候，邻桌有人谈到图尔金家的事，他就问：

"你们说的是哪个图尔金家？是女儿会弹钢琴的那一家吗？"

关于他的情况，能说的也就是这些。

那么，图尔金一家人呢？伊凡·彼得罗维奇不显老，一点儿也没有变，照旧爱说俏皮话，讲各种奇闻轶事。薇拉·约瑟福夫娜照旧高高兴兴地、热心而又质朴地朗诵她的小说。科季克每天照旧弹钢琴，一弹就是三四个小时。她明显地老了，还常常生病，每年秋

---

① 直呼父称，表示不客气。

天总跟妈妈一道去克里米亚疗养。伊凡·彼得罗维奇便到火车站给她们送行，火车开动时，他擦着眼泪大声叫道：

"再见，请啦！"

还挥动手绢。

（1898 年）

宝 贝 儿

　　退休的八品文官普列米扬尼科夫的女儿奥莲卡，坐在院子的台阶上，想心事。天气炎热难当，苍蝇缠着她嗡嗡声不停，一想到天就要暗下来，她只觉得心里美滋滋的，从东方正压过来一团黑黢黢的雨云，时不时飘来一阵潮气。

　　院子中央站着库金，眼望天空。库金是剧团经理人，经营着"季沃里"游乐园。他就住在这院里的厢房里。

　　"又要下雨了！"他沮丧地说，"又要下雨了！天天下雨，下个不停——像是故意跟人作对！叫人没法儿活了！把人都逼上绝路了！这样下去每天的损失可就太大了！"

　　他双手一拍，转身对奥莲卡说：

　　"您瞧，奥莲卡·谢苗诺夫娜，我们过的就这种日子。只有哭的份儿了。干活儿，卖力气，遭罪，夜里不能睡，老捉摸着该怎么办——可结果呢？一方面，观众都那么没教养，野蛮。我为他们准备了顶呱呱的小歌剧、精彩的梦幻剧，请来一流的讽刺剧的演唱家，他们领情吗？他们爱看的是那些个粗俗的玩意儿！给他们低级趣味的东西就心满意足了！再说这鬼天气。几乎天天晚上都来场雨。打从五月十日起，整个五月和六月没停过一天。太糟糕了！观众不来看，可我照样得付场租不是？还得付演出人员的工钱不是？"

　　第二天傍晚，乌云又黑压压过来，库金歇斯底里般笑着说：

　　"你说怎么样？让它下吧！爱把整个园子都淹了，把我也淹了也行！害得我阳世阴间都遭殃也行！让那些演出人员把我送上法庭我也认了！法庭有什么好稀罕的？把我流放到西伯利亚做苦役我也认了！送上断头台也行！哈，哈，哈！"

第三天雨还是照下不误……

奥莲卡认真地听着，但一言不发，听着，听着，泪水突眶而出。库金的不幸遭遇感动了她，她爱上了他。库金五短身材，瘦骨嶙峋，脸色发黄，头发分梳在两鬓，说起话来用的是尖细的男高音，嘴巴一撇，脸上老挂着绝望的神色，但还是激起她深深的真情爱意。她一向得爱某个人，不爱不行。过去她爱爸爸，他现在病了，待在昏暗的房间里，坐在圈椅上，气喘吁吁。她爱自己的姑妈。姑妈每两年从布良斯克过来一次。早些时候，她还在初级中学念书的时候，爱过自己的法语老师。法语老师是个好心肠、体贴人的文静小姐，目光温柔，亲切，身体健康。男人们看着奥莲卡那丰满绯红的脸蛋，看着那长着一颗黑痣的细腻白嫩的脖子，看着她一听到高兴的事脸上便露出天真善良的笑容——看着看着，心里不禁会想："这妞儿挺不错的……"他们便跟着笑起来。而女客在与她交谈中，情不自禁拉起她的手，高兴地说道：

"宝贝儿！"

她打出生起就住在这房子里，在她父亲的遗嘱里就写明这房子将来归在她的名下。这房子坐落在城郊的茨冈区，离"季沃里"游乐园不远，到了傍晚和夜里都能听到游乐园的阵阵乐声、鞭炮的噼啪声，在她听来，这些声响是库金在与命运斗争中发出来的，是他在向自己主要的敌人——冷漠的观众发动进攻。她的心脏便猛烈地、甜甜地跳动起来，便失去了睡意。到了天快亮，库金回家，她便轻轻地敲起自己的窗，隔着窗帘只对他露出脸和一边的肩膀，温情脉脉地笑起来……

他向她求婚，两个人便结了婚。当他仔细地瞧着她的脖子和丰满、健康的肩膀时，往往两手一拍，说：

"宝贝儿！"

他感到万分幸福。只是结婚那天，白天下雨，夜里还是下雨，他脸上那股失望的神情不见消失。

婚后的日子乐陶陶。她待在游乐园的票房里管理票务，照料园里的内务、账目，发放工钱，她那玫瑰色的脸蛋、天真迷人而闪闪发亮的笑意时而在票房小窗口，时而在后台，时而在饮食部闪现。从此她往往对自己的亲朋好友说，世上顶出色、顶重要、顶不可缺的数演戏，只有在剧院里才能获得真正的享受，成为有教养、有人情味儿的人。

"可是观众能理会这道理吗？"她说，"观众需要的是那些个粗俗的玩意儿！昨晚我们演出经我们改编的《浮士德》，全场的包厢空无一人。要是我和万尼奇卡上演低级趣味的玩意儿，我敢说，准要座无虚席。明天万尼奇卡他们要演出《俄耳浦斯在地狱》，您过来看吧！"

库金讲过有关剧院和演员的话，她全都照着说。她也和他一样，瞧不起观众，说他们漠视艺术，怪他们无知。彩排时她指手画脚，纠正演员的动作，对乐师的行为说三道四。遇到当地的报纸对演出稍有微词，她就哭哭啼啼，跑到编辑部辩解。

演员都喜欢她，管她叫"我和万尼奇卡"和"宝贝儿"。她同情演员，常借给他们几个小钱。有时候遇到有人骗了她，她只是偷偷地哭一阵子，但不向丈夫告状。

冬天两人也过得乐陶陶的。整个冬天夫妻俩租下了市剧院演出，只在短期内转租给了小俄罗斯剧团、魔术团或本地业余剧团演出。奥莲卡渐渐地发福了，整个人心满意足，容光焕发。库金却日见消瘦，脸色发黄，抱怨开销过大，可整个冬天生意还是不错的。一到夜里，他咳嗽不止，她让他喝覆盆子和椴树花汁，用香水擦他的身子，拿自己的软披巾把他裹得严严实实。

"你可是我的心上人！"她抚平头发，真心实意地说，"你可是我的心肝！"

四旬节①期间，他到莫斯科去请剧团。他走后，她夜不能寐，老守在窗口，眼望天上的星星。这期间，她把自己比作母鸡，公鸡不在窝，母鸡忐忑不安，不睡觉。库金在莫斯科耽搁些日子，写信来说，要到复活节才能回来，来信中还交代了"季沃里"的事。可是到了受难节②前的一个星期一深夜，响起了不祥的敲门声，有人狠命地拍着院门，擂鼓似的"嘭嘭"声响个不停。睡眼蒙眬的厨娘光着脚踩过水洼，跑出去开门。

"劳驾，开门！"门外有人用低沉的嗓子喊，"电报！"

此前奥莲卡不是没有接到过丈夫的电报，不知为什么这回吓得掉了魂似的，她哆哆嗦嗦拆开电报，见到以下的电文：

伊凡·彼得罗维奇猝然离世如河安葬后指示周二

电报上确实写着"如河安葬"，还有那不知所云的"后指示"。电报后署名的是歌剧团导演的名字。

"亲爱的！"奥莲卡号啕大哭，"万尼奇卡，我亲爱的！你何必相遇？我为什么会见到你，爱上你？这下你把自己可怜的奥莲卡，可怜、不幸的人丢给了谁？……"

星期二，库金被安葬在莫斯科瓦冈科沃墓地。星期三奥莲卡回了家，一进门，就扑倒在床上，哭天哭地起来，哭声传到了大街和左邻右舍的院子。

"宝贝儿！"女邻居们画着十字，说，"宝贝儿奥莲卡·谢苗诺夫娜，老天爷，她这下完了！"

三个月后，奥莲卡做完弥撒回来，一身孝服，悲悲切切。跟她一起的是位邻居，也是从教堂回来的。他叫瓦西里·安德烈伊奇·普斯托瓦洛夫，是商人巴巴卡耶夫木材场的经理，戴一顶草帽，穿一件

---

① 四旬节：复活节前的四十日内，纪念耶稣在荒野绝食。是基督教的大斋期。

② 受难节：复活节前一周，纪念耶稣受难。

白坎肩，坎肩上系一根金表链，看上去不像个商人，倒像名地主爷。

"万事都由天定，奥莲卡·谢苗诺夫娜，"他庄重地、满腔同情地说，"要是我们的哪位亲人去世了，那是上帝召了他去，遇到这种情况，我们就得多想想自己，认命吧。"

他把奥莲卡送到了门口，与她作别，径自离去。此后她整天耳际响着他那庄重的声音，只要闭上眼睛，他那浓黑的胡子就在她眼前晃动。他博得了她的好感，显然，她也给他留下很好的印象，因为不久，一位她不太熟悉的上了年纪的太太来她家喝咖啡，刚入座，开口就说起了普斯托瓦洛夫，说他是个好人，老实稳重，哪个姑娘不争着嫁给他？三天后，普斯托瓦洛夫亲自来访，他待不多久，只十分钟，话也不多，但奥莲卡爱上了他，爱得很深，整夜辗转反侧，浑身热辣辣的，像是染上了热病。第二天上午她就把那上了年纪的女人找来，很快就定下了这段姻缘，举行了婚礼。

普斯托瓦洛夫和奥莲卡婚后生活幸福美满。通常，午饭前他待在木材场里，然后出去办事，奥莲卡代他坐办公室，直坐到晚饭前，写写算算，发放货物。

"如今的木材年年都要贵两成，"她总对买主和熟人说，"老天保佑，过去我们卖的是本地的木材，如今瓦西切卡每年都得到莫吉列夫省采购。单运费就是一笔大数目。"她说着，双手掩面，显得惊恐万状，"好大一笔钱！"

她像是干木材生意多年了，生活中最重要、最需要的是木材。什么"梁木"啦，"原木"啦，"薄板"啦，"护墙板"啦，"箱子板"啦，"板条"啦，"木块"啦，"毛板"啦，等等的词儿，在她听来，有种无比亲切动人之感。夜里睡觉时，她梦见堆积如山的薄板和板材，长得见不到头的一串大车载着木材往城外远处驶去。她也梦见一大批十二俄尺长、五俄尺粗的原木竖着排山倒海向木材场源源而来，于是原木、梁木、毛板你挤我压，嘭嘭声不绝于耳。接着它们纷纷倒下去，又站起来，惊得奥莲卡大呼小叫起来，普斯托瓦洛夫便温柔地对她说：

"奥莲卡，亲爱的，你怎么啦？快画十字！"

丈夫有什么想法，妻子便遥相呼应。如果他认为房间里很热，或者说如今的生意清淡，她便连声说是。丈夫不爱娱乐消遣，节假日都待在家里，她也足不出户。

"瞧你俩不是待在家里，便是坐办公室，"朋友说，"该去看看戏，要不上马戏团转转。"

"我跟瓦西切卡没时间逛戏院，"她一本正经地说，"我俩是干活儿的人，顾不上光顾那些玩意儿。这些个戏院有什么好的？"

每逢星期六，普斯托瓦洛夫和她都去参加彻夜祈祷，节假日做晨祷，教堂回来的路上，肩并肩走着，脸上现出感动的神情，身上散发出好闻的味儿，她的丝绸连衣裙发出动听的窸窣声。回到家喝茶，吃甜面包和种种果酱，最后吃馅饼。每天下午他们家的红甜菜汤、煎羊肉、烧鸭子等佳肴的香味飘到了院子和门外的街上，遇到斋日，便有鱼香飘出来，经过他们家的人，无不馋得口水横溢。办公室里茶炊始终滚烫，来的顾客少不了受到招待，喝茶，吃面包圈。夫妻俩一星期去一次澡堂，肩并肩回家时脸孔红扑扑的。

"没事，我们过得挺好，"奥莲卡对熟人都这么说，"谢天谢地，但愿人人都像我和瓦西切卡那样，日子过得顺顺当当。"

每逢普斯托瓦洛夫去莫吉列夫省采购木材，她总会十分想念他，夜不能寐，哭泣流泪。有时一位军队里的年轻兽医斯米尔宁在她家厢房寄宿，常在傍晚来看望她。他跟她一起谈天，玩牌，给她增添不少乐趣。特别是他谈起自己的家庭生活，引起她莫大兴趣。他结过婚，有个儿子，与妻子分居，因为她背叛了他，他恨她，每月给她汇去四十卢布作为儿子的生活费。奥莲卡听着，叹叹气，晃晃脑袋，挺同情他。

"求上帝保佑您，"她说着，拿着蜡烛送他到了楼梯口，"多谢您给我解闷儿，愿上帝保佑您健康，圣母娘娘……"

她仿效丈夫，神情端庄稳重，兽医已下楼到了门外，她还是喊住他，说：

"弗拉基米尔·普拉托内奇，记住，还是跟妻子和好了吧，哪怕是看在儿子分上，该原谅她才是！……小孩子兴许什么都明白。"

普斯托瓦洛夫回来后，她就轻声地把兽医和他那不幸的家庭生活说给丈夫听，两个人不禁连连叹息，摇头，谈到那孩子，说他多想念自己的亲爹哩。接着也许是心有灵犀一点通吧，两人都到了圣像前，深深鞠躬，求上帝赐给他俩孩子。

普斯托瓦洛夫夫妻俩就这样和和睦睦、相亲相爱，平静地过了六年。一次，瓦西里·安德烈伊奇在木材场喝足了滚烫的茶后，没戴帽子就出去发货，着了凉，病倒了。请来最好的大夫医治，可毫无起色，过了四个月死了。奥莲卡再次守寡。

"你撇下我，叫我依靠谁呀，亲爱的？"安葬了丈夫，她不免哭诉道，"没有你，今后叫我这个苦命、不幸的女人如何活下去？好心人哪，可怜可怜我这孤苦伶仃的人吧……"

她穿上黑丧服，别上白丧章，今生今世再也不戴帽子和手套了。除了上教堂和去丈夫的墓地，她很少出门，待在家里过着修女般的生活。可是过了六个月，她拿下白丧章，打开护窗板。有时清早，人们看见她与厨娘一起出现在市场上买食品。要说她在家里的生活，她在家里干了些什么，那只有凭推测了。譬如说，有人看见她在自家小园子里跟那兽医喝茶，他给她大声朗读报纸，还有，一次她在邮局遇到一个熟悉的太太，她对那太太说：

"我们城里缺乏对兽医的正确监督，因此许多疾病流行。常常听到，人们因喝了牛奶而患病，也有因牛马的传染而患病的。事实上，对家畜的健康也应该像对人的健康那样，给予足够的关切。"

她这是复述那兽医的想法。现在她的一切全都听兽医的了。显然，要她不深爱一个人，一年也活不下去。她又在自家厢房找到了新的幸福。换了别人，你可以说她朝三暮四，可不能把奥莲卡往坏处想。她的人生就是如此，完全可以理解。她和兽医之间的关系到底发生了什么样的变化，两个人对谁也没有提起，双方竭力隐瞒着不说出来，可这是办不到的，因为奥莲卡不是个爱守秘密的人。每逢他家来了客人（他团里的同事），她都要出来给客人献茶，或端饭送菜，说及牛瘟，谈起家畜的结核病，讲到城里屠宰场的事，好不叫他难堪。客人一走，他就拉起她的手，生气地嘀咕起来：

"我可多次请求过你，别掺和自己不懂的事！我们兽医谈论本行的事时，你别乱插嘴。说到底，多无聊！"

她惊讶地望着他，惶惶不安地问：

"沃洛奇切卡，那我说什么才是？"

她说罢眼泪汪汪地抱住他，求他别生气，于是两个人变得好不快活。

但是这种幸福为时不长。兽医跟着自己的部队开拔走了，且再不回来，因为部队调到很远很远的地方去，大概是西伯利亚吧。奥莲卡又落到了孤苦伶仃的境地。

现在她是彻彻底底孤单一人了。她父亲早已去世，他常坐的圈椅搁到阁楼上去，通体蒙上了灰尘，还短缺了一条椅腿。她憔悴下去，人变丑了，街上过往的行人再也不像过去那样看她一眼，冲她微笑了。显然，花样年华已逝，不复返了，现在开始要过新的、完全陌生的生活，还是不去想它吧。傍晚，奥莲卡坐在门前台阶上，耳听传来的阵阵"季沃里"的乐声、鞭炮的噼啪声，但再也激不起她丝毫的思绪。她漠然望着自家空荡荡的院子，一无所思，一无所求，夜晚来临，便去睡觉，梦中见到的还是自家那空荡荡的院子。她照例吃喝，但完全像不得已而为之。

主要的，也是最糟糕的是，她现在已完全没有自己的主见。她能看得见自己周围的事物，了解周围发生的种种事件，但丝毫形成不了自己的看法，不知道自己该说些什么。没有主见，这是何等可怕！譬如说，你看见面前立着一个瓶子，或者正下着雨，或者过来的大车上有个庄稼汉，可你竟不知道，这瓶子、这雨、这庄稼汉为什么存在，有什么意义，哪怕给你一千卢布，你也说不出所以然来。在库金和普斯托瓦洛夫在世时，后来身边有那兽医期间，奥莲卡什么事都能说得头头是道，都能充分发表自己的见解。如今，她的头脑中，她的心灵里，就如这空荡荡的院子，一无所有。生活竟如此可怕和悲惨，她宛如在咀嚼苦艾。

城市在渐渐地向四周扩大，茨冈区已改叫大街了。原先是"季沃里"游乐园和木材场的地方，如今已房屋林立，街巷纵横了。时间过得真快啊！奥莲卡的房子已变黑，屋顶生锈，板棚倾斜，院子里杂草和荆棘丛生。奥莲卡自己也老了，丑了。夏天她坐在台阶上，心里还是和过去一样，空荡荡，烦闷闷，满是苦味。冬天，坐在窗前，眼望着白雪，或是闻到春的气息，或是听到春风送来阵阵教堂的钟声，往事会突然涌上心头，顿时激起丝丝甜蜜的悸动，泪水即刻突眶而出。但这只是短短一分钟时间，紧接着又是空虚，生无目标。黑猫布雷斯卡依偎着她，轻声叫着，但猫的爱抚触动不了奥莲卡的心，她需要的是这些吗？她需要的是那种触动她整个身躯、灵魂和理智的爱，让她有思想，有生活目标，温暖她那日益老去的血液。她把黑猫布雷斯卡从裙子上甩掉，懊恼地对它说：

"走开……别来烦我！"

就这样日复一日，年复一年，没有欢乐，没有思想，一切全听厨娘马夫拉说的。

七月的一天，天很热，傍晚时分，街上牛马群刚过去，院子里灰尘满天飞，突然，有人来敲院门。奥莲卡亲自去开门，一看惊呆了：门外站着兽医斯米尔宁，满头白发，一身便服。她忽然想起了过去的一切，禁不住哭了起来，头依偎在他的胸口，什么话也没说，万分激动中，没有注意到两个人是如何进了房子，坐下来喝起了茶。

"我亲爱的，"她高兴得身子哆嗦，嘟嘟哝哝道，"弗拉基米尔·普拉托内奇！上帝从哪里把你送来的？"

"我想永远在这里待下去了，"他说，"我退伍了，想上这儿来寻找幸运，过称心的生活。儿子该上中学了，长大了。我跟妻子也已和解了。"

"她在哪儿？"

"她跟儿子在旅馆里，我是来找房子的。"

"主啊，天哪，那就住我这儿吧！还找什么房子？老天爷，我不会收你一分钱的，"奥莲卡又激动起来，哭了起来，"你们就住在这儿，我待在厢房里就行了。天哪，我高兴着哩！"

第二天忙着给房顶上了漆，刷了墙壁，奥莲卡双手叉腰，指指点点。她的脸上又闪烁着过去那种笑容，她浑身充满了活力，容光焕发，像是从漫长的梦中刚醒过来似的。兽医的妻子来了。她骨瘦如柴，挺丑的一个女人，蓄着短发，一脸任性的神色。跟她一起来的有个男孩，叫萨沙，个子矮小，与他的年龄（约莫九岁）不相称，胖胖的，蓝眼睛亮亮的，脸上长着两个酒窝。这孩子一进院子，就追起猫来了，立即响起了他那欢快、爽朗的笑声。

"阿姨，这是您的猫吗？"他问奥莲卡，"等它生了小猫，请您送我一只。我妈非常怕耗子。"

奥莲卡与他说了一会儿话，请他喝茶。她猛地感到内心一阵温暖、甜蜜地悸动，只觉得这是自己亲生的儿子似的。晚上，他坐在餐厅里，复习功课，她温情脉脉、满怀怜惜地打量着他，低声说：

"我的宝贝儿，多俊的孩子……好乖乖，长得白白嫩嫩，聪明伶俐。"

"岛屿就是，"他念道，"周围有一片海水的陆地。"

"岛屿就是周围有一片海水的陆地，"她跟着说道，多年的沉默和缺乏主见后，她第一次自信地说出了自己的见解。

她又有了自己的见解。吃饭的时候，她对萨沙的父母说，如今读中学的孩子真不容易，古典教育毕竟比实科教育强，因为中学毕业后，出路有的是，可以去学医，做医生，也可以读工科，当工程师。

萨沙上学了。他的妈妈去了哈尔科夫妹妹家，从此一去不复返。他父亲天天外出给牲口治病，常常三天不着家。奥莲卡觉得这孩子没人管了，成了房子里的多余人，就要饿死了。她把他领到厢房来，给他布置了个小房间。

半年来萨沙就生活在厢房里。每天早晨，奥莲卡就走进他的小房间，他睡得正香，一只手托着腮帮子，呼吸声很细。她舍不得唤醒他。

"萨什卡，"她难受地说，"起来，宝贝儿！该上学了。"

他起了床，穿上衣服，做好祷告，坐下来喝茶。连喝了三杯茶，吃下两只大面包圈，外加半只抹了奶油的法式面包。他还没有完全醒过来，所以情绪不太好。

"我说，你，萨什卡，寓言可没好好儿背熟，"奥莲卡望着他说，那眼神像是送他出远门似的，"你真叫我操心。你呀，得加把劲学，宝贝儿……听老师的话。"

"嘿，请您别唠叨了！"萨沙说。

接着他就沿着街上学去了，他身材矮小，戴了大制帽，背着书包。奥莲卡悄没声息地跟着他。

"萨什卡！"她呼喊道。

他回过头，只见她塞给他一个枣或一块糖。两个人拐进了学校所在的那条巷子。后面跟着一个又高又胖的女人，好不叫他害臊，他便回头对她说：

"您回吧，阿姨，现在我可以自己走了。"

她便站住，目不转睛看着他的背影，目送他到了校门口。啊，她多爱他！在她过去深爱的人中，她还没有爱得如此深切，以前她的心从未出现过如此忘我、无私、快乐的母爱，而且这种爱燃烧得越来越旺。为了这个人家的孩子，这个两颊有酒窝、头戴制帽的孩子，她愿献出自己的生命，而且是快快乐乐、饱含温柔的泪水献出来的。为什么？谁说得清为什么？

她把萨沙送到学校后，悄悄地回家，心满意足，平心静气，柔情脉脉。最近半年，她的面容变年轻了，脸上老挂着微笑，容光焕发。遇到她的人都很高兴，对她说：

"你好，奥莲卡·谢苗诺夫娜！宝贝儿，好吗？"

"如今读书真不易，"她在市场上常说，"昨儿就让一年级生背寓言，翻译拉丁文，还要解题，闹着玩儿的吗？我说，小孩子怎么受得了？"

接着她便说起了老师、功课、学生等的事来——这些话都是萨沙对她说过的。

两点多钟两个人一起吃午饭，傍晚一起做功课，一起哭泣流泪。安顿他睡了，她便久久为他画十字，祈祷，然后自己睡时，还蒙蒙眬眬遥想将来萨沙大学毕业后，做了医生或工程师，拥有自己的大房子、马匹、马车，成了家，生儿育女……睡着后，她还在想着这些，闭着的眼睛里淌下了泪水。黑猫躺在她的身旁，咕噜着：

"喵……喵……喵……"

突然响起了很响的敲门声。奥莲卡醒了过来，吓得喘不过气来，她的心狂跳着。过了半分钟，又响起敲门声。

"哈尔科夫来的电报，"她想道，浑身哆嗦，"母亲要萨沙回哈尔科夫，回到自己身边……老天爷！"

她彻底绝望了。她的头、手、脚，全凉了。看来她是这世上最不幸的人了。又过了一分钟，传来了说话声，兽医从俱乐部回来了。

"啊，谢天谢地！"她想。

她慢慢放下心来，人轻松了。她躺下去，又想到萨沙。隔壁房间的萨沙睡得正香，有时还听到他说梦话：

"有你好瞧的！走开！别打架！"

（1899 年）

遛小狗的女人

一

　　听说堤岸上出现了一个陌生人：一个遛小狗的女人。德米特里·德米特里奇·古罗夫已经在雅尔塔生活了两个星期，对这个地方已经熟悉，也开始对这陌生女人发生了兴趣。他坐在韦尔奈的售货亭里，看见堤岸上有一个年轻的金发女人在走动，她身材不高，戴一顶无檐软帽，身后跟着一条白毛狮子狗。

　　后来他在本城的公园和街心小花园里遇见她，一天见到好几次。她一个人散步，老是戴着那顶软帽，带着那条白毛狮子狗。谁也不知道她是谁，便简单地管她叫"遛小狗的女人"。

　　"如果她没有跟丈夫住在这儿，也没有熟人，"古罗夫暗自思忖，"不妨跟她认识一下。"

　　他还不到四十岁，可是已经有一个十二岁的女儿和两个上中学的儿子了。他结婚很早，当时他还是大学二年级的学生，他妻子看起来年纪要比他大一倍半似的。他妻子高高的身架，生着两道黑眉毛，直率，尊严，庄重，按她对自己的说法，她是个有思想的女人。她读过很多书，在信上不写"ъ"这个硬音符号，不叫她的丈夫德米特里而叫吉米特里；他呢，私下里认为她浅薄、小心眼、缺少风雅，他怕她，所以不喜欢待在家里。他早已开始背着她跟别的女人厮混，而且不止一次了，大概就是这个缘故，他一说起女人几乎全没有好话；每逢人家在他面前谈到女人，他总是这样称呼她们："卑贱的人种！"

他认为自己已经吃够了苦头，可以随意骂她们了，可是话虽如此，只要他一连两天身边没有那个"卑贱的人种"，日子就没法儿过。他跟男人相处觉得乏味，不称心，跟他们没有多少话好谈，冷冷淡淡，可是到了女人堆里，他就觉得如鱼得水，自由自在，知道该跟她们谈什么，该采取什么态度，甚至跟她们不讲话的时候也觉得通体畅快。他的相貌、他的性格、他的全身心有一种迷人的、不可捉摸的东西，博得女人的好感，吸引她们。这一点他心中有数，同时也有一种力量诱使他混到女人堆里去。

多次的经验，确实是惨痛的经验，使他懂得：跟正派女人相好，特别是跟优柔寡断、迟疑不决的莫斯科女人相好，起初倒还能够给生活添一点儿愉快的变化，平添点儿轻松可爱的生活小波澜，过后却不可避免地演变成为非常复杂的大问题，最后情况就变得令人难以忍受了。可是每一次他新遇见一个有趣味的女人，总要把这种经验丢到九霄云外。他渴望生活，于是一切都显得十分简单而引人入胜了。

有一天将近傍晚，他正在公园里吃饭，那个戴软帽的女人慢慢走过来，要在他旁边的一张桌子坐下。她的神情、步态、服饰、发型都告诉他，她是一个上流社会的女人，是有夫之妇，是头一次来雅尔塔，孤身一人，觉得挺寂寞……那些有关本地风气败坏的传闻，有许多是假的，他并不放在心上，知道这类传闻大多是那些只要自己有办法也很乐意犯点儿罪的家伙捏造出来的。可是等到那个女人在离开他只有三步之遥的那张桌子边坐下，他就不由得想起那些关于风流艳遇和登山旅行的传闻。于是，来一次快捷而短暂的结合，跟一个身世不明、连姓甚名谁都不知道的女人干一回风流韵事这样的诱人想法就突然控制了他。

他好声好气地招呼那条狮子狗，一等它走近，他却摇着手指头吓唬它。狮子狗就汪汪地叫起来，古罗夫又摇着手指头吓唬它。

那个女人瞟他一眼，立刻低下眼睛。

"它不会咬人。"她说，脸红了。

"可以给它一根骨头吃吗？"等到她肯定地点一下头，他就和颜悦色地问道："您来雅尔塔很久了吧？"

"快五天了。"

"我可在这儿待了两星期了。"

他们沉默了片刻。

"时间过得很快，可这儿又那么沉闷！"她说，眼睛没有看他。

"要说这儿沉闷，这不过是一种惯常的说法罢了。一个居住在内地城市别廖夫或者日兹德拉的市民，倒不觉得沉闷，可是一到这儿反说：'唉，沉闷啊！哎，好大的灰尘！'人家会以为他是从格林纳达①来的呢。"

她嫣然一笑。后来这两个人继续沉默地吃饭，果真像两个素不相识的人，可是吃过饭后他们并排走着，开始了一场说说笑笑的轻松交谈，看那架势只有那种自由自在而心满意足、不管到哪儿去或者不管聊什么都无所谓的人才会这样交谈。他们一面散步，一面谈到海面奇怪的闪光，海水现出淡紫的颜色，那么柔和而温暖，月光下，水面上荡漾着几条金黄色的长带；他们谈到炎热的白昼过去以后，天气多么闷热。古罗夫说他是莫斯科人，在学校里学的是语文学，然而在一家银行里供职，一度打算在一个私人的歌剧团里演唱，可是后来不干了，他在莫斯科有两所房子……他从她口中知道她是在彼得堡长大的，可是出嫁以后就住到C城去，已经在那儿住了两年，她在雅尔塔还要住上一个月，说不定她丈夫也会来，他也想休养一下。至于她丈夫在什么地方工作，在省政府呢，还是在本省的地方自治局，她却无论如何也说不清楚，连她自己也觉得好笑。古罗夫还打听清楚她的芳名叫安娜·谢尔盖耶芙娜。

---

① 格林纳达：指格林纳达岛，位于西印度群岛中向风群岛南部。

后来，他在自己的旅馆里想起她，想到明天想必会跟她见面，这是必然的。他上床躺下，想起她不久以前还是个寄宿女子中学的学生，还在念书，就跟现在他的女儿一样；想起她笑的时候，跟生人谈话的时候，还那么腼腆，那么局促不安，大概这是她生平头一次处在孤身一人的环境里吧，而在这种环境里，人们纯粹出于一种她不会不懂的秘密目的跟踪她，注意她，跟她说话；他想起她的细长的脖子和她那对美丽的灰色眼睛。

"总之，她那模样儿倒真楚楚可怜。"他想着，昏昏睡过去了。

二

他俩相识后过去了一个星期。这一天是节日，房间里闷热，而街道上刮着大风，灰尘满天飞，吹掉人的帽子。人们整天都口干舌燥想喝东西，古罗夫屡次到那个售货亭去，时而请安娜·谢尔盖耶芙娜喝果汁，时而请她吃冰淇淋。大家简直不知躲到哪儿去才好。

傍晚风小了一点儿，他们就在防波堤上来来去去，看客轮到来。码头上有许多散步的人，他们聚在这儿，手里拿着花束，预备迎接什么人。这一群装束考究的雅尔塔人让人一看就看出两个显著的特点：一是上了年纪的太太们打扮得跟年轻女人一样，二是将军很多。

由于海上起了风浪，轮船来迟了，到太阳下山以后才来，而且在靠拢防波堤以前，花了很长时间掉头。安娜·谢尔盖耶芙娜举起带柄眼镜瞧着轮船，瞧着乘客，好像在寻找熟人似的。等到转过身来对着古罗夫，她的眼睛闪闪发亮。她说了很多，问的话前言不搭后语，而且刚刚问完就马上忘了问的是什么，后来在人群中把带柄眼镜也失落了。

装束考究的人群已经走散，一个人也看不见了，风完全停息，可是古罗夫和安娜·谢尔盖耶芙娜却还站在那儿，好像等着看轮船上还有没有人下来。安娜·谢尔盖耶芙娜不再说话，不停地闻一束花，眼睛没有看古罗夫。

"天气到傍晚好一点儿了，"他说。"可是现在我们到哪儿去呢？我们要不要坐马车到什么地方去兜风？"

她没有回答。

他定睛瞧着她，忽然搂住她，吻她的嘴唇。花束的香味和潮气向他扑来，他立刻战战兢兢地往四下里看：有没有被人看见？

"我们到您的旅馆里去吧……"他轻声说。

两个人很快走了。

她的旅馆房间里闷热，弥漫着一股她在一家日本商店里买来的香水气味。古罗夫瞧着她，心里暗想："生活里碰到的人可真是形形色色！"在他的记忆里，保留着以往一些无忧无虑、心地忠厚的女人的形象，她们由于爱情而高兴，感激他带来的幸福，虽然这幸福十分短暂。但也保留着另一些女人的印象，例如他的妻子，她们不真诚，说过多的话，装腔作势，感情病态，从她们的神情看来，好像这不是爱情，不是情欲，而是在干一种具有重大意义的事情似的。另外还保留着两三个女人的印象，她们长得很美，内心却冷若冰霜，脸上忽而会掠过一种猛兽般的贪婪神情。她们怀有固执的愿望，想向生活索取和争夺生活所不能给予的东西。这种女人年纪已经不轻，为人任性，不通情达理，十分专横，头脑不聪明，好发号施令。每逢古罗夫对她们冷淡下来，她们的美貌总是在他心里引起憎恶，她们的衬衣的花边在他的眼睛里就成了鱼鳞了。

可是眼前这个女人却还那么腼腆，流露出缺乏经验的青年人那种局促不安的神情和别别扭扭的心态。她给人一种惊慌失措的印象，生怕有人会出其不意来敲门似的。安娜·谢尔盖耶芙娜，这个"遛小狗的女人"，对待刚发生过的事情的态度有点儿特别，看得十分严重，好像这是她堕落了，至少看上去是这样，而这是奇怪的，不合时宜的。她垂头丧气，无精打采，长发忧伤地挂在脸的两侧，带着沮丧的样子呆呆出神，好像古画上那个犯了罪的女人①。

"这不好，"她说，"现在头一个不尊重我的便是您了。"

房间里的桌子上有一个西瓜。古罗夫给自己切了一块，慢慢吃起来。在沉默中至少过了半个钟头。

安娜·谢尔盖耶芙娜神态动人，从她身上散发出一个正派的、纯朴的、阅世不深的女人的纯洁气息。桌子上点着一支孤零零的蜡烛，几乎照不清她的脸，不过还是看得出来她心绪不宁。

"我怎么能不再尊重你呢？"古罗夫问，"你自己都不知道你在说什么了。"

"求上帝饶恕我吧！"她说，眼睛泪水盈盈，"多可怕。"

"你仿佛在替自己辩白。"

"我有什么理由替自己辩白？我是个下流的坏女人，我看不起自己，我根本没有替自己辩白的意思。我所欺骗的不是我的丈夫，而是我自己。而且也不光是现在，我早就在欺骗我自己了。我丈夫也许是个诚实的好人，可是要知道，他是个奴才！我不知道他在那儿干些什么事，怎样工作，我只知道他是个奴才。我嫁给他的时候才二十岁，好奇心在作怪，我巴望过好一点儿的日子，我对自己说：'一定有另外一种不同的生活。'我一心想生活得好！我要生活，生活……好奇心刺激着我……这您是不会了解的，可是，我对上帝起誓，我已经管不住自己了，我起了变化，什么东西也没法儿约束我了，我就对我的丈夫说我病了，我就到这儿来了……到了这儿，我老是走来走去，着了魔，发了疯似的……现在呢，我变成一个庸俗下贱的女人，谁都会看不起我了。"

古罗夫已经听腻了。那种天真的口气，那种十分意外而大煞风

---

① 此处指"抹大拉的马利亚"。据《圣经》载，她本是个妓女，因受耶稣感化，忏悔了过去的罪恶。她的形象在文艺复兴时代的绘画中曾多次出现。

景的忏悔惹得他不痛快。要不是她眼里含着泪水，他就可能认为她是在开玩笑或者装腔作势。

"我不明白，"他轻声说，"你到底要什么？"

她把脸埋在他的胸脯上，依偎着他。

"请您相信我的话，务必相信我的话，我求您……"她说，"我喜欢正直、纯洁的生活，讨厌犯罪，我自己也不知道我在干什么。人们常说：这是鬼迷心窍。现在我也可以这样说我自己：鬼迷了我的心窍。"

"得了，得了……"他嘟哝说。

他瞧着她那对呆滞、惊魂未定的眼睛，吻她，亲热地轻声说话，她就渐渐平静下来，重又感到快活，于是两个人都笑了。

后来，等他们走出去，堤岸上已经一个人影也没有了。这座城市以及它那些柏树显得寂静无声，然而海水还在哗哗地响，拍打着海岸。一条汽艇在海浪上摇晃，汽艇上的灯光睡意蒙眬地闪烁着。

他们雇了一辆马车，要到奥列安达去。

"刚才我在楼下前厅里看到你的姓，那块牌子上写着冯·季杰利茨，"古罗夫说，"你丈夫是德国人？"

"不，他祖父好像是德国人，然而他本人却是东正教徒。"

到了奥列安达，他们坐在离教堂不远的一条长凳上，瞧着身下的海洋，默默不语。透过晨雾，雅尔塔朦朦胧胧，模糊不清，白云一动不动地停在山顶上。树上的叶子纹丝不动，知了在叫，单调而低沉的海水声从下面传上来，叙说着安宁，叙说着那种在等候我们的永恒的安息。当初此地还没有雅尔塔，没有奥列安达的时候，下面的海水就这样哗哗地响，如今还在哗哗地响，等我们不在人世，它仍旧会这么冷漠而低沉地哗哗响。这种永恒中，这种对我们每个人的生和死完全无动于衷，也许包藏着一种保证：我们会永恒地得救，人间的生活会不断地运行，不断日臻完善。古罗夫跟一个在黎明时刻显得十分美丽的年轻女人坐在一起，面对着这神话般的环境，面对着这海，这山，这云，这辽阔的天空，不由得心境平静下来，心醉神迷，暗自思忖：如果往深里想一想，那么实际上，这个世界上的一切都是美好的，惟独我们在忘记生活的最高目标，忘记我们人的尊严的时候所思所做的事情是例外。

有个人，大概是巡夜人吧，走过来，朝他们看了看，就走开了。这件小事显得那么神秘，而且也挺美。可以看见有一条从费奥多西亚来的轮船开到了，船身披着朝霞，船上的灯已经熄灭。

"草上有露水了。"沉默以后，安娜·谢尔盖耶芙娜说。

"是啊，该回去了。"

他们回到了城里。

后来，他们每天中午在堤岸上见面，一块儿吃早饭，吃午饭，散步，欣赏海洋。她抱怨睡眠不好，心跳得不稳；她老是提出同样的问题，一会儿因为嫉妒而激动，一会儿又担心他不十分尊重她。在广场的街心花园里或者大公园里，每逢他们附近一个人也没有的时候，他就会突然把她拉到身边，热烈地吻她。彻底的闲适，这种在阳光下的接吻以及左顾右盼、生怕有人看见的担忧，炎热，海水的气息，再加上闲散的、装束考究的、吃饱喝足的人们不断在他眼前闪过，这一切仿佛使他新生了。他对安娜·谢尔盖耶芙娜说，她多么美，多么迷人，他灼热的情欲令他一步也不肯离开她的身旁。而她却常呆呆出神，老是要求他承认他不尊重她，一点儿也不爱她，只把她看作一个下流的女人。几乎每天傍晚，夜深了，他们总要坐上马车出城走一趟，到奥列安达去，或者到瀑布那儿去。这种游玩总是很尽兴，他们得到的印象每一次都必定是美好而庄严的。

他们在等她的丈夫到来。可是他寄来一封信，通知她说他的眼睛出了大毛病，要求他的妻子赶快回去。安娜·谢尔盖耶芙娜就忙乱起来。

"我走了倒好，"她对古罗夫说，"这也是命运注定的。"

她坐上马车走了，他送她去。他们走了一整天。等到她在一列特别快车的车厢里坐定，等到第二遍钟声敲响，她就说："好，让我再看您一回……再看一眼。这就行了。"

她没有哭，可是神情忧伤，仿佛害了病，她的脸在抽搐。

"我会想念您……想念您，"她说，"求主跟您同在，祝您万事如意。我有什么不好的地方，您也别记着。我们永别了，这也是应当的，因为我们就不该相遇。好，求主跟您同在。"

火车很快地开走，车上的灯火消失，过一会儿连轰隆声也听不见了，好像什么事物都串通一气，极力要赶快结束这场美梦、这种疯狂似的。古罗夫孤身一人留在月台上，瞧着黑暗的远方，听着蟊斯的叫声和电报线的呜呜声，觉得自己好像刚刚睡醒过来。他心里暗想：如今在他的生活中又添了一次奇遇，或者一次冒险，而这件事也已经结束，如今只剩下回忆了……他感动，悲伤，生出一点儿淡淡的懊悔。殊不知，这个他从此再也不能与之见面的年轻女人跟他过得并不幸福。他对她亲热，倾心，然而在他对她的态度里，在他的口吻和温存里，仍旧微微地露出讥诮的阴影，露出一个年纪差不多比她大一倍的幸福男子的带点儿粗鲁的傲慢。她始终说他心好，不平凡，高尚。显然，在她的心目中，他跟他的本来面目不同，这样说来，他无意中欺骗了她……

这儿，在车站上，已经有秋意，傍晚很凉了。

"我也该回北方去了，"古罗夫走出站台，暗想，"是时候了！"

三

莫斯科，家家都已经是过冬的样子了，炉子生上火。早晨孩子们准备上学、喝早茶的时候，天还很暗，保姆还要点上一会儿灯。严寒天已经开始。下头一场雪的时候，人们第一天坐上雪橇，见到白茫茫的大地、白花花的房顶，呼吸柔和而舒畅，就会心旷神怡，这时候不由得会想起青春岁月。老椴树和桦树蒙着重霜而变得雪白，现出一种忠厚的神情，比柏树和棕榈树更贴近人心，近处有了它们，人就无意去想山峦和海洋了。

古罗夫是莫斯科人，他在一个晴朗、寒冷的日子回到莫斯科。等到他穿上皮大衣，戴上暖和的手套，沿彼得罗夫卡大街信步走去，星期六傍晚听见教堂的钟声，不久前的那次旅行和他到过的那些地方对他来说全失去了魅力。他渐渐沉浸在莫斯科的生活中，每天兴趣盎然地读三份报纸，却说他原则上是不读莫斯科报纸的。饭馆、俱乐部对他已有了吸引力，他也热衷于宴会、纪念会，家里有著名的律师和演员出入，要不他就在医师俱乐部里跟教授一块儿打牌，这一切让他容光焕发。他已能吃完整份用小煎锅盛着的酸白菜焖肉了……

他觉得，再过上个把月，安娜·谢尔盖耶芙娜在他的记忆里就会被一层浓雾遮盖，只有她迷人的笑容偶尔像其他人那样出现在他的梦境中。可是过了一个多月，隆冬来了，在他的记忆里一切还非常清晰，仿佛昨天他才跟安娜·谢尔盖耶芙娜分手似的。回忆反而越来越强烈，不论是在宁静的傍晚，在书房里听到传过来的孩子们复习功课声，或者在饭馆里听见抒情歌曲，听见风琴声，或者是暴风雪在壁炉里哀鸣，往事全都会在他的记忆里复活：防波堤上的情事、山上那迷雾笼罩的清晨、从费奥多西亚开来的轮船、亲吻等等，无不历历在目。他久久地在书房里来回走动，回想往事，笑容可掬。接着回忆化成幻想，想象中，过去的事就跟将来会发生的事混淆起来。安娜·谢尔盖耶芙娜没有到他的梦中来，可是她如影随形跟他到处走，寸步不离。他一闭眼就看见她活生生地站在他面前，显得越发妖媚，越发年轻、温柔。他自己也显得比原先在雅尔塔的时候更英俊。每到傍晚她总是从书柜里，从壁炉里，从角角落落里端详他，他听见她的呼吸声、她衣服亲切的窸窣声。在街上他的目光常常跟踪着来往的女人，想找一个跟她长得相像的人……

一种强烈的愿望折磨他，他渴望把这段回忆跟什么人说说。然而在家里是不能谈自己的爱情的，而在外面又找不到一个可谈之人。跟房客们谈不行，在银行里也不妥。谈些什么呢？莫非那时候他真的爱上她了？莫非他跟安娜·谢尔盖耶芙娜的那段关系中真的有什么优美的、诗情画意的、或者有教益的、或者干脆有意义之处吗？要谈的只能是含含糊糊泛泛地谈爱情，谈女人，谁也猜不出到底是怎么回事，只有他的妻子扬起两道黑眉毛，说：

"德米特里，你可不配扮演花花公子的角色。"

一天夜间，他同一个刚刚一块儿打过牌的文官走出医师俱乐部，忍不住说："知道吗，我在雅尔塔认识了一个多迷人的女人！"

那个文官坐上雪橇，走了，可是突然回过头来，喊道：

"德米特里·德米特里奇！"

"什么事？"

"方才您说得对，那鲟鱼肉……确实有点儿臭味儿！"

这句平平常常的话，不知为什么惹得古罗夫火冒三丈，他觉得对方的话太肮脏，带有侮辱性。多么野蛮的习气，什么样的人啊！多么无聊的夜晚，多么乏味、平庸的白天啊！狂赌，吃喝，酗酒，翻来覆去一套陈词滥调，瞎忙乎和无聊的谈话占去了人的大好时光，耗费了人们最好的精力，到头来只剩下猥琐、平庸而狭隘的生活，人生无异短了翅膀，缺了尾巴，走不开，逃不脱，仿佛被关在疯人院里或者监狱的强制劳改队里！

古罗夫通宵没睡，满腔愤慨，头痛了整整一天。第二天晚上他辗转反侧，睡下去又起来，心事重重，要么从这个墙角走到那个墙角。孩子令他讨厌，银行使他心烦，哪儿都不想去，什么话也不想说。

在十二月的假期中，他准备好出一趟门，对妻子说，他要到彼得堡去为一个青年人张罗一件事，可是他去了C城。干什么去？他自己也说不清。他想见安娜·谢尔盖耶芙娜一面，跟她谈谈，如果可能的话，就约她出来相会。

他到C城的时候是早晨，在一家旅馆里租了一个顶好的房间。

房间里整个地板上铺着灰色的军用呢毯，桌子上有一只墨水瓶，上面蒙着灰色尘土，瓶上雕着一个骑马的人像，举起一只拿着帽子的手，脑袋却掉了。看门人给他提供了必要的消息：冯·季杰利茨住在老冈察尔纳亚街他的私宅里，房子离旅馆不远，他生活优裕，阔气，自己有马车，全城的人都认识他。看门人把他的姓念成了"德雷迪利茨"。

古罗夫慢慢地往老冈察尔纳亚街走去，找到了那所房子。那所房子的对面正好立着一道灰色的围墙，很长，墙头上戳着钉子。

"谁见着这样的围墙都会逃跑。"古罗夫看了看窗子，又看了看围墙，心想。

他心里盘算：今天是机关不办公的日子，她的丈夫大概在家。再者，闯进她家里去，害得她难堪，那也不是办法。送一封信去吗，要是信落到她丈夫手里，那就可能把事情弄糟。不如看机会吧。他一直在街上围墙旁边走来走去，等机会。他看见一个乞丐走进大门，一些狗向他扑过去。后来，过了一个钟头，他听见弹钢琴的声音，琴声低微含糊。大概是安娜·谢尔盖耶芙娜在弹琴吧。前门忽然开了，一个老太婆从门口走出来，后面跟着那条熟悉的白毛狮子狗。古罗夫想叫那条狗，可是他的心忽然剧烈地跳动起来，由于兴奋一时忘了那条狮子狗叫什么名字了。

他走过来，走过去，越来越痛恨那堵灰色的围墙，就气愤地暗想安娜·谢尔盖耶芙娜已忘了他，也许已经在跟别的男人相好，而一个从早到晚只能瞧着这堵该死围墙的年轻女人，在这种处境下她这么做，说来也是顺理成章的。他回到旅馆房间里，在一张长沙发上坐了很久，不知如何是好，然后吃午饭，饭后睡了很久。

"多愚蠢，多恼人啊，"他醒过来后，眼望暗黑的窗子，原来已经是黄昏时分了，"不知为什么我倒睡足了。那么晚上我干什么好呢？"

他坐在床上，床上铺着一条灰色的、廉价的、像医院里病人盖的被子。他懊恼得挖苦自己说：

"倒是去会会那遛小狗的女人吧……去搞风流韵事吧……可你只能在这儿呆坐着。"

这天早晨他还在火车站的时候，有一张用很大的字写的海报映入他的眼帘：《盖伊霞》① 首次公演。他想起这事，就坐车到剧院去。

"是首次公演的戏，她有可能去看。"他想。

剧院里座无虚席。这儿像内地一般剧院一样，枝形吊灯架的上边弥漫着一团迷雾，顶层楼座那边吵吵嚷嚷。开演前，头一排的当地大少爷们站在那儿，手抄在背后。省长的包厢里头一个座位上坐着省长的女儿，围着毛皮的围脖，省长本人却谦虚地躲在门帘后面，人们只看得见他的两条胳膊。舞台上的幕布晃动着，乐队花了很长时候调好了音。观众们纷纷进来找位子，古罗夫一直在热切地用眼睛搜索。

安娜·谢尔盖耶芙娜果然进来了。她坐在第三排，古罗夫一眼瞧见她，心就缩紧了，他这才清楚地体会到如今对他来说，全世界再也没有一个比她更亲近、更宝贵、更重要的人了。她，这个娇小的女人，混杂在内地的人群里，毫无出众之处，手里拿着一副俗气的长柄眼镜，然而现在她却占据了他的全部生命，成为他的悲伤，他的欢乐，他目前所指望的唯一幸福。他听着那个糟糕乐队的乐声，听着粗俗、低劣的提琴声，暗自想着：她多么美啊。他思索着，幻想着。

跟安娜·谢尔盖耶芙娜一同走进来、坐在她旁边的是一个身材高挑的年轻人，留着小小的络腮胡子，背有点儿驼。他每走一步路就摇一下头，仿佛在不住地点头致意。这人大概就是她的丈夫，也就是以前在雅尔塔，她在痛苦的心情中称之为奴才的那个人吧。果然，他那细长的身材、那络腮胡子、那一小片秃顶，都有一种奴才

---

① 《盖伊霞》：当时俄国流行的一个由英国作曲家琼斯（1861—1946）创作的轻
　歌剧。

般的奴颜婢膝的神态，他的笑容甜得腻人，他的纽扣眼上有个什么闪闪发亮的学术证章，活像是听差的号码牌子。

头一次幕间休息的时候，她丈夫走出去吸烟，她留在位子上。古罗夫也坐在池座里，他便走到她跟前，勉强做出笑脸，用发颤的声音说：

"您好。"

她看了他一眼，顿时脸色发白，然后又惊恐地看了一眼，不相信自己的眼睛了。她双手紧紧地握住扇子和长柄眼镜，分明在极力克制着，免得昏厥过去。两个人都没有讲话。她坐着，他呢，站在那儿，被她的窘态弄得惊慌失措，不敢挨着她坐下去。提琴和长笛开始调音，他忽然觉得可怕，似乎所有包厢里的人都在瞧他们。可是这时候她却站起来，很快往出口走去。他跟着她走，两个人糊里糊涂地穿过过道，上了楼又下楼，眼前晃过一些穿法官制服、教师制服、皇室制服的人，一概佩带着证章。又晃过一些女人和衣架上的皮大衣，穿堂风迎面吹来，送来一股烟头的气味。古罗夫心跳得厉害，心想："唉，主啊！干吗要有这些人，要有那个乐队……"

此刻他突然记起那天傍晚在火车站上送走安娜·谢尔盖耶芙娜的时候，他对自己说：一切就此结束，他们从此再也不会见面了。可是这件事离结束还远着哩！

在一道标着"通往梯形楼座"的狭窄而阴暗的楼梯上，她站住了。

"您吓了我一大跳！"她说，呼吸急促，脸色仍旧苍白，慌了神，"哎，您真吓了我一大跳。我几乎昏死过去了。您来干什么？干什么？"

"您要明白，安娜，您要明白……"他匆忙地低声说，"我求求您，您要明白……"

她带着恐惧、哀求、爱意瞧着他，凝视着他，要把他的相貌更牢固地留在自己的记忆里。

"我好苦啊！"她没有听他的话，接着说，"我时时刻刻都在想念您，只想念您一个人，我完全生活在对您的思念之中。我一心想忘掉，忘掉您，您为什么到这儿来？为什么？"

上边，楼梯口有两个中学生在吸烟，瞧着下面，可是古罗夫全不在意，把安娜·谢尔盖耶芙娜拉到身边，开始吻她的脸、她的脸颊、她的手。

"您这是干什么，干什么！"她惊恐万状地说，把他从身边推开，"你我都疯了。您今天就离开，马上就离开……我凭一切神圣的东西求您，请您……有人到这儿来了！"

有人上楼来了。

"您一定得离开……"安娜·谢尔盖耶芙娜接着小声说，"您听见了吗，德米特里·德米特里奇？我会到莫斯科去找您的。我从来没有幸福过，我现在不幸福，将来也决不会幸福，决不，决不！不要给我多添痛苦了！我起誓，我会到莫斯科去的。现在我们分手吧！我亲爱的，好心的人，我宝贵的人，我们分手吧！"

她握一下他的手，快步走下楼去，不住地回头看他，从她的眼神看得出来，她确实不幸福……古罗夫站了一会儿，留心听着，然后，等到一切声音停息下来，找到他那挂在衣帽架上的大衣，走出了剧院。

四

安娜·谢尔盖耶芙娜真的动身到莫斯科去看他了。每过两三个月她就从 C 城去莫斯科一次，对丈夫说，她去找一位教授治她的妇女病，她的丈夫将信将疑。她到了莫斯科就在斯拉维扬斯基商场住下来，立刻派一个戴红帽子的人去找古罗夫。古罗夫就去看她，莫斯科没有一个人知道这件事。

有一回，那是冬天的一个早晨（前一天傍晚信差来找过他，可是没有碰到他），他就这样去看她。他的女儿跟他同路，他打算送她去上学，正好是顺路。大片湿雪纷纷飘落。

"气温是零上三度，可下雪了，"古罗夫对女儿说，"要知道，这只是地球表面的温度，大气上层完全是不同的温度。"

"爸爸，为什么冬天不打雷呢？"

他解释了一番。他说着，心想：现在他正在去幽会，这件事没人知道，大概永远也不会有人知道。他过着双重生活：一是公开的，想知道、想看到的人，都能看到，都能知道，这是传统上相对性的真实谎言，跟他的熟人和朋友的生活丝毫没有不同；另一种生活则在暗地里进行。由于环境的一种奇特的、也许是偶然的巧合，凡是他认为重大的、有趣的、必不可少的事情，凡是他真诚地去做而没有欺骗自己的事情，凡是构成他的生活核心的事情，统统是瞒着别人，暗地里进行的；而凡是他不诚实的行为，用以伪装自己、以遮盖真相的外衣，例如他在银行里的工作、他在俱乐部里的争论、他的所谓"卑贱的人种"、他带着妻子去参加纪念会等，却统统是公开的。他根据自己的判断来判断别人，不相信他看见的事情，老是揣摩每一个人都在秘密的掩盖下，就像在夜幕的遮盖下，过着自己真正的、最有趣的生活。每个人的私生活都包藏在秘密里，也许，多多少少因为这个缘故，有文化的人才那么紧张地主张个人的秘密应当受到尊重吧。

古罗夫把女儿送到学校以后，就往斯拉维扬斯基商场走去。他在楼下脱掉皮大衣，上了楼，轻轻地敲门。安娜·谢尔盖耶芙娜穿着他所喜爱的那件灰色连衣裙，由于旅途的劳顿和等待而感到疲乏，从昨天傍晚起就在盼他了。她脸色苍白，瞧着他，没有一点儿笑容，他刚走进去，她就扑在他的胸脯上了。仿佛他们有两年没有见面似的，两个人吻得又久又深。

"哦，你在那边过得怎么样？"他问，"有什么新闻吗？"

"别急，我这就告诉你……我说不出话来了。"

她开不了口，因为她哭了。她转过脸去，用手绢捂住眼睛。

"好，就让她痛哭一场吧，我坐下来等着就是。"他想，就在圈椅上坐了下来。

后来他摇铃，吩咐送茶来，然后他喝茶，她呢，仍旧站在那儿，脸对着窗子……她哭，是因为激动，因为委屈地意识到他们的生活陷入如此悲惨的境地。他们只能偷偷摸摸见面，瞒住外人，像做贼一样！难道他们的生活不是毁掉了吗？

"得了，别哭了！"他说。

他看得很清楚，他们这场恋爱还不会很快就结束，不知道什么时候才会结束。安娜·谢尔盖耶芙娜越来越深地依恋他，崇拜他。如果有人对她说这场恋爱早晚一定会结束，对她来说，这是不可想象的，而且说了她也不会相信。

他来到她跟前，扶着她的肩膀，想跟她温存一下，说几句笑话，可他看见了自己在镜子里的影子。

他的头发已经开始花白。想不到近几年来他变得这样苍老，这样丑陋。他的手抚摸着的那个肩膀是温暖的，在颤抖。他对这个生命感到万分的同情，这个生命还这么温暖，这么美丽，可是大概已经临近凋谢、枯萎，像他的生命一样了。她为什么这样爱他呢？他在女人的心目中总是跟他的本来面目不同，她们爱他并不是爱他本人，而是爱一个由她们的想象编造出来的、她们在生活里热切地寻求的人，后来她们发现自己错了，却仍旧爱他。她们跟他相好的时候，没有一个人幸福过。光阴荏苒，以往他认识过一些女人，跟她们相好过，分手了，然而他一次也没有爱过。什么都可以说发生过，单单不能说有过爱情。

直到现在，在他的头发开始变白的时候，他才生平第一次认真地、真正地爱上一个女人。

安娜·谢尔盖耶芙娜和他彼此相亲相爱，像一对十分贴近的亲人，像一对夫妇，像两个志同道合的知心朋友。他们觉得他们的邂逅似乎是命中注定的，令人费解的倒是他为什么娶妻，她已嫁人。

他们仿佛是两只候鸟，一雌一雄，被人捉住，关在两只不同的笼子里。他们过去做过的自觉羞愧的事，彼此能谅解，目前所做的一切彼此也能原谅，他们只觉得他们的这种爱情把他们两个人都改变了。

以前在忧伤的时候，他总是用他想得到的种种借口来安慰自己，可是现在他顾不上什么理由了，他感到深深的怜悯，一心希望自己变得真诚，温柔……

"别哭了，我的好人，"他说，"哭了一阵也就够了……现在让我们来谈谈，想出一个什么办法来吧。"

他们商量了很久，讲到应该怎样做才能摆脱这种必须东躲西藏、欺骗、分居两地、很久不能见面的局面。应该怎样做才能从这种不堪忍受的桎梏中解放出来？

"怎么办？怎么办？"他问，抱住头，"该怎么办呢？"

似乎片刻之后，答案就能找到，到那时候，就会开始一种崭新的、美好的生活。不过两个人心里都明白：离终点还十分遥远，最复杂、最坎坷的道路现在刚刚开始。

（1899年）

未 婚 妻

一

已是晚上十点来钟，花园上空一轮圆月朗照。按奶奶玛芙拉·米哈伊洛夫娜的吩咐，舒明家的人刚做完晚祷，娜佳便跑到花园里待了一会儿。只见大厅里已摆好桌子，放上冷盘；祖母穿着华丽的丝绸连衣裙正忙碌着；教堂大司祭安德烈神甫跟娜佳的母亲尼娜·伊凡诺夫娜在说话。隔着窗子望过去，母亲在傍晚的灯光下不知怎么显得十分年轻。安德烈神甫的儿子安德烈·安德烈伊奇站在一旁，聚精会神地听着他们交谈。

花园里静悄悄的，凉爽异常，黑乎乎的树影静静地躺在地上。远处的蛙声隐约可闻，很远很远，怕是在城外吧。五月的气息浓烈，多可爱的五月！你深深地呼吸着，不由得会想：不在这儿，而在别处的天空下，在远离城市的地方，在田野和树林里，此刻万物正生机勃勃，春意盎然，大自然如此神秘、美丽、富饶而神圣，软弱而有罪之人怎能领会？不知为什么真想哭上一场。

她，娜佳，已经二十三岁。从十六岁起，她就非常想出嫁，现在终于成了安德烈·安德烈伊奇的未婚妻，此刻他正站在窗子后面。她喜欢他，婚期已定在七月七日，可是她并没有欣喜的感觉，夜夜辗转反侧，再也快活不起来……从地下室厨房敞开的窗子里，可以听到里面在忙碌着，菜刀叮叮当当响个不停，滑动门砰砰作响。飘来阵阵烤火鸡和醋渍樱桃的香味。不知为什么她觉得今后的生活将永远这样下去，没有变化，无穷无尽！

有人从房子里走出来，停在台阶上。这是亚历山大·季莫费伊奇，简称他萨沙，他是十天前从莫斯科来这儿做客的。多年前，奶奶的一个远亲常来走动，请求周济，她叫玛丽亚·彼得罗夫娜，贵族出身的穷寡妇，人长得瘦小多病。萨沙就是她的儿子。不知为什么大家都说他是一名出色的画家。后来他母亲去世，奶奶为了拯救自己的灵魂，便把他送到莫斯科的康米萨罗夫斯基学校学习，两年后他转入绘画学校，在那里差不多学习了十五年，最后才勉勉强强在建筑专业毕业。但他始终没有从事建筑工作，目前在莫斯科一家石印工厂做事。几乎每年夏天，他都身患重病，来祖母这儿休息和疗养。

这时他穿一件常礼眼，扣子全扣上了，一条旧帆布裤子，裤筒边已经磨损。他的衬衫领子没有烫过，浑身一副萎靡不振的样子。他瘦削，大眼睛，十个手指又长又细，留着胡子，肤色黝黑，不过倒还算得上相貌堂堂。他跟舒明一家人已经处熟，把他们当自家人看待，他在这里就像在家里一样轻松自在。他住的那个房间早就被叫作"萨沙的房间"了。

他站在台阶上，见到娜佳，便向她走过去。

"你们这儿真好。"他说。

"当然好啦。您不如在这里住到秋天吧。"

"可不是，得住到秋天。也许要在你们这儿住到九月哩。"

他无端地笑了起来，坐到了她的身边。

"我坐在这儿，望着妈妈，"娜佳说，"从这边望过去，她显得多么年轻！我妈妈当然有她的不足之处，"她沉默片刻，又补充说，"可她毕竟是个不同寻常的女人。"

"是的，她人好……"萨沙同意道，"您的母亲自有其独特善良和可爱的一面，可是……怎么对您说呢？今天清早我去过你们家厨房，看到四个女仆直接睡在地上，没有床，没有被褥，盖着的是破破烂烂的东西，有一股难闻的气味，还有不少臭虫和蟑螂……跟二十年前完全一个样，一点变化都没有。哦，讲到奶奶，上帝保佑她，她到底是奶奶。要说您的妈妈，也许会讲法语，也参加业余演出，看来她应该明事理的。"

萨沙讲话的时候，喜欢把两个细长的手指伸到听话人面前。

"这里的一切都有点儿古怪，让人看不惯，"他继续道，"鬼知道怎么回事，这儿的人什么事都不做。您的母亲成天只知道走来走去，像一位公爵夫人，奶奶无所事事，您也一样。连您的未婚夫安德烈·安德烈伊奇也无所事事。"

这番话娜佳去年听过，前年似乎也听过，她知道除此之外萨沙再也讲不出别的什么。以前她觉得这些话很可笑，不知怎么的现在听来挺气恼。

"您说的都是老生常谈，早让人听腻了，"她说着站起身来，"您该想点儿新鲜的话才好。"

他笑了，也站起来，两人朝房子走去。她高挑的个子，漂亮，苗条，此刻在他的身旁更显得健康，衣着华丽。她感觉到这一点，不禁可怜起他来，而且不知为什么有点儿不自在。

"您讲了许多不必要的话，"她说，"您刚才提到我的安德烈，其实您并不了解他。"

"'我的安德烈'……去他的，去你的安德烈！我真为您的青春感到惋惜。"

两个人进了大厅，这时大家已经坐下吃晚饭。奶奶，或者按家里人的称呼，老奶奶，长得很胖，相貌难看，生着浓眉，还有一点点唇髭，大嗓门，光是听她说话的声音和口气就可以知道，她是一家之主。集市上的几排商店和这幢带圆柱和花园的老房子都归她所有。她每天早晨都要祈祷，求上帝保佑她别破产，祈祷时常常泪流满面。她的儿媳妇，也就是娜佳的母亲尼娜·伊凡诺夫娜，生着浅色头发，腰束得很紧，戴着pince-nez，十个手指上都戴着钻石戒指。安德烈神甫是个掉了牙的瘦老头，从脸上的表情看他仿佛正打算讲一件十分可笑的事。他的儿子安德烈·安德烈伊奇，也就是娜佳的未婚夫，壮实而英俊，头发鬈曲，像一名演员或画家。他们三个人正谈着催眠术。

"你在我家住上一个礼拜就会复元，"奶奶转身对萨沙说，"只是你得多吃点儿。瞧你这模样！"她叹了一口气说，"你那模样真吓人！真的，你活像名浪子了。"

"挥霍掉父亲赠予的全部资财，"安德烈神甫眼里带着笑意，慢条斯理地说，"浪荡的儿子只好给人去放猪……"①

"我喜欢我老爹，"安德烈·安德烈伊奇拍拍父亲的肩膀说，"他是个可爱的老人，善良的老人。"

大家都没有出声。突然萨沙笑起来，用餐巾捂住了嘴。

"如此说来，您也相信催眠术了？"安德烈神甫问尼娜·伊凡诺夫娜。

"我当然还不能肯定说我相信，"尼娜·伊凡诺夫娜回答，她的神色变得十分认真，甚至有点儿严厉，"可是应当承认，自然界有许多神秘而不可理喻的现象。"

"我完全同意您的看法，不过敝人还得补充一句：信仰了宗教，神秘事物的领域就大为缩小。"

端上来一只又大又肥的火鸡。安德烈神甫和尼娜·伊凡诺夫娜的交谈还在继续。尼娜·伊凡诺夫娜手指上的钻石戒指闪闪发光，后来她的眼眶里泪花闪烁，她开始激动起来。

"尽管我不敢同您争论，"她说，"但您得承认，生活中有许多解不开的谜！"

"绝对没有，我敢向您担保。"

晚饭后安德烈·安德烈伊奇拉小提琴，尼娜·伊凡诺夫娜弹钢琴为他伴奏。十年前他在大学的语文系毕业，但是从来没有工作过，

---

① 浪子的比喻出自《圣经》，见《路加福音》第十五章。

没有固定的职业，只偶尔参加一些为慈善事业而举办的音乐会。城里的人都叫他演员。

安德烈·安德烈伊奇拉着小提琴，大家默默地听着。桌上的茶炊烧开了，冒着气，只有萨沙一个人在喝茶。后来时钟敲响十二点，提琴上的一根弦突然断了。大家都笑起来，忙着起身告辞。

送走未婚夫之后，娜佳回到楼上的卧室，她跟妈妈住在楼上（楼下住着老奶奶）。楼下的大厅里开始熄灯，可是萨沙还坐着喝茶。他喝茶的时间总是很久，完全是莫斯科人的习惯，一回总得喝上七八杯。娜佳脱掉衣服，上了床，很久都能听到楼下女仆在收拾东西，老奶奶在生气。最后，一切安静下来，只偶尔从楼下萨沙的房间里传来他低沉的咳嗽声。

二

娜佳一觉醒来，大概已是两点，这时天色开始破晓。远处有更夫敲打梆子。她不想睡了，躺着，人软绵绵的，反而不舒服。像过去一样，五月之夜，娜佳都坐在床上想心事。可是她的那些想法跟昨夜一样，千篇一律，单调乏味，令人生厌，无非是安德烈·安德烈伊奇开始追求她，向她求婚，她同意了，后来渐渐地对这个善良而聪明的人评价很高。可是不知为什么到了现在，离婚期不到一个月了，她却感到心慌意乱，忐忑不安，仿佛等着她的居然是件说不明、道不清的苦恼事。

"笃……笃……"更夫懒洋洋地敲着梆子，"笃……笃……"

从古老的大窗子望出去，可以看到花园，远处是正在盛开的丁香花丛，花儿睡意蒙眬，冻得有点儿发蔫。一片白茫茫的浓雾，缓缓地朝丁香花这边漫过来，想要掩盖住它。远处的树林中传来睡意蒙眬的白嘴鸦几声啼叫。

"我的上帝，为什么我的心这么沉重！"

也许每一个未婚妻在结婚前都是这般感受。谁知道呢！是受了萨沙的影响？殊不知，萨沙已经一连几年都说着同样的话，像背书似的，而且说话时显得又幼稚又古怪。那么为什么萨沙的形象总是挥之不去？为什么？

更夫早已不打梆子了。窗前的花园里鸟儿叽叽喳喳地叫起来，花园中的雾气已经消散，周围的一切沐浴在春天的晨光中，像是沉醉在欢声笑语之中。整个花园在阳光的爱抚下很快暖和过来，苏醒了，树叶上的露珠，像钻石般晶莹剔透，闪闪发光。这古老的、早已荒芜的花园在这个清晨显得生机勃勃、妩媚多姿。

老奶奶已经醒来。萨沙粗声粗气地在咳嗽。可以听到楼下有仆人端来了茶炊，在搬动椅子。

时间慢吞吞地过去。娜佳早已起床，一直在花园里散步。早晨还在延续。

后来尼娜·伊凡诺夫娜出来了，她泪痕斑斑，手里端一杯矿泉水。她对招魂术①和顺势疗法②很感兴趣，读了许多这方面的书，喜欢谈她心中生出的疑惑。这一切在娜佳看来都蕴含着深刻而神秘的内涵。娜佳吻了吻母亲，跟她并排走着。

"你为什么哭了，妈妈？"她问道。

"昨天晚上我读了一夜的小说，里面讲到一个老者和他女儿的故事。老者在某地做事，他的上司爱上了他的女儿。书我还没有读完，可是里面有一处叫你忍不住落泪，"尼娜·伊凡诺夫娜说完，喝了一口矿泉水，"今天早晨我一想起那个段落，又哭了。"

"这些天来我心里老不愉快，"娜佳沉默片刻，说，"为什么我夜夜睡不好觉？"

---

① 招魂术：一种迷信的法术，相信死人的灵魂可以召回，并能与之"交往"。
② 顺势疗法：用极微量药物来治疗疾病的方法，18 世纪末由德国医师哈内曼创立。

"我不知道，亲爱的。每当我夜里失眠的时候，就闭上眼睛，瞧，就这样紧紧闭着，想象出安娜·卡列尼娜①的模样，想象她怎么走路，怎么说话，要不就想象古代历史上的某一事件……"

娜佳感到，母亲并不了解她，也理解不了。这是她有生以来第一次有这样的感觉，她甚至觉得害怕，真想躲起来。于是她一个人回到了自己的卧房。

下午两点钟，大家坐下来吃饭。那天是礼拜三，是斋日，所以给祖母送上的是素的红甜菜汤和鳊鱼粥。

萨沙故意跟奶奶逗乐，说她喝完荤菜汤又喝素的红甜菜汤。吃饭的时候，他不断开玩笑，不过他的玩笑都很笨拙，总带着道德说教，结果说出来的笑话丝毫不可笑了。每当他说俏皮话的时候，他总先举起他那又长又细、像死人一样的手指，使人不由得想到，他病得很重，也许将不久于人世，这时候你就会由衷地为他洒下几滴同情的泪水。

饭后，奶奶回卧室休息去了。尼娜·伊凡诺夫娜弹了一会儿钢琴，也回房去了。

"唉，亲爱的娜佳！"萨沙照例这样开始饭后的闲谈，"您要是听我的话就好了！就好了！"

她深深地埋在老式的圈椅里，闭上眼睛，他则慢悠悠地在房间里踱来踱去。

"要是您能出去求学就好了！"他说，"只有做个受过教育的、圣洁的人才有意义，只有他们才是有用的。殊不知，这类人越多，天国就越快来到人间。到那时，你们的城市渐渐地就会片瓦不存——一切都要颠倒过来，一切都变了样，简直像施了魔法似的。到那时这里将出现无数宏伟的屋舍，奇妙的花园，非同一般的喷泉，优秀的人才……但主要的还不是这些。最主要的是，我们现在所理解的

---

① 安娜·卡列尼娜：托尔斯泰同名小说中的女主人公。

所谓民众，这种不幸的现象将不复存在，因为人人都有信仰，人人都知道他们为什么活着，再不会有人到民众中去寻求支持。我亲爱的，好姑娘，您走吧！您该向大家表明：您已经厌恶这种死气沉沉的、灰色的、罪恶的生活。您哪怕自己明白这道理也是好的！"

"不行，萨沙，我快要出嫁了。"

"哎，得了吧！谁需要结婚？"

两人进了花园，散了一会儿步。

"无论如何，我亲爱的，应该好好想想，应该明白，你们这种游手好闲的生活是多么肮脏，多么不道德！"萨沙继续道，"您要明白，譬如说吧，如果您、您的母亲和您的奶奶什么事都不做，那么这意味着，别人在为你们干活儿，你们这是在蚕食他人的生命，难道这是干净的，难道这不肮脏吗？"

娜佳本想说："是的，您这话是对的。"她还想说这些她都明白，可是泪水涌了出来，她突然不作声了，全身一阵瑟缩，回自己房里去了。

傍晚，安德烈·安德烈伊奇来了，他照例拉小提琴，拉了很长时间。一般说来，他不爱说话，喜欢拉小提琴，也许这是因为拉琴的时候可以不必讲话。十点多钟，他穿好大衣，准备回家。临别时他拥抱娜佳，热烈地吻她的脸、肩头和手。

"亲爱的，我的宝贝儿，我的美人儿！……"他喃喃低语，"啊，我是多么幸福！我快活得要发狂了！"

可她觉得，这些话她早已听过，很早很早就听过，或者在哪本书里……在一本破旧的、早已抛在一边的小说中读到过。

大厅里，萨沙正坐在桌旁喝茶，五个长长的手指托着一只小杯子，老奶奶在摆纸牌算卦，尼娜·伊凡诺夫娜在看书。圣像前长明灯里火苗不时噼啪作响，一切都显得安宁而圆满。娜佳道了晚安，便回到楼上的卧室。她躺下后立即睡着了。可是，跟昨天夜里一样，天刚蒙蒙亮，她又醒了，没有睡意，心情不安而沉重。她坐了起来，把头伏在膝盖上，想起了未婚夫，想起了婚事……不知怎么娜佳想起了她的母亲不爱自己已故的丈夫，弄得现在一无所有，只能依赖自己的婆婆，也就是老奶奶过日子。娜佳左思右想，怎么也弄不明白，为什么她至今把母亲看得那么特别，那么非同寻常，为什么没有发觉她其实是个普通的、平常的、不幸的女人。

萨沙在楼下还没有入睡——可以听到他不断咳嗽。娜佳想到，这是个古怪而又天真的人，在他的幻想天地里，在那些美丽的花园和奇异的喷泉里，不免有些荒唐可笑的成分。可是不知为什么在他的天真里，甚至在他的荒唐可笑里，却蕴含着许多美好的东西，使得她一想到要不要外出求学的时候，她的整个心灵、整个胸膛便感受到一阵凉意，随即涌动着欢快、狂喜的感情。

"不过，最好不去想它，不去想它……"她小声说，"不该去想这种事。"

"笃……笃……"更夫在远处敲着梆子，"笃……笃……"

三

六月中旬，萨沙突然感到无聊乏味，打算回莫斯科。

"这个城市我无法再待下去了，"他闷闷不乐地说，"没有自来水，没有下水道！一吃饭我就恶心：厨房里肮脏不堪……"

"你再等等，浪子，"奶奶不知为什么小声劝道，"七号就要举行婚礼了。"

"我不想参加。"

"你说过愿在我们这儿待到九月的！"

"可现在我不想待了。我要工作！"

这年夏天潮湿而阴冷，树木湿漉漉的，花园里的一切看上去阴森凄凉，情绪低落，事实上人很想干活儿。楼上楼下的许多房间里，可以听到陌生女人的说话声，奶奶房里的缝纫机响得正欢：他们在赶做嫁妆。光是皮大衣就给娜佳做了六件，其中最便宜的一件，据老奶奶讲，就值三百卢布！这种忙乱激怒了萨沙，他坐在自己的房间里生闷气。不过大家还是劝他留下，他也答应七月一日以前不走。

时间过得很快。圣彼得节①那天下午，安德烈·安德烈伊奇和娜佳一道前往莫斯科街，想再看看那幢早已租下、准备给他俩做婚房的房子。这是一幢两层楼房，不过目前只有楼上已装修完毕。大厅里，镶木地板油漆一新，摆着维也纳式的椅子、钢琴和小提琴谱架。油漆气味弥漫。墙上的金边大画框里有一幅油画：一个裸体女人，身旁有一只断了柄的淡紫色花瓶。

"好一幅绝妙的画作，"安德烈·安德烈伊奇赞叹道，"这是画家希什玛切夫斯基的作品。"

旁边是客厅，有一张圆桌子，有长沙发，几把圈椅都套着鲜蓝色的套子。沙发上方挂着安德烈神甫戴着法冠、佩着勋章的大幅照片。两人进了带酒柜的餐室，又去了卧室。卧室里光线暗淡，并排放着两张床，好像是人们在布置新房的时候，一定以为这里将永远美满，而不会有别的情况发生。安德烈·安德烈伊奇领着娜佳走遍了各个房间，并且一直搂着她的腰。她却感到自己虚弱、内疚，所有这些房间、床和圈椅都让她厌烦，那个裸体女人更让她恶心。此刻她已经清楚地意识到，她不再爱安德烈·安德烈伊奇，也许她从来就没有爱过他。可是这话该怎么说，对谁说，为什么说，她至今弄不明白，也不可能弄明白，尽管她日日夜夜都在想着这件事……他搂着她的腰，说起话来无比亲昵、殷勤，喜气洋洋地在自己的寓所里走来走去。而在她的眼里，这一切是那么庸俗、愚蠢而低俗得叫人无法忍受的庸俗，连他那只搂住她的手她也觉得铁箍似的又硬又冷。她时刻准备逃跑，大哭一场，从窗子跳出去。安德烈·安德

---

① 圣彼得节：东正教节日，在俄历六月二十九日。

烈伊奇又把她领进浴室，一进去就拧开墙上的水龙头，水立即哗哗流出来。

"怎么样？"他喜笑颜开，说，"我吩咐人在阁楼上做一个大水箱，能存一百桶水，这样我们就能用上水了。"

最后他们穿过院子，来到街上，叫了一辆马车。尘土铺天盖地，眼看着就要下雨了。

"你冷不冷？"安德烈·安德烈伊奇问道，尘土吹得他眯起了眼睛。

她不作声。

"昨天萨沙，你记得吧，责备我无所事事，"他沉默片刻，又说，"真的，他说得对！对极了！我的确无所事事，也不会有所作为。我亲爱的，你知道这是为什么吗？当我一想到有朝一日额头上压上帽徽要去做事，心里就反感。为什么呢？为什么当我看到律师、拉丁文教员或者市参议会委员，我就那么不自在呢？哦，俄罗斯母亲，俄罗斯母亲！你的身上还背负着多少游手好闲、一无所用之人！有多少像我这样的人压在你身上，苦难深重的俄罗斯啊！"

他对自己的无所事事做了总结，认为这是时代的特征。

"等结了婚，"他继续道，"我们一块儿到农村去，亲爱的，我们在那里干活儿！我们买一块不大的地，有花园，有河，我们一块儿劳作，观察生活……啊，这将多么美好！"

他摘下帽子，风吹得头发飘了起来。她听着他的话，心里却想："上帝，我要回家，上帝！"快要到家的时候，他们才赶上了安德烈神甫。

"瞧，父亲也来了！"安德烈·安德烈伊奇挥动帽子，高兴地说，"我喜欢我老爹，真的，"他说，付了车钱，"多么可爱的老人，善良的老人。"

娜佳回到家里，生着闷气，身子也不舒服，想到整个晚上将客人不断，她就得带着笑脸送往迎来，忙于应酬，就得听小提琴，听各种各样的废话，话题离不开婚礼。奶奶坐在茶炊旁边，穿着华丽的丝绸连衣裙，态度傲慢，目空一切，在客人们面前她总是这样。安德烈神甫面带狡黠的微笑走了进来。

"看到贵体安康，本人不胜欣慰。"他对奶奶说。说不清，他这是开玩笑，还是说正经的。

四

风不时敲打着窗子和屋顶。可以听到呼啸的风声，家神①在壁炉里闷闷不乐地小声唱着它的歌。已过了午夜十二点，家里的人全都上床了，可是谁也没有睡着。娜佳总觉得楼下好像有人在拉小提琴。忽然砰的一声，大概是一块护窗板掉下来了。不一会儿，尼娜·伊凡诺夫娜走了进来，她只穿一件衬衣，手里拿着蜡烛。

"什么东西响了，娜佳?"她问道。

母亲把头发梳成一条辫子，面带胆怯的微笑，在这个风雨之夜显得老了，丑了，矮了。娜佳不由得想起，不久前她还一直认为自己的母亲不平凡，自己总是怀着自豪的心情聆听她说的话，可是现在怎么也记不起这些话了。凡是能记起来的也都平淡无奇，毫无意义。

壁炉里呜呜作响，像有几个男低音在合唱，甚至可以听到"唉，我的天哪!"的叹息声。娜佳坐在床上，忽然使劲揪自己的头发，号啕大哭。

"妈妈，妈妈，"她说，"我亲爱的妈妈，你要是能知道我出了什么事就好了! 我求你，求你，让我走吧! 我求你了!"

---

① 斯拉夫人信仰中住宅的守护神。

"去哪儿？"尼娜·伊凡诺夫娜问，她不明白是怎么回事，便坐到床上，"你要去哪儿？"

娜佳哭了很久，说不出一句话来。

"你让我离开这个城市吧！"她终于说，"不该举行婚礼，也不会举行婚礼，这点你要明白！我并不爱这个人……甚至都不想提起他。"

"不，我亲爱的，不，"尼娜·伊凡诺夫娜吓坏了，急切地说，"你冷静冷静，你这是心情不好引起的，会过去的。这是常有的事。大概你跟安德烈拌嘴了吧，可是小两口吵架，无非是图开心而已。"

"行了，你走吧，妈妈，你走吧！"娜佳又大哭起来。

"是的，"尼娜·伊凡诺夫娜沉默片刻，说，"不久前你还是个孩子，小丫头，现在就要做新娘了。自然界的一切物体总在不断更新。不知不觉中，你也会做上母亲和奶奶，你跟我一样，也会有个固执而任性的女儿。"

"我亲爱的好妈妈，你聪明，可你也不幸，"娜佳说，"你很不幸，为什么你尽说些庸俗的话？看在上帝分上，告诉我为什么？"

尼娜·伊凡诺夫娜本想说些什么，但却吐不出一个字来，她一声抽泣，跑回自己房里去了。壁炉里的男低音又呜呜地唱起来，忽然变得十分恐怖。娜佳从床上跳起来，赶紧跑到母亲房里。尼娜·伊凡诺夫娜躺在床上，泪痕斑斑，身上盖一条浅蓝色被子，手里拿着一本书。

"妈妈，你听我说！"娜佳说，"我求你好生想想，你会明白的！我只要你明白，我们的生活是多么庸俗、多么渺小！我的眼睛睁开了，我现在什么都看清楚了。你的安德烈·安德烈伊奇算什么人，他其实并不聪明，妈妈！我的上帝啊！你要明白，妈妈，他很愚蠢！"

尼娜·伊凡诺夫娜猛地坐了起来。

"你和你奶奶都来折磨我！"她哽咽着说，"我要生活！要生活！"她重复着，还两次用拳头捶胸，"你们还我自由！我还年轻，我要生活，可是你们把我变成了老太婆！……"

她伤心地哭起来，钻进被子，缩成一团，显得那么弱小、可怜、愚蠢。娜佳回到自己房里，穿上衣服，坐到窗下等着天亮。这一夜她一直坐在那里思考着，院子里不知什么人不时敲着护窗板，还打着唿哨。

早上奶奶抱怨说，这一夜的风把苹果全吹落了，一棵老李树也被折断了。天色灰蒙蒙，阴沉沉，毫无生气，要是能点上灯就好了。大家都抱怨天冷，雨点敲打着窗子。喝完茶后娜佳去找萨沙，一句话没说，就在屋角的圈椅旁跪了下来，双手捂住了脸。

"怎么啦？"萨沙问道。

"我没法儿……"她说，"我不明白，以前我怎么能在这儿生活下去，我不明白，不理解！我瞧不起自己的未婚夫，也瞧不起我自己，瞧不起所有这种游手好闲、毫无意义的生活……"

"得了，得了……"萨沙连连应着，还不明白她出了什么事，"这无关紧要……这很好……"

"这种生活让我厌烦透了，"娜佳继续道，"我在这儿一天也待不下去了。明天我就离开这里。请您带我走吧，看在上帝分上！"

萨沙吃惊地望着她，足有一分钟之久，他终于明白过来，高兴得像个孩子似的，手舞足蹈，高兴得要跳舞了。

"太好了！"他搓着手说，"我的上帝，这有多好啊！"

她像着了魔似的，睁着一双充满爱意的大眼睛，着了魔似的瞧着他，等着他立即对她说出意味深长、至关重要的话来。他什么也没有说，但她已经觉得，在她面前正展现一个她以前不知道的新的广阔天地。此刻她满怀希望期待着新天地的到来，为此做好了一切准备，哪怕去死也在所不惜。

"明天我就动身，"他考虑了一会儿说，"您到车站去送我……把您的行李放在我的皮箱里，您的车票由我来买。等到打了第三遍铃，您就上车，我们一道走。我把您送到莫斯科，到了那里您一个人去彼得堡。身份证您有吗？"

"有。"

"我向您发誓，您日后不会感到遗憾、不会后悔的，"萨沙兴奋地说，"您走吧，学习去吧，到了那边听从命运安排吧。只要您彻底改变自己的生活，一切都会有所变化的。关键是彻底改变生活，其余的都不重要。说好了，我们明天一块儿走？"

"啊，是的！看在上帝分上！"

娜佳觉得，此刻她异常激动，心情从来没有这样沉重，从现在起直到动身前她一定会伤心难过，苦苦思索。可是她刚回到楼上的房间，躺到床上，立刻睡着了。她睡得很香，脸上带着泪痕和微笑，一直睡到傍晚。

五

有人去叫出租马车。娜佳已经戴上帽子，穿好大衣。她走上楼去，想再看一眼母亲，再看一看自己的东西。她在房里还有余温的床边站了片刻，环顾四周，然后轻轻地走到母亲房里。尼娜·伊凡诺夫娜还在睡，室内静悄悄的。娜佳吻了一下母亲，理理她的头发，站了两三分钟……然后不慌不忙地回到楼下。

外面下着大雨。马车已经支上车篷，湿淋淋的，停在大门口。

"娜佳，车上坐不下两个人，"奶奶看到仆人把皮箱放到车上，说，"这种天气何必去送人呢！你还是留在家里的好。瞧这雨有多大！"

娜佳想说点儿什么，但却吐不出一个字来。这时萨沙扶她上车坐好，拿一条方格毛毯盖在她腿上，他自己也在旁边坐了下来。

"一路平安！求上帝保佑你！"奶奶在台阶上喊道，"萨沙，你到了莫斯科要给我们写信！"

"好的，再见了，老奶奶！"

"求圣母娘娘保佑你！"

"唉，这天气！"萨沙说道。

娜佳这时才哭起来。现在她心里明白，她真的走了，而刚才去看母亲、跟奶奶告别的时候她还不怎么相信。再见了，亲爱的城市！一时间她想起了一切，想起了安德烈、他的父亲、婚房、裸体女人和花瓶。所有这一切已经不会再使她担惊受怕、心情沉重，所有这一切是那样幼稚、渺小，而且永远永远过去了。等他们坐进车厢、火车开动的时候，那显得如此庞大而严肃的过去，已经缩成一个小团，面前展现出宏伟而广阔的未来，而在此之前她却没有觉察出来。雨水敲打着车窗，从窗子里望出去，只能看到绿色的田野、闪过的电线杆和电线上的鸟雀。一股欢乐之情突然让她透不过气来：她想起她这是走向自由，外出求学，这正如很久以前人们常说的"外出当自由的哥萨克"一样。她又笑，又哭，又祈祷。

"没事，"萨沙得意地笑着说，"没事！"

六

秋天过去，接着冬天也过去了。娜佳非常想家，每天都思念母亲和奶奶，思念萨沙。家里的来信，语气平和，充满善意，似乎一切已得到宽恕，甚至被忘了。五月份考试完毕，她，身体健康，精神饱满，高高兴兴动身回家。途经莫斯科时，她下车去看萨沙。他还是去年夏天那副样子：胡子拉碴，披头散发，还是穿着那件常礼服和帆布裤，还是那双大而美丽的眼睛，但是一脸病容，显得疲惫不堪。他显然老了，瘦了，而且咳嗽不断。不知怎么娜佳觉得他变得平庸而土气了。

"天哪！娜佳来了！"他说着，高兴得满脸堆笑，"我的亲人，好姑娘！"

他们在石印厂坐了一阵，屋子里烟雾腾腾，浓重的油墨和颜料味儿令人窒息。后来他们来到他的住房，这里同样烟气熏人，痰迹斑驳。桌子上，一把冰凉的茶炊旁边，有个破盘子里放一张黑纸。桌上和地板上到处是死苍蝇。由此可见，萨沙的个人生活安排得很糟，马马虎虎，他显然不把居所的舒适和方便放在心上。要是有人跟他谈起他个人的幸福、他的私人生活，或者别人对他的爱，这时他便觉得不可理解，常常只是报之一笑。

"没什么，一切都很顺利，"娜佳急忙说，"妈妈秋天来彼得堡看过我，说奶奶已经不生气了，就是常常走进我的房间，在墙上画十字。"

萨沙看上去很快活，但不时咳一阵，说话的声音发颤。娜佳留心观察他，不知道他真的病得很重，还只是她的错觉。

"萨沙，我亲爱的，"她说，"要知道，您有病！"

"不，没什么。有点儿病，但不要紧……"

"哎呀，我的天哪，"娜佳激动起来，"为什么您不去治病，为什么您不爱惜自己的健康？我亲爱的萨沙！"她说时眼睛里闪着泪花，不知为什么她的想象中浮现出安德烈·安德烈伊奇、裸体女人和花瓶，以及过去的一切，尽管此刻她觉得所有这些像童年一样已十分遥远。她流泪，还因为在她的心目中萨沙不再像去年那样新奇、有见地、有趣味了。"亲爱的萨沙，您病得很重。我不知道自己该做些什么好让您不这么消瘦苍白。我是多么感激您！您甚至无法想象，您为我做了多少事情，我的好萨沙！实际上您现在就是我最亲切最贴近的人了。"

他们坐着谈了一阵。现在，当娜佳在彼得堡度过了一冬之后，她只觉得萨沙，他的话，他的笑容，以及整个人，无不散发出一股衰老陈腐的气息，似乎他早已活到了头，也许已经进入了坟墓。

"我后天就去伏尔加河旅行，"萨沙说，"然后去喝马奶酒①。我很想喝马奶酒。有一个朋友和他的妻子跟我同行。他妻子是个极好的人，我一直动员她、劝她外出求学。我也想让她彻底改变自己的

———————

① 高加索一带时兴用马奶酒治疗肺结核。

———————

347

生活。"

谈了一阵，他们便去火车站。萨沙请她喝茶，吃苹果。火车开动了，他微笑着挥动手帕，从他的脚步就可以看出他病得很重，恐怕不久于人世了。

中午时分，娜佳回到了故乡的城市。她出了站台，雇了马车回家。一路上她觉得故乡的街道显得很宽，两边的房子却十分矮小。街上没有行人，只碰到一个穿棕色大衣的德国籍钢琴调音师。所有的房屋都像蒙着尘土。祖母显然已经老了，依旧很胖，相貌丑陋。她抱住娜佳，伏在娜佳的肩头，哭了很久都不肯放开她。尼娜·伊凡诺夫娜也苍老多了，变得不好看了，消瘦了，但依旧束着腰，手指上的钻石戒指闪闪发光。

"心肝，"她全身颤抖着说，"我的宝贝儿!"

然后大家坐下，默默流泪。显然，祖母和母亲都感到，过去的生活已一去不复返，无可挽回：无论是社会地位、昔日的荣誉，还是请客聚会的权利，统统不复存在。这正像一家人原本过着轻轻松松、无忧无虑的生活，忽然夜里来了警察，搜查一通，原来这家主人盗用公款，伪造钱币——从此，永远告别了轻松的无忧无虑的生活!

娜佳回到楼上，见到了原来的床、原来的窗子和朴素的白窗帘。窗外还是那个花园，阳光明媚，树木葱茏，鸟雀喧闹。她摸摸自己的桌子，坐下来，开始沉思默想。她吃了一顿丰盛的午饭，还喝了一杯浓浓的可口奶茶，可是总觉得缺了点儿什么，房间里空荡荡的，天花板显得低矮。晚上她躺下睡觉，盖上被子，不知为什么觉得躺在这张温暖柔软的床上有点儿可笑。

尼娜·伊凡诺夫娜进来了，她坐下，像有过错似的怯生生地坐着，说话小心谨慎。

"哦，怎么样，娜佳?"她沉默片刻，问道，"你满意吗? 很满意吗?"

"满意，妈妈。"

尼娜·伊凡诺夫娜站起来，在娜佳胸前和窗子上画十字。

"我呢，你也看到了，开始信教了。"她说，"你知道，我现在在学哲学，经常想啊想啊……现在对我来说许多事情像白昼一样明明白白。首先，我觉得，全部生活要像透过三棱镜一样。"

"告诉我，妈妈，奶奶身体好吗？"

"好像还可以。那回你跟萨沙一道走了，你来了电报，奶奶读后都晕倒了，一连躺了三天没有下床。后来她不住地祷告上帝，伤心落泪。现在没事了。"

她站起来，在室内走了一圈。

"笃……笃……"更夫敲打着梆子，"笃……笃……"

"首先，要让全部生活像通过三棱镜一样。"她说，"换句话说，也就是要在意识中把生活分解成最简单的成分，正如光能分解成七种原色一样，然后对每一种成分进行单独的研究。"

尼娜·伊凡诺夫娜还说了些什么，她是什么时候走的，娜佳一概不知，因为她很快就睡着了。

五月过去，六月来临。娜佳已经习惯了家里的生活。祖母成天围着茶炊忙忙碌碌，不住地叹气。尼娜·伊凡诺夫娜每天晚上谈她的哲学。在这个家里，她依旧像个食客，花一个小钱都要向奶奶讨。家里苍蝇很多。房间里的天花板好像变得越来越低矮。奶奶和尼娜·伊凡诺夫娜从来不出家门，害怕在街上遇见安德烈神甫和安德烈·安德烈伊奇。娜佳在花园里散步，到街上走走，她看着那些房子、灰色的围墙，只觉得这个城市里的一切都已衰老、陈旧，等着它的只能是它的末日，要么就开始一种富于朝气的全新的生活。啊，但愿那光明的新生活早日到来，到那时就可以勇敢地直视自己的命运，意识到自己的正确，做一个乐观、自由的人！这样的生活迟早要来临！现在家里一切都由奶奶安排，四个女仆没有住房，只能挤在肮脏的地下室里——可是总有一天，这幢老房子将片瓦不存，被人遗忘，谁也不会再记起它……只有邻院的几个男孩子给娜佳解闷，她在花园散步的时候，他们敲打篱笆，笑哈哈地逗她：

"喂，新娘子！新娘子！"

萨沙从萨拉托夫寄来了信。他用欢快、飞舞的笔迹写道，他的伏尔加之旅十分顺利，可是在萨拉托夫有点儿小病，嗓子哑了，已经在医院里躺了两周。她清楚这意味着什么，她的内心已有预感，也可以说是确信。有关萨沙的预感和想法不再像从前那样使她激动不安，这一点也让她感到不悦。她一心想生活，想回到彼得堡，同萨沙的交往已经成了虽然亲切却十分遥远的过去了！她彻夜未眠，早晨坐在窗前，听着周围的动静。楼下当真有人说话：惊慌不安的祖母焦急地问什么。后来有人哭起来……娜佳赶紧下楼，看到奶奶站在屋角，在做祷告，她的脸上满是泪水。桌上有一封电报。

娜佳在房间里走来走去，听着奶奶哭泣，最后拿起那封电报，读了一遍。上面通知说，亚历山大·季莫费伊奇，简称萨沙，于昨日晨在萨拉托夫因肺结核病故。

祖母和尼娜·伊凡诺夫娜当即去教堂安排做安魂弥撒。娜佳在各个房间里走了很久，想了许多。她清楚地意识到，她的生活，正如萨沙期望的那样，已经彻底改变。她在这里感到孤单、生疏、多余。这里的一切她都觉得毫无意义，她同过去已经决裂，它消失了，像是焚毁了，连灰烬也随风飘散了。她来到萨沙的房间，站了很久。

"永别了，亲爱的萨沙！"她默念道。于是在她的想象中，一种崭新、广阔、自由的生活展现在她的面前，这种生活，尽管朦胧，充满了神秘，却吸引着她，呼唤她的参与。

她回到楼上房间开始收拾行装，第二天一早就告别了亲人，生气勃勃、高高兴兴地走了——正如她设想的那样，永远离开了这座城市。

（1903 年）

图书在版编目（CIP）数据

契诃夫中短篇小说精选／（俄罗斯）契诃夫（Чехов，А. П.）著；姚锦镕译.
—成都：巴蜀书社，2016.8（2017.3重印）
ISBN 978-7-5531-0722-6

Ⅰ．①契… Ⅱ．①契…②姚… Ⅲ．①中篇小说－小说集－俄罗斯－近代
②短篇小说－小说集－俄罗斯－近代 Ⅳ．①I512.44

中国版本图书馆 CIP 数据核字（2016）第 164123 号

契诃夫中短篇小说精选

[俄] 契诃夫 著　姚锦镕 译

选题产品策划生产机构 | 北京长江新世纪文化传媒有限公司
选题策划 | 金丽红　黎 波　安波舜
品牌运营 | 罗小洁
特约编辑 | 葛 钢　　　　　　　　　责任编辑 | 陈亚玲
封面装帧 | 郭 璐　　　　　　　　　内文制作 | 姜 华
责任印制 | 张志杰　　　　　　　　　营销编辑 | 苏 漫

总 发 行 | 北京长江新世纪文化传媒有限公司
电　　话 | 010-58678881　　　　传　　真 | 010-58677346
地　　址 | 北京市朝阳区曙光西里甲 6 号时间国际大厦 A 座 1905 室
邮　　编 | 100028

出　　版 | 巴蜀书社　　　　　　　电　　话 | （028）86259397
地　　址 | 成都市槐树街 2 号　　　邮　　编 | 610031
网　　址 | www.bsbook.com
印　　刷 | 北京玥实印刷有限公司
开　　本 | 880 毫米×1230 毫米　1/32　　印　　张 | 11.25
版　　次 | 2016 年 8 月第 1 版　　　印　　次 | 2017 年 3 月第 3 次印刷
字　　数 | 302 千字
定　　价 | 22.00 元
盗版必究（举报电话：010-58678881）
（图书如出现印装质量问题，请与选题产品策划生产机构联系调换）

　　我们承诺保护环境和负责任地使用自然资源。我们将协同我们的纸张供应商，逐步停止使用来自原始森林的纸张印刷书籍。这本书是朝这个目标迈进的重要一步。这是一本环境友好型纸张印刷的图书。我们希望广大读者都参与到环境保护的行列中来，认购环境友好型纸张印刷的图书。